LA BROMA

Obras de Milan Kundera
en Tusquets Editores

MILAN KUNDERA
LA BROMA

Traducción del checo de Fernando de Valenzuela

MAXI
TUSQUETS
EDITORES

Obra editada en colaboración con Editorial Planeta – España

Título original: Žert

© 1967, Milan Kundera. Todos los derechos reservados

Ilustración de la portada: *Tumba del nadador,* Museo Arqueológico Nacional de Paestum. © 2012. Photo Scala, Florencia - Cortesía del Ministero peri i Beni e le Attività Culturali.
Fotografía del autor: © Catherine Hélie / Gallimard
© 2012, Fernando de Valenzuela Villaverde, de la traducción
Diseño de la colección: FERRATERCAMPINSMORALES

© 2012, Tusquets Editores, S.A. - Barcelona, España

Derechos reservados

© 2015, Editorial Planeta Mexicana, S.A. de C.V.
Bajo el sello editorial TUSQUETS M.R.
Avenida Presidente Masarik núm. 111,
Piso 2, Polanco V Sección, Miguel Hidalgo
C.P. 11560, Ciudad de México
www.planetadelibros.com.mx

1.ª edición en Andanzas en Tusquets España: abril de 2012
1.ª edición en Maxi en Tusquets España: julio de 2013
5.ª reimpresión en Maxi en México: julio de 2023

ISBN: 978-607-421-741-4

Impreso en los talleres de Litográfica Ingramex, S.A. de C.V.
Centeno núm. 162-1, colonia Granjas Esmeralda, Ciudad de México
Impreso en México – *Printed in Mexico*

Índice

Primera parte
Ludvik

Así que, después de muchos años, me encontraba otra vez en casa. Estaba en la plaza principal (por la que había pasado infinidad de veces de niño, de muchacho y de joven) y no sentía emoción alguna; por el contrario, pensaba que aquella plaza llana, por encima de cuyos tejados sobresale la torre del ayuntamiento (semejante a un soldado con su yelmo), tiene aspecto de patio de cuartel y que el pasado militar de esta ciudad morava que sirvió en tiempos de bastión contra los ataques de húngaros y turcos había marcado en su rostro un rasgo de fealdad irrevocable.

Después de tantos años, no había nada que me atrajera hacia mi lugar de nacimiento; me dije que había perdido todo interés por él y me pareció natural: hace ya quince años que no vivo aquí, no me quedan en este sitio más que un par de amigos o conocidos (y aun a ésos trato de evitarlos) y a mi madre la tengo aquí enterrada en una tumba ajena, de la que no cuido. Pero me engañaba: lo que llamaba desinterés era en realidad rencor; sus motivos se me escapaban, porque en mi ciudad natal me habían ocurrido cosas buenas y malas, como en todas las demás ciudades, pero el rencor estaba presente; había tomado conciencia de él precisamente con ocasión de este viaje; el objetivo que perseguía lo hubiera podido lograr, a fin de cuentas, también en Praga, pero me había empezado a atraer irresistiblemente la posibilidad que se me ofrecía de llevarlo a cabo en mi ciudad natal, precisamente porque era un objetivo cínico y bajo, que burlonamente me liberaba de la sospecha de que el motivo de mi regreso pudiera ser la emoción sentimental por el tiempo perdido.

Le eché otra mirada cáustica a la fea plaza y después le di la espalda y me encaminé al hotel en el que tenía reservada mi habitación. El portero me entregó una llave con una bola de madera y me dijo: «Segunda planta». La habitación era de lo más vulgar: junto a la pared una cama, en el centro una mesa pequeña con una sola silla, junto a la cama un aparatoso tocador de madera de caoba con un espejo y junto a la puerta un lavabo pequeñísimo y descascarillado. Coloqué la cartera sobre la mesa y abrí la ventana: la vista daba al patio interior y a unas casas que le mostraban al hotel sus espaldas desnudas y sucias. Cerré la ventana, corrí las cortinas y me dirigí hacia el lavabo, que tenía dos grifos, uno con una señal roja y el otro con una azul; los probé y de los dos salía agua fría. Me fijé en la mesa; no estaba mal del todo, cabría perfectamente una botella con dos vasos, pero lo malo era que a la mesa no se podía sentar más que una persona, porque en la habitación no había más sillas. Arrimé la mesa a la cama e hice la prueba de sentarme en ella, pero la cama era demasiado baja y la mesa demasiado alta; además, la cama se hundió tanto que en seguida me di cuenta de que no solo era difícil que sirviera para sentarse, sino que incluso sus funciones propias de cama era dudoso que las cumpliera. Me apoyé en ella con los puños; después me acosté levantando cuidadosamente los zapatos para no manchar la sábana y la colcha. La cama se hundió bajo el peso de mi cuerpo y yo me quedé allí acostado como en una hamaca colgante o una tumba estrecha: era imposible imaginar que en aquella cama se acostara alguien más junto a mí.

Me senté en la silla mirando las cortinas que filtraban la luz y me puse a pensar. En aquel momento se oyeron pasos y voces en el pasillo; eran dos personas, un hombre y una mujer, estaban hablando y se entendía cada una de sus palabras: hablaban de un tal Petr que se ha ido de casa y de una tal tía Klara que era tonta y malcriaba al niño; después se oyó el ruido de la llave en la cerradura, la puerta que se abría y las voces que continuaban en la habitación de al lado; se oían los suspiros de la mujer (ise oía hasta un simple suspiro!) y la declaración del hombre de que por fin iba a decirle cuatro cosas a Klara.

Me levanté y ya estaba decidido; me lavé las manos en el lavabo, me las sequé en la toalla y salí del hotel, aunque al principio no sabía exactamente adónde iría. Lo único que sabía era que si no quería poner en peligro el éxito de todo mi viaje (un viaje sumamente largo y fatigoso) solo porque la habitación del hotel no fuese la adecuada, me vería en la obligación, aunque no tenía ningunas ganas de hacerlo, de dirigirme a alguno de mis amigos de aquí con una petición confidencial. Pasé rápidamente revista a todos los viejos rostros de mi juventud, pero los deseché inmediatamente por el simple hecho de que el carácter confidencial del servicio solicitado me hubiera obligado a un trabajoso tendido de puentes a través de los largos años durante los cuales no los había visto, y eso sí que ya no tenía ganas de hacerlo. Pero después me acordé de que probablemente vivía aquí una persona a la que años atrás yo le había conseguido un puesto de trabajo en esta ciudad y que estaría muy contenta si tuviera la oportunidad de pagarme aquel favor. Era un hombre extraño, escrupulosamente ético, pero al mismo tiempo curiosamente intranquilo e inconstante, cuya mujer se había divorciado de él, por lo que yo sé, sencillamente porque vivía en cualquier sitio menos con ella y con su hijo. Ahora lo único que me preocupaba era que no se me hubiera vuelto a casar, porque eso hubiese hecho más difícil que accediese a mi petición, y fui rápidamente a buscarlo al hospital.

El hospital es una serie de edificios y pabellones desperdigados en un amplio jardín; entré en la pequeña garita que está junto a la puerta principal y le pedí al portero que me pusiera con virología; me acercó el teléfono hasta el borde de la mesa y dijo: «¡Cero dos!». Marqué por lo tanto el cero dos y me enteré de que el doctor Kostka acababa de salir hacía unos segundos y que se dirigía hacia la puerta. Me senté en un banco cerca de la salida, de modo que no pudiera pasar sin que yo lo viera, y me dediqué a observar a los hombres que vagaban por aquí con sus delantales a rayas azules y blancas, y entonces lo vi: pensativo, alto, delgado, con una cierta fealdad simpática, sí, era él. Me levanté del banco y fui directamente hacia él, como si pretendiera provocar un choque; me miró enfadado, pero en seguida me reconoció y extendió los brazos. Me pareció que su sorpresa era casi feliz y el modo espontáneo con que me saludó me produjo placer.

Le expliqué que había llegado hacía menos de una hora para resolver una cuestión sin importancia que me retendría aquí unos dos días y él manifestó inmediatamente su sorpresa y su agrado por que hubiera ido a verlo antes que a nadie. De repente me sentí molesto por no haber ido a verlo desinteresadamente, sin otro motivo que el de estar con él, y porque hasta la pregunta que le estaba haciendo (le preguntaba jovialmente si se había vuelto a casar) no hacía más que simular un interés verdadero, pero era en realidad fríamente calculadora. Me dijo (para mi satisfacción) que seguía solo. Yo afirmé que teníamos mucho que contarnos. Estuvo de acuerdo y lamentó no tener, por desgracia, apenas algo más de una hora, porque debía regresar al hospital y por la noche salía fuera de la ciudad en autobús. «¿Ya no vive aquí?», me horroricé. Me aseguró que sí vivía allí, que tenía un apartamento en un edificio nuevo, pero que «no es bueno que el hombre esté solo». Resultó que Kostka tenía en otra ciudad, a veinte kilómetros de aquí, una novia, que era maestra y hasta tenía un piso con dos habitaciones. «¿Piensa ir a vivir con ella?», le pregunté. Me dijo que le sería difícil conseguir en otra ciudad un trabajo tan interesante como el que yo le había ayudado a encontrar y que, por otra parte, a su novia le sería muy complicado obtener una plaza aquí. Empecé a maldecir (con bastante sinceridad) la torpeza de la burocracia, que no es capaz de facilitar las cosas para que un hombre y una mujer vivan juntos. «Tranquilícese, Ludvik», me dijo en un tono amable y comprensivo, «la cosa no resulta tan insoportable. Gasto algo de tiempo y dinero en viajar pero conservo mi soledad y soy libre.» «¿Para qué necesita usted tanta libertad?», le pregunté. «¿Para qué la necesita usted?», me devolvió la pregunta. «Yo soy un mujeriego», le contesté. «Yo no necesito la libertad a causa de las mujeres, la quiero para mí mismo», dijo y continuó: «Vayamos un rato a casa, antes de que tenga que volver al hospital». Era precisamente lo que yo deseaba.

Salimos del hospital y pronto llegamos a un grupo de edificios nuevos que emergían sin la menor armonía, unos junto a otros, de un terreno accidentado y polvoriento (sin césped, sin aceras, sin carretera) y formaban al final de la ciudad un triste escenario que lindaba con la llanura vacía de los campos lejanos. Entramos por una puerta, subimos por una escalera estrecha (el ascensor no funcionaba) y nos detuvimos en la tercera planta, donde me encontré con el nombre de Kostka en una de las puertas. Cuando pasamos de la antesala a la habitación quedé completamente satisfecho: en la esquina había un sofá-cama amplio y cómodo; además del sofá-cama había una mesita, un sillón, una biblioteca grande, un tocadiscos y una radio.

Le elogié a Kostka su habitación y le pregunté cómo era el cuarto de baño. «No es nada del otro mundo», dijo, contento por el interés que yo demostraba, y me invitó a pasar a la antesala donde estaba la puerta de un cuarto de baño pequeño pero bastante confortable, con su bañera, su ducha y su lavabo. «Al ver este hermoso apartamento suyo se me ocurre algo», dije. «¿Qué hará mañana por la tarde y por la noche?» «Por desgracia», se disculpó con tono de pena, «tengo muchas horas de guardia y no regresaré hasta las siete. ¿No estará libre por la noche?» «Creo que por la noche estaré libre», respondí, «pero antes, ¿no podría prestarme el apartamento durante la tarde?»

Se quedó sorprendido por mi pregunta, pero en seguida (como si temiera dar la impresión de que no lo hacía de buena gana) me dijo: «Encantado de compartirlo con usted». Y continuó, como si hiciese todo lo posible para no enterarse de los motivos de mi petición: «Si tiene problemas de alojamiento, puede quedarse a dormir hoy mismo, porque yo no regresaré hasta mañana por la mañana, y en realidad por la mañana tampoco, porque iré directamente al hospital». «No, no hace ninguna falta. Tengo una habitación en el hotel. Pero es bastante desagradable y mañana por la tarde necesitaría estar en un sitio agradable. Claro que no pretendo estar solo.» «Claro», dijo Kostka agachando levemente la cabeza, «ya me lo imaginaba.» Después de un momento afirmó: «Estoy encantado de poder ofrecerle algo bueno». Y luego añadió: «Si es que de verdad le resulta bueno».

Después nos sentamos a la mesa (Kostka hizo un café) y estuvimos un rato charlando (me senté en el sofá-cama y comprobé con satisfacción que era firme y no se hundía ni chirriaba). Luego Kostka dijo que iba a tener que volver al hospital y por eso me introdujo rápidamente en algunos de los secretos de la casa: hay que cerrar con fuerza el grifo de la bañera, el agua caliente, en contra de lo habitual, sale por el grifo que lleva la letra F, el enchufe para el tocadiscos está detrás del sofá y en el armario hay una botella de vodka casi entera. Después me dio un llavero con dos llaves y me enseñó cuál era la de la puerta de calle y cuál la del piso. A lo largo de mi vida he dormido en muchas camas distintas y me he creado un culto especial por las llaves, de modo que las llaves de Kostka me las metí en el bolsillo con un silencioso sentimiento de alegría.

Cuando ya se iba, Kostka manifestó su deseo de que su apartamento me trajera «algo verdaderamente bello». «Sí», le dije, «me permitirá llevar a cabo una bella destrucción.» «¿Usted cree que las destrucciones pueden ser bellas?», dijo Kostka, y yo me reí para mis adentros porque en esta pregunta (formulada con moderación pero pensada con ánimo de combate) lo reconocía tal como era (simpático y cómico a la vez) cuando lo conocí hace más de quince años. Le contesté: «Ya sé que es usted un obrero callado que trabaja en la eterna obra de Dios y que no le gusta oír hablar de destrucciones, pero qué le voy a hacer: yo no soy un albañil de Dios. Por lo demás, si las construcciones que hacen los albañiles de Dios tienen paredes de verdad, es difícil que nuestras destrucciones puedan hacerles el menor daño. Pero me da la impresión de que en lugar de paredes, lo que veo por todas partes son simples decorados. Y la destrucción de los decorados es algo completamente justo».

Ya estábamos otra vez en el mismo punto en el que nos habíamos separado la última vez (quizás hace unos nueve años); nuestra discusión tenía en este momento un aspecto muy abstracto, porque sabíamos bien cuál era su fundamento concreto y no teníamos necesidad de repetirlo; lo único que necesitábamos repetir era que no habíamos cambiado, que seguíamos sin parecernos el uno al otro (tengo que reconocer que esa falta de parecido era una de las cosas que me agradaban de Kostka y por eso me gustaba discutir con él, porque me permitía volver a poner en evidencia quién era en realidad yo mismo y qué era lo que pensaba). Para que no me quedaran dudas sobre él, me respondió: «Eso suena muy bien. Pero dígame una cosa: si es usted tan escéptico, ¿de dónde saca esa seguridad a la hora de diferenciar las paredes y los decorados? ¿No ha puesto nunca en duda que las ilusiones de las que se ríe sean solo ilusiones? ¿Qué ocurriría si se equivocase? ¿Si se tratara de valores y usted fuera un destructor de valores?». Y después dijo: «Un valor vulnerado y una ilusión desenmascarada suelen tener el cuerpo igual de mortificado, se parecen, y no hay nada más fácil que confundirlos».

Acompañé a Kostka de regreso al hospital, atravesando la ciudad. Jugaba con las llaves en el bolsillo y me sentía a gusto en compañía de un viejo amigo que era capaz de tratar de convencerme de que tenía razón en cualquier momento y en cualquier lugar, por ejemplo ahora, por el camino que atraviesa la accidentada superficie de los barrios nuevos. Claro que Kostka sabía que aún nos quedaba toda la noche del día siguiente, y por eso, al cabo de un rato, pasó de la filosofía a las preocupaciones corrientes, se aseguró una vez más de que yo iba a estar esperándolo en su casa cuando regresase a las siete de la tarde (no tenía más llaves que las que me dejaba) y me preguntó si de verdad no necesitaba nada más. Me llevé la mano a la cara y le dije que lo único que necesitaría sería ir al barbero, porque ya me hacía falta afeitarme. «Estupendo», dijo Kostka, «me encargaré de conseguirle un afeitado de primera.»

No puse obstáculos a los cuidados de Kostka y me dejé conducir hasta una pequeña barbería, donde frente a tres espejos se erguían tres grandes sillones giratorios y en dos de ellos había dos hombres sentados con la cabeza echada hacia atrás y jabón de afeitar en la cara. Dos mujeres con delantal se inclinaban sobre ellos. Kostka se acercó a una de ellas y le susurró algo. La mujer limpió la navaja con un paño y llamó a alguien que estaba en la parte trasera del local: apareció una chica con un delantal blanco que se hizo cargo del señor que había quedado abandonado en el sillón, mientras que la mujer con la que había hablado Kostka me saludó con una inclinación de cabeza y me indicó con la mano que me sentase en el sillón vacío. Le di la mano a Kostka en señal de despedida y me senté, apoyé la cabeza hacia atrás en el reposacabezas y dado que después de tantos años de vida no me agrada mirar mi propia cara, evité el espejo que estaba enfrente, levanté la vista y la dejé vagar por las manchas del techo encalado.

Mantuve la vista en el techo aun cuando sentí en el cuello los dedos de la peluquera que me metían por detrás del cuello de la camisa un delantal blanco. Luego la peluquera se alejó y yo ya no oí más que el movimiento de la navaja sobre el cuero mientras la afilaba y permanecí en una especie de gozosa inmovilidad llena de una agradable indiferencia. Al cabo de un rato sentí en la cara unos dedos húmedos que extendían por mi piel la crema y me di cuenta de una cosa rara: una mujer extraña, que no me importaba nada y a la que nada le importaba yo, me acariciaba con ternura. Después, con una brocha, la peluquera comenzó a extender el jabón y me pareció que quizás no estaba ni siquiera sentado, sino que simplemente flotaba en el espacio blanco sembrado de manchas. Y en ese momento me imaginé (porque las ideas no dejan de jugar ni en los momentos de descanso) que era una víctima indefensa y que estaba a merced de la mujer que había afilado la navaja. Y como mi cuerpo se diluía en el espacio y solo sentía la cara a la que tocaban los dedos, me imaginé con facilidad que sus tiernas manos sostenían (acariciaban, movían) mi cabeza, como si no la considerasen unida al cuerpo, sino sola en sí misma, de modo que la afilada navaja, que esperaba en la mesilla, iba a poder coronar aquella hermosa autonomía de la cabeza.

Luego se interrumpió el contacto de los dedos y oí que la peluquera se alejaba, que ahora sí de verdad cogía la navaja, y en ese momento me dije (porque las ideas continuaban con sus juegos) que tenía que ver cuál era el aspecto de la que mantenía mi cabeza, de mi tierno asesino. Despegué la vista del techo y miré al espejo. Y entonces me quedé asombrado: el juego con el que me había estado divirtiendo adquirió de repente rasgos extrañamente reales; y es que me pareció que a la mujer que se inclinaba hacia mí en el espejo, la conocía.

Con una mano sostenía el lóbulo de mi oreja, con la otra raspaba cuidadosamente el jabón de mi cara; pero entonces, al mirarla, la identidad que hacía un momento acababa de comprobar con asombro empezó a disolverse y a perderse lentamente. Luego se inclinó sobre el lavabo, con dos dedos quitó la espuma de la navaja, se irguió y cambió suavemente la posición del sillón; en ese momento se encontraron por un instante nuestras miradas ¡y a mí me volvió a parecer que era ella! Seguro, la cara es bastante distinta, como si perteneciera a su hermana mayor, grisácea, marchita, un tanto hundida, ¡pero si hace quince años que nos hemos visto por última vez! A lo largo de esos años el tiempo ha impreso sobre su rostro verdadero una máscara falsa, pero por suerte la máscara tiene dos orificios a través de los cuales pueden volver a mirarme sus reales y verdaderos ojos, tal como los conocí.

Pero luego las pistas volvieron a complicarse: un nuevo cliente entró en el salón, se sentó en una silla detrás de mí a esperar que le llegase el turno; al poco tiempo se dirigió a mi peluquera; le dijo algo acerca de lo agradable que era el verano y de la piscina que estaban construyendo en las afueras de la ciudad; la peluquera le respondió (le presté más atención a su voz que a las palabras, que por lo demás no tenían especial interés) y comprobé que no reconocía aquella voz; sonaba con naturalidad, descuidada, sin angustia, casi burda, era una voz completamente ajena.

Ahora me estaba lavando la cara, apretaba las palmas de las manos contra mi cara y yo (a pesar de la voz) empecé de nuevo a creer que era ella, que después de quince años volvía a sentir sus manos en mi cara, que me acariciaba una vez más, que me acariciaba prolongada y tiernamente (me olvidé por completo de que no me estaba acariciando sino lavando); mientras tanto, su voz extraña seguía respondiéndole algo al charlatán, pero yo no quería creer a la voz, quería creer mejor a las manos, quería reconocerla por las manos; intentaba averiguar, según la amabilidad con que me tocaba, si era ella y si me había reconocido.

Luego cogió la toalla y me secó la cara. El charlatán se estaba riendo de un chiste que él mismo había contado y yo me di cuenta de que mi peluquera no se reía y de que probablemente no prestaba demasiada atención a lo que él le decía. Aquello me excitó porque vi en ello una prueba de que me había reconocido y se sentía interiormente emocionada. Estaba decidido a hablarle en cuanto me levantase del sillón. Me quitó el delantal del cuello. Me levanté. Saqué del bolsillo interior de mi chaqueta un billete de cinco coronas. Esperé a que nuestras miradas volviesen a encontrarse para llamarla por su nombre de pila (el hombre aquel seguía hablando y hablando), pero ella tenía la cabeza vuelta sin prestarme atención, las cinco coronas las cogió rápidamente con toda naturalidad y de repente me sentí como un loco que da crédito a apariciones engañosas y no tuve el valor suficiente para hablarle.

Con una extraña insatisfacción salí del local; lo único que sabía era que no sabía nada y que es una gran *grosería* perder la seguridad sobre la identidad de una cara a la que una vez se amó tanto.

Por supuesto, no era difícil averiguar la verdad. Me fui con prisa hacia el hotel (por el camino vi en la acera de enfrente a un viejo amigo de la juventud, Jaroslav, que dirige una orquesta folklórica, pero, como si huyese del ruido insistente de la música, aparté rápidamente la mirada) y desde el hotel llamé a Kostka por teléfono; aún estaba en el hospital.

—Por favor, ¿esa peluquera con la que me dejó, se llama Lucie Sebetkova?

—Ahora se llama de otra manera, pero es ella. ¿De dónde la conoce? —dijo Kostka.

—De hace muchísimo tiempo —respondí, y ya ni siquiera bajé a cenar, salí del hotel (ya se estaba haciendo de noche) y fui a deambular por la ciudad.

Segunda parte
Helena

1

Hoy me voy a acostar temprano, no sé si me dormiré, pero me voy a acostar temprano, Pavel se fue por la tarde a Bratislava, yo, mañana por la mañana temprano tomo el avión para Brno y después el autobús, Zdenicka se quedará dos días sola en casa, no creo que le importe, no le interesa demasiado nuestra compañía, es decir, no le interesa mi compañía, a Pavel lo adora, Pavel es el primer hombre al que admira, él sabe cómo tratarla, igual que ha sabido hacerlo con todas las mujeres, conmigo también sabía cómo hacerlo y lo sigue sabiendo, esta semana se ha vuelto a portar conmigo como hace tiempo, me hizo una caricia y me prometió que pasaría por Moravia a recogerme cuando regresara de Bratislava, según parece tenemos que volver a hablar, quizás se ha dado cuenta de que esto no puede seguir así, quizás quiere que volvamos a estar como antes, pero ¿por qué no se ha dado cuenta hasta ahora, después de conocer yo a Ludvik? Todo esto me angustia, pero no debo estar triste, no debo, *que la tristeza no vaya unida a mi nombre,* esa frase de Fucik es mi consigna, ni cuando lo torturaron, ni en la horca, Fucik nunca estuvo triste, y no me importa que la alegría haya pasado de moda, a lo mejor soy una idiota, pero los otros también son unos idiotas, con esa moda suya del escepticismo, no tengo ningún motivo para cambiar mi idiotez por la de ellos, no quiero que mi vida se parta por la mitad, quiero que sea una sola vida, una sola desde el principio hasta el final, y por eso me gusta tanto Ludvik, porque cuando estoy con él no tengo que cambiar mis ideales ni mis gustos, es una persona corriente, sencilla, clara, y eso es lo que yo amo, lo que siempre he amado.

No me da vergüenza ser como soy, no puedo ser diferente de como he sido siempre, hasta los dieciocho no conocí más que el ordenado hogar de la ordenada burguesía provinciana y el estudio y más estudio, de la vida real me separaba una muralla, cuando en el 49 vine a Praga, fue como un milagro, una felicidad que nunca podré olvidar, y por eso a Pavel nunca lo podré borrar de mi vida, aunque ya no lo ame, aunque me haya hecho daño, Pavel es mi juventud, Praga, la facultad, la residencia de estudiantes, y sobre todo el famoso Grupo de Cantos y Danzas Fucik, un conjunto estudiantil, hoy ya nadie sabe lo que aquello fue para nosotros, allí conocí a Pavel, él era tenor y yo contralto, actuábamos en cientos de conciertos y fiestas, cantábamos canciones soviéticas y nuestras canciones revolucionarias y, por supuesto, canciones populares, ésas eran las que más nos gustaba cantar, y las canciones moravas me gustaron tanto que yo, nacida en Bohemia, me sentía morava, y convertí estas canciones en el leitmotiv de mi vida, se confunden con esa época, con mis años de juventud, con Pavel, las oigo cada vez que el sol luce para mí, estos días las oigo.

Y hoy ya no le podría contar a nadie cómo empezó mi relación con Pavel, porque parece una historia sacada de un libro, era el aniversario de la Liberación y en la Plaza de la Ciudad Vieja había una gran manifestación, nuestro grupo también estaba, íbamos juntos a todas partes, un grupito de gente rodeado por decenas de miles, y en la tribuna había dirigentes de nuestro país y del extranjero, hubo muchos discursos y muchos aplausos y luego se acercó al micrófono también Togliatti y pronunció un breve discurso en italiano y la plaza respondió como siempre gritando, aplaudiendo, coreando consignas. Por casualidad, entre toda esa multitud, Pavel estaba a mi lado y yo le oí decir algo en medio del griterío, algo distinto, algo suyo, miré su boca y comprendí que estaba cantando, más bien gritaba que cantaba, quería que lo oyésemos y nos sumáramos a él, cantaba una canción revolucionaria italiana que estaba en nuestro repertorio y era entonces muy popular, *Avanti popolo, alla riscossa, bandiera rossa, bandiera rossa...*

Eso era típico en él, nunca le bastó incidir sobre las ideas, siempre quiso llegar a los sentimientos de la gente, me pareció que era precioso saludar en una plaza de Praga a un líder obrero italiano con una canción revolucionaria italiana, yo quería que Togliatti estuviese tan emocionado como yo lo estaba ya de antemano, y por eso me sumé con todas mis fuerzas a la canción de Pavel, y se sumaron muchos más, poco a poco se fue sumando todo el grupo, pero el griterío en la plaza era terriblemente fuerte y nosotros éramos un puñado, nosotros éramos cincuenta y ellos por lo menos cincuenta mil, era una superioridad espantosa, era una lucha desesperada, durante toda la primera estrofa pensamos que sucumbiríamos, que nadie oiría nuestro canto, pero luego se produjo un milagro, poco a poco se nos fueron uniendo más y más voces, la gente empezó a entender y la canción lentamente se fue desprendiendo del enorme ruido de la plaza como una mariposa de un inmenso capullo de gritos. Al final, aquella mariposa, aquella canción, llegó volando hasta la tribuna y nosotros estábamos pendientes de la cara de aquel italiano con el pelo canoso y estábamos felices al ver que respondía a la canción moviendo una mano y yo hasta estaba segura de que veía lágrimas en sus ojos.

Y con el entusiasmo y la emoción, no sabría decir cómo, de repente cogí a Pavel de la mano y Pavel me devolvió el apretón, y cuando la plaza se calló y se acercó otra persona al micrófono, tenía miedo de que me soltara la mano, pero no la soltó, seguimos tomados de la mano hasta el fin de la manifestación y después tampoco nos soltamos, la multitud se disolvió y nosotros paseamos varias horas por Praga, por la ciudad florecida.

Siete años más tarde, cuando Zdenicka ya tenía cinco, eso no lo olvidaré nunca, me dijo: *no nos hemos casado por amor sino por disciplina de partido,* yo sé que lo dijo en medio de una pelea, que era mentira, Pavel se casó conmigo por amor y fue más tarde cuando cambió, pero igual es horrible que me lo haya podido decir, si era él quien decía siempre que el amor de hoy es distinto, que no es un amor que huya de la gente, sino que nos fortalece en la lucha, y así era como lo vivíamos, a mediodía no teníamos ni tiempo para almorzar, comíamos en el secretariado de la Unión de Juventudes dos panecillos y después a lo mejor no nos veíamos en todo el día, yo esperaba a Pavel hasta la medianoche, cuando volvía de interminables reuniones de seis, de ocho horas, en mi tiempo libre le pasaba a máquina las charlas que tenía que dar en toda clase de conferencias y cursillos, y le importaban muchísimo, eso solo lo sé yo, lo que le importaba el éxito de sus intervenciones políticas, en sus discursos repetía cientos de veces que el hombre nuevo se diferencia del viejo porque supera en su vida la contradicción entre lo público y lo privado, y de repente, al cabo de unos años, me echa en cara que los camaradas no respetaron aquella vez su intimidad.

Ya hacía dos años que salíamos juntos y yo ya estaba un poco impaciente, eso no tiene nada de particular, ninguna mujer se conforma con una simple amistad de estudiantes, Pavel se conformaba, se acostumbró a la comodidad de no tener ningún compromiso, en cada hombre hay algo de egoísmo y es la mujer la que tiene que defenderse a sí misma y a su misión femenina, por desgracia esto Pavel no lo entendía tan bien como los camaradas del grupo, que lo convocaron a una reunión del comité, no sé lo que le habrán dicho, nunca hemos hablado de eso, pero seguro que no se anduvieron con rodeos, porque entonces la moralidad era muy estricta, un poco exagerada, pero quién sabe si no es mejor exagerar la moralidad que la inmoralidad, como ahora. Pavel hizo todo lo posible por no verme durante mucho tiempo, yo pensaba que lo había estropeado todo, estaba desesperada, quería suicidarme, pero por fin vino a verme, a mí me temblaban las piernas, me pidió que lo perdonase y me regaló un colgante con una reproducción del Kremlin, su recuerdo más preciado, no me lo quito nunca, no es solo un recuerdo de Pavel, es mucho más, y me eché a llorar de felicidad y a los quince días fue la boda y vino todo el grupo, duró casi veinticuatro horas, se cantó y se bailó y yo le dije a Pavel que si nosotros dos nos traicionásemos, traicionaríamos a todos los que festejaban la boda con nosotros, traicionaríamos a la manifestación de la Plaza de la Ciudad Vieja y a Togliatti, ahora me dan ganas de reír cuando pienso en todo lo que hemos traicionado realmente...

Estoy pensando en lo que me voy a poner mañana, probablemente el suéter rosado y el impermeable, que es lo que me
hace mejor figura, ya no estoy muy delgada, pero bueno, a cambio de las arrugas puedo tener otros encantos que no tiene una
chica joven, el encanto de la mujer que ha vivido, para Jindra
seguro que sí, pobrecito, aún lo estoy viendo, lo decepcionado
que estaba de que yo volase por la mañana y él fuera solo en el
coche, está feliz siempre que puede ir conmigo, le gusta hacerme demostración de su madurez, a sus diecinueve años, conmigo iría seguramente a ciento treinta para que lo admirara, un
chiquillo feíto, por lo demás es bastante bueno como técnico
y como chófer, a los redactores les gusta ir con él cuando tienen
que hacer pequeños reportajes fuera, y además qué pasa, es agradable saber que hay alguien a quien le gusta verme, hace ya
unos años que no me quieren demasiado en la radio, dicen que
me dedico a fastidiar a la gente, que soy una fanática, una dogmática, la bestia del partido y yo qué sé cuántas cosas más, pero
yo nunca me voy a avergonzar por querer al partido y por de-
dicarle todo mi tiempo libre. Además, ¿qué otra cosa me ha
quedado en la vida? Pavel tiene otras mujeres, ya ni siquiera me
ocupo de averiguar quiénes son, mi hija adora a su padre, mi
trabajo es desconsoladoramente monótono desde hace diez años,
reportajes, entrevistas, siempre sobre los mismos planes quinque-
nales, establos y ordeñadoras, en casa siempre la misma falta de
perspectivas, únicamente el partido no me ha hecho nunca ningún daño ni yo se lo he hecho a él, ni siquiera en aquellos momentos en que casi todos querían abandonarlo, cuando en el 56
se descubrieron los crímenes de Stalin, la gente enloqueció, es-
cupían sobre todo, que si nuestra prensa miente, que si el comercio nacionalizado no funciona, que si la cultura está en deca-
dencia, que si no había que haber creado las cooperativas en los

pueblos, que si la Unión Soviética es el país de la sumisión, y lo peor era que así hablaban hasta los comunistas en sus propias reuniones, hasta Pavel hablaba así, y todos volvían a aplaudirle, a Pavel siempre le aplaudieron, desde la infancia le aplauden, hijo único, su madre duerme con una fotografía suya en la cama, niño prodigio pero hombre mediocre, no fuma, no bebe, pero sin aplausos no sabe vivir, ése es su alcohol y su nicotina, así que volvió a disfrutar de que otra vez podía llegar al corazón de la gente, hablaba de los horribles procesos estalinistas con una emoción tal que la gente estaba a punto de llorar, yo sentía qué feliz estaba en su indignación y lo odiaba.

Por suerte, el partido les dio un buen palo a los histéricos, se callaron, también se calló Pavel, su puesto de profesor universitario de marxismo era demasiado cómodo como para arriesgarse, pero algo quedó en el ambiente, la semilla de la apatía, de la desconfianza, de la duda, una semilla que iba creciendo en silencio y en secreto, yo no sabía qué hacer para impedirlo y lo único que hice fue acercarme aún más al partido, como si el partido fuera un ser vivo, puedo hablar con él con absoluta confianza, ahora que no tengo nada de que hablar con nadie, no solamente con Pavel, los demás tampoco me quieren demasiado, ya se vio cuando tuvimos que resolver aquella historia tan desagradable, uno de nuestros redactores, un hombre casado, estaba liado con una de nuestro personal técnico, una chica joven soltera, irresponsable y cínica, y la mujer del redactor vino desesperada a pedirle ayuda a nuestro comité, discutimos el caso durante muchas horas, llamamos uno por uno a la mujer, a la técnica y como testigos a los compañeros de trabajo, intentamos analizar el problema desde todos los puntos de vista y ser justos, al redactor se le impuso una amonestación de la organización del partido, a la técnica se le llamó la atención y los dos tuvieron que prometer ante el comité que se iban a separar. Pero las palabras no son más que palabras, lo dijeron solo para calmarnos y siguieron viéndose, pero la mentira termina por descubrirse, en seguida nos enteramos y yo propuse la solución más drástica, pedí que al redactor se lo expulsara del partido por engañar y estafar conscientemente al partido, qué clase de comunista es si le miente al partido, yo odio la mentira, pero mi propuesta no fue aceptada, al redactor le pusieron nada más que una amonestación, pero la técnica, en cambio, tuvo que dejar la radio.

Aquella vez se vengaron de mí a conciencia, me convirtieron en un monstruo, en una bestia, una campaña en toda regla, empezaron a espiar mi vida privada, ése era mi talón de Aquiles, una mujer no puede vivir sin sentimientos, si no, no sería una mujer, por qué iba a negarlo, he buscado el amor en otra parte, ya que no lo tenía en mi hogar, además fue una búsqueda inútil, y me lo sacaron a relucir en una reunión, que si soy una hipócrita, que si persigo a los demás porque destruyen un matrimonio, que si quiero expulsarlos, echarlos, destruirlos, y yo misma le soy infiel a mi marido siempre que puedo, eso es lo que dijeron en la reunión, pero cuando yo no estaba lo decían aún peor, que si en público soy una monja y en privado una furcia, como si no pudieran comprender que precisamente porque sé lo que es un matrimonio desgraciado, por eso mismo soy dura con los demás, no porque los odie, sino por amor, por amor al amor, por amor a sus hogares, a sus hijos, porque les quiero ayudar, ¡si yo también tengo una hija y un hogar y tengo miedo a perderlos!

Y qué, a lo mejor tienen razón, a lo mejor es cierto que soy una mujer mala y a la gente hay que darle libertad y nadie tiene derecho a entrometerse en su vida privada, es posible que todo este mundo nuestro lo hayamos hecho mal y que yo sea de verdad un asqueroso comisario que se mete en lo que no le importa, pero yo soy así y no puedo actuar en contra de mis sentimientos, ahora ya es tarde, yo siempre he creído que el ser humano es indivisible, solo los burgueses están hipócritamente divididos en un ser público y un ser privado, ésa es mi fe y por ella me he guiado siempre, aquella vez también.

Y a lo mejor he sido mala, no hace falta que me torturen para que lo reconozca, no soporto a esas jovencitas, esas golfas, jóvenes salvajes, no tienen ni una gota de solidaridad con una mujer mayor, ya cumplirán los treinta y los treinta y cinco y los cuarenta, que no me digan que ella lo quería, qué sabe ésa lo que es el amor, se acuesta con cualquiera a la primera vez, no tiene ningún reparo, no tiene vergüenza, me indigna profundamente cuando alguien me compara con una chica de ésas solo porque estando casada he tenido relaciones con otros hombres. Pero yo siempre he buscado el amor, y si me he equivocado y no lo he encontrado allí donde lo estaba buscando, me he dado la vuelta con el estómago revuelto y me he ido, me he ido a otra parte, aunque sé lo fácil que sería olvidar los sueños juveniles sobre el amor, olvidarlos, cruzar la frontera y encontrarse en el reino de la extraña libertad, donde no existe la vergüenza, ni los reparos, ni la moral, en el reino de la extraña y asquerosa libertad, donde todo está permitido, donde basta con escuchar cómo dentro de uno se agita el sexo, ese animal.

Y también sé que si cruzase esa frontera dejaría de ser yo misma, me convertiría en otra persona y no sé en quién, y eso me da horror, ese horrible cambio, y por eso busco el amor, busco desesperadamente un amor en el que pueda seguir siendo como soy, con mis viejos sueños y mis ideales, porque yo no quiero que mi vida se parta por la mitad, quiero que se quede entera desde el comienzo hasta el final, y por eso me quedé tan fascinada cuando te conocí, Ludvik, Ludvik...

3

En realidad, la primera vez que entré en su despacho me hizo muchísima gracia, ni siquiera me interesó demasiado, empecé a hablar sin ninguna timidez, a explicarle el tipo de información que necesitaba, la idea que tenía sobre el programa de radio, pero cuando empezó a hablar conmigo sentí de repente que me confundía, que me trababa, que decía tonterías, y él, cuando vio que yo no sabía por dónde salir, llevó la conversación hacia temas cotidianos, que si estoy casada, que si tengo hijos, adónde voy a pasar las vacaciones y también dijo que parezco joven, que soy guapa, quería que se me quitase el miedo, estuvo muy amable, ya he conocido muchos fanfarrones que no hacen más que jactarse, aunque no sepan ni la décima parte de lo que sabe él, Pavel no hablaría más que de sí mismo, pero eso es precisamente lo que tuvo gracia, que estuve con él una hora entera y salí sabiendo de su instituto lo mismo que sabía antes, cuando me puse a escribir el reportaje en casa, no era capaz, pero probablemente estaba contenta de que no me saliera, al menos tenía una excusa para llamarle por teléfono y pedirle que leyese lo que había escrito. Nos encontramos en un café, mi pobre reportaje tenía cuatro páginas, lo leyó, se sonrió muy galante y me dijo que era estupendo, desde el principio me dio a entender que le interesaba como mujer y no como redactora, yo no sabía si tomarlo como un cumplido o como una ofensa, pero estuvo tan amable, nos entendimos, no es ningún intelectual de vivero, de los que me caen gordos, ha vivido una vida azarosa, hasta trabajó en las minas, yo le dije que ése era el tipo de gente que me gustaba, pero lo que me dejó más helada es que es de Moravia, que hasta tocó en una orquesta de música folklórica, no podía dar crédito a mis oídos, estaba oyendo el leitmotiv de mi vida, estaba viendo venir desde lejos a mi juventud y me sentía caer en poder de Ludvik.

Me preguntó a qué suelo dedicar mi tiempo, se lo conté y él me dijo, parece como si siguiera oyendo su voz, medio en broma, medio en tono compasivo, vive usted mal, Helena, y después añadió que eso hay que cambiarlo, que tengo que empezar a vivir de otra manera, que tengo que dedicarme un poco más a *las alegrías de la vida*. Le dije que no tengo nada en contra de eso, que siempre he sido partidaria de la alegría, que no hay nada que me sea más antipático que todas esas modas de la tristeza y el esplín, y él me dijo que eso de que sea partidaria de algo no quiere decir nada, que los partidarios de la alegría suelen ser de lo más tristes, ¡oh!, ¡cuánta razón tiene!, tuve ganas de gritar, y después dijo directamente, sin andarse con rodeos, que iba a venir a buscarme al día siguiente a las cuatro a la salida de la radio y que iríamos juntos al campo, a las afueras de Praga. Yo me defendí diciendo que soy una mujer casada, no puedo ir así sin más al bosque con un hombre, con un extraño, y Ludvik me contestó en broma que él no es un hombre sino solo un científico, pero se puso triste al decirlo, ¡muy triste! Y al verlo me invadió una sensación de calor por la alegría que me daba que me deseara, y que me deseara aún más cuando le recordé que estaba casada, porque al decirlo me alejaba de él y lo que más se desea es lo que se aleja de uno, yo bebía con ansia esa tristeza de su cara y en ese momento supe que estaba enamorado de mí.

Y al día siguiente desde un lado se oía el susurro del Vltava y en el lado contrario se alzaba un bosque empinado, aquello era romántico, me gusta lo romántico, seguramente me comporté de una forma un poco alocada, es posible que no fuera lo más adecuado para la madre de una niña de doce años, me reí, salté, lo cogí de la mano y lo obligué a correr detrás de mí, nos detuvimos, yo oía los latidos de mi corazón, estábamos cara a cara, muy juntos, y Ludvik se inclinó un poquito y me besó suavemente, en seguida me aparté de su lado y volví a cogerlo de la mano y volvimos a correr otro poco, tengo un pequeño defecto en el corazón y se me acelera en cuanto hago el menor esfuerzo, basta con que suba un piso aprisa por las escaleras, así que en seguida aminoré el paso, la respiración se me fue calmando y de repente me puse a cantar, muy despacito, los dos primeros tiempos de una canción morava, mi canción favorita, y cuando intuí que me había entendido, me puse a cantar en voz alta, no me dio vergüenza, sentí cómo desaparecían los años, las preocupaciones, las tristezas, las miles de escamas grises, y luego nos sentamos en una pequeña posada, comimos pan y salchichas, todo era completamente sencillo y simple, el camarero antipático, el mantel manchado, y sin embargo fue una aventura maravillosa, le dije a Ludvik, ¿a que no sabe que dentro de tres días salgo para Moravia a hacer un reportaje sobre la Cabalgata de los Reyes? Me preguntó a qué ciudad iba y cuando le respondí me dijo que había nacido precisamente allí, otra coincidencia más que me dejó pasmada, y Ludvik dijo: me tomaré unos días de descanso e iré a verla.

Me asusté, me acordé de Pavel y de aquella lucecita de esperanza que él había encendido en mí, no soy cínica en mi matrimonio, estoy dispuesta a hacer todo lo posible por salvarlo, aunque solo sea por Zdenicka, pero para qué mentir, sobre todo por mí misma, por todo lo que ha pasado, por el recuerdo de mi juventud, pero no tuve fuerzas para decirle que no a Ludvik, no tuve fuerzas y ahora la suerte ya está echada, Zdenicka duerme y yo tengo miedo y Ludvik ya está en Moravia y mañana me irá a esperar al autobús.

1

Sí, me fui a dar un paseo. Me detuve en el puente sobre el Morava y miré en el sentido en el que corre el agua. Qué feo es el Morava (un río tan marrón como si por él corriera barro líquido en vez de agua) y qué desolada es su ribera: una calle formada por cinco casas burguesas de una sola planta, que no están unidas, sino cada una por su lado, extravagantes y abandonadas; quién sabe si debían haber servido de base para un malecón ostentoso que nunca llegó a construirse; dos de ellas tienen cerámicas y estucados, angelitos y pequeñas escenas que hoy ya están desconchadas: al ángel le faltan las alas y las escenas están en algunas partes desnudas hasta el ladrillo, de modo que no resultan inteligibles. Luego termina la calle de las casas abandonadas y ya no hay más que las torres metálicas del tendido eléctrico, el césped y en él unas cuantas ocas a las que se les ha hecho tarde, y luego el campo, un campo sin horizonte, un campo que no llega a ninguna parte, un campo en el que se pierde el barro líquido del río Morava.

Las ciudades tienen la propiedad de hacer unas de espejo de las otras y yo en este escenario (lo conocía desde la infancia y entonces no me decía absolutamente nada) vi de repente a Ostrava, esa ciudad minera que parece un enorme dormitorio provisional, lleno de casas abandonadas y de calles sucias que llevan al vacío. Estaba sorprendido; me encontraba en el puente como una persona expuesta al disparo de una ametralladora. No quería mirar hacia la calle vacía de las cinco casas solitarias, porque no quería pensar en Ostrava. Así que me di la vuelta y me puse a andar por la orilla del río en contra de la corriente.

Por allí pasa un sendero bordeado a un costado por una tupida hilera de chopos: un estrecho mirador. A su derecha desciende hasta la superficie del río la ribera crecida de hierba y yerbajos y más allá del río se ven en la orilla opuesta depósitos, talleres y patios de pequeñas fábricas; a la izquierda del camino hay en primer lugar un extenso basural y luego el campo abierto, claveteado por las torres metálicas del tendido eléctrico. Pasé por encima de todo aquello como si anduviera por una larga pasarela sobre las aguas y si comparo todo ese paisaje a una amplia extensión de agua es porque me venía de allí una sensación de frío y porque iba por aquella arboleda como si pudiera caerme de ella. Y mientras tanto me daba cuenta de que el especial aspecto fantasmagórico del paisaje no era más que una copia de aquello que no había querido recordar tras el encuentro con Lucie; como si los recuerdos reprimidos se trasladaran a todo lo que ahora veía a mi alrededor, al desierto de los campos, los patios y los depósitos, a lo turbio del agua y a aquel frío omnipresente que le daba una unidad a todo el escenario. Comprendí que no podría huir de los recuerdos; que estaba rodeado por ellos.

2

Acerca de cómo llegué al primer naufragio de mi vida (y por su nada amable intermedio también a Lucie) no sería difícil hablar en tono ligero e incluso con cierta gracia: la culpa de todo la tuvo mi desgraciada propensión a las bromas tontas y la desgraciada incapacidad de Marketa para comprender una broma. Marketa era una de esas mujeres que se lo toman todo en serio (esta característica suya la identificaba plenamente con el mismísimo espíritu de su tiempo) y a las que los hados les han otorgado desde la cuna la capacidad de creer, como característica principal. Esto no pretende ser un eufemismo para indicar que fuese tonta; ni mucho menos: tenía suficiente talento y era lista y además tan joven (con sus diecinueve años) y tan guapa como para que la ingenua credulidad fuese más bien uno de sus encantos y no uno de sus defectos. En la facultad, Marketa nos gustaba a todos y, de uno u otro modo, todos intentábamos conquistarla, lo cual no nos impedía (al menos a algunos de nosotros) hacerla objeto de chistes ligeros y bienintencionados.

Pero el humor era algo que le caía mal a Marketa y peor aún al espíritu de nuestro tiempo. Corría el primer año posterior a febrero del 48; había empezado una nueva vida, en verdad completamente distinta, y el rostro de esa nueva vida, tal como se quedó grabado en mis recuerdos, era rígidamente serio, y lo extraño de aquella seriedad era que no ponía mala cara, sino que tenía aspecto de sonrisa; sí, aquellos años afirmaban ser los más alegres de todos los años y quienquiera que no se alegrara era inmediatamente sospechoso de estar entristecido por la victoria de la clase obrera o (lo cual no era delito menor) de estar *individualistamente* sumergido en sus tristezas interiores.

Yo no tenía entonces muchas tristezas interiores, por el contrario, tenía un considerable sentido del humor, y sin embargo no se puede decir que ante el rostro alegre de la época tuviera un éxito indiscutible, porque mis chistes eran excesivamente poco serios, en tanto que la alegría de aquella época no era amante de la picardía y la ironía, era una alegría, como ya he dicho, seria, que se daba a sí misma el orgulloso título de «optimismo histórico de la clase triunfante», una alegría ascética y solemne, sencillamente, la Alegría.

Recuerdo que entonces estábamos organizados en la facultad en los llamados «círculos de estudio», que se reunían con frecuencia para llevar a cabo la crítica y la autocrítica pública de todos sus miembros y elaborar luego sobre esta base la valoración de cada uno. Como todos los comunistas, yo tenía entonces muchos cargos (ocupaba un puesto importante en la Unión de Estudiantes Universitarios), y como tampoco era mal estudiante, la valoración no podía salirme demasiado mal. Y sin embargo, a renglón seguido de las frases de reconocimiento, en las que se describía mi activismo, mi positiva postura respecto al estado y al trabajo y mis conocimientos de marxismo, solía añadirse una frase acerca de que tenía «restos de individualismo». Una objeción de este tipo no tenía por qué ser peligrosa, porque era costumbre incluir, aun en la mejor valoración personal, alguna nota crítica, reprocharle a uno su «escaso interés por la teoría de la revolución», a otro una «relación fría con la gente», a otro una escasa «vigilancia revolucionaria» y a otro, pongamos por caso, una «mala relación con las mujeres», pero a partir del momento en que la nota crítica ya no estaba sola, cuando se añadía a ella alguna otra objeción, cuando uno tenía algún conflicto o se convertía en objeto de sospechas o ataques, los mencionados «restos de individualismo» o la «mala relación con las mujeres» podían ser la simiente de la perdición. Y la particular fatalidad consistía en que esa simiente la llevaban consigo en su valoración personal todos, sí, cada uno de nosotros.

A veces (más bien por deporte que por temores reales) me negué a aceptar la acusación de individualismo y les pedí a mis compañeros que explicasen por qué era individualista. No tenían para ello pruebas especialmente concretas; decían: «Porque te portas así». «¿Cómo me porto?», preguntaba. «Siempre estás sonriendo de una manera rara.» «¿Y qué tiene de malo? ¡Estoy alegre!» «No, tú sonríes como si estuvieras pensando algo para tus adentros.»

Los camaradas llegaron a la conclusión de que mi comportamiento y mi sonrisa eran propios de un intelectual (otro famoso insulto de aquellos tiempos) y yo terminé por creerles, porque era incapaz de imaginar (eso estaba sencillamente muy por encima de mi atrevimiento) que todos los demás se equivocaran, que se equivocara la propia revolución, el espíritu de la época, mientras que yo, un individuo, tenía la razón. Comencé a controlar un tanto mis sonrisas y, al poco tiempo, a tener la sensación de que una pequeña grieta se abría entre aquel que yo era y aquel que (según la opinión del espíritu de la época) debía ser y trataba de ser.

¿Y quién era yo realmente entonces? Quiero responder a esa pregunta con total sinceridad: era aquel que tiene varias caras.

Y el número de caras aumentaba. Aproximadamente un mes antes de que comenzaran las vacaciones empecé a tener una mayor intimidad con Marketa (ella estaba en primer curso y yo en segundo); trataba de impresionarla de un modo parecido, por su estupidez, al que utilizan los hombres de veinte años en todos los tiempos: me puse una máscara, aparentaba ser mayor (por mi espíritu y por mis experiencias) de lo que era; aparentaba estar alejado de todo, ver el mundo desde lo alto y llevar alrededor de mi piel otra piel más, invisible y a prueba de balas. Supuse (por lo demás acertadamente) que tomarme las cosas en broma sería una expresión comprensible de distanciamiento, y si siempre me gustó bromear, con Marketa bromeaba con especial esfuerzo, artificial y fatigosamente.

Pero ¿quién era yo realmente? Me veo obligado a repetirlo: era aquel que tiene varias caras.

Era serio, entusiasta y convencido en las reuniones; provocativo y crítico con los amigos más cercanos; era cínico y artificialmente ingenioso con Marketa; y cuando estaba solo (y pensaba en Marketa) era indeciso y tembloroso como un escolar.

¿Era quizás esta última cara la verdadera?

No. Todas aquellas caras eran verdaderas. No tenía, como los hipócritas, una cara verdadera y unas caras falsas. Tenía varias caras porque era joven y yo mismo no sabía quién era y quién quería ser. (Sin embargo, la desproporción entre todas aquellas caras me asustaba; no había llegado a asumir por completo ninguna de ellas y me movía detrás de ellas con la torpeza de un ciego.)

La maquinaria psicológica y fisiológica del amor es tan complicada que en determinada época de la vida el joven se ve obligado a concentrarse casi exclusivamente en aprender a manejarla y entonces se le escapa el verdadero contenido del amor: la mujer a la que ama (de un modo similar al joven violinista que no es capaz de concentrarse adecuadamente en el contenido de la pieza hasta no haber dominado la técnica manual en la medida necesaria para dejar de pensar en ella mientras toca). Si he hablado de que cuando pensaba en Marketa era tembloroso como un escolar, debo añadir en este sentido que ello no provenía tanto de mi enamoramiento como de mi falta de habilidad y de mi inseguridad, que sentía como una carga y que dominaba mis sentimientos y mis pensamientos mucho más que Marketa.

Para soportar la carga de estas vacilaciones y de esta falta de habilidad, trataba de ponerme por encima de Marketa: hacía todo lo posible por no estar de acuerdo con ella o por reírme directamente de todas sus opiniones, lo cual no era especialmente complicado, porque a pesar de su sagacidad (y de su belleza que —como toda belleza— daba la impresión de una aparente inaccesibilidad) era una chica ingenuamente simple; no era capaz de ver *más allá* de las cosas y no veía más que las cosas en sí mismas; entendía perfectamente la botánica pero con frecuencia no entendía las anécdotas que le contaban sus compañeros; se dejaba arrastrar por todos los entusiasmos de la época, pero en el momento en que era testigo de alguna actuación política basada en el principio de que el fin justifica los medios, perdía su capacidad de comprensión del mismo modo que si se tratase de una de las anécdotas de sus compañeros; precisamente por eso los camaradas llegaron a la conclusión de que necesitaba reforzar su entusiasmo con conocimientos sobre la táctica y la estrategia del movimiento revolucionario y decidieron que debía participar durante las vacaciones en un cursillo de formación del partido de dos semanas de duración.

Aquel cursillo era para mí de lo más inoportuno, porque había planeado quedarme solo con Marketa en Praga precisamente durante esos catorce días y llevar nuestra relación (que hasta el momento se componía de paseos, conversaciones y algunos besos) hacia objetivos más precisos; yo no disponía más que de aquellos catorce días (las cuatro semanas siguientes tenía que pasarlas en un campamento de trabajos agrícolas y los últimos catorce días de vacaciones tenía que estar con mi madre en Moravia), así que me produjo una dolorosa sensación de celos que Marketa no compartiera mi tristeza, que no se enfadara por tener que ir al cursillo y que incluso llegara a decirme que le hacía ilusión.

Desde el cursillo (se celebraba en no sé qué palacio en el centro de Bohemia) me mandó una carta que era como ella misma: una carta llena de sincera aceptación de todo lo que le ocurría en la vida; le gustaba todo, hasta el cuarto de hora de gimnasia matinal, las conferencias, las discusiones, las canciones que se cantaban; me escribió que había allí «un espíritu sano» y hasta añadió una reflexión sobre la revolución en Occidente, que no tardaría en llegar.

Lo cierto es que, en realidad, yo estaba de acuerdo con todo lo que decía Marketa, hasta creía en una inminente revolución en Europa occidental; solo había una cosa con la que no estaba de acuerdo: que estuviera contenta y feliz cuando yo la echaba de menos. De modo que compré una postal y (para herirla, asombrarla y confundirla) escribí: ¡El optimismo es el opio del pueblo! El espíritu sano hiede a idiotez. ¡Viva Trotski! Ludvik.

3

Marketa respondió a mi postal provocativa con una breve carta con un texto banal y no contestó ya a las demás cartas que le mandé durante las vacaciones. Yo estaba en algún lugar en las montañas recogiendo heno en un campamento universitario y el silencio de Marketa me producía una enorme tristeza. Le escribía desde allí, casi todos los días, cartas llenas de un enamoramiento suplicante y melancólico; le pedía que nos viéramos al menos los últimos catorce días de vacaciones, estaba dispuesto a no ir a casa, a no ver a mi madre abandonada y a ir a donde fuera preciso para ver a Marketa; y todo eso no solo porque la quería, sino porque era la única mujer que aparecía en mi horizonte y la situación de muchacho sin chica me resultaba insoportable. Pero Marketa no respondía a mis cartas.

Yo no comprendía lo que estaba pasando. Llegué en agosto a Praga y logré encontrarla en su casa. Fuimos a dar el habitual paseo por la orilla del Vltava y la isla —la del Prado Imperial (ese triste prado con sus chopos y sus campos de juego vacíos)— y Marketa decía que no había cambiado nada entre nosotros y se comportaba como siempre, pero era precisamente esa permanente *igualdad* (la igualdad de los besos, la igualdad de la conversación, la igualdad de la sonrisa) la que me deprimía. Cuando le pedí a Marketa que nos viéramos al día siguiente, me dijo que la llamara por teléfono y que nos pondríamos de acuerdo.

La llamé; una voz ajena de mujer me comunicó que Marketa se había ido de Praga.

Yo era tan infeliz como solo puede serlo un muchacho de veinte años cuando no tiene una mujer; un muchacho aún bastante tímido que ha conocido el amor físico unas cuantas veces, mal y deprisa, y que sin embargo no hace más que darle vueltas en su pensamiento. Los días me resultaban insoportablemente largos e inútiles, no podía leer, no podía trabajar, iba tres veces por día al cine, a todas las funciones de tarde y de noche, una tras otra, solo para matar el tiempo, para acallar de alguna manera la penetrante voz de lechuza que salía permanentemente desde dentro de mí. Yo, aquel que había logrado convencer a Marketa (gracias a mis constantes fanfarronadas) de que estaba casi aburrido de las mujeres, no me atrevía a hablarles a las chicas que pasaban por la calle y sus hermosas piernas me dolían en el alma.

Por eso me alegré de que llegara otra vez septiembre y con él otra vez la universidad y, un par de días antes, mi trabajo en la Unión de Estudiantes, donde tenía un despacho propio y mucho trabajo por hacer. Pero ya el segundo día me llamaron por teléfono para que me presentara al secretariado del partido. A partir de ese momento lo recuerdo todo con detalle: era un día de sol, salí del edificio de la Unión de Estudiantes y sentí que la tristeza que me había invadido durante todas las vacaciones iba desapareciendo poco a poco. Fui hasta el secretariado con una agradable curiosidad. Llamé a la puerta y me abrió el presidente del comité, un joven alto de cara estrecha, rubio y con ojos de un azul helado. Le dije: «Honor al trabajo», que era como los comunistas se saludaban entonces. Él no me saludó y dijo: «Te esperan al fondo». Al fondo, en la última habitación del secretariado, me esperaban tres miembros del comité universitario del partido. Me indicaron que me sentara. Me senté y comprendí que pasaba algo malo. Los tres camaradas, a los que conocía perfectamente y con los que estaba acostumbrado a divertirme alegremente, me miraban con cara impenetrable; me seguían tuteando (como está mandado entre camaradas), pero de repente ya no era un tuteo *amistoso* sino un tuteo oficial y *amenazador.* (Reconozco que desde entonces tengo aversión por el tuteo; originalmente debe ser expresión de una proximidad íntima, pero si las personas que se tutean no se sienten próximas, adquiere de inmediato el significado opuesto, es expresión de grosería, de modo que un mundo en el que toda la gente se tutea no es el mundo de la amistad generalizada sino el mundo de la falta de respeto generalizada.)

Así que me senté delante de los tres estudiantes universitarios que me tuteaban y me hicieron la primera pregunta: si conocía a Marketa. Dije que la conocía. Me preguntaron si le había escrito. Dije que sí. Me preguntaron si recordaba lo que había escrito. Dije que no lo recordaba, pero la postal con el texto provocativo estuvo a partir de ese momento delante de mis ojos y empecé a intuir de qué se trataba. ¿No te acuerdas?, me preguntaron. No, dije. ¿Y qué te escribió Marketa? Hice un movimiento de hombros para dar la impresión de que me había escrito sobre cuestiones íntimas, de las que no podía hablar. ¿Te escribió algo sobre el cursillo?, me preguntaron. Sí, me escribió, dije. ¿Qué te escribió sobre eso? Que le gustaba, respondí. ¿Y qué más? Que las conferencias eran buenas y los participantes también, respondí. ¿Te escribió que en el cursillo había un espíritu sano? Sí, dije, creo que me escribió algo por el estilo. ¿Te escribió que se había dado cuenta de la fuerza que tenía el optimismo?, siguieron preguntando. Sí, dije. ¿Y qué opinas tú del optimismo?, preguntaron. ¿Del optimismo? ¿Qué voy a pensar?, pregunté. ¿Te consideras optimista?, siguieron preguntando. Sí, me considero, dije tímidamente. Me gusta bromear, soy una persona bastante alegre, intenté aligerar el tono del interrogatorio. Alegre puede ser un nihilista, dijo uno de ellos, puede reírse de la gente que sufre. Alegre puede ser hasta un cínico, prosiguió. ¿Tú crees que se puede edificar el socialismo sin optimismo?, preguntó otro. No, dije. Entonces tú no eres partidario de que en nuestro país se edifique el socialismo, dijo el tercero. ¿Cómo dices eso?, me defendí. Porque para ti el optimismo es el opio del pueblo, atacaron. ¿Cómo que el opio del pueblo?, seguí defendiéndome. No te escabullas, lo has escrito tú. ¡Marx llamó opio del pueblo a la religión, pero para ti el opio del pueblo es nuestro optimismo! Se lo has escrito a Marketa. Me gustaría saber qué dirían nuestros trabajadores, nuestros obreros de choque que superan los planes de producción, si se enterasen de que su optimismo es opio, enlazó en seguida otro. Y el tercero añadió: Para un trotskista, el optimismo de los constructores del socialismo no es más que opio. ¡Y tú eres trotskista! Por Dios, cómo se os ha ocurrido eso, me defendí. Lo has escrito tú, ¿sí o no? Es posible que haya escrito algo por el estilo en broma, ya hace más de dos meses, no lo recuerdo. Te lo podemos recordar nosotros, dijeron, y me leyeron mi postal. El optimismo es el opio del pueblo. ¡El espíritu sano hiede a idiotez! ¡Viva Trotski! Ludvik. En la pequeña sala del secretariado político aquellas frases sonaban de un modo tan horrible que en ese momento sentí miedo y me di cuenta de que tenían un poder destructivo que yo no iba a ser capaz de resistir. Camaradas, era una broma, dije y sentí que ya nadie iba a creerme. ¿A vosotros os hace reír?, les preguntó uno de los camaradas a los otros. Los dos le respondieron con un gesto de negación. ¡Deberíais conocer a Marketa!, dije. La conocemos, me contestaron. Entonces ya sabéis que Marketa se lo toma todo en serio y nosotros siempre nos reímos un poco de ella y tratamos de impresionarla. Muy interesante, dijo uno de los camaradas, por las demás cartas no parece que no tomes en serio a Marketa. ¿Es que habéis leído todas las cartas que le escribí a Marketa? Así que como Marketa se lo toma todo en serio, dijo otro, tú te ríes de ella. Pero dinos qué es lo que se toma en serio. El partido, el optimismo, la disciplina, ¿no es eso? Y todo eso que ella se toma en serio, a ti te da risa. Pero camaradas, dije, si ya ni me acuerdo de cuándo lo escribí, lo escribí de repente, un par de frases en broma, ni siquiera pensaba en lo que estaba escribiendo, ¡si hubiera tenido mala intención no lo hubiera mandado a un cursillo del partido! Da lo mismo cómo lo hayas escrito. Lo escribas rápido o despacio, de pie o en la mesa, no puedes escribir más que lo que está dentro de ti. No puedes escribir más que eso. A lo mejor, si lo hubieras pensado más detenidamente, no lo habrías escrito. Lo has escrito sin fingir. Así por lo menos sabemos quién eres. Por lo menos sabemos que tienes varias caras, una para el partido y otra para los demás. Sentí que mi defensa se había quedado sin argumentos válidos. Volví a repetir varias veces lo mismo: que se trataba de una broma, que eran palabras que no querían decir nada, que se debían a mi estado de ánimo, etc. No me hicieron caso. Me dijeron que había escrito aquellas frases en una postal que podía ser leída por cualquiera, que aquellas frases tenían una incidencia *objetiva* y que no incluían ninguna nota explicativa sobre mi estado de ánimo. Después me preguntaron qué había leído de Trotski. Les dije que nada. Me preguntaron quién me había prestado esos libros. Les dije que nadie. Me preguntaron con qué trotskistas me había reunido. Les dije que con ninguno. Me dijeron que quedaba inmediatamente relevado de mis funciones en la Unión de Estudiantes y me pidieron que les devolviese la llave del despacho. La llevaba en el bolsillo y se la di. Después dijeron que la organización de base del partido en la facultad de ciencias se encargaría de resolver mi caso. Se levantaron sin mirarme. Les dije «honor al trabajo» y me fui.

Después me acordé de que en mi despacho de la Unión de Estudiantes había muchas cosas mías. Nunca he sido una persona muy ordenada y en el cajón de la mesa de escribir tenía, además de mis papeles, unos calcetines, y en el armario, entre los expedientes, los restos de una tarta que me había mandado mi madre. Acababa de entregar la llave en el secretariado del partido pero había otra llave en la portería, colgada entre otras muchas, en un panel de madera; la cogí; lo recuerdo todo al detalle: la llave de mi despacho estaba atada con un cordel grueso de cáñamo a una tablilla pequeña de madera en la que estaba escrito en color blanco el número de mi despacho. Abrí la puerta con esta llave y me senté a la mesa; abrí el cajón y empecé a sacar todas mis cosas; lo iba haciendo lentamente y distraído, intentando, en aquel momento de relativa calma, reflexionar sobre lo que había ocurrido y lo que debería hacer.

Al poco tiempo se abrió la puerta. Allí estaban otra vez los tres camaradas del secretariado. Esta vez ya no parecían fríos y distantes. Esta vez sus voces sonaban indignadas y fuertes. Sobre todo la del más pequeño de ellos, el responsable de la política de cuadros del comité. Me preguntó a gritos cómo había hecho para entrar. Con qué derecho. Me dijo que si quería que llamara a Seguridad. Que qué estaba revolviendo en la mesa. Le dije que había venido a buscar la tarta y los calcetines. Me dijo que no tenía ningún derecho a aparecer por allí ni aunque tuviese un armario lleno de calcetines. Luego se acercó a la mesa y se puso a revisar uno por uno los papeles y los cuadernos. Eran efectivamente cosas personales, de modo que al fin me dieron permiso para meterlas delante de ellos en el maletín. Metí también los calcetines, arrugados y sucios, metí hasta la tarta que estaba en el armario sobre un papel engrasado lleno de migas. Vigilaban cada uno de mis movimientos. Salí del despacho con mi maletín y el responsable de la política de cuadros me dijo, como despedida, que no volviera a aparecer nunca más por allí.

En cuanto estuve fuera del alcance de los camaradas del comité provincial y de la imbatible lógica de su interrogatorio, sentí que era inocente, que en mis frases no había nada malo y que tenía que ir a ver a alguien que conociera bien a Marketa y que comprendiera que todo aquel asunto era ridículo. Fui a ver a un estudiante de nuestra facultad, que era comunista, y cuando le conté todo me dijo que los del comité provincial eran demasiado mojigatos, que no tenían sentido del humor y que él, que conocía bien a Marketa, se daba cuenta perfectamente de lo que había pasado. Por lo demás, lo que tenía que hacer, me dijo, era hablar con Zemanek, que iba a ser aquel año presidente del partido en nuestra facultad y que nos conocía bien a Marketa y a mí.

4

Yo no sabía que Zemanek iba a ser presidente de la organización y me pareció una excelente noticia, porque a Zemanek sí que lo conocía bien y estaba seguro de que contaba con toda su simpatía, aunque solo fuese por mi origen moravo. Y es que a Zemanek le gustaba muchísimo cantar canciones moravas; estaba muy de moda en aquella época cantar canciones populares y cantarlas con la voz un tanto áspera, levantando un brazo y poniendo cara de ser un hombre verdaderamente *popular*, como si a uno lo hubiese parido su madre durante un baile, debajo de un címbalo.

En la facultad de ciencias yo era en realidad el único moravo de verdad, lo cual me otorgaba ciertos privilegios; cada vez que se presentaba la oportunidad de festejar algo, ya se tratase de alguna reunión especial, de alguna fiesta o del primero de mayo, los camaradas me pedían que sacase el clarinete e imitase, junto con dos o tres compañeros aficionados, un conjunto de música morava. Y así fuimos dos años seguidos (con el clarinete, el violín y el contrabajo) a la manifestación del primero de mayo, y Zemanek, que era guapo y le gustaba exhibirse, iba con nosotros vestido con un traje típico prestado, bailando, con el brazo levantado y cantando. A aquel praguense de nacimiento que nunca había estado en Moravia le encantaba hacer de personaje popular moravo y yo lo miraba con buenos ojos porque me sentía feliz de que la música de mi tierra, que había sido desde siempre el paraíso del arte popular, fuese tan querida.

Y Zemanek también conocía a Marketa, lo cual era otra ventaja. Con frecuencia nos encontrábamos los tres juntos en distintos festejos estudiantiles; en una oportunidad (se había formado aquella vez un grupo de estudiantes bastante grande) me inventé que en las montañas checas vivían tribus pigmeas, argumentando mi invención con citas de un supuesto estudio científico que desarrollaba tan interesante tema. A Marketa le llamó la atención no haber oído hablar nunca de aquello. Yo dije que no era nada extraño: la ciencia burguesa ocultaba conscientemente la existencia de los pigmeos, porque los capitalistas comerciaban con los pigmeos como esclavos.

¡Pero eso habría que publicarlo!, gritó Marketa. ¿Por qué nadie escribe sobre eso? ¡Sería un argumento en contra de los capitalistas!

Supongo que nadie escribe sobre ello, afirmé pensativo, porque se trata de un asunto delicado y escabroso: y es que los pigmeos tienen un rendimiento amoroso totalmente excepcional y ése era el motivo por el cual eran muy solicitados y por eso nuestra república los exportaba en secreto, a cambio de importantes cantidades de moneda extranjera, especialmente a Francia, donde los alquilaban las viejas damas capitalistas como sirvientes, para utilizarlos en realidad de un modo muy distinto.

Mis compañeros ocultaban sus ganas de reír, debidas no tanto a la especial ingeniosidad de mi invención como a la cara de interés que ponía Marketa, siempre dispuesta a entusiasmarse por algo (o en contra de algo); se mordían los labios para no quitarle a Marketa la satisfacción de conocer algo nuevo y algunos de ellos (especialmente Zemanek) hacían su propia aportación, confirmando mis noticias sobre los pigmeos.

Cuando Marketa preguntó qué aspecto tenían los pigmeos, recuerdo que Zemanek le dijo muy serio que el profesor Cechura, al cual Marketa tenía el honor de ver de vez en cuando junto con todos sus colegas, en la cátedra, era de origen pigmeo por parte de padre y de madre o, al menos, de uno de los dos. Parece ser que el adjunto Hule le contó a Zemanek que había pasado unas vacaciones en el mismo hotel que el matrimonio Cechura, que no llegaba a medir tres metros sumando la estatura de los dos. Una mañana entró en su habitación sin suponer que el matrimonio aún dormía y se quedó pasmado: estaban acostados en la misma cama, pero no uno al lado del otro, sino uno tras otro, el señor Cechura encogido en la parte inferior y la señora Cechura en la parte superior de la cama.

Claro, intervine yo: pero entonces no solo Cechura es de origen pigmeo sino también su mujer, porque dormir uno tras otro es una costumbre atávica de todos los pigmeos de las montañas, que, por lo demás, en el pasado no construían nunca sus chozas en forma de círculo o de cuadrado, sino en forma de larguísimo rectángulo, porque no solo los matrimonios, sino los clanes enteros acostumbraban a dormir en una larga cadena uno tras otro.

Cuando aquel día aciago me acordé de nuestras charlatanerías, me pareció que se encendía una lucecita de esperanza. Zemanek, que se ocuparía de resolver mi caso, conoce mi forma de bromear y conoce a Marketa, y comprenderá que la carta que le escribí no era más que una broma para provocar a una chica a la que todos admirábamos y a la que (quizás precisamente por eso) nos gustaba tomarle el pelo. En cuanto tuve la oportunidad le conté el lío en el que me había metido; Zemanek me oyó atentamente, frunció el entrecejo y dijo que vería lo que se podía hacer.

Mientras tanto vivía de un modo provisional; seguía yendo a clases y aguardaba. Con frecuencia me convocaban a reuniones de distintas comisiones del partido, que intentaban sobre todo averiguar si pertenecía a algún grupo trotskista; yo trataba de demostrarles que ni siquiera sabía a ciencia cierta en qué consistía el trotskismo; me aferraba a cada una de las miradas de los camaradas investigadores, buscando en ella confianza; algunas veces efectivamente la encontraba y era capaz entonces de llevar conmigo durante mucho tiempo la mirada en cuestión, de conservarla dentro de mí y de extraer de ella, pacientemente, esperanzas.

Marketa seguía evitando mi presencia. Comprendí que aquello estaba relacionado con el asunto de mi postal y, con orgullosa autocompasión, no quise preguntarle nada. Pero un día me detuvo ella misma a la puerta de la facultad: «Quisiera hablar contigo de algo».

Y tras varios meses volvimos a encontrarnos paseando juntos; ya estábamos en otoño, los dos teníamos puestos unos largos impermeables de los que en aquella época (una época totalmente inelegante) solían llevarse; lloviznaba levemente, los árboles a la orilla del río estaban negros y sin hojas. Marketa me contó cómo había ocurrido todo: cuando estaba en el cursillo de vacaciones la llamaron de repente los camaradas de la dirección y le preguntaron si recibía en el cursillo alguna correspondencia; dijo que sí. Le preguntaron de dónde. Dijo que le escribía su madre. ¿Y alguien más? Algún compañero, de vez en cuando, dijo. ¿Puedes decirnos quién?, le preguntaron. Me nombró a mí. ¿Y qué es lo que te escribe el camarada Jahn? Se encogió de hombros porque no tenía ganas de repetir las palabras de mi tarjeta postal. ¿Tú también le has escrito?, le preguntaron. Le escribí, dijo. ¿Qué le escribiste?, le preguntaron. Pues sobre el cursillo, dijo, y algunas otras cosas. ¿A ti te gusta el cursillo?, le preguntaron. Sí, mucho, respondió. ¿Y le escribiste que te gustaba? Sí, se lo escribí, les respondió. ¿Y qué contestó él?, siguieron preguntando. ¿Él?, respondió dubitativa Marketa, bueno, él es raro, tendríais que conocerlo. Lo conocemos, dijeron, y querríamos saber lo que te escribió. ¿Puedes enseñarnos esa postal suya?

—No te enfades conmigo —me dijo Marketa—, tuve que enseñársela.

—No te disculpes —le dije a Marketa—, de todos modos la conocían ya antes de hablar contigo; si no la hubieran conocido, no te habrían llamado.

—Yo no me disculpo ni me da vergüenza habérsela dado a leer, ése no es el problema. Tú eres miembro del partido y el partido tiene derecho a saber quién eres y cómo piensas —se defendió Marketa, y después me dijo que se quedó horrorizada al leer lo que había escrito, cuando todos sabemos que Trotski es el peor enemigo de todo aquello por lo que luchamos y por lo que vivimos.

¿Qué le iba a contar a Marketa? Le pedí que continuase y dijese qué más había pasado.

Marketa dijo que habían leído la tarjeta y se habían quedado asombrados. Le preguntaron cuál era su opinión. Les dijo que aquello era horroroso. Le preguntaron por qué no se la había ido a enseñar ella misma. Se encogió de hombros. Le preguntaron si no sabía lo que era la vigilancia revolucionaria. Agachó la cabeza. Le preguntaron si no sabía cuántos enemigos tiene el partido. Les dijo que lo sabía, pero que no había creído que el camarada Jahn... Le preguntaron si me conocía bien. Le preguntaron cómo era yo. Dijo que era raro. Que había momentos en los que creía que yo era un comunista firme, pero que a veces decía cosas que un comunista no debería decir nunca. Le preguntaron qué es lo que, por ejemplo, suelo decir. Dijo que no se acordaba de nada en concreto, pero que no había nada que fuera sagrado para mí. Dijeron que aquella postal lo demostraba claramente. Les dijo que con frecuencia discutía conmigo por muchas cosas. Y además les dijo que yo hablaba de una manera en las reuniones y de otra manera con ella. Que en las reuniones estaba lleno de entusiasmo, mientras que con ella hacía chistes sobre todo y me lo tomaba todo a broma. Le preguntaron si creía que una persona así podía ser miembro del partido. Se encogió de hombros. Le preguntaron si el partido podría edificar el socialismo si sus miembros dijesen que el optimismo es el opio del pueblo. Dijo que un partido así no podría edificar el socialismo. Le dijeron que era suficiente. Y que por el momento no debía decirme nada, porque querían ver qué más escribía yo. Les dijo que ya no quería volver a verme. Le respondieron que eso no sería correcto, que por el contrario debería seguir escribiéndome para que se supiera qué más había dentro de mí.

—¿Y tú después les enseñaste mis cartas? —le pregunté a Marketa, ruborizándome hasta lo más profundo del alma al recordar mis largas tiradas amatorias.

—¿Y qué iba a hacer? —dijo Marketa—. Pero yo ya no podía escribirte después de todo aquello. No le voy a escribir a alguien solo para hacer de señuelo. Te escribí otra postal y basta. No quería verte porque no podía decirte nada y tenía miedo de que me preguntases algo y yo me viera obligada a mentirte a la cara, porque no me gusta mentir.

Le pregunté a Marketa qué era lo que la había impulsado a reunirse ese día conmigo.

Me dijo que la causa había sido el camarada Zemanek. Se había encontrado con ella después de las vacaciones en el pasillo de la facultad y la había llevado a un pequeño despacho donde se reunía el secretariado de la organización del partido en la facultad de ciencias. Le dijo que había tenido noticia de que yo le había escrito al cursillo una postal con frases hostiles al partido. Le preguntó de qué frases se trataba. Ella se lo dijo. Le preguntó cuál era su opinión sobre aquello. Ella le dijo que lo condenaba. Le dijo que eso era correcto y le preguntó si seguía saliendo conmigo. Ella dudó y le dio una respuesta indefinida. Él le dijo que había llegado a la facultad una valoración muy positiva para ella del cursillo y que la organización de la facultad contaba con ella. Ella le dijo que eso era estupendo. Él le dijo que no quería entrometerse en su vida privada pero que creía que a la persona se la conoce por los amigos con los que se relaciona, por el compañero que elige, y que no hablaría en su provecho elegirme precisamente a mí.

Al cabo de unas semanas Marketa cambió de idea. Ya hacía varios meses que no salía conmigo, de modo que la sugerencia de Zemanek había resultado inútil; pero precisamente aquella sugerencia la había hecho pensar si no era cruel y moralmente intolerable sugerirle a alguien que dejara a su compañero solo porque ese compañero hubiera cometido un error y si por lo tanto no sería también injusto que ella misma me hubiera dejado. Visitó al camarada que durante las vacaciones había dirigido el cursillo y le preguntó si seguía vigente la orden de no decirme nada de lo que había pasado con la postal, y cuando se enteró de que ya no había motivo para ocultar nada, se dirigió a mí y me pidió que habláramos.

Y ahora me confiaba cuál era el peso que tenía en la conciencia: sí, había actuado mal al decidir no volver a verme; ninguna persona está perdida para siempre aunque haya cometido los mayores errores. Al parecer se había acordado de la película soviética *Tribunal de honor* (una película que era entonces muy popular entre la gente del partido), en la cual un médico-científico soviético ponía un descubrimiento a disposición del público extranjero antes de que lo conocieran en su propio país, lo cual era un síntoma de cosmopolitismo (otro famoso peyorativo de aquella época) y una traición; Marketa se refería emocionada en particular al final de la película: el científico era condenado por un tribunal de honor formado por sus colegas, pero la amante esposa no abandonaba al marido condenado, sino que se empeñaba en darle fuerzas para que pudiera redimir su grave culpa.

—Así que has decidido que no me abandonas —dije.

—Sí —dijo Marketa y me tomó de la mano.

—Pero dime una cosa, Marketa, ¿tú crees que he cometido un delito muy grave?

—Creo que sí —dijo Marketa.

—¿Y qué crees, tengo derecho a permanecer en el partido o no?

—Creo que no, Ludvik.

Yo sabía que si entraba a tomar parte en el juego al que se había apuntado Marketa, un juego cuyo patetismo vivía ella, al parecer, con toda su alma, hubiera logrado todo lo que desde hacía meses intentaba inútilmente conquistar: impulsada por el patetismo de la salvación como un barco por el vapor, estaría ahora indudablemente dispuesta a entregárseme en alma y cuerpo. Claro que con una condición: sus ansias de salvarme deberían verse plenamente satisfechas; y para que se vieran satisfechas el objeto de la salvación (¡horror, yo mismo!) tenía que estar dispuesto a aceptar su más profunda culpabilidad. Pero eso yo no lo podía hacer. Tenía al alcance de la mano el cuerpo de Marketa, pero no podía apoderarme de él a ese precio, porque no podía asumir mi culpabilidad y aceptar la insoportable condena: no podía tolerar que alguien que debía estar junto a mí aceptara esa culpabilidad y esa condena.

No estuve de acuerdo con Marketa, la rechacé y la perdí, ¿pero es cierto que me sentía inocente? Por supuesto que me reafirmaba permanentemente en la ridiculez de todo aquel asunto, pero al mismo tiempo empecé a ver las tres frases de la postal con los ojos de aquellos que me habían interrogado: empezaban a espantarme aquellas frases y tenía miedo de que, con la excusa de la broma, evidenciaran algo realmente muy grave: que yo nunca había llegado a identificarme por completo con el partido hasta llegar a ser con él un mismo cuerpo, que nunca había sido un verdadero revolucionario proletario, sino que sobre la base de una *mera* decisión me había «sumado a los revolucionarios» (y es que sentíamos el revolucionarismo proletario, por así decirlo, no como una cuestión de *elección,* sino como una cuestión de esencia: o bien se *es* revolucionario y se funde uno con el movimiento en un todo, o no se es revolucionario y lo único que queda es *querer* serlo; pero entonces se es permanentemente culpable de no serlo).

Cuando recuerdo hoy mi situación de aquella época, me viene a la cabeza, por analogía, el inmenso poder del cristianismo, que le sugiere al creyente su condición básica e ininterrumpidamente pecaminosa: yo también me he encontrado (todos nos encontramos así) frente a la revolución y su partido con la cabeza permanentemente gacha, de modo que poco a poco me fui haciendo a la idea de que mis frases, aunque hubieran sido pensadas en broma, constituían sin embargo una culpa, y en mi cabeza comenzó a devanarse el examen autocrítico: me dije que aquellas frases no se me habían ocurrido por casualidad, que hacía ya tiempo que los camaradas (y parece que llevaban razón) me habían llamado la atención sobre mis «restos de individualismo»; me dije que me había empezado a ver con excesiva autosatisfacción en mi condición de persona culta, de estudiante universitario, de futuro intelectual, y que mi padre, un obrero que murió durante la guerra en un campo de concentración, difícilmente hubiera comprendido mi cinismo; me reprochaba no haber sabido conservar su conciencia obrera; me reprochaba todo lo habido y por haber y hasta me hacía a la idea de que era necesario algún tipo de castigo; solo había una cosa que seguía sin aceptar: la posibilidad de que me expulsasen del partido y me señalasen como *enemigo* suyo; vivir señalado como enemigo de aquello por lo que había optado ya desde pequeño, y a lo que en verdad tenía apego, me parecía desesperante.

Esta autocrítica, que era al mismo tiempo una lastimera defensa, la pronuncié cientos de veces en voz baja y al menos diez veces ante distintos comités y comisiones y, por fin, también en la decisiva reunión plenaria de nuestra facultad, en la cual Zemanek pronunció el discurso de apertura (sugestivo, brillante, inolvidable) sobre mí y sobre mis culpas y propuso en nombre del comité mi expulsión del partido. Después de mi intervención autocrítica la discusión se desarrolló desfavorablemente para mí; no hubo nadie que me defendiera y al final todos (eran cerca de cien y entre ellos estaban mis maestros y mis compañeros más próximos), sí, todos a una, levantaron la mano para aprobar no solo mi expulsión del partido sino también (y eso no lo esperaba en absoluto) mi salida forzosa de la universidad.

Esa misma noche, después de la reunión, tomé el tren y me fui a casa, pero el hogar no me podía traer consuelo alguno, entre otras cosas porque durante varios días no me atreví a decirle a mamá, que estaba muy orgullosa de mis estudios, lo que había pasado. En cambio, al día siguiente de llegar, vino a casa Jaroslav, mi compañero del bachillerato y del conjunto folklórico en el que tocaba durante el bachillerato, y se quedó encantado de encontrarme; dos días más tarde se casaba y yo tenía que ir de testigo. No podía negarle el favor a un viejo compañero y no me quedó más remedio que celebrar mi caída con una fiesta de bodas.

Por si fuera poco, Jaroslav era un obstinado patriota y folklorista moravo, de modo que utilizó su propia boda en provecho de sus pasiones etnográficas y la organizó de acuerdo con las viejas costumbres populares: con trajes típicos, con música folklórica, con el «patriarca» que pronuncia los discursos nupciales, con la novia llevada en brazos a través del umbral, con canciones; en pocas palabras, con todas las ceremonias que se celebran ese día y que él había reconstruido más a partir de los libros de etnografía que de la memoria viva. Pero advertí una cosa extraña: mi amigo Jaroslav, reciente director de un grupo de coros y danzas que prosperaba estupendamente, mantenía todas las costumbres antiguas imaginables, pero (teniendo en cuenta seguramente su puesto y atento a las consignas ateístas) no fue con los invitados a la iglesia, a pesar de que una boda popular tradicional es impensable sin el cura y la bendición divina; hizo que el «patriarca» recitase todos los discursos ceremoniales populares, pero suprimiendo cuidadosamente cualquier motivo bíblico, a pesar de que son estos motivos los que constituyen el principal material simbólico de las alocuciones nupciales. La tristeza, que me impedía identificarme con la embriaguez de la fiesta, me permitía sentir, en la originalidad de aquellas ceremonias populares, el olor del cloroformo. Y cuando Jaroslav me pidió que cogiese el clarinete (como un recuerdo sentimental de mi anterior pertenencia al conjunto) y me sentase con los demás músicos, me negué. Me acordé de cómo había tocado los dos últimos años en la fiesta del primero de mayo y cómo bailaba junto a mí el praguense Zemanek, vestido con el traje típico, levantando el brazo y cantando. No era capaz de tocar el clarinete y sentía que todo aquel barullo folklórico me era repugnante, repugnante, repugnante...

5

Al perder la posibilidad de estudiar perdí también el derecho a la prórroga del servicio militar, de modo que ya solo esperaba al reemplazo de otoño; la espera la ocupé con dos empleos eventuales: primero trabajé en una carretera que estaban arreglando cerca de Gottwaldov, al final del verano me presenté en una fábrica de conservas y por fin llegó el otoño y una buena mañana (luego de una noche de vigilia en el tren) aparecí en un cuartel, en un feo suburbio de la ciudad de Ostrava.

Me tocó esperar en el patio del cuartel junto con otros jóvenes a los que les había correspondido el mismo regimiento; no nos conocíamos; en la penumbra de este primario desconocimiento mutuo sobresalen notablemente en los demás los rasgos rudos y extraños; el único elemento humano que nos unía era el incierto futuro, acerca del cual corrían entre nosotros breves conjeturas. Algunos afirmaban que nos habían tocado los negros, otros lo negaban y había algunos que ni siquiera sabían lo que quería decir aquello. Yo sí lo sabía y por eso tales suposiciones me daban miedo.

Luego vino a buscarnos un sargento y nos condujo a un edificio; nos dirigimos hacia un corredor y por el corredor a una gran habitación en la que por todas partes había enormes murales llenos de consignas, fotografías y burdos dibujos. En la pared frontal había un gran cartel formado por letras de papel rojo recortado: EDIFICAMOS EL SOCIALISMO y debajo de aquel cartel una silla y junto a ella un viejecito delgado. El sargento eligió a uno de nosotros y a ése le tocó sentarse en la silla. El viejecito le colocó una sábana blanca alrededor del cuello, luego metió la mano en una cartera que estaba apoyada en la pata de la silla, sacó una máquina de cortar el pelo y comenzó a trasquilar la cabeza del muchacho.

Junto a la silla del peluquero empezaba un proceso en cadena que nos debía transformar en soldados: de la silla en la que perdíamos el pelo nos mandaban a una habitación contigua, allí teníamos que desnudarnos, meter nuestra ropa en una bolsa de papel, atarla con un cordel y entregarla en la ventanilla; desnudos y pelados atravesábamos después el corredor hasta otra habitación donde nos entregaban un camisón; con el camisón puesto íbamos hacia otra puerta en la que nos daban las botas militares; en camisones y botas marchábamos luego atravesando el patio hasta otro edificio en el que nos daban camisas, calzoncillos, medias, cinturón y uniforme (ilos galones de la guerrera eran negros!); finalmente llegamos al último edificio, en el cual un suboficial leía en voz alta nuestros nombres, nos dividía según la compañía y nos adjudicaba la habitación y la cama correspondientes.

Esa misma noche fuimos llamados a formar, después a cenar y después a acostarnos; por la mañana fuimos despertados y llevados a la mina; en la mina, divididos en equipos de trabajo según las compañías y obsequiados con herramientas (barrena, pala y lámpara) que casi ninguno de nosotros sabía manejar; después el ascensor nos transportó hacia el interior de la tierra. Cuando salimos de la mina con el cuerpo dolorido nos esperaban los suboficiales, nos hicieron formar y nos volvieron a llevar al cuartel; comimos y por la tarde hubo instrucción, después de la instrucción, limpieza, educación política, canto obligatorio; en lugar de la vida privada una habitación con veinte camas. Y así un día tras otro.

La cosificación a la que nos vimos sometidos me pareció durante los primeros días completamente opaca, impenetrable;

las funciones impersonales que desempeñábamos, siempre cumpliendo órdenes, reemplazaron todas nuestras manifestaciones humanas; claro que aquella opacidad era solamente relativa y se debía no solo a circunstancias reales sino también a la inadaptación de la vista (como cuando se entra desde la luz a una habitación oscura); al cabo de un tiempo comenzó lentamente a hacerse más transparente y hasta en aquella *penumbra de la cosificación* se empezó a ver lo humano de la gente. Sin embargo, tengo que reconocer que yo fui uno de los últimos en acomodar mi sistema visual a la mencionada «luminosidad».

Eso se debía a que me negaba con todo mi ser a admitir mi destino. Los soldados que tenían galones negros, entre los cuales me encontraba, solo hacían instrucción para la formación, sin armas, y trabajaban en las minas. Recibían un sueldo por su trabajo (en este sentido estaban mejor que los demás soldados), pero aquello era para mí un consuelo escaso cuando pensaba que se trataba exclusivamente de personas a las que la joven república socialista no les quería confiar un arma porque los consideraba enemigos. Por supuesto que aquello comportaba un trato más cruel y el peligro inminente de que el servicio durase más de los dos años obligatorios, pero lo que a mí más me horrorizaba era haber ido a parar junto a quienes consideraba mis más encarnizados enemigos y que me hubieran mandado allí mis propios camaradas. Por eso la primera etapa entre los negros la pasé como un solitario empedernido; no quería compartir mi vida con mis enemigos. Lo de las salidas estaba en aquella época muy mal (la salida no era un *derecho* del soldado, sino que se la daban solo como *recompensa),* pero yo aquellos días, mientras los soldados se iban en grupos a las cervecerías y a ligar, prefería quedarme solo; me tumbaba en la cama en la compañía, intentaba leer algo o incluso estudiar (cuando se es matemático, basta con un lápiz y un trozo de papel) y me consumía en mi inadaptación; estaba convencido de que tenía un solo objetivo: continuar la lucha por mi derecho a «no ser enemigo», por mi derecho a salir de allí.

Visité varias veces al comisario político de la unidad e intenté convencerlo de que había ido a parar a los negros por error;

de que me habían expulsado del partido por mi intelectualismo y mi cinismo pero no por ser enemigo del socialismo; volvía a explicar (¡cuántas veces ya!) la ridícula historia de la postal, una historia que, sin embargo, ya no era nada ridícula, sino que al relacionarse con los galones negros se hacía cada vez más sospechosa y parecía ocultar algo de lo que yo no quería que se enterasen. Debo decir en honor a la verdad que el comisario político me oyó atentamente y manifestó una comprensión casi inesperada por mi deseo de justicia; efectivamente se informó «más arriba» (¡qué determinación de lugar tan invisible!) sobre mi caso, pero al final me mandó llamar y me dijo con sincera amargura: «¿Por qué me has engañado? Me he enterado de que eres trotskista».

Comencé a comprender que no habría fuerza capaz de modificar esa imagen de mi persona que estaba depositada en algún sitio de la más alta cámara de decisiones sobre los destinos humanos; comprendí que (aunque aquella imagen no se pareciera mucho a mí) no era ella la mía sino yo su sombra; que no era a ella a quien se podía acusar de no parecérseme, sino que esa desemejanza era culpa mía; y que esa desemejanza era mi cruz, que no se la podía endilgar a nadie y que debía cargar con ella.

Sin embargo, no estaba dispuesto a rendirme. Pretendía realmente *cargar* con mi desemejanza; seguir siendo aquel que habían decidido que no era.

Tardé aproximadamente unos catorce días en acostumbrarme al duro trabajo en la mina, con la pesada barrena en las manos, cuyo temblor sentía vibrar en el cuerpo hasta la mañana siguiente. Pero trabajaba con todas mis fuerzas y con cierta furia; trataba de destacar por mi rendimiento y no tardé mucho en lograrlo.

El problema es que nadie veía en ello una manifestación de mi conciencia política. A todos nos pagaban por nuestro trabajo (nos quitaban algo por la comida y el alojamiento, pero aun así recibíamos bastante dinero) y por eso había otros muchos que, sin tener en cuenta ideologías, trabajaban con considerable empeño para arrancarle a aquellos años perdidos al menos alguna utilidad.

A pesar de que todos nos consideraban enemigos jurados del régimen, en el cuartel se mantenían todas las formas de vida pública habituales en el socialismo; nosotros, los enemigos del régimen, organizábamos diariamente, bajo el control del comisario, sesiones políticas, teníamos que encargarnos del cuidado de los murales, en los que pegábamos fotografías de los dirigentes socialistas y pintábamos consignas sobre el futuro feliz. Al principio me presentaba voluntario de un modo casi ostensible para hacer estos trabajos. Pero tampoco en esto veía nadie un síntoma de conciencia política, también se presentaban otros, cuando necesitaban que el comandante se fijase en ellos y les diese un permiso. Ninguno de los soldados veía esta actividad política como actividad política, sino tan solo como una mímica sin contenido que se les debía hacer a quienes nos tenían en su poder.

Y así comprendí que esta forma mía de resistencia también era vana, que el único que percibía ya mi «desemejanza» era yo mismo y que para los demás era invisible.

Entre los suboficiales a cuya merced estábamos, había un cabo de pelo negro, un pequeño eslovaco, que se diferenciaba de los demás por su moderación y su absoluta falta de sadismo. Lo apreciábamos bastante, aunque algunos de nosotros decían maliciosamente que su bondad era producto exclusivo de su estupidez. Los suboficiales tenían por supuesto armas, a diferencia de nosotros, y de vez en cuando iban a hacer ejercicios de tiro. En una oportunidad, el cabito de pelo negro regresó de los ejercicios muy contento porque había hecho más blancos que nadie. Muchos de nosotros lo felicitamos en seguida con gran alboroto (en parte por simpatía, en parte para tomarle el pelo); el cabito no hacía más que ruborizarse.

Por casualidad ese mismo día me quedé a solas con él y por hablar de algo le pregunté: «¿Cómo hace para tirar tan bien?».

El cabito me miró atentamente y luego dijo: «Yo tengo un sistema para acertar. Me imagino que no es un blanco de latón sino un imperialista. ¡Y me da tanta rabia que acierto!»

Iba a preguntarle cómo se imaginaba al imperialista en cuestión pero se adelantó a mi pregunta y me dijo en tono serio y reflexivo: «No entiendo por qué me felicitáis todos. ¡Si hubiera una guerra yo dispararía contra vosotros!».

Cuando oí aquella frase en boca de aquel buenazo que ni siquiera era capaz de gritarnos y al que por eso mismo lo trasladaron después a otra unidad, comprendí que el hilo que me había mantenido atado al partido y a los camaradas se me había escapado irremisiblemente de las manos. Me encontré fuera del camino de mi vida.

6

Sí. Todos los hilos habían sido arrancados.

Habían quedado cortados el estudio, la participación en el movimiento, el trabajo, las relaciones con los amigos, había quedado cortado el amor y hasta la búsqueda del amor, había quedado cortado, sencillamente, todo el sentido de mi trayectoria vital. No me había quedado más que el tiempo. Pero, en cambio, a éste lo estaba conociendo tan íntimamente como nunca antes me había sido posible. Ya no era un tiempo como aquel con el que me solía topar antes, un tiempo convertido en trabajo, en amor, en todo tipo de esfuerzo, un tiempo al que aceptaba sin fijarme en él, porque tampoco él me importunaba y se escondía decentemente detrás de mi propia actividad. Ahora llegaba hasta mí desnudo, solo en sí mismo, con su aspecto original y verdadero, y me obligaba a llamarlo por su nombre propio (ya que ahora vivía el tiempo escueto, el mero tiempo vacío), a no olvidarme de él ni por un momento, a pensar permanentemente en él y a sentir continuamente su peso.

Cuando suena la música, oímos la melodía olvidándonos de que es solo una de las formas del tiempo; cuando la orquesta calla, oímos el tiempo, el tiempo en sí. Yo vivía en una pausa. Pero claro que no se trataba de la pausa general de una orquesta (cuya dimensión está estrictamente determinada por el signo de pausa) sino de una pausa sin un final preciso. No podíamos (como lo hacían en todas las demás unidades) ir recortando trocitos de un centímetro de sastre para contemplar cómo se nos iban acortando los dos años de servicio obligatorio; y es que a los negros los podían tener en la mili todo el tiempo que quisieran. Ambroz, del segundo pelotón, con sus cuarenta años cumplidos, iba ya para cuatro años de servicio.

Estar en aquella época en la mili y tener en casa una mujer o una novia era sumamente amargo: significaba estar permanentemente en una inútil especie de guardia mental, vigilando una existencia incontrolable. Y significaba también estar permanentemente ilusionado esperando las visitas (¡tan escasas!) y estar permanentemente temblando por si el comandante se negaba a dar ese día el permiso establecido y la mujer llegaba inútilmente hasta la puerta del cuartel. Entre los negros se decía (con humor negro) que los oficiales esperaban entonces a las insatisfechas mujeres de los soldados, se acercaban a ellas y recogían después los frutos del deseo que les debían haber correspondido a los soldados que se habían quedado encerrados.

Y a pesar de todo: para los que tenían en casa una mujer había un hilo que atravesaba la pausa, quizás fino, quizás angustiosamente fino y frágil, pero que seguía siendo un hilo. Yo no tenía un hilo de ésos; había cortado toda relación con Marketa y si me llegaban algunas cartas, eran de mamá... ¿Y qué? ¿Eso no es un hilo?

No, no es un hilo; el hogar, si se trata del hogar materno, no es un hilo; es solo el pasado: las cartas que te escriben tus padres son un mensaje que proviene de una tierra firme de la cual te vas alejando; y lo que es más, esa carta no hace más que poner en evidencia tu descarriamiento, al recordarte el puerto del que partiste en condiciones tan honestamente, tan sacrificadamente creadas; sí, dice la carta, el puerto sigue estando aquí, permanece aún, seguro y hermoso, tal como era antes, ¡pero *el camino, el camino se ha perdido!*

Me iba haciendo por lo tanto a la idea de que mi vida había perdido su continuidad, de que se me había caído de las manos y de que no iba a tener más remedio que empezar por fin a estar internamente allí donde verdadera e irremisiblemente estaba. Y así mi vista se acomodaba gradualmente a aquella penumbra de la cosificación y yo empezaba a percibir a la gente que me rodeaba; más tarde que los demás, pero por suerte no tan tarde como para serles ya del todo extraño.

El primero que surgió de aquella penumbra (igual que surge ahora el primero de la penumbra de mi memoria) fue Honza, un chico de Brno (hablaba en una jerga barriobajera casi incomprensible) al que habían mandado con los negros por darle una paliza a un policía. Al parecer le pegó porque había sido compañero suyo del colegio y discutieron, pero al tribunal no hubo manera de explicárselo, Honza se pasó medio año en la cárcel y de allí vino directamente a nuestra unidad. Era oficial mecánico y estaba claro que le daba lo mismo volver a hacer alguna vez de mecánico o de cualquier otra cosa; no sentía apego por nada y manifestaba por su futuro una indiferencia llena de libertad.

El único que podía compararse con Honza por aquella preciosa sensación de libertad era Bedrich, el más extravagante de los veinte que dormían en nuestra habitación; llegó dos meses después del reemplazo normal de septiembre, porque primero fue a parar a un regimiento de infantería, en el cual se negó obstinadamente a llevar un arma, porque eso iba en contra de sus severos principios religiosos; no sabían qué hacer con él, especialmente desde que interceptaron sus cartas dirigidas a Truman y Stalin, en las que llamaba patéticamente a los dos jefes de Estado a disolver todos los ejércitos en nombre de la fraternidad socialista; estaban tan confundidos que al principio hasta le permitieron hacer la instrucción, de modo que era el único soldado que no llevaba arma y cumplía perfectamente órdenes como «presenten armas» o «sobre el hombro», pero con las manos vacías. Participó también en las primeras lecciones políticas e intervenía con gran entusiasmo en la discusión, despotricando contra los imperialistas que quieren desatar la guerra. Pero cuando fabricó y colgó por su cuenta en el cuartel una pancarta en la que llamaba a dejar todas las armas, el fiscal militar lo acusó de rebelión. Pero el tribunal se quedó tan sorprendido con sus discursos pacifistas que hizo que lo examinaran los psiquiatras y tras algunas vacilaciones lo mandó a nuestra unidad. Bedrich estaba contento: era el único que se había ganado los galones negros a pulso y estaba encantado de tenerlos. Por eso se sentía libre allí, a pesar de que su sensación de libertad no se manifestaba en forma de descaro, como en el caso de Honza, sino, por el contrario, en su tranquila obediencia y su feliz laboriosidad.

Varga, de treinta años, era un húngaro de Eslovaquia que, desconociendo los prejuicios nacionales, había luchado durante la guerra en varios ejércitos y había estado prisionero varias veces a ambos lados del frente; Petran, un pelirrojo cuyo hermano había pasado ilegalmente la frontera matando a un guardia; Josef, el inocente, hijo de un rico campesino del valle del Elba (demasiado acostumbrado a los amplios espacios por los que revolotean las alondras, se ahogaba de miedo ante la infernal perspectiva de los pozos y las galerías); Stana, un chulo atolondrado de veinte años, de los suburbios de Praga, sobre el cual el ayuntamiento de su barrio había enviado un informe terrorífico porque al parecer se había emborrachado en la manifestación del primero de mayo y después se había puesto a mear *a propósito* junto a la acera, delante de los ciudadanos entusiasmados; Petr Pekny, un estudiante de derecho que durante la revolución de febrero había ido con un grupo de compañeros suyos a una manifestación contra los comunistas (comprendió inmediatamente que yo había pertenecido al mismo bando que después de Febrero lo expulsó de la facultad y era el único que demostraba su maliciosa satisfacción por que yo hubiese ido a parar al mismo sitio que él).

Podría acordarme de otros muchos soldados con los que compartí entonces mi destino, pero prefiero limitarme a lo esencial: al que más quería era a Honza. Me acuerdo de una de nuestras primeras conversaciones; fue durante un breve descanso en el túnel cuando nos encontramos (masticando el bocadillo) los dos juntos y Honza me dio una palmada en la rodilla: «¿Qué pasa contigo, sordomudo, a qué te dedicas?». Efectivamente era entonces sordomudo (ocupado en mis eternas autodefensas interiores) y con gran dificultad intenté explicarle (con palabras cuya artificialidad y rebuscamiento sentí desagradablemente de inmediato) cómo había ido a parar allí y por qué aquél no era el sitio apropiado para mí. Me dijo: «Mira qué listo, ¿y para nosotros sí?». Traté de explicarle de nuevo mi opinión (buscando palabras más normales) y Honza, tragando el último bocado, dijo lentamente: «Si fueras igual de alto como eres de tonto, el sol te quemaría el cerebro». En aquella frase vi las alegres muecas del espíritu plebeyo de los suburbios y de repente me dio vergüenza seguir reclamando como un niño mimado los privilegios perdidos, cuando había edificado mis convicciones precisamente en el rechazo a los privilegios.

Con el paso del tiempo me hice muy amigo de Honza (Honza me admiraba por mi habilidad para resolver con rapidez y de memoria todas las complicaciones numéricas relacionadas con el pago de nuestro salario, que impidió más de una vez que nos pagaran de menos); en una oportunidad se rió de mí porque pasaba los permisos como un idiota en el cuartel y me hizo salir con todo el grupo. Recuerdo perfectamente aquella salida; era un grupo bastante grande, unos ocho, iban Varga, Stana y también Cenek, un chico de la escuela de arte que había dejado sus estudios (había ido a parar a los negros porque en la escuela se empecinaba en pintar cuadros cubistas y ahora, en cambio, para conseguir alguna pequeña ventaja, pintaba en todas las habitaciones del cuartel grandes dibujos al carboncillo de los luchadores husitas con su rústico armamento medieval). No disponíamos de demasiados sitios adonde ir: teníamos prohibido ir al centro de Ostrava y podíamos ir solo a algunos barrios y en ellos solo a algunos bares. Llegamos al suburbio más próximo y tuvimos suerte, porque en la antigua sala del club deportivo, que no estaba sujeta a ninguna prohibición, había un baile. Pagamos en la puerta una entrada módica y nos metimos dentro. En la gran sala había muchas mesas y muchas sillas, gente había menos: como mucho unas diez chicas; hombres unos treinta, la mitad de ellos soldados del cercano cuartel de artillería; en cuanto nos vieron nos convertimos en el centro de su atención y podíamos sentir en la piel cómo nos observaban y contaban cuántos éramos. Nos sentamos a una mesa larga que estaba vacía, pedimos una botella de vodka pero una camarera nos comunicó sin más comentarios que estaba prohibido servir bebidas alcohólicas, de modo que Honza pidió ocho limonadas; luego nos pidió un billete a cada uno y al cabo de un rato volvió con tres botellas de ron que fuimos añadiendo a la limonada por debajo de la mesa. Lo hicimos con el mayor sigilo porque veíamos que los artilleros nos vigilaban atentamente y sabíamos que no tendrían demasiados problemas de conciencia para denunciar nuestro ilegal consumo de alcohol. Y es que las unidades armadas sentían hacia nosotros una profunda enemistad: por una parte nos veían como a elementos sospechosos, asesinos, delincuentes y enemigos, listos para matar traicioneramente (tal como lo presentaba la literatura de espionaje de aquella época) a sus pacíficas familias, y por otra parte (y eso era quizás lo más importante) nos tenían envidia porque disponíamos de dinero y podíamos permitirnos gastar en cualquier sitio cinco veces más que ellos.

Eso era lo más curioso de nuestra situación: no conocíamos otra cosa que el cansancio y el trabajo más penoso, cada dos semanas nos rapaban al cero para que el pelo no nos infundiera un exceso de confianza en nosotros mismos, éramos unos parias que ya no esperábamos nada bueno de la vida, pero teníamos dinero. No era demasiado, pero para un soldado, con sus dos permisos al mes, representaba un patrimonio tal que se podía comportar durante aquellas pocas horas de libertad (en los escasos sitios permitidos) como si fuera rico, compensando así la impotencia crónica de los demás días, siempre tan largos.

Así que mientras en el escenario una mediocre orquesta de metales desentonaba alternativamente la polca y el vals y en la pista daban vueltas unas cuantas parejas, observábamos pacíficamente a las chicas y bebíamos nuestra limonada, cuyo sabor a alcohol nos situaba ya por encima de todos los demás que se hallaban sentados en la sala; estábamos de muy buen humor; yo sentía cómo se me subía a la cabeza una sensación de alegre camaradería, una sensación de compañerismo que no había sentido desde la última vez que tocamos con Jaroslav en el conjunto folklórico. Mientras tanto, Honza inventó un plan para quitarles a los artilleros el mayor número posible de chicas. El plan era excelente por su sencillez y lo pusimos en práctica de inmediato. Quien puso manos a la obra con mayor energía fue Cenek, y como era un fanfarrón y un comediante, cumplió su tarea, para nuestra satisfacción, de la forma más llamativa posible: sacó a bailar a una morena muy maquillada y la trajo luego a nuestra mesa; hizo que le sirvieran una limonada con ron a él y otra a ella y le dijo significativamente: «¡Quedamos en eso!»; la morena asintió y brindó con él. En ese momento se acercó un jovencito con el uniforme de artillería y la tirilla de cabo primero en los galones, se detuvo junto a la morena y le dijo a Cenek con la voz más bronca que pudo poner: «¿Me permites?». «Por supuesto, amigo», dijo Cenek. Mientras la morena brincaba al ritmo idiota de la polca con el apasionado cabo primero, Honza ya estaba llamando a un taxi; a los diez minutos ya estaba el taxi allí y Cenek se levantó y fue hacia la puerta de la sala; la morena terminó el baile, le dijo al cabo primero que iba al servicio y al rato ya se oía el sonido del coche.

El siguiente éxito después de Cenek lo cosechó el viejo Ambroz, que encontró una chica mayor de horrible aspecto (lo cual no era ningún inconveniente para que cuatro artilleros la persiguiesen desesperadamente); a los diez minutos llegaba el taxi y Ambroz partía con la chica y con Varga (que afirmaba que no habría ninguna dispuesta a acompañarlo) hacia un bar en el otro extremo de Ostrava, donde había quedado con Cenek. Más tarde, otros dos de los nuestros consiguieron raptar a otra chica y nos quedamos solos los tres últimos: Stana, Honza y yo. Los artilleros nos miraban con ojos cada vez más siniestros, porque empezaban a sospechar la relación que había entre nuestra disminución numérica y la desaparición de tres mujeres de su coto de caza. Hacíamos lo posible por poner cara de inocentes pero sentíamos que la bronca estaba al caer. «Ahora ya solo nos queda llamar al último taxi para una retirada honrosa», dije mientras miraba con cara de lástima a una rubia con la que había conseguido bailar una vez al principio, pero sin tener el coraje de decirle que se fuera conmigo de allí; tenía la esperanza de hacerlo durante el siguiente baile, pero desde entonces los artilleros la vigilaban de tal manera que ya no pude acercarme a ella. «No hay otra salida», dijo Honza y se incorporó para llamar por teléfono. Pero cuando estaba cruzando la sala, los artilleros se levantaron de sus sillas y lo rodearon. La pelea ya estaba a punto y a mí y a Stana no nos quedaba otra posibilidad que levantarnos de la mesa e irnos acercando a nuestro compañero en peligro. Los artilleros rodeaban a Honza en silencio, pero de repente apareció un sargento medio borracho (debía de tener también una botella bajo la mesa) e interrumpió el amenazador silencio con un sermón: que si su padre había estado en el paro antes de la guerra, que si no podía soportar que los burgueses de los galones negros hicieran lo que les daba la gana, que si sus amigos tenían que sujetarlo para que no le partiera la cara a éste. Honza permanecía en silencio y en cuanto se produjo una pequeña pausa en el discurso del sargento preguntó muy educadamente qué era lo que deseaban los camaradas artilleros. Que os larguéis en seguida de aquí, dijeron los artilleros, y Honza dijo que eso era exactamente lo que queríamos nosotros, pero que le permitieran llamar un taxi. En ese momento dio la impresión de que al sargento le daba un ataque, esto es para cagarse, gritaba, esto es para cagarse, nos matamos trabajando, no podemos ni salir, no paramos de hacer instrucción, no tenemos pasta y estos capitalistas, estos subversivos, estos cabrones, viajando en taxi, eso sí que no, aunque los tenga que estrangular con mis propias manos ¡en taxi no salen de aquí!

Todos estaban atentos a la discusión; a los uniformados se añadieron los civiles y el personal del club deportivo, que tenía miedo de que se produjera un incidente grave. Y en ese momento vi a mi rubia; se había quedado junto a la mesa (sin hacer caso de la pelea), se levantó y se dirigió al servicio; disimuladamente me separé del grupo y en la antesala, junto a la puerta, donde estaban el guardarropa y el servicio (no había nadie más que la señora del guardarropa), la llamé; yo estaba como quien se lanza al agua sin saber nadar, con vergüenza o sin ella, tenía que hacer algo; metí la mano en el bolsillo, saqué unos cuantos billetes de cien arrugados y le dije: «¿No quiere venir con nosotros? ¡Se va a divertir más que aquí en el baile!». Miró los billetes y se encogió de hombros. Le dije que la esperaría fuera y asintió, entró en el servicio y al rato salió ya con el abrigo puesto; me sonrió y me dijo que en seguida se notaba que yo no era como los demás. El halago me agradó, la cogí del brazo y la llevé hasta el otro lado de la calle, hasta la esquina, donde nos quedamos esperando que Honza y Stana aparecieran por la puerta de salida, alumbrada por un único farol. La rubia me preguntó si estudiaba y cuando le dije que sí me contó que el día anterior le habían robado en el vestuario de la fábrica un dinero que no era suyo sino de la empresa y que estaba desesperada porque por culpa de eso la podían acusar de desfalco: me preguntó si le podría prestar algún dinero; metí la mano en el bolsillo y le di dos arrugados billetes de cien coronas.

No tuvimos que esperar demasiado para ver salir a mis compañeros con los gorros y los abrigos. Les silbé, pero en ese momento salieron corriendo tras ellos otros tres soldados (sin gorros ni abrigos). Oí el tono amenazador de las preguntas, cuyas palabras no distinguía, pero cuyo sentido intuía: buscaban a mi rubia. Uno de ellos se lanzó contra Honza y empezó la pelea. Corrí hacia ellos. Stana se enfrentaba a un artillero, pero a Honza le tocaban dos; ya estaban a punto de tirarlo al suelo, pero por suerte llegué a tiempo y empecé a darle puñetazos a uno de ellos. Los artilleros contaban con su superioridad numérica y a partir del momento en que se equilibraron las fuerzas perdieron el empuje inicial; cuando uno de ellos cayó al suelo al recibir un puñetazo de Stana, aprovechamos la confusión y abandonamos rápidamente el campo de batalla.

Dócil, la rubia nos esperaba a la vuelta de la esquina. Cuando mis compañeros la vieron se pusieron como locos de alegría y empezaron a decir que yo era un genio, tratando de abrazarme. Honza sacó del abrigo una botella entera de ron (no entiendo cómo logró salvarla de la pelea) y la levantó en señal de triunfo. Nos sentíamos estupendamente pero no teníamos adónde ir: de un sitio nos habían echado, a los otros no podíamos entrar; nuestros furiosos rivales nos habían impedido llamar a un taxi y en la calle nuestra existencia corría peligro de verse amenazada por alguna operación de castigo que pudieran organizar. Nos alejamos con la mayor rapidez por una calle ya estrecha, bordeando edificios durante un rato, hasta que al final ya no hubo más que un muro de un lado y del otro un cercado; junto a la cerca se veía un carro de madera y al lado de éste una especie de máquina agrícola con un asiento de metal. «Un trono», dije, y Honza sentó a la rubia en el asiento, que estaría a un metro del suelo. Nos íbamos pasando la botella de mano en mano, bebíamos los cuatro, al cabo de un rato la rubia no paraba ya de hablar y le dijo a Honza: «¿A que no me prestas cien coronas?». Honza sacó un billete de cien y la chica al poco tiempo ya tenía el abrigo levantado y la falda arremangada y después de un instante ella misma se quitó las bragas. Me cogió de la mano para que me acercara, pero yo tenía miedo, me zafé y le acerqué a Stana, que no manifestó la menor indecisión y se metió sin dudarlo ni un momento entre sus piernas. Apenas estuvieron juntos unos veinte segundos; yo pretendía darle prioridad a Honza (por una parte quería comportarme como un buen anfitrión y por otra parte seguía teniendo miedo) pero esta vez la rubia estuvo más decidida, me atrajo hacia sí y cuando, tras unas caricias estimulantes, estuve en condiciones de unirme a ella, me susurró tiernamente al oído: «Tú eres el que me gusta, bobo», y después empezó a suspirar, así que de repente tuve la sensación de que era una tierna muchacha que me amaba y a la que yo amaba, y ella suspiraba y suspiraba y yo no paraba, hasta que de repente oí la voz de Honza que decía no sé qué grosería, y entonces me di cuenta de que no era la muchacha a la que yo amaba y me separé de ella rápidamente, sin terminar, y la rubia casi se asustó y dijo: «¿Qué haces?», pero ya estaba Honza con ella y los ruidosos suspiros continuaron.

Volvimos al cuartel cerca de las dos de la mañana. A las cuatro y media ya teníamos que levantarnos para ir a hacer el turno voluntario de los domingos, por el cual le pagaban a nuestro comandante sus incentivos y a cambio del cual obteníamos nosotros nuestros permisos cada dos sábados. Estábamos muertos de sueño, repletos de alcohol, pero pese a que nos movíamos en la penumbra del pozo como sonámbulos yo recordaba con agrado la noche pasada.

Dos semanas más tarde ya fue peor; Honza se había quedado sin permiso por culpa de algún incidente y yo salí con dos muchachos de otra compañía a los que conocía muy superficialmente.

Fuimos casi a tiro hecho a buscar a una mujer a la que por su altura desmesurada le llamaban La Farola. Era feísima, pero no había nada que hacer porque el círculo de mujeres a las que podíamos tener acceso era muy limitado, en particular por el escaso tiempo de que disponíamos. La necesidad de aprovechar a cualquier precio los permisos (tan cortos y tan poco frecuentes) llevaba a los soldados a dar prioridad a lo seguro antes que a lo soportable. Al cabo de un tiempo se fue montando, mediante el intercambio de informaciones, una red (por cierto escasa) de mujeres más o menos seguras (y por supuesto difícilmente soportables) que pasó a formar parte del patrimonio común.

La Farola pertenecía a esa red general; eso no me importaba lo más mínimo; las bromas de los dos muchachos sobre su altura anormal y el chiste, repetido cerca de cincuenta veces, de que teníamos que buscar un ladrillo para subirnos cuando llegase el momento, me resultaban peculiarmente agradables y hacían crecer mis furiosos deseos de poseer a una mujer; a cualquier mujer; cuanto menos individualizada y espiritual, mejor; mejor que fuera *cualquier* mujer.

Pero aunque había bebido bastante, mis furiosos deseos de poseer a una mujer se esfumaron cuando vi a la moza a la que llamaban La Farola. Todo me parecía desagradable e inútil, y como no estaban allí ni Honza ni Stana, nadie a quien yo quisiera, al día siguiente me dio un espantoso ataque de remordimientos que afectó retrospectivamente, con su escepticismo, a la aventura de catorce días antes; y me juré que nunca más lo haría con una chica sobre el asiento de una máquina agrícola ni con una Farola borracha...

¿Se había despertado en mí algún principio moral? Tonterías; era simplemente falta de ganas. Pero ¿por qué falta de ganas si un par de horas antes tenía unas ganas furiosas de poseer a una mujer y la airada furia de ese deseo se basaba precisamente en que me daba programáticamente lo mismo quién fuera esa

73

mujer? ¿Era quizás más delicado que los demás y me repugnaban las prostitutas? Tonterías: me había dado lástima.

Lástima por la conciencia clara de que aquella situación no era algo excepcional que hubiera elegido por exceso, por capricho, por el inquieto deseo de conocerlo y probarlo todo (lo sublime y lo soez), sino que se había convertido en la situación fundamental y *habitual* de mi vida. Que marcaba con precisión el círculo de mis posibilidades, que dibujaba con precisión el horizonte de la vida afectiva que desde entonces me correspondía. Que aquella situación no era una manifestación de mi *libertad* (como podía haberla interpretado si me hubiera ocurrido un año antes) sino una manifestación de mi determinación, de mi limitación, de mi *condena*. Y sentí miedo. Miedo de aquel lamentable horizonte, miedo de aquel sino. Sentí que mi alma se encerraba en sí misma, que empezaba a retroceder ante todo aquello y al mismo tiempo me espantaba que no tuviera adónde retroceder para escapar del cerco.

7

La tristeza producida por aquel lamentable horizonte afectivo la conocíamos casi todos nosotros. Bedrich (el autor de los manifiestos pacifistas) se defendía sumergiéndose con la meditación en las profundidades de su interior, donde al parecer habitaba su Dios místico; en la esfera erótica a esa religiosidad interna le correspondía la masturbación, que él efectuaba con ritual regularidad. Los demás se defendían de un modo mucho más ilusorio: las cínicas excursiones en busca de furcias las completaban con el romanticismo más sentimental; casi todos tenían en casa algún amor al que, concentrándose en la evocación, le sacaban los más brillantes destellos; casi todos creían en la perdurable fidelidad y en la fiel espera; casi todos se convencían de que la muchacha a la que se habían ligado borracha en un bar guardaba hacia ellos sentimientos sagrados. A Stana lo visitó dos veces una chica de Praga con la que había tenido algo que ver antes de la mili (y a la que con seguridad entonces no se tomaba muy en serio) y Stana se quedó de repente tan impresionado que decidió casarse de inmediato. Nos dijo que lo hacía solo para que le diesen dos días de permiso por la boda, pero yo sabía que se trataba de una disculpa pretendidamente cínica. A principios de marzo el comandante le dio, en efecto, dos días de permiso, y Stana se fue un sábado a casarse a Praga. Lo recuerdo perfectamente porque el día de la boda de Stana fue para mí también un día muy importante.

Me habían dado permiso y, como el último día libre lo había desperdiciado tristemente con La Farola, evité la compañía de los amigos y me fui solo. Me senté en un viejo tranvía de vía estrecha que conectaba los barrios alejados de Ostrava y dejé que me llevara. A la buena de Dios me bajé después del tranvía y me volví a subir a otro de otra línea; toda aquella periferia interminable de la ciudad de Ostrava, en la que se mezclan en una extrañísima combinación la fábrica con la naturaleza, el campo con el basural, los bosquecillos con las escombreras, los edificios de pisos con las casas de campo, me atraía y me excitaba de un modo particular; volví a bajarme del tranvía y fui dando un largo paseo: percibía casi con pasión aquel panorama extraño e intentaba desentrañar su espíritu; trataba de encontrar palabras para denominar aquello que le da a ese paisaje, compuesto de tan diversos elementos, una unidad y un orden; pasé junto a una casa idílica, cubierta de hiedra, y se me ocurrió que su presencia allí era apropiada precisamente *por eso,* porque no tenía nada que ver con los descascarillados edificios de pisos que estaban cerca de ella ni con las siluetas de las torres de extracción de carbón, las chimeneas y los hornos que formaban su paisaje; atravesé un grupo de casitas baratas que formaban una especie de poblado dentro del poblado y vi a escasa distancia de ellas una villa que, aunque sucia y gris, estaba rodeada por un jardín y una verja de hierro; en una esquina del jardín crecía un gran sauce llorón que era una especie de ser extraviado en aquel paisaje —y sin embargo, me dije, quizás precisamente *por eso* era apropiada su presencia allí—. Estaba excitado por todos aquellos pequeños descubrimientos de *impropiedad,* no solo porque en ellos veía el denominador común de aquel paisaje, sino sobre todo porque veía en ellos una imagen de mi propio sino, de mi propio destierro en aquella ciudad; y, por supuesto, porque proyectar mi situación personal en la objetividad de toda la ciudad me brindaba una especie de resignación; comprendí que yo era allí inapropiado igual que eran inapropiados el sauce llorón y la casa con la hiedra, igual que eran inapropiadas aquellas calles cortas que conducían al vacío y a ninguna parte, calles hechas de casas que parecía como si hubieran venido cada una de un sitio distinto, yo era inapropiado allí igual que eran inapropiados —en un paisaje que una vez fue acogedoramente rural— los monstruosos barrios de achatados barracones provisionales, y me daba cuenta de que, precisamente *porque* era inapropiado, debía estar allí, en aquella horrible ciudad de la impropiedad, en una ciudad que ha enlazado, en un desaprensivo abrazo, todo lo que es ajeno.

Después me encontré en la larga calle de Petrkovice, que fue en su día una aldea y forma hoy uno de los barrios periféricos próximos a Ostrava. Me detuve junto a un edificio bastante grande de dos plantas, que tenía en la esquina, colgado en posición vertical, un cartel: CINE. Se me ocurrió hacerme una pregunta totalmente irrelevante que solo se le puede ocurrir a alguien que pasea sin rumbo fijo: ¿cómo es posible que junto a la palabra CINE no ponga también el nombre del cine? Me puse a buscarlo, pero en el edificio (que por lo demás no recordaba para nada a una sala de cine) no había ningún otro cartel. Entre el edificio y la casa de al lado había un espacio de unos dos metros de ancho que formaba una callejuela estrecha; tomé por allí y llegué hasta un patio interior; solo desde aquel lugar se podía apreciar que la parte trasera del edificio era de una sola planta; en aquella pared posterior había unas carteleras acristaladas con propaganda y fotografías de las películas; me acerqué a ellas pero tampoco encontré el nombre del cine; eché una mirada alrededor y vi en el patio vecino, tras una cerca de alambre, a una niña. Le pregunté cómo se llamaba el cine; la niña me miró con sorpresa y dijo que no lo sabía. Me resigné a que el cine no se llamase; a que en aquel destierro ostravense los cines no tuvieran ni para nombre.

Regresé (sin ninguna intención precisa) junto a la cartelera y en ese momento advertí que lo que anunciaban el cartel y las dos fotografías era la película soviética *Tribunal de honor*. Era la misma película a cuya heroína se había referido Marketa cuando se le ocurrió desempeñar en mi vida el famoso papel de la misericordiosa, la misma película a cuyos aspectos más severos se referían los camaradas cuando preparaban mi expulsión del partido; todo aquello bastaba para que no tuviera ganas ni de oír hablar de la película; pero qué curioso, ni siquiera en Ostrava podía escapar de su dedo acusador... Y bueno, si no nos gusta un dedo levantado, basta con darle la espalda. Eso fue lo que hice: quería volver a la calle.

Y entonces vi por primera vez a Lucie.

Venía directamente hacia mí; entraba en el patio del cine; ¿por qué no pasé por su lado y no seguí mi camino? ¿Se debió a la especial lentitud de mi paseo? ¿Se debió a la especial luminosidad del patio, ya muy entrada la tarde, el que, a pesar de todo, me quedase allí dentro y no saliese a la calle? ¿O al aspecto de Lucie? Era un aspecto totalmente trivial, y aunque más tarde fuera precisamente aquella *trivialidad* la que me emocionaba y me atraía, ¿cómo es posible que me llamara la atención y me hiciera detenerme en cuanto la vi? ¿No me topaba con otras muchas muchachas triviales en las calles de Ostrava? ¿O se trataba de una trivialidad muy poco trivial? No lo sé. Lo único seguro es que me quedé parado mirando a la muchacha: avanzó despacio, sin ninguna prisa, hacia las fotografías de *Tribunal de honor*, luego se separó de ellas muy lentamente y atravesó la puerta abierta hacia una pequeña sala donde estaba la taquilla. Sí, ya lo intuyo, fue precisamente la particular lentitud de Lucie lo que me atrajo tanto, una lentitud de la que parecía irradiar la resignada convicción de que no hay a donde ir tan de prisa y de que es inútil extender las impacientes manos hacia algo. Sí, quizás fue precisamente esa lentitud llena de tristeza la que me impulsó a observar desde lejos a la muchacha, a fijarme en cómo se acercaba a la taquilla, cómo sacaba las monedas, cómo cogía la entrada, cómo miraba hacia la sala y cómo se daba otra vez la vuelta y salía al patio.

No le quité los ojos de encima. Se quedó mirando en dirección a mí, pero con la vista puesta más allá, más allá del patio, donde separados por vallas de madera continuaban los jardines y las cabañas de las casas del pueblo, hasta arriba, donde el perfil de una cantera marrón les cerraba el paso. (No puedo olvidarme nunca de aquel patio, me acuerdo de cada uno de sus detalles, me acuerdo de la cerca de alambre que lo separaba del patio contiguo, donde había una niña pequeña, distraída, en la escalera que conducía a la casa; me acuerdo de que la escalera estaba bordeada por una pequeña pared, encima de la cual había dos macetas vacías y una palangana de color gris; recuerdo el sol velado por el humo que caía sobre el horizonte de la cantera.)

Eran las seis menos diez, eso quería decir que faltaban diez minutos para que empezase la función. Lucie se dio la vuelta y salió lentamente, atravesando el patio, hacia la calle; fui tras ella; se cerró tras de mí la imagen del destrozado campo de Ostrava y apareció otra vez la calle de la ciudad; a cincuenta pasos de allí había una pequeña plazoleta, cuidadosamente arreglada, con varios bancos y un parquecillo, detrás del cual se entreveía una construcción seudogótica de ladrillo rojo. Seguí a Lucie: se sentó en un banco; la lentitud no la abandonaba ni por un momento, casi podría decir que estaba *sentada despacio;* no miraba a su alrededor, no se distraía, estaba sentada como se está sentado cuando se espera una operación o algo que nos llama la atención en tal medida que no miramos en derredor y dirigimos la vista hacia nosotros mismos; quizás fue precisamente esta circunstancia la que me permitió dar vueltas a su alrededor y mirarla sin que se diese cuenta.

Suele hablarse de amores a primera vista; sé perfectamente que el amor tiende a hacer una leyenda de sí mismo y a mitificar retrospectivamente sus comienzos; no pretendo, por eso, decir que se trató de un *amor* tan repentino; pero lo que sí hubo fue una cierta clarividencia: la esencia del ser de Lucie, o —para ser más preciso— la esencia de lo que luego Lucie fue para mí, la comprendí, la sentí, la vi de inmediato y en seguida; Lucie me trajo a sí misma tal como se le traen a la gente las *verdades reveladas*.

La miré, me fijé en su permanente al estilo campesino, que le convertía el pelo en una masa informe de ricitos, me fijé en su abriguito castaño, pobre y gastado y quizás también un poco corto; me fijé en su cara, discretamente hermosa, hermosamente discreta; sentí que en aquella muchacha había serenidad, sencillez y humildad y que ésos eran los valores que yo necesitaba; me pareció que estábamos muy cerca el uno del otro; me pareció que bastaría ir hacia ella y hablarle y que, en el momento en que (por fin) me mirase a la cara, tendría que sonreírse como si ante ella estuviese de repente un hermano suyo al que hacía años que no veía.

Después Lucie levantó la cabeza; miró hacia arriba, hacia la torre del reloj (ese movimiento también lo guardo en el recuerdo; el movimiento de una chica que no lleva reloj y que automáticamente se sienta frente al reloj de la torre). Se levantó y se dirigió hacia el cine; yo tenía ganas de ir con ella; no me faltaba coraje, pero de repente me faltaban las palabras; tenía, eso sí, el pecho lleno de sensaciones, pero ni una sílaba en la cabeza; fui siguiendo a la chica otra vez hasta la pequeña antesala donde estaba la taquilla y desde donde se veía la sala, que estaba vacía. Entraron algunas personas en la antesala y se dirigieron a la taquilla; me adelanté y compré una entrada para ver la odiada película.

Mientras tanto, la muchacha entró en la sala; fui tras ella, en la sala semivacía la numeración de los asientos no tenía ningún sentido y cada uno se sentaba donde le daba la gana; llegué hasta la misma fila de Lucie y me senté a su lado. Empezó a sonar la música chillona de un disco gastado, las luces se apagaron y en la pantalla apareció la publicidad.

Lucie tenía que darse cuenta de que no era casual que un soldado con galones negros se sentase precisamente a su lado, seguro que durante todo ese tiempo sentía mi presencia, quizás la sentía aún más porque yo estaba totalmente concentrado en ella; yo no percibía lo que ocurría en la pantalla (qué ridícula venganza: me alegraba de que la película, a la que con tanta frecuencia habían hecho referencia mis virtuosos jueces, pasara ahora por la pantalla sin hacerle caso).

La película se acabó, se encendió la luz, los escasos espectadores se levantaron de sus asientos. Lucie también se levantó. Cogió el abrigo que tenía doblado sobre el regazo y metió la mano en la manga. Yo me puse en seguida el gorro para que no viera mi cabeza rapada al cero y le ayudé sin decir palabra con la otra manga. Me miró brevemente y no dijo nada, quizás movió imperceptiblemente la cabeza, pero yo no supe si se trataba de un gesto de agradecimiento o si era un movimiento completamente involuntario. Después salió de la fila de butacas con pasitos cortos. Yo también me puse mi abrigo verde (me iba largo y probablemente me quedaba muy mal) y fui tras ella. Cuando estábamos aún en la sala del cine, le hablé.

Como si dos horas cerca de ella, pensando en ella, me hubiesen puesto en su sintonía, de repente sabía hablarle como si la conociera bien; no comencé la conversación con una broma o un disparate como acostumbraba, fui totalmente natural —lo cual me sorprendió a mí mismo porque hasta entonces, en presencia de jovencitas, siempre había sido víctima de la necesidad de aparentar.

Le pregunté dónde vivía, qué hacía, si iba con frecuencia al cine. Le dije que yo trabajaba en la mina, que aquello era agotador, que salía muy poco. Me dijo que trabajaba en una fábrica, que vivía en un internado de jóvenes obreras, que tenía que estar a las once en casa, que iba con frecuencia al cine porque no le gustaban los bailes. Le dije que me gustaría ir con ella al cine cuando volviera a estar de permiso. Me dijo que prefería ir sola. Le pregunté si eso se debía a que se sentía triste en la vida. Asintió. Le dije que yo tampoco estaba contento.

No hay nada que una más rápido a la gente (aunque solo sea en apariencia e ilusoriamente) que una comprensión mutua triste y melancólica; ese ambiente de serena compasión, que adormece todo tipo de temores y prejuicios y es comprensible para un alma sutil o vulgar, es el modo más sencillo de acercamiento y es, sin embargo, muy poco frecuente: el problema es que hace falta dejar de lado el modo de «llevar el alma» que uno ha cultivado, los gestos que ha cultivado, la mímica habitual, y ser sencillo; no sé cómo fui capaz de lograrlo (de repente, sin prepararme), cómo pude lograrlo yo, que andaba siempre vacilante, como un ciego, en pos de mis rostros artificiales; no lo sé, pero lo percibí como un regalo inesperado y una liberación milagrosa.

Nos dijimos, por lo tanto, las cosas más corrientes sobre nosotros mismos. Llegamos hasta el internado y nos quedamos un rato junto a la puerta; la farola iluminaba a Lucie y yo miraba su abrigo marrón y la acariciaba, pero no la cara ni el pelo, sino la raída tela de aquel enternecedor abrigo.

Recuerdo además que la farola se columpiaba, que pasó a nuestro lado un grupo de chicas jóvenes, que se reían en una voz desagradablemente alta y que abrieron la puerta del internado, recuerdo mi mirada subiendo por la pared de aquel edificio en el que vivía Lucie, las paredes grises y desnudas con ventanas sin cornisas; recuerdo luego la cara de Lucie que (en comparación con las caras de otras chicas a las que conocí en parecidas situaciones) estaba muy tranquila, sin mímica, y se semejaba a la cara de una alumna que está junto a la pizarra y responde humildemente (sin resistencia y sin engaños) diciendo solo lo que sabe, sin esforzarse por conseguir una buena nota o algún elogio.

Acordamos que le escribiría una postal para comunicarle cuándo iba a tener otro permiso y cuándo nos veríamos. Nos despedimos (sin besos ni caricias) y yo me fui. Cuando estaba a unos cuantos pasos de distancia miré hacia atrás y la vi, de pie junto a la puerta, sin abrirla y mirándome; solo entonces, cuando estuve separado de ella, salió de su circunspección y su mirada (hasta entonces esquiva) se fijó en mí prolongadamente. Y después levantó la mano como alguien que nunca ha saludado con la mano y no sabe saludar, que lo único que sabe es que para despedirse se saluda con la mano y por eso se ha decidido torpemente a hacer ese movimiento. Me detuve y agité también mi mano; nos miramos desde aquella distancia, volví a andar y volví a detenerme (Lucie seguía moviendo la mano) y así me fui yendo lentamente, hasta que al final doblé la esquina y dejamos de vernos.

8

A partir de aquella noche todo cambió dentro de mí; volví a estar habitado; de repente la habitación de mi interior estaba arreglada y alguien vivía dentro de ella. El reloj que colgaba allí de la pared, con las manecillas inmóviles durante largos meses, volvió a funcionar. Eso fue significativo: el tiempo, que hasta entonces había transcurrido como una corriente indiferente que iba de la nada a la nada (¡yo vivía una pausa!), sin ninguna articulación, sin ningún ritmo, empezó a adquirir otra vez su rostro humanizado: comenzó a articularse y a contarse. Empecé a estar pendiente de los permisos y cada día se convertía en el peldaño de una escalera por la que subía para llegar a Lucie.

Nunca en la vida le dediqué a ninguna otra mujer tantos pensamientos, tanta callada concentración, como a ella (por lo demás, nunca volví a tener tanto tiempo). Hacia ninguna mujer volví a sentir tanto agradecimiento.

¿Agradecimiento? ¿Por qué? Ante todo, Lucie me arrancó del círculo de aquel lamentable horizonte afectivo que nos rodeaba a todos. Claro: Stana, que acababa de casarse, también escapó, a su modo, de aquel círculo; ahora tenía en casa, en Praga, a su adorada mujer, podía pensar en ella. Pero no había nada que envidiarle. Con el acto de la boda puso en marcha su propio destino y en el mismo momento en que se sentó en el tren para volver a Ostrava perdió toda influencia sobre él.

Yo también, al encontrarme con Lucie, puse mi destino en movimiento; pero no lo perdí de vista; veía a Lucie con poca frecuencia pero casi con regularidad y sabía que ella era capaz de esperarme catorce días o más y encontrarme después de la separación como si nos hubiésemos despedido el día anterior.

Pero Lucie no me liberó solo de la resaca general producida

por la insatisfacción de las aventuras sentimentales de Ostrava. En aquella época ya sabía que había perdido mi combate y que no podría cambiar nada en mis galones negros, sabía que no tenía sentido convertirme en un extraño para la gente con la que iba a tener que convivir durante dos o más años, que era absurdo seguir reclamando el derecho a mantener mi trayectoria vital original (cuyo carácter privilegiado ya había empezado a comprender), pero este cambio de actitud era solo producto de la razón, de la voluntad, y no era capaz de librarme del llanto interior por el *destino perdido*. Lucie me calmó milagrosamente aquel llanto interior. Me bastaba con sentirla a mi lado, con todo el cálido círculo de su vida, en la que no desempeñaban ningún papel el cosmopolitismo y el internacionalismo, la vigilancia revolucionaria, las disensiones sobre la definición de la dictadura del proletariado, la política con su estrategia y su táctica.

Con relación a esas preocupaciones (tan condicionadas temporalmente que su terminología se hará pronto incomprensible), había naufragado, y eran precisamente las que más me importaban. Podía presentar, ante las más diversas comisiones, decenas de motivos por los cuales me había hecho comunista, pero lo que más me subyugaba, y hasta me extasiaba, era sentirme (ya fuera de verdad o en apariencia) cerca del *volante de la historia*. Decidíamos entonces, en efecto, acerca del destino de las cosas y las gentes; y en particular en las universidades: los miembros del partido en las asambleas de profesores se contaban con los dedos de una mano y por eso en los primeros años los estudiantes comunistas dirigían las universidades casi en exclusiva, decidían la composición de los cuerpos de profesores, la reforma de la enseñanza y el contenido de las asignaturas. La embriaguez que sentíamos se suele llamar embriaguez del poder, pero (con un poco de buena voluntad) podría elegir calificativos menos severos: habíamos sido hechizados por la historia; estábamos embriagados porque habíamos saltado sobre el lomo de la historia y la sentíamos debajo de nosotros; evidentemente, después aquello dio como resultado en la mayor parte de los casos una fea sed de poder, pero (con la ambigüedad que caracteriza a todas las cosas humanas) había en ello (y quizás en particular entre nosotros los jovencitos), al mismo tiempo, una ilusión bastante idealista de que éramos precisamente nosotros los que inaugurábamos una época de la historia de la humanidad en la que el hombre (cada uno de los hombres) ya no iba a estar *al margen* de la historia ni *bajo el yugo* de la historia, sino que sería él quien la dirigiese y la creara.

Estaba convencido de que al margen de aquel volante histórico no había vida, tan solo subsistencia, aburrimiento, destierro, Siberia. Y ahora, de repente (tras medio año de Siberia), veía una posibilidad vital totalmente nueva e inesperada: se abría ante mí el olvidado prado de lo cotidiano, oculto bajo las alas de la historia voladora, y en aquel prado había una mujer pobre, mísera y sin embargo digna de amor —Lucie.

¿Qué sabía Lucie de las grandes alas de la historia? Es difícil que hubiera oído alguna vez su sonido; no sabía nada de la historia; vivía *debajo* de ella; no la deseaba, le era extraña, no sabía nada de las *grandes* preocupaciones *temporales,* vivía con la preocupación de lo *pequeño* y lo *eterno.* Y yo me encontré de repente liberado; me pareció que había venido a buscarme para llevarme a su *paraíso gris;* y el paso que un rato antes me había parecido terrible, el paso con el cual debía «salir de la historia», era para mí de pronto un paso de alivio y felicidad. Lucie me llevaba tímidamente del brazo y yo me dejaba llevar...

Lucie era mi gris introductora. Pero ¿quién era Lucie de acuerdo con otros datos más concretos?

Tenía diecinueve años, pero en realidad probablemente muchos más, tal como suelen tener muchos más años las mujeres que han tenido una vida difícil y que han sido arrojadas de cabeza de la infancia a la madurez. Me dijo que era de Cheb, que había terminado la escuela primaria y que luego había estado de aprendiza. De su hogar no le gustaba hablar y si lo hacía era únicamente porque yo la obligaba. En su casa no estaba a gusto: «No me querían», solía decir, y ponía algunos ejemplos: su madre se había casado por segunda vez; el padrastro al parecer bebía y era malo con ella; una vez sospecharon que les había sisado algún dinero; también le pegaban. Cuando el conflicto adquirió ciertas dimensiones, Lucie aprovechó una oportunidad y se fue a Ostrava. Allí vivía desde hacía un año; tenía amigas; pero prefería salir sola, las amigas salían a bailar y se llevaban chicos al internado y eso a ella no le gustaba; es seria, prefiere ir al cine.

Sí, se definía como «seria» y relacionaba esta característica con la asistencia al cine; lo que más le gustaba eran las películas sobre la guerra, que en aquella época ponían con frecuencia; quizás se debía a que la tensión propia de este tipo de películas despierta mayor interés; pero parece más probable que fuera porque en ellas se acumulaba una gran cantidad de sufrimiento que a Lucie le producía sensaciones de lástima y pena, con respecto a las cuales opinaba que la exaltaban y reafirmaban en ella aquella «seriedad» que tanto apreciaba.

Claro que no sería correcto pensar que lo único que me atraía de Lucie era lo exótico de su sencillez; la sencillez de Lucie, su exigua instrucción, no le impedían comprenderme. Aquella comprensión no se basaba en experiencias o conocimientos, en la capacidad de discutir el asunto y aconsejar, sino en la intuitiva sensibilidad con la que me escuchaba.

Me acuerdo de un día de verano: me dieron el permiso antes de que Lucie terminara de trabajar; me llevé por ese motivo un libro; me senté encima de un pequeño muro y me puse a leer; tenía pocas posibilidades de leer, no disponía de tiempo suficiente ni de contactos con mis conocidos de Praga; pero me había llevado en mi maletín de recluta tres libros de poesía que leía constantemente y que me consolaban: eran poemas de Frantisek Halas.

Aquellos libros desempeñaron en mi vida un papel especial, especial aunque solo fuera porque no suelo leer poesía y aquéllos fueron los únicos libros de versos a los que me aficioné. Me hice con ellos cuando ya me habían expulsado del partido; precisamente en aquellos años el nombre de Halas se hizo famoso *de nuevo* porque el principal ideólogo de la época acusó al poeta, que había muerto poco antes, de morboso, falto de fe, existencialista y de todo lo que sonaba entonces a anatema político. (El libro en que resumió sus opiniones sobre la poesía checa y sobre Halas se editó en una tirada enorme y toda la juventud checa tuvo que leerlo obligatoriamente en los colegios.)

A pesar de que hay en ello algo ridículo, lo reconozco: busqué los versos de Halas porque quería conocer a alguien que también hubiera sido *excomulgado;* quería saber si mi propia mentalidad se asemejaba de verdad a la mentalidad del excomulgado; y quería comprobar si la tristeza, sobre la cual el poderoso ideólogo afirmaba que era enfermiza y perjudicial, podía darme, con su consonancia, alguna alegría (porque, en mi situación, difícilmente podía buscar la alegría en la alegría). Por eso antes de salir para Ostrava le pedí prestados los tres libros a un antiguo compañero de colegio, aficionado a la literatura, y al final lo convencí de que no pretendiera que se los devolviese.

Cuando Lucie me encontró en el sitio acordado con el libro en la mano, me preguntó qué estaba leyendo. Le enseñé el libro abierto. Dijo con sorpresa: «Son versitos». «¿Te extraña que lea versitos?» Se encogió de hombros y dijo: «No, ¿por qué?», pero creo que le resultó extraño, porque lo más probable es que identificase los versitos con las lecturas infantiles. Anduvimos dando vueltas en medio del extraño verano de Ostrava, lleno de hollín; un verano negro en el que por el cielo, en lugar de las blancas nubes, navegaban los carros de carbón colgados de largos cables. Me di cuenta de que a Lucie seguía atrayéndole el libro que yo llevaba en la mano. Y cuando nos sentamos en un bosquecillo ralo abrí el libro y le pregunté: «¿Te interesa?». Asintió con la cabeza.

A nadie antes ni a nadie después le he leído versos; tengo dentro de mí un sistema de seguridad contra la vergüenza que funciona muy bien y me impide abrirme demasiado ante la gente, manifestar mis sentimientos delante de los demás; y leer versos no solo me da la impresión de estar hablando de mis sentimientos sino que además es como si al mismo tiempo estuviese haciendo equilibrios sobre una sola pierna; esa falta de naturalidad implícita en el principio mismo del ritmo y la rima me llenaría de confusión si me entregase a ella sin estar solo.

Pero Lucie tenía un poder mágico (después ya no lo tuvo nadie) para manejar ese sistema y librarme del peso de la vergüen-

za. Delante de ella me lo podía permitir todo: hasta la sinceridad, el sentimiento y el patetismo. De modo que empecé a leer:

> Una espiga delgada es el cuerpo tuyo
> de la que el grano cayó y no brotará
> como una espiga delgada es el cuerpo tuyo
>
> Una madeja de seda es el cuerpo tuyo
> por el ansia dibujado hasta la arruga última
> como una madeja de seda es el cuerpo tuyo
>
> Un cielo quemado es el cuerpo tuyo
> alerta en el tejido la muerte sueña
> como un cielo quemado es el cuerpo tuyo
>
> Más que callado es el cuerpo tuyo
> su llanto hace a mis párpados temblar
> cómo es de callado el cuerpo tuyo

Tenía a Lucie cogida del hombro (cubierto por el ligero tejido
del vestido floreado), lo sentía en los dedos y me dejaba suges-
tionar por la idea de que los versos que estaba leyendo (aquella
prolongada letanía) se referían precisamente a la tristeza del cuerpo de Lucie, un callado y resignado cuerpo condenado a muerte.
Y le leí otros versos y también aquel que hasta hoy me vuelve a
traer su imagen y que termina con esta estrofa:

> Palabras que llegáis tarde no os creo yo creo en el silencio
> está por encima de la belleza está por encima de todo
> la ceremonia de la comprensión

De repente sentí en los dedos que el hombro de Lucie temblaba; que Lucie estaba llorando.

¿Qué es lo que la hizo llorar? ¿El sentido de aquellos versos?
¿O más bien la indefinible tristeza que se desprendía de la melodía de las palabras y del colorido de mi voz? ¿O quizás la exal-
taba la solemne ininteligibilidad de los poemas y la emociona-

ba hasta hacerla llorar esa *exaltación*? ¿O sencillamente los versos hicieron que se abriese alguna compuerta secreta dentro de ella y la carga acumulada se precipitó hacia afuera?

No lo sé. Lucie se abrazaba a mi cuello, como un niño apretaba su cabeza contra el paño sudado del uniforme verde que me cubría el pecho y lloraba, lloraba, lloraba.

9

Cuántas veces en los últimos años me echaron en cara las más distintas mujeres (solo por no saber corresponder a sus sentimientos) que soy un engreído. Es una tontería, no tengo nada de engreído, pero a decir verdad, a mí mismo me entristece no haber sido capaz, desde la época de mi verdadera madurez, de encontrar una auténtica relación con una mujer, no haber estado, como suele decirse, enamorado de ninguna mujer. No estoy seguro de conocer los motivos de este fracaso mío, no sé si residen en defectos innatos de mi corazón o más bien en mi biografía; no quiero ser patético pero es así: con frecuencia acude a mis recuerdos la sala en la que cien personas levantan la mano y dan la orden de que mi vida sea rota; esas cien personas no se imaginaban que llegaría una vez un cambio paulatino de la situación; contaban con que mi condena sería de por vida. No es producto del resentimiento, sino más bien de cierta maliciosa terquedad, que es una de las características de la reflexión, el que con frecuencia elabore diversas variaciones de la misma situación, imaginándome qué es lo que habría pasado si en lugar de la exclusión hubiesen propuesto que me colgasen. Nunca he podido llegar a otra conclusión que a la de que incluso en tal caso todos habrían levantado la mano, sobre todo si en el discurso de introducción se hubiesen expuesto con mucho sentimiento las ventajas que reportaría estrangularme. Desde entonces, cuando me encuentro con hombres o mujeres nuevos, que podrían ser mis amigos o mis amantes, los traslado mentalmente a aquella época y a aquella sala y me pregunto si levantarían la mano: ninguno de ellos ha pasado el examen, todos levantaban la mano igual que la levantaron (a gusto o a disgusto, con fe o por miedo) mis amigos y conocidos de entonces. Y reconocedlo: es difícil vivir con gente que estaría dispuesta a mandaros al destierro o a la muerte, es difícil confiar en ellos, es difícil amarlos.

Quizás ha sido cruel por mi parte someter a la gente con la que me he relacionado a un examen imaginario tan cruel, cuando con toda probabilidad cerca de mí vivirían una vida más o menos tranquila y corriente, al margen del bien y del mal, y nunca tendrían que pasar por la sala en la que se levantan las manos. Es posible que alguien diga que mi actitud tiene un solo sentido: situarme en mi egolatría moralizante por encima de los demás. Pero en verdad la acusación de engreimiento no sería justa; por supuesto que yo nunca he levantado la mano para provocar la perdición de nadie, pero sabía perfectamente que es un mérito bastante dudoso, porque el derecho de levantar la mano me lo quitaron a tiempo. Durante mucho tiempo he intentado al menos convencerme de que en situaciones parecidas no levantaría la mano, pero soy suficientemente honrado como para creérmelo y al final he tenido que reírme de mí mismo: ¿así que yo hubiera sido el único en no levantar la mano? ¿Soy yo el único justo? Qué va, no encontré en mí mismo ninguna garantía de que fuese mejor que otros, ¿pero qué se desprende de eso para mi relación con los demás? La conciencia de mi propia miseria no me reconcilia en lo más mínimo con la miseria de los demás. Me repele que la gente se sienta hermanada cuando ve en los otros una bajeza similar a la suya. No anhelo ese tipo de hermandad viscosa.

¿Y cómo es posible que pudiera entonces enamorarme de Lucie? Las reflexiones que he dejado correr son por suerte de fecha posterior, de modo que a Lucie (en mi juventud, cuando me afligía más de lo que reflexionaba) la pude aún aceptar con el corazón sediento y sin dudar, como un regalo; como un regalo del cielo (de un cielo gris y afable). Aquélla fue para mí una época feliz, quizás la más feliz: estaba agotado, reventado, jodido, pero dentro de mí se extendía una paz cada vez más azul. Parece de broma: si las mujeres que me reprochan hoy mi engreimiento y sospechan que creo que todo el mundo es imbécil, conocieran a Lucie, la llamarían tonta, se reirían de ella y no podrían comprender que la haya querido. Pero yo la quería hasta el punto de ser incapaz de pensar que algún día podría separarme de ella; nunca hablamos de eso con Lucie, pero yo tenía seriamente la idea de que algún día me casaría con ella. Y si alguna vez se me ocurrió que aquélla sería una unión desigual, tal desigualdad me atraía en lugar de repugnarme.

Debería estarle agradecido por aquellos meses felices al comandante que teníamos; los suboficiales nos fastidiaban todo lo que podían, trataban de encontrarnos hilachas en los pliegues del uniforme, nos deshacían la cama en cuanto veían la menor arruga, pero el comandante era decente. Era un hombre mayor, nos lo habían mandado de un regimiento de artillería y se decía que de ese modo lo habían degradado. Se ve que a él también lo habían castigado y eso seguramente lo reconciliaba con nosotros; por supuesto que nos exigía orden, disciplina y de vez en cuando algún domingo de trabajo voluntario (para poder presentar ante sus superiores los resultados de su actividad política), pero no se metía con nosotros sin motivo y nos daba los permisos sin grandes problemas; creo que durante ese verano pude ver a Lucie hasta tres veces al mes.

Cuando no estaba con ella, le escribía; le escribí infinidad de cartas, postales y tarjetas. Hoy ya no soy capaz de imaginarme qué y cómo le escribía. Por lo demás, lo importante no es cómo eran mis cartas; lo que quiero señalar es que le escribí a Lucie muchísimas cartas, y Lucie a mí ni una sola.

No hubo manera de convencerla de que me escribiera; quién sabe si la intimidé con mis propias cartas; a lo mejor le daba la impresión de que no tenía de qué escribir o que cometería faltas de ortografía; a lo mejor le daba vergüenza su letra no demasiado perfecta, que yo no había visto más que en la firma del documento de identidad. Era superior a mis fuerzas convencerla de que yo apreciaba precisamente aquella imperfección y aquella falta de conocimiento porque eran los síntomas propios de un ser intocado y me permitían tener la esperanza de dejar en Lucie una señal tanto más profunda, tanto más imborrable.

Lo único que Lucie hacía era agradecerme tímidamente mis cartas y pronto empezó a sentir la necesidad de recompensarme de algún modo; y ya que no quería escribirme eligió, en lugar de cartas, flores. La primera vez sucedió de la siguiente manera: estábamos dando un paseo por un bosquecillo y Lucie de repente se agachó a recoger una florecilla y me la dio. Aquello me resultó agradable y no me extrañó. Pero cuando a la vez siguiente me esperó con todo un ramo, empecé a sentir un poco de vergüenza.

Yo tenía entonces veintidós años e intentaba evitar por todos los medios cualquier cosa que pudiera arrojar sobre mí la menor sospecha de afeminamiento o inmadurez; me daba vergüenza llevar flores por la calle, me desagradaba comprarlas y más aún recibirlas. Sorprendido, le dije a Lucie que eran los hombres los que les daban flores a las mujeres y no las mujeres a los hombres, pero cuando vi que estaba a punto de llorar, rápidamente se las elogié y las acepté.

No hubo nada que hacer. A partir de ese momento las flores me esperaban en cada cita y al final me resigné a ello, porque me desarmó con la espontaneidad de su regalo y porque me di cuenta de que ese modo de obsequiarme era para ella algo importante; quizás se debía a que ella misma padecía por sus limitaciones al hablar, por su falta de elocuencia, y veía en las flores una forma de idioma; no en el sentido del torpe simbolismo de los antiguos lenguajes de las flores, sino más bien en un sentido aún más antiguo, menos claro, más instintivo, *preidiomático;* quizás Lucie, que siempre había sido más bien callada que locuaz, anhelaba instintivamente aquel estadio mudo del hombre, cuando no había palabras y la gente hablaba por medio de pequeños gestos: señalaba con el dedo a un árbol, sonreía, se tocaba...

Pero comprendiera o no la esencia del obsequio de Lucie, al fin me conmovió y despertó en mí el deseo de regalarle yo también algo. Lucie no tenía más que tres vestidos y se los ponía siempre regularmente, uno después del otro, en el mismo orden, de modo que nuestras citas iban también una tras otra en un ritmo de tres tiempos. Me gustaban los tres vestidos, precisamente porque estaban gastados y no eran de un especial buen gusto; me gustaban igual que su abrigo castaño (corto y raído en las mangas), que yo había acariciado aun antes que la cara de Lucie. Y sin embargo se me ocurrió la idea de comprarle vestidos, vestidos preciosos, muchos vestidos. Así que un día llevé a Lucie a una tienda de ropa.

Lucie al principio pensó que íbamos nada más que a ver lo que había y a mirar a la gente que bajaba y subía por las escaleras. En la segunda planta me detuve junto a unas largas barras de las que colgaban apretados los vestidos de mujer y Lucie, cuando vio que yo los miraba con interés, se acercó y empezó a hacer algunos comentarios. «Éste es bonito», señaló uno que tenía un cuidadoso dibujo de florecillas rojas. Había realmente muy pocos vestidos bonitos, pero al menos se podían encontrar algunos pasables; cogí un vestido y llamé al vendedor: «¿Podría probárselo la señorita?». Probablemente Lucie se hubiera resistido, pero ante una persona desconocida, el vendedor, no se atrevió, así que se encontró detrás de la cortina sin saber ni cómo.

Al cabo de un momento corrí la cortina y miré a Lucie; a pesar de que el vestido que se había probado no era nada especial, me quedé asombrado: aquel estilo más o menos moderno había convertido a Lucie, de repente, en otra persona. «¿Me permite que lo vea?», dijo el vendedor a mis espaldas y se deshizo en la habitual verborrea de elogios sobre Lucie y el vestido en cuestión. Luego me miró a mí, miró mis galones y me preguntó (aunque la respuesta afirmativa era evidente) si era de los políticos. Le hice un gesto afirmativo. Guiñó un ojo, se sonrió y dijo: «Debería tener por aquí algunas cosas de mejor calidad, ¿quieren verlas?», y en un momento apareció con varios vestidos de verano y uno de gala, de noche. Lucie se los probó uno tras otro, todos le quedaban bien, con cada uno de ellos parecía diferente y con el vestido de noche no fui capaz de reconocerla.

Las transformaciones decisivas para el devenir de las relaciones amorosas no siempre suelen deberse a acontecimientos dramáticos sino, con frecuencia, a circunstancias que a primera vista pasan completamente desapercibidas. En el devenir de mi amor por Lucie este papel lo desempeñaron los vestidos. Hasta entonces Lucie había sido para mí todo lo posible: una niña, una fuente de ternura, una fuente de consuelo, un bálsamo y hasta un modo de escapar de mí mismo, lo era para mí, casi al pie de la letra, *todo* —menos mujer—. Nuestro amor en el sentido corporal no había atravesado la frontera de los besos. Además, el modo en que Lucie besaba era infantil (yo me había enamorado de aquellos largos pero recatados besos con los labios cerrados, que están secos y al acariciarse mutuamente van sacando emocionados la cuenta de sus suaves estrías).

En pocas palabras: hasta entonces había sentido por ella ternura y no sensualidad; me había acostumbrado tanto a la ausencia de sensualidad que ya no era consciente de ella; mi relación con Lucie me parecía tan hermosa que no se me podía ni ocurrir que en realidad le faltara algo. Todo coincidía armónicamente: Lucie —su monacal vestido gris— y mi monacal e inocente relación con ella. En el momento en que se puso otro vestido, toda la ecuación quedó alterada; Lucie de pronto se escapaba de mi imagen de Lucie. Vi sus piernas, que se dibujaban atractivas bajo una falda bien hecha y proporcionada: una mujer guapa cuya sencillez se diluye de inmediato bajo un vestido que tiene un color expresivo y un corte bonito. Estaba completamente alucinado por el repentino *descubrimiento de su cuerpo*.

Lucie vivía en el internado en una habitación con otras tres muchachas; las visitas en el internado solo estaban permitidas dos días a la semana, nada más que tres horas, de cinco a ocho, y además el visitante tenía que apuntarse en portería, entregar el documento de identidad y volver a presentarse a la salida. Para mayor complicación, las tres compañeras de habitación de Lucie tenían un amante o más y todas necesitaban reunirse con ellos en la intimidad de la habitación del internado, de modo que discutían permanentemente, se odiaban y se echaban en cara cada minuto que una le quitaba a la otra. Aquello era tan desagradable que nunca intenté visitar a Lucie en el internado. Pero sabía que las tres compañeras de habitación de Lucie debían irse aproximadamente un mes más tarde a un campo de trabajos agrícolas que iba a durar tres semanas. Le dije a Lucie que me gustaría aprovechar la oportunidad e ir a verla durante ese período a su habitación. Se puso triste y dijo que prefería estar conmigo fuera. Yo le dije que quería estar con ella en algún sitio en el que nadie nos interrumpiera y en el que pudiéramos dedicarnos solo a nosotros mismos; y que también quería saber cómo vivía. Lucie no sabía llevarme la contraria y aún hoy recuerdo lo excitado que estaba cuando ella por fin accedió a mi propuesta.

10

Ya llevaba en Ostrava casi un año y el servicio militar, al comienzo insoportable, se había convertido para mí en algo cotidiano y habitual; era desagradable y fatigoso, pero aun así había logrado vivir en medio de aquello, encontrar un par de amigos y hasta ser feliz; aquél fue para mí un verano hermoso (los árboles estaban llenos de hollín y sin embargo me parecían enormemente verdes cuando los veía con unos ojos que acababan de librarse de la oscuridad de la mina), pero, tal como suele suceder, el germen de la desgracia se esconde precisamente dentro de la felicidad: los tristes acontecimientos del otoño tuvieron su origen en aquel verano verdinegro.

Todo empezó por Stana. En marzo se casó y un par de meses más tarde ya le empezaron a llegar noticias de que su mujer se pasaba el día de bares; se puso nervioso, le escribió a su mujer una carta tras otra y le llegaron respuestas tranquilizadoras; pero después (cuando ya empezaba a hacer calor) vino a visitarlo su madre a Ostrava; pasó con ella todo el sábado y cuando regresó al cuartel estaba pálido y callado; al principio no quería hablar, porque le daba vergüenza, pero al día siguiente se lo contó a Honza y después a otros y al poco tiempo ya lo sabían todos, y cuando Stana supo que todos lo sabían, él mismo empezó a hablar de ello, todos los días y casi todo el tiempo: que si su mujer estaba hecha una furcia y que si la iría a ver y le retorcería el pescuezo. Y en seguida fue a pedirle al comandante dos días de permiso, pero el comandante se resistía a dárselos porque precisamente en esos días no dejaban de llegar de la mina y del cuartel quejas por el comportamiento de Stana, debidas a su nerviosismo y su excitabilidad. Stana le pidió entonces que le diera un permiso de veinticuatro horas. El comandante se compadeció y se lo dio. Stana se fue y desde entonces ya nunca más lo vimos. Lo que pasó lo sé solo de oídas.

Llegó a Praga, sorprendió a su mujer (¡la llamo mujer, pero no era más que una chica de diecinueve años!) y ella, sin ninguna vergüenza (y quizás con cierta satisfacción), se lo contó todo; le empezó a pegar, ella se defendió, la empezó a estrangular y al final le dio con una botella en la cabeza; la chica cayó al suelo inmóvil. Stana se horrorizó de lo que había hecho y huyó; consiguió, quién sabe cómo, una casa en lo recóndito de las montañas y estuvo viviendo allí, muerto de miedo y a la espera de que lo encontrasen y lo condenaran a la horca. Lo encontraron al cabo de dos meses pero no lo juzgaron por asesinato sino por deserción. Su mujer, al poco rato de haberse ido él, se despertó de su desmayo, sin más problema de salud que un chichón en la cabeza. Mientras él estaba en la prisión militar, se divorció y hoy está casada con un conocido actor praguense al que suelo ir a ver más que nada para recordar a un viejo amigo que tuvo luego un triste final: después de la mili se quedó a trabajar en las minas; un accidente laboral le costó una pierna y una amputación mal cicatrizada le costó la vida.

Aquella mujer, que según parece sigue siendo hoy una figura destacada en los grupos bohemios, no fue solo la causante de la desgracia de Stana, sino también de la de todos nosotros. Al menos, ésa fue la impresión que nos dio, aunque no podemos saber con certeza si entre la historia de la desaparición de Stana y la comisión de control del ministerio, que llegó al cuartel poco después, hubo (como pensaron todos) una relación directa. En todo caso, nuestro comandante fue destituido y en su lugar vino un oficial joven (no tendría más de veinticinco años) y con su llegada todo cambió.

He dicho que no tendría más de veinticinco, pero parecía aún más joven, parecía un chiquillo; con mayor motivo se esforzaba por que su manera de actuar impresionara a la gente. No le gustaba gritar, hablaba en tono seco y con la mayor tranquilidad nos daba a entender que nos consideraba a todos unos criminales: «Ya sé que les gustaría verme ahorcado», nos dijo el niño aquel en su primer discurso, «pero si ahorcan a alguien será a ustedes y no a mí».

Pronto surgieron los primeros conflictos. La que más grabada se quedó en mi memoria fue la historia de Cenek, quizás porque nos pareció muy divertida. Durante el año que llevaba de mili, Cenek había hecho ya muchas pinturas murales, que obtenían siempre el reconocimiento del anterior comandante. A Cenek, lo que más le gustaba, como ya he dicho, era dibujar a Jan Zizka, el gran capitán de los husitas, y a sus guerreros medievales; para alegrar a sus compañeros solía acompañar los cuadros con mujeres desnudas y se las presentaba al comandante como símbolos de la libertad o de la patria. El nuevo comandante también quería utilizar los servicios de Cenek, lo mandó llamar y le pidió que pintase algo en la habitación en la que se daban las clases de educación política. Con tal motivo le dijo que esta vez debía olvidarse de los husitas y «orientarse más hacia la actualidad», que en el cuadro debía figurar el Ejército Rojo y su alianza con nuestra clase obrera y también su importancia para el triunfo del socialismo en febrero del 48. Cenek dijo: «A sus órdenes» y se puso a trabajar; estuvo varias tardes pintando sobre grandes papeles blancos en el suelo, que fijó luego a lo largo de toda la pared frontal de la sala. Cuando vimos por primera vez el dibujo terminado (un metro y medio de alto y al menos ocho metros de ancho), nos quedamos completamente mudos; en el medio estaba, con gesto heroico, un soldado soviético bien abrigado, con una metralleta y un gorro de piel hasta las orejas, y en derredor suyo unas ocho mujeres desnudas. Dos estaban a su lado y lo miraban con coquetería mientras él las tenía abrazadas de los hombros, una a cada lado, y reía entusiasmado; las demás mujeres lo rodeaban por todas partes, lo miraban, levantaban los brazos hacia él o simplemente estaban allí (había una acostada) y enseñaban sus bellas formas.

Cenek se puso delante del cuadro (esperábamos a que llegara el comisario político y estábamos solos en la sala) y nos dio una conferencia más o menos de este estilo: bueno, la que está aquí a la derecha del sargento es Alena, ésa fue la primera mujer que tuve, la primera de todas, me pescó cuando yo tenía dieciséis años, era la mujer de un oficial, así que aquí está en su sitio; la pinté tal como era entonces, ahora seguro que está peor, pero ya entonces estaba bastante rellena, sobre todo en las caderas (señaló con el dedo). Como estaba mucho mejor por detrás, la pinté aquí otra vez (fue hasta el borde del cuadro y señaló con el dedo a una mujer desnuda que estaba vuelta de espaldas a la sala y parecía como si se fuera a alguna parte). Fijaos en este trasero imperial, un poco mayor de lo normal, pero así es como nos gustan. En cambio ésta (señaló a la mujer que estaba a la derecha del sargento), ésta es Lojzka, me la ligué cuando ya era mayor, tenía las tetas pequeñas (señaló), las piernas largas (señaló) y una cara preciosa (también señaló), y estaba en el mismo curso que yo. Y ésta es nuestra modelo del colegio, a ésta me la sé de memoria y hay otros veinte chicos que también se la saben de memoria, porque estaba siempre en medio de la clase y con ella aprendimos a dibujar el cuerpo humano y a ésa ninguno de nosotros la pudo tocar, su mamaíta la esperaba siempre delante del aula y se la llevaba en seguida a casa, ésa solo se nos mostraba, Dios se lo perdone, muy decentemente. En cambio, ésta era una furcia, algo terrible (señaló a una que estaba tumbada en una especie de sillón estilizado), venid a ver (fuimos), ¿veis este punto en la barriga?, era una quemadura de un cigarrillo, creo que se la había hecho una mujer celosa con la que estaba liada, porque esta dama, tíos, jugaba a dos bandas, ésta tenía el sexo, señores, como un acordeón y dentro de aquel sexo cabía todo lo que hay en el mundo, ahí hubiéramos cabido todos los que estamos aquí con nuestras respectivas mujeres, nuestras novias, y hasta nuestros hijos y nuestros tatarabuelos...

Cenek estaba a punto de llegar a lo mejor de su exposición pero en ese momento entró el comisario y tuvimos que sentarnos. El comisario ya estaba acostumbrado a los cuadros que Cenek hacía por encargo del anterior comandante y no le prestó ninguna atención al cuadro nuevo, sino que se puso a leer en voz alta una especie de folleto en el que se explicaban las diferencias entre el ejército socialista y el capitalista. En nuestro interior seguían sonando aún las explicaciones de Cenek y nos entregábamos a soñar en silencio, cuando de repente apareció en la sala el chiquillo-comandante. Evidentemente había venido a controlar la charla, pero antes de que fuera capaz de recibir las novedades del comisario, ya se había quedado estupefacto al ver el cuadro en la pared del frente; ni siquiera dejó que el comisario siguiera con la lectura y se encaró con Cenek, preguntándole qué clase de cuadro era aquél. Cenek pegó un salto, se puso ante el cuadro y empezó: «Representa alegóricamente el significado del Ejército Rojo para la lucha de nuestra nación; aquí está representado (señaló al sargento) el Ejército Rojo; a su lado está simbolizada (señaló a la mujer del oficial) la clase obrera y del otro lado (señaló a su compañera de estudios) los gloriosos días del triunfo de Febrero. Y aquí (señaló a las demás damas) están los símbolos de la libertad, el símbolo de la victoria, aquí el símbolo de la igualdad; aquí (señaló a la mujer del oficial que mostraba el trasero) se ve a la burguesía que abandona la escena de la historia».

Cenek terminó y el comandante manifestó que el cuadro era una ofensa al Ejército Rojo, que había que hacerlo desaparecer inmediatamente y que con respecto a Cenek ya sacaría las conclusiones pertinentes. Yo pregunté (a media voz) por qué. El comandante me oyó y me preguntó si tenía algo que objetar. Me levanté y dije que el cuadro me gustaba. El comandante dijo que no le extrañaba porque era un cuadro para masturbadores. Yo le dije que el escultor Myslbek también había esculpido a la libertad como una mujer desnuda y que el pintor Ales había pintado incluso al río Jizera como tres mujeres desnudas; que eso lo habían hecho los pintores de todas las épocas.

El chiquillo-comandante me miró con cierta inseguridad y

repitió su orden de que el cuadro debía ser eliminado. Pero es posible que yo lograra confundirlo porque a Cenek no lo castigó por aquello; sin embargo, él se ganó su antipatía y yo también. Cenek fue sancionado al poco tiempo y unos días más tarde me tocó a mí también.

Aquello ocurrió de la siguiente manera: nuestro pelotón estaba trabajando en un extremo del cuartel con picos y palas; el cabo se dedicaba a hacer el vago y no nos vigilaba con demasiada atención, de modo que con frecuencia nos apoyábamos en nuestras herramientas, charlábamos y ni siquiera nos dimos cuenta de que cerca de nosotros estaba el chiquillo-comandante y nos observaba. No lo vimos hasta que se oyó su voz: «Soldado Jahn, venga aquí». Cogí con energía la pala y me puse firme delante de él. «¿A esto le llama usted trabajar?», me preguntó. Ya no recuerdo lo que le contesté, pero no fue nada impertinente, porque no tenía la menor intención de complicarme la vida en el cuartel y provocar sin motivo a alguien que disponía de un poder absoluto sobre mi persona. Pero tras mi insulsa y más bien vacilante respuesta, su mirada se hizo más dura, se acercó a mí, me tomó rapidísimamente de un brazo y me lanzó por la espalda en una toma de judo perfectamente aprendida. Luego se apoyó en mí y me sujetó contra el suelo (yo no me defendí, no hice más que asombrarme). «¿Ya basta?», preguntó luego en voz alta (como para que lo oyeran todos los que por allí estaban); le contesté que bastaba. Me dio la orden de levantarme y después dijo, ante el pelotón en posición de firmes: «El soldado Jahn tiene dos días de calabozo. No por haberme contestado con impertinencia. Su impertinencia, como han podido ver, ya la hemos resuelto mano a mano. Lo mando dos días a la sombra por hacer el vago, y a ustedes les pasará lo mismo la próxima vez». Después se dio la vuelta y se marchó en plan chulo.

En aquella época no era capaz de sentir por él más que odio, y el odio produce una luz demasiado fuerte, en la que se pierde la plasticidad de los objetos. Veía en el comandante simplemente a una rata vengativa y traicionera, hoy lo veo ante todo como a un hombre que era joven y actuaba. No es culpa de los jóvenes el que actúen; no están hechos del todo, pero se encuentran en un mundo que ya está hecho y tienen que actuar como *hechos*. Por eso utilizan rápidamente las formas, los modelos y los guiones que más les gustan, que se llevan, que les sientan bien —y actúan.

Nuestro comandante también estaba sin terminar de hacer y de repente lo pusieron al frente de una tropa a la que no estaba en condiciones de comprender en absoluto; pero supo salir adelante porque las lecturas y lo que sabía de oídas le brindaron una máscara ya preparada para situaciones análogas: el héroe de sangre fría de las novelas de bolsillo, el joven de nervios de acero que domina a una banda de criminales, nada de emociones, solo fría serenidad, chistes secos que impresionen, confianza en sí mismo y en la fuerza de sus propios músculos. Cuanto más consciente era de su aspecto infantil, con mayor fanatismo se entregaba a su papel de superhombre.

Pero ¿acaso era la primera vez que me encontraba con uno de estos actores juveniles? Cuando me interrogaron en el secretariado sobre lo de mi postal, yo tenía poco más de veinte años y mis interrogadores como máximo uno o dos años más. Ellos también eran sobre todo chiquillos que cubrían su rostro sin hacer con la máscara que les parecía más extraordinaria, con la máscara del revolucionario duro y ascético. ¿Y Marketa? ¿No había decidido desempeñar el papel de salvadora, un papel que solo conocía de una mala película de aquella temporada? ¿Y Zemanek, que de repente se vio atacado por el patetismo sentimental de la moralidad? ¿No era aquello un papel teatral? ¿Y yo mismo? ¿No desempeñaba incluso varios papeles, corriendo desconcertadamente de uno a otro, hasta que me cazaron en medio de la carrera?

La juventud es terrible: es un escenario por el cual, calzados con altos coturnos y vistiendo los más diversos disfraces, los niños andan y pronuncian palabras aprendidas que comprenden solo a medias pero a las que se entregan con fanatismo. Y la historia es terrible porque con frecuencia se convierte en un escenario para inmaduros; un escenario para el jovencito Nerón, un escenario para el jovencito Napoleón, un escenario para masas fanatizadas de niños cuyas pasiones copiadas y cuyos papeles primitivos se convierten de repente en una realidad catastróficamente real.

Cuando pienso en ello se revuelve todo mi orden de valores y siento un profundo odio hacia la juventud —y, por el contrario, me siento paradójicamente inclinado a perdonar a los criminales de la historia, en cuya criminalidad de pronto no veo otra cosa que la horrible dependencia de la inmadurez.

Y al hacer referencia a todos los inmaduros, en seguida me acuerdo de Alexej; él también desempeñó su gran papel, que iba más allá de su capacidad y su experiencia. Tenía algo en común con el comandante: él también parecía más joven de lo que era; pero su juventud (a diferencia de la del comandante) carecía de atractivos: un cuerpecito delgado, unos ojos miopes detrás de los gruesos cristales de las gafas, la piel con acné (eternamente adolescente). Al principio hacía el servicio en la escuela de oficiales de infantería, pero de repente lo mandaron a nuestra unidad. Se acercaban los famosos procesos políticos y en muchas salas (en el partido, en los tribunales y en la policía) se levantaban permanentemente las manos que le quitaban a la gente la confianza, el honor y la libertad; Alexej era hijo de un alto funcionario comunista que acababa de ser detenido.

Apareció un día en nuestro pelotón y le dieron la cama vacía de Stana. Nos miraba de un modo semejante al que había utilizado yo al comienzo para mirar a mis nuevos compañeros; no se comunicaba con nadie y los demás, cuando se enteraron de que era miembro del partido (aún no lo habían echado), empezaron a tomar precauciones cuando hablaban en su presencia.

Cuando Alexej se enteró de que yo había sido miembro del partido se volvió más comunicativo conmigo; me confesó que debía ser capaz de soportar, a cualquier precio, la dura prueba a la que la vida lo había sometido y no traicionar nunca al partido. Me leyó un verso que había escrito (aunque al parecer antes nunca escribía versos) cuando se enteró de que lo mandaban a nuestro regimiento. Una de las cuartetas decía lo siguiente:

Podéis, camaradas,
ponerme la máscara del escarnio y escupirme.
Yo, aun con esa máscara escupida, camaradas,
seguiré con vosotros fiel, y en vuestras filas, firme.

Yo lo comprendía porque había sentido lo mismo un año antes. Pero aquello ya me dolía mucho menos: la introductora a lo cotidiano, Lucie, me había llevado fuera de aquellos sitios en los que ahora se torturaban desesperadamente los distintos Alexej.

11

Mientras el chiquillo-comandante se dedicaba a cambiar la situación en nuestra unidad, yo pensaba más que en ninguna otra cosa en la posibilidad de conseguir un permiso; las amigas de Lucie se fueron al campo de trabajo y yo hacía un mes que no salía del cuartel; el comandante se acordaba perfectamente de mi cara y de mi nombre y eso es lo peor que le puede pasar a uno en la mili. Se esforzaba ahora por demostrarme que cada una de las horas de mi vida dependía de su voluntad. Y lo de los permisos estaba fatal; desde el comienzo había dicho que se los daría solo a los que asistieran regularmente a los trabajos voluntarios de los domingos; así que todos asistíamos; pero era una vida miserable, porque no teníamos en todo el mes ni un solo día sin bajar a la galería y cuando alguien recibía de verdad un permiso el sábado hasta las dos de la mañana, iba luego a trabajar el domingo muerto de sueño y en la mina andaba como un sonámbulo.

Yo también empecé a trabajar los domingos, lo cual tampoco me garantizaba que me dieran el permiso, porque el mérito de haber trabajado el domingo podía fácilmente esfumarse por una cama mal hecha o por cualquier otra falta. Pero la autocomplacencia del poder no se manifiesta solo en su crueldad sino también (aunque con menor frecuencia) en su misericordia. El chiquillo-comandante se sintió complacido de poder manifestarme, al cabo de varias semanas, su compasión, así que yo también recibí mi permiso en el último momento, dos días antes de que regresasen las compañeras de Lucie.

Estaba muy excitado mientras la viejecita con gafas apuntaba mi nombre en la portería del internado, antes de autorizarme a subir por la escalera hasta el cuarto piso para llamar a la puerta al final de un largo corredor. La puerta se abrió pero Lucie permaneció oculta detrás de ella, de modo que lo único que vi delante de mí fue una habitación que a primera vista no se parecía en nada a la habitación de un internado; me dio la impresión de estar en una habitación preparada para una especie de festividad religiosa: en la mesa brillaba un ramo dorado de dalias, junto a la ventana se erguían dos grandes ficus y por todas partes (en la mesa, en la cama, en el piso, detrás de los cuadros) había ramitas verdes esparcidas o colocadas (eran de esparraguera, según luego pude comprobar) como si se esperase la llegada de Jesucristo montado en su asno.

Abracé a Lucie (seguía escondiéndose detrás de la puerta) y le di un beso. Tenía puesto el vestido de noche negro y los zapatos de tacones que le había comprado el mismo día que los vestidos. En medio de todo aquel verde ceremonial parecía una princesa.

Cerramos la puerta y fue entonces cuando me di cuenta de que estábamos de verdad en una simple habitación de internado y que bajo aquel manto verde no había nada más que cuatro camas de metal, cuatro mesillas de noche desconchadas, una mesa y tres sillas. Pero aquello no podía disminuir en nada la sensación de arrebato que se apoderó de mí desde el momento en que Lucie abrió la puerta: después de un mes me habían dejado salir otra vez por un par de horas; y no solo eso: por primera vez en un año volvía a estar en una *habitación pequeña;* me envolvió el soplo embriagador de la intimidad y la fuerza de aquel soplo casi me tiró al suelo.

En todos los anteriores paseos con Lucie, el espacio abierto me seguía manteniendo en contacto con el cuartel y con lo que allí me deparaba la suerte; el aire que circulaba omnipresente me ataba con ligaduras invisibles a una puerta en la que estaba escrito SERVIMOS AL PUEBLO; me daba la impresión de que no había ningún sitio donde pudiera dejar de «servir al pueblo»; no había estado en todo un año en una pequeña habitación privada.

Aquélla era, de repente, una situación completamente nueva; tenía la sensación de ser durante tres horas completamente libre; podía por ejemplo quitarme sin ningún temor (en contra de todos los reglamentos militares) no solo el gorro y el cinto sino también los pantalones, la guerrera, las botas, todo, y, si quería, hasta podía pisotearlo; podía hacer lo que quisiera sin que nadie me viera; además, en la habitación hacía un calor agradable y aquel calor y aquella libertad se me subieron a la cabeza; me llevé a Lucie hasta la cama cubierta de verde. Las ramitas sobre la cama (estaba cubierta con una manta gris corriente) me excitaban. No me las podía explicar más que como un símbolo nupcial; se me ocurrió (y eso me enternecía) que en la simplicidad de Lucie resonaban inconscientemente las más antiguas costumbres populares y que quería despedirse de su virginidad con un festejo ceremonial.

Tardé un rato en darme cuenta de que, aunque Lucie me devolvía los besos y los abrazos, mantenía la habitual reserva al hacerlo. Su boca, aunque me besaba con avidez, permanecía pese a todo cerrada; se apretujaba contra mí con todo el cuerpo, es cierto; pero cuando metí la mano por debajo de su falda para sentir la piel de sus piernas, se me escurrió. Comprendí que mi espontaneidad, a la que quería entregarme con ella con embriagadora ceguera, no era compartida; recuerdo que en ese instante (y no habían pasado más de cinco minutos desde mi entrada a la habitación de Lucie) sentí en los ojos lágrimas de tristeza. Nos sentamos el uno junto al otro (aplastando con nuestros traseros las pobres ramitas) y empezamos a hablar de algo. Al cabo de un rato (la conversación no tenía el menor interés) intenté abrazar de nuevo a Lucie pero se resistió; comencé a luchar con ella pero en seguida comprendí que aquélla no era una hermosa lucha amorosa sino una lucha que transformaba nuestra amorosa relación en algo feo porque Lucie se resistía de verdad, furiosamente, casi desesperadamente, y me retiré de inmediato.

Intenté convencer a Lucie con palabras; hablé probablemente de que la quería y de que el amor significaba entregarse el uno al otro por completo; a pesar de su falta de originalidad era una argumentación indiscutible y Lucie no intentó rebatirla de ningún modo. En lugar de eso permanecía callada o decía: «por favor, no; por favor, no», «hoy no, hoy no...», y (con enternecedora impericia) trataba de desviar la conversación hacia otro tema.

Volví al ataque; tú no eres una de esas chicas que lo excitan a uno y después se ríen de él, no eres una persona mala y sin sentimientos... Y volví a abrazarla y a empezar una breve y triste lucha que (una vez más) me llenó de sensación de fealdad.

Volví a dejarla y de repente me pareció que comprendía las razones del rechazo de Lucie. Dios mío, ¿cómo no me había dado cuenta en seguida? Si es que Lucie es una niña, si es que debe de tenerle miedo al amor, es virgen, tiene miedo, miedo a lo desconocido; inmediatamente me propuse hacer que de mi comportamiento desapareciese esa sensación de apremio que seguramente la asustaba, me propuse ser tierno, sutil, hacer que el acto amoroso no se diferenciase en nada de nuestras ternuras, que fuera solo una de las ternuras. Dejé de insistir y empecé a hacerle mimos. Le di besos y le hice caricias (aquello ya duraba mucho tiempo y ya no me hacía ninguna ilusión), le hice mimos (falsos y fingidos) mientras trataba disimuladamente de acostarla. Lo logré; le acaricié los pechos (a eso Lucie no se había resistido nunca); le dije que quería ser tierno con todo su cuerpo, porque el cuerpo era ella y yo quería ser tierno con toda ella; hasta conseguí levantarle un poco la falda y besarla diez, veinte centímetros por encima de las rodillas; pero no llegué lejos; cuando intenté llegar hasta el regazo de Lucie, se separó asustada y saltó de la cama. La miré y vi que en su cara había un gesto de esfuerzo convulsivo, una expresión que hasta entonces no había visto nunca en ella.

Lucie, Lucie, ¿te da vergüenza la luz? ¿Prefieres que estemos a oscuras?, le pregunté y ella se aferró a mi pregunta como a una tabla de salvación y asintió, sí, le da vergüenza la luz. Fui hacia la ventana con la intención de bajar las persianas pero Lucie dijo: «¡No, no lo hagas! ¡No las bajes!». «¿Por qué?», pregunté. «Me da miedo», dijo. «¿Qué te da miedo, la luz o la oscuridad?», le pregunté. No dijo nada y se echó a llorar.

Su resistencia no me emocionaba en lo más mínimo, me parecía absurda, insultante, injusta; me hacía daño, no la comprendía. Le pregunté si se resistía porque era virgen y le daba miedo el dolor que le produciría. Respondía afirmativamente a todas las preguntas de este tipo porque veía en ellas un argumento a su favor. Yo me puse a hablarle de lo bonito que era que fuese virgen y conociese el amor conmigo, que la amaba. «¿No tienes ganas de ser completamente mía?» Dijo que sí, que tenía ganas. La volví a abrazar y volvió a resistirse. Me costaba trabajo contener mi enfado. «¿Por qué te me resistes?» Me dijo: «Por favor, la próxima vez, sí, yo quiero, pero la próxima vez, otra vez, ahora no.» «¿Y por qué no hoy?» Respondió: «Hoy no». «¿Pero por qué?» Respondió: «Por favor, hoy no». «¿Pero cuándo? Sabes perfectamente que ésta es la última oportunidad que tenemos de estar los dos solos, pasado mañana vuelven tus compañeras. ¿Dónde vamos a estar solos?» «Ya te las ingeniarás para encontrar algún sitio», dijo. «Bueno, yo me encargo de encontrar algo, pero prométeme que vendrás conmigo, aunque no sea una habitación tan agradable como ésta.» «Eso no importa, puede ser donde quieras.» «Vale, pero ¿me prometes que vas a ser mi mujer, que no te vas a resistir?» «Sí», dijo. «¿Lo prometes?» «Sí.»

Comprendí que esa promesa era lo único que podía obtener de Lucie aquel día. Era poco, pero al menos era algo. Reprimí mi disgusto y nos pasamos el resto del tiempo charlando. Cuando me iba, me sacudí del uniforme una ramita de esparraguera, le acaricié la mejilla a Lucie y le dije que no iba a pensar más que en nuestro próximo encuentro (y no le mentí).

12

Unos cuantos días después de la última cita con Lucie (era un día lluvioso de otoño) volvíamos de la mina en formación al cuartel; la carretera estaba llena de baches en los que se formaban profundos charcos; estábamos salpicados, cansados, mojados y con ganas de descansar. La mayoría no tenía un domingo libre desde hacía un mes. Pero inmediatamente después de la comida el chiquillo-comandante nos hizo formar y nos anunció que por la mañana, al inspeccionar nuestras habitaciones, las había encontrado desordenadas. Nos dejó en manos de los suboficiales y les ordenó que nos tuvieran dos horas más de lo habitual haciendo instrucción, como castigo.

Dado que éramos soldados sin armas, la instrucción que hacíamos tenía un aspecto particularmente absurdo; no tenía otro sentido que degradar nuestro tiempo vital. Recuerdo que en una oportunidad, cuando ya estaba el chiquillo-comandante, nos hicieron trasladar durante toda una tarde tablones de una esquina del cuartel a la otra y al día siguiente al revés y que estuvimos practicando el traslado de tablones durante diez días. Cosas como el traslado de tablones era lo único que hacíamos en el patio del cuartel después de volver de la mina. Esta vez no nos tocó trasladar tablones sino nuestros propios cuerpos; les dábamos medias vueltas y vueltas a la derecha, los tirábamos al suelo y los volvíamos a levantar, corríamos con ellos para un lado y para otro y los arrastrábamos por la tierra. Pasaron tres horas de instrucción y apareció el comandante; les dio orden a los suboficiales de llevarnos a gimnasia.

Al fondo, detrás de los edificios, había un pequeño campo de juego donde se podía jugar al fútbol o también correr o hacer ejercicios. Los suboficiales decidieron organizar con nosotros una carrera de relevos; en nuestra compañía había nueve pelotones de diez hombres —esto es, nueve equipos de diez corredores—. Los suboficiales no solo pretendían no dejarnos en paz, sino que además, como eran en su mayoría muchachos entre dieciocho y veinte años, con sus típicos deseos juveniles, querían competir y demostrarnos que éramos peores que ellos; así que presentaron su propio equipo compuesto de cabos y cabos primeros.

Tardaron bastante en explicarnos sus intenciones y en que nosotros las entendiésemos: los primeros diez corredores debían correr desde un lado del campo hasta el contrario; allí debía estar ya preparada una segunda serie de corredores, que debía ir hasta el sitio desde donde habían salido los primeros, pero mientras tanto ya tenía que estar preparada una tercera serie de corredores y así hasta el final. Los suboficiales se encargaron de numerarnos y de mandar a cada uno al correspondiente lado del campo de juego.

Después de la jornada en la mina y la instrucción estábamos muertos de cansancio y furiosos al pensar que aún nos iban a hacer correr; entonces se me ocurrió una idea bastante sencilla y se la comuniqué a dos compañeros: ¡teníamos que correr todos lo más despacio posible! La idea fue aceptada de inmediato, se extendió de boca en boca y la agotada masa de soldados empezó de pronto a agitarse por la risa contenida.

Por fin estuvimos cada uno en su puesto, preparados para el comienzo de una competición que era en sí misma todo un absurdo: aunque teníamos que correr con el uniforme puesto y las pesadas botas, había que agacharse para la salida; a pesar de que el relevo se entregaba de un modo totalmente fuera de lo normal (el corredor que lo recibía corría en sentido contrario), los testigos que entregábamos eran de verdad y el disparo de pistola del comienzo también. Un cabo (el primer corredor del equipo de suboficiales) salió disparado mientras nosotros nos levantábamos del suelo (yo estaba en la primera serie) y avanzábamos al trote lento; a los veinte metros, ya casi no podíamos contener la risa porque el cabo estaba llegando al otro lado del campo mientras nosotros, a escasa distancia de la salida, en una hilera bien poco corriente, trotábamos resoplando e imitando un enorme esfuerzo; los demás soldados, reunidos a ambos lados del campo, nos alentaban coreando a gritos: «Bravo, bravo, bravo...». A la mitad del campo nos cruzamos con el segundo corredor del equipo de suboficiales, que venía ya en dirección contraria hacia la línea de la que habíamos salido. Por fin llegamos a la línea final y pasamos los testigos, pero para entonces ya corría con su testigo, a nuestras espaldas, el tercer suboficial.

Recuerdo hoy aquella carrera como la última gran exhibición de mis negros compañeros. Los muchachos demostraban una gran imaginación: Honza corría cojeando de una pierna, todos lo aplaudían furiosamente y en efecto llegó a la entrega (en medio de una gran ovación) como un héroe, dos metros por delante de los demás. El gitano Matlos se cayó durante la carrera unas ocho veces. Cenek corría levantando las rodillas hasta la barbilla (tenía que cansarse más que si hubiera corrido a la mayor velocidad). Todos respetaron las reglas de juego: ni el disciplinado y resignado autor de las proclamas pacifistas, Bedrich, que corría serio y digno, al mismo ritmo lento que los demás, ni Josef el de la aldea, ni Petr Pekny, que no me quería, ni el viejo Ambroz, que corría erguido, rígido y con las manos a la espalda, ni el pelirrojo Petran, que chillaba con voz aguda, ni el húngaro Varga, que mientras corría gritaba «¡Hurra!», ninguno de ellos estropeó aquella sencilla pero excelente puesta en escena que hacía que los que estábamos alrededor nos partiéramos de risa.

Entonces vimos que el chiquillo-comandante se acercaba al campo de juego. Uno de los cabos primeros lo vio y fue hacia él a darle novedades. El comandante lo escuchó y se acercó al borde del campo para observar nuestra competición. Los suboficiales (cuyo equipo ya había llegado triunfante a la meta) se pusieron nerviosos y nos empezaron a gritar: «¡Rápido! ¡Moverse! ¡Correr!», pero sus gritos de aliento se perdían por completo en medio de nuestro potente griterío. Los suboficiales no sabían qué hacer, dudaban si interrumpir la carrera, iban de un lado al otro, se consultaban, miraban de reojo al comandante, pero el comandante ni siquiera los miraba y observaba gélidamente la competición.

Finalmente le tocó el turno a la última serie de nuestros corredores; allí estaba Alexej; yo tenía curiosidad por ver cómo iba a correr y no me equivoqué: quería estropear el juego: salió hacia delante con toda su fuerza y a los veinte metros ya llevaba al menos cinco metros de ventaja. Pero entonces ocurrió algo extraño: su ritmo disminuyó y su ventaja permaneció igual; comprendí de inmediato que Alexej no podía estropear el juego ni aunque quisiese: ¡claro, si era un muchacho enclenque al que, al cabo de dos días, le tuvieron que dar por fuerza un trabajo menos duro, porque no tenía músculos ni capacidad respiratoria! En cuanto me di cuenta de aquello, comprendí que su carrera era la verdadera culminación de toda aquella guasa; Alexej se esforzaba todo lo que podía y sin embargo no había manera de diferenciarlo de los muchachos que hacían el vago a cinco metros de distancia, a la misma velocidad; los suboficiales y el comandante tenían que estar convencidos de que la rápida salida de Alexej era parte de la comedia, igual que la cojera de Honza, las caídas de Matlos y nuestros gritos de ánimo. Alexej corría con los puños cerrados igual que los que iban detrás de él fingiendo un gran esfuerzo y resoplando ostentosamente. Con la diferencia de que Alexej sentía un *verdadero* dolor en el costado y le costaba un enorme esfuerzo sobreponerse, de modo que por la cara le corría un sudor *verdadero*: cuando estaba a la mitad del campo, Alexej bajó aún más el ritmo y los gamberros que corrían lo más despacio posible lo fueron alcanzando: cuando estaba a treinta metros de la meta lo adelantaron: cuando estaba a veinte metros de la meta, dejó de correr e hizo el resto cojeando, con la mano en el costado izquierdo.

El comandante nos hizo formar. Preguntó por qué habíamos corrido tan despacio. «Estábamos cansados, camarada capitán.» Pidió que levantásemos la mano todos los que estábamos cansados. Levantamos la mano. Yo me fijé en Alexej (estaba más adelante, en mi misma fila): fue el único que no levantó la mano. Pero el comandante no lo vio. Dijo: «Muy bien, así que todos». «No», se oyó. «¿Quién no estaba cansado?» Alexej dijo: «Yo». «¿Usted no?», lo miró el comandante. «¿Cómo es que no estaba cansado?» «Porque soy comunista», respondió Alexej. A aquellas palabras la compañía respondió con una risa sorda. «¿Es usted el que llegó a la meta en último lugar?», preguntó el comandante. «Sí», dijo Alexej. «Y no estaba cansado», dijo el comandante. «No», respondió Alexej. «Si no estaba cansado, entonces saboteó el ejercicio a propósito. Catorce días de calabozo por intento de rebelión. Los demás estaban cansados, así que tienen una disculpa. Su rendimiento en la mina no es nada del otro mundo, así que está claro que se cansan durante los permisos. Por motivos de salud la compañía se queda sin permisos durante dos meses.»

Antes de ir al calabozo, Alexej habló conmigo. Me reprochó que no me comportara como un comunista y me preguntó con una mirada severa si estaba a favor del socialismo o no. Le dije que estaba a favor del socialismo pero que eso en el cuartel de los negros no tenía ninguna importancia, porque allí los campos estaban divididos de una forma distinta: de un lado estaban los que habían perdido su propio destino y del otro los que lo tenían en su poder y hacían con él lo que se les antojaba. Pero Alexej no estaba de acuerdo conmigo: al parecer, la línea divisoria entre el socialismo y la reacción pasaba por todas partes; nuestro cuartel no era nada más que un instrumento para defender al socialismo de sus enemigos. Le pregunté cómo defendía al socialismo de sus enemigos el chiquillo-comandante, mandándolo precisamente a él, a Alexej, al calabozo durante catorce días y tratando a los soldados como para convertirlos en enemigos jurados del socialismo, y Alexej reconoció que el comandante no le gustaba. Pero cuando le dije que si lo decisivo en el cuartel era la línea divisoria entre el socialismo y la reacción, en ese caso él no debería estar allí, me respondió violentamente que su presencia estaba plenamente justificada. «A mi padre lo metieron en la cárcel por espionaje. ¿Sabes lo que eso significa? ¿Cómo va a confiar en mí el partido? ¡El partido tiene la *obligación* de no confiar en mí!»

Después hablé con Honza; me lamenté (pensando en Lucie) de que ahora no íbamos a poder salir en dos meses. «No tengas miedo, idiota», me dijo. «¡Vamos a salir más que antes!»

El alegre sabotaje de la carrera fortaleció en mis compañeros el sentimiento de solidaridad y despertó en ellos una considerable actividad. Honza formó una especie de pequeño consejo que empezó a investigar las posibles salidas secretas del cuartel. A los dos días estaba todo preparado; se reunieron fondos para sobornos; se les pagó a dos suboficiales de nuestro dormitorio; se encontró un sitio adecuado y se cortó la cerca de alambre; era un sitio al final del cuartel, donde lo único que había era la enfermería y las primeras casas del pueblo estaban a solo cinco metros; en la casa más cercana vivía un minero al que conocíamos de la galería; mis amigos se pusieron de acuerdo con él para que no cerrara con llave la puerta del jardín; el soldado que se quería escapar debía llegar disimuladamente hasta la cerca y después no tenía más que pasar por la abertura y correr cinco metros; en cuanto cruzaba la puerta de la casa, ya estaba seguro: atravesaba la casa y salía por el otro lado a una calle de los suburbios.

La salida era, por lo tanto, bastante segura; pero no era posible abusar de ella; si desaparecieran del cuartel en un mismo día demasiados soldados, su ausencia sería fácilmente detectable; por eso el consejo que había creado Honza debía regular las salidas.

Pero antes de que me tocara a mí el turno, todo el invento de Honza se vino abajo. El comandante llevó a cabo personalmente un control nocturno del dormitorio y comprobó que faltaban tres soldados. Se dirigió al suboficial (encargado del dormitorio) que no había informado de la ausencia de los soldados y, como si fuera sobre seguro, le preguntó cuánto le habían pagado. El suboficial creyó que el comandante lo sabía todo y ni siquiera trató de negarlo. Honza recibió orden de presentarse ante el comandante y el suboficial atestiguó en el careo que recibía dinero de él.

El chiquillo-comandante nos dio jaque mate. Al suboficial, a Honza y a los tres soldados que habían salido en secreto esa noche los mandó al tribunal militar. (Ni siquiera tuve tiempo de despedirme de mi mejor amigo, todo sucedió muy rápido, durante la mañana, mientras estábamos en la mina; bastante más tarde me enteré de que todos habían sido condenados por el tribunal y de que a Honza le habían metido un año de prisión.) Hizo formar a la compañía y anunció que el período de prohibición de permisos se prolongaba otros dos meses y que se establecía el régimen de compañía de castigo. Y solicitó que instalaran dos torres de vigilancia en las esquinas del cuartel, reflectores y dos guardias con perros de policía.

La intervención del comandante fue tan repentina y el éxito tan completo que pensamos que el montaje de Honza había sido denunciado por alguien. No se puede decir que hubiera demasiados soplones entre los negros; todos, sin distinciones, los despreciábamos, pero todos sabíamos que era una posibilidad siempre presente, porque era el medio más eficaz que se nos ofrecía para mejorar nuestras condiciones de vida, irnos pronto a casa, obtener un buen expediente y salvar, al menos en parte, nuestras perspectivas de futuro. Nos salvamos (una gran mayoría) de caer en esta bajeza, de todas la peor, pero no nos salvamos de sospechar con demasiada facilidad de que otros la cometieran.

También en esta oportunidad la sospecha se extendió rápidamente y se convirtió, con la velocidad de un alud, en un sentimiento de certeza masiva (a pesar de que la intervención del comandante se podía explicar por motivos diferentes a la delación) y con una seguridad incondicionada se concentró en Alexej. Estaba cumpliendo precisamente sus últimos días de calabozo; claro que bajaba a diario a la mina y, por lo tanto, pasaba todo el tiempo en la galería con nosotros; todos coincidieron en que era perfectamente posible que («con sus orejas de soplón») hubiera oído algo sobre el montaje de Honza.

Al pobre estudiante miope le ocurrían las peores cosas: el encargado de nuestro grupo de trabajo (uno de nosotros) lo volvió a mandar a las peores tareas; sistemáticamente se le perdían las herramientas y tenía que pagarlas de su dinero; tenía que soportar insultos y alusiones y cientos de pequeñas faenas; en la pared de madera junto a la cual estaba su cama, alguien escribió en grandes letras negras con grasa: CUIDADO, RATA.

Unos días después de que a Honza y a los otros cuatro implicados se los llevaran escoltados, pasé una tarde por la habitación de nuestra unidad; estaba vacía y no había nadie más que Alexej, inclinado haciendo su cama. Le pregunté qué había pasado para que tuviera que hacer la cama. Me contestó que los muchachos le deshacían la cama varias veces al día. Le dije que todos estaban convencidos de que había delatado a Honza. Protestó en tono casi lloroso; él no sabía nada y nunca sería, dijo, capaz de delatar. «No sé por qué dices que nunca serías capaz de delatar», le respondí. «Te consideras un aliado del comandante. De eso se desprende que estarías dispuesto a delatar.» «¡No soy un aliado del comandante! ¡El comandante es un saboteador!», dijo con la voz quebrada. Y me contó la opinión a la que había llegado en el calabozo, donde había tenido la posibilidad de meditar durante mucho tiempo sin que nadie lo interrumpiese: las unidades de soldados negros habían sido creadas por el partido para las personas a las que no les podía confiar por ahora un arma, pero a las que quería reeducar. Pero el enemigo de clase nunca duerme y pretende impedir a cualquier precio que el proceso de reeducación tenga éxito; quiere que los soldados negros mantengan un odio furioso contra el comunismo y puedan servir como ejército de reserva para la contrarrevolución. La actuación del chiquillo-comandante, que pone furiosos a todos, forma parte de los planes del enemigo. Yo no tengo ni idea de la cantidad de sitios en los que se esconden los enemigos del partido. El comandante es con seguridad un agente del enemigo. Pero Alexej sabe cuál es su obligación y ha escrito una descripción detallada de las actividades del comandante. Me quedé asombrado: «¿Qué dices? ¿Que has escrito qué? ¿Y adónde lo mandaste?». Me respondió que había enviado al partido una queja sobre el comandante.

Salimos de la habitación. Me preguntó si no tenía miedo de que los demás me vieran con él. Le dije que era un imbécil por hacerme esa pregunta y un imbécil doble si creía que la carta iba a llegar a su destino. Me contestó que era comunista y que un comunista tiene que actuar en cualquier circunstancia de tal modo que no tenga que avergonzarse. Y me volvió a recordar que yo también (aunque expulsado del partido) era comunista y que debería comportarme de un modo distinto a como me comportaba. «Como comunistas somos responsables de todo lo que aquí sucede.» Me dio la risa; le respondí que la responsabilidad es impensable sin libertad. Me contestó que él se sentía suficientemente libre como para comportarse como un comunista; tenía que demostrar y demostraría que era comunista. Mientras lo decía, le temblaba la barbilla; aún hoy, después de tantos años, recuerdo aquel momento y me doy cuenta, con mucha mayor precisión que entonces, de que Alexej tenía poco más de veinte años, de que era un chiquillo, un muchacho, y que su destino le iba grande como un traje gigante a un cuerpo pequeñito.

Recuerdo que al poco tiempo de la conversación con Alexej me preguntó Cenek por qué hablaba con esa rata. Le dije que Alexej era un idiota, pero no una rata; y le expliqué lo que Alexej me había contado de su carta contra el comandante. A Cenek aquello no le causó ninguna impresión: «No sé si será idiota», dijo, «pero lo que es seguro es que es una rata. El que es capaz de hacer una declaración pública en contra de su propio padre es una rata». No le entendí; él se extrañó de que yo no lo supiese; el propio comisario político les había enseñado un periódico de hacía varios meses en el que venía la declaración de Alexej: que no tenía nada que ver con su padre, quien era un traidor y había ensuciado lo más sagrado que había para su hijo.

Esa misma noche, en las torres de vigilancia (que habían construido pocos días antes) aparecieron por primera vez los reflectores e iluminaron el oscuro cuartel; alrededor de la cerca de alambre de espino hacía su recorrido el guardián con su perro. Me invadió una enorme nostalgia: estaba sin Lucie y sabía que no la vería durante dos meses enteros. Le escribí esa noche una larga carta; le escribí que no la vería durante mucho tiempo, que no nos dejaban salir del cuartel y que me daba lástima que me hubiera negado aquello que yo deseaba y que me habría ayudado a soportar con su recuerdo tantas semanas tristes.

Al día siguiente de echar la carta al buzón estábamos por la tarde en el patio practicando los indispensables media vuelta, en marcha y cuerpo a tierra. Cumplía las órdenes automáticamente y casi no percibía al cabo que las daba, ni a mis compañeros que marchaban o se tiraban al suelo; no percibía ni siquiera lo que nos rodeaba: por tres lados los edificios del cuartel y por el otro la cerca de alambre, a lo largo de la cual estaba, por fuera, la carretera. A veces pasaba alguien junto a la alambrada, a veces alguien se detenía (en su mayoría niños, solos o acompañados por sus padres, que les explicaban que detrás de la alambrada estaban los soldaditos haciendo la instrucción). Todo aquello se había convertido para mí en una escenografía muerta, como si fueran cuadros pintados sobre una pared (todo lo que estaba detrás de la alambrada eran cuadros pintados en una pared); por eso no me fijé en la alambrada hasta que alguien dijo a media voz, mirando hacia allí: «¿Qué miras, guapa?».

Entonces la vi. Era Lucie. Estaba junto a la verja y llevaba puesto el abrigo marrón, aquel viejo y gastado (se me ocurrió pensar que cuando hicimos las compras para el verano nos olvidamos de que se acabaría el calor y vendrían los fríos), y unos zapatos de salir, de tacón alto (regalo mío). Estaba inmóvil junto a los alambres y miraba hacia nosotros. Los soldados comentaban su extraño aspecto de paciente espera, lo comentaban cada vez con mayor interés y manifestaban en sus comentarios toda la desesperación sexual de unas personas sometidas contra su voluntad al celibato. El suboficial se dio cuenta de que los soldados estaban distraídos y en seguida advirtió el motivo: probablemente sintió con enfado su propia impotencia: no podía echar a la muchacha de la verja; más allá de la alambrada reinaba una relativa libertad y en aquel reino sus órdenes no eran válidas. Así que les llamó la atención a los soldados para que se dejasen de comentarios y elevó el tono de voz y el ritmo de los ejercicios.

Lucie a ratos paseaba, a veces desaparecía totalmente de mi vista, pero luego volvía otra vez al sitio desde donde podía verme. Por fin se terminó la instrucción pero yo no me pude acercar a ella porque nos mandaron a la clase de educación política; estuvimos oyendo frases sobre el bloque de la paz y los imperialistas y pasó una hora hasta que pude salir (ya oscurecía) a ver si Lucie seguía junto a la verja; estaba allí, corrí hacia ella.

Me dijo que no me enfadara con ella, que me quería, que lamentaba que yo estuviera triste por su culpa. Yo le dije que no sabía cuándo iba a poder verla. Me dijo que no importaba, que vendría a verme aquí. (En ese momento pasaban por allí unos soldados y nos gritaron alguna guarrada.) Le pregunté si no le iba a importar que los soldados le gritasen cosas. Dijo que no le importaría, que me quería. A través de los alambres me pasó el tallo de una rosa (sonó la corneta, nos llamaban a formar): nos besamos por uno de los agujeritos de la alambrada.

13

Lucie venía a verme a la cerca del cuartel casi todos los días, siempre que yo tuviera turno de mañana en la mina y pasase la tarde en el cuartel; todos los días recibía una flor (una vez me las tiró todas el sargento durante una revisión de maletas) e intercambiaba con Lucie unas pocas frases (frases totalmente estereotipadas, porque no teníamos realmente nada que decirnos; no intercambiábamos ideas ni informaciones sino que nos reafirmábamos en lo mismo que ya nos habíamos dicho muchas veces); además, yo no dejaba de escribirle casi a diario; aquél fue el período más intenso de nuestro amor. Los reflectores de la torre de vigilancia, los perros que ladraban al anochecer, el chiquillo chulo que mandaba en todo aquello, nada de eso ocupaba demasiado espacio en mi mente, que estaba concentrada nada más que en la llegada de Lucie.

En realidad, me sentía muy feliz dentro de aquel cuartel vigilado por perros y dentro de la galería, donde me apoyaba en la barrena que lo hacía temblar todo. Me sentía contento y orgulloso porque tenía en Lucie una riqueza que no poseía ninguno de mis compañeros, ni tampoco ninguno de los que nos mandaban; me amaban, me amaban pública y manifiestamente. Y aunque Lucie no era el ideal amoroso de mis compañeros, aunque su amor se manifestaba —eso decían— de una forma bastante extravagante, era, pese a todo, el amor de una mujer y despertaba admiración, nostalgia y envidia.

Cuanto más tiempo pasábamos alejados del mundo de las mujeres, tanto más se hablaba de las mujeres, con todos los detalles, con todos los matices. Se recordaban las marcas que cada una tuviera, se dibujaban (a lápiz sobre el papel, con el pico sobre la tierra, con el dedo en la arena) las líneas de sus pechos y traseros; se discutía cuál de los traseros de las recordadas y ausentes mujeres tenía una forma más adecuada; se evocaban con precisión las frases y los suspiros durante el coito; todo esto se examinaba en nuevas y nuevas versiones, añadiéndole siempre datos complementarios. Naturalmente, a mí también me preguntaban y mis compañeros estaban especialmente interesados en lo que yo pudiera decirles, porque a la chica de la que yo hablaba la veían a diario y podían imaginársela perfectamente y relacionar su aspecto concreto con mi relato. No podía negarles aquello a mis compañeros, no podía hacer otra cosa que contarles lo que me pedían; y así les conté acerca de la desnudez de Lucie, que nunca había visto, de cómo hacía el amor, que yo nunca había hecho con ella, y ante mí se dibujaba de repente el cuadro detallado y preciso de su callada pasión.

¿Cómo fue cuando me acosté con ella la primera vez?

Fue en su habitación del internado; se desnudó delante de mí obediente, entregada, pero haciendo cierto esfuerzo, porque ella era una chica de la aldea y yo el primer hombre que la veía desnuda. Y a mí me excitaba hasta la locura precisamente esa entrega mezclada con timidez; cuando me acerqué a ella, se encogió y se tapó el sexo con las manos...

¿Y por qué lleva siempre esos zapatos de tacón?

Les conté que se los había comprado para que anduviera desnuda delante de mí; le daba vergüenza, pero hacía todo lo que yo le pedía; yo siempre pasaba el mayor tiempo posible vestido y ella andaba desnuda con aquellos zapatos (¡eso me gustaba mucho, que ella estuviera desnuda y yo vestido!), iba hacia el armario, donde estaba el vino, y me lo servía desnuda...

Así que cuando Lucie llegaba hasta la cerca, no la miraba yo solo, sino que conmigo la miraban por lo menos diez compañeros que sabían perfectamente cómo hacía el amor Lucie, qué decía y cómo suspiraba en tal situación, y siempre constataban con gran interés que otra vez tenía puestos los zapatos negros de tacón y se la imaginaban andando desnuda por la pequeña habitación.

Todos mis compañeros podían acordarse de alguna mujer y compartirla de este modo con los demás, pero yo era el único que podía, además del relato, ofrecer una *visión* de esa mujer; la mía era la única mujer real, viva y presente. La solidaridad entre compañeros, que me obligó a dibujar con precisión la imagen de la desnudez de Lucie y de su manera de amar, hizo que mi deseo se concretizara dolorosamente. Las guarradas de mis compañeros, cuando comentaban la llegada de Lucie, no me ofendían en lo más mínimo; nadie podía quitármela (la defendían de todos, de mí también, la alambrada y los perros); pero en cambio todos me la daban; todos me *agudizaban* su excitante imagen, todos la dibujaban junto conmigo y aumentaban su demencial atractivo; yo me entregué a mis compañeros y todos juntos nos entregamos a desear a Lucie. Y cuando iba a verla junto a la cerca sentía que me estremecía; era incapaz de hablar de puro deseo; no podía comprender que hubiera salido con ella durante medio año, como un tímido estudiante, sin ver en ella a una mujer; estaba dispuesto a darlo todo por acostarme una sola vez con ella.

Con esto no quiero decir que mi relación con ella se hubiera vuelto más basta, más hosca, que hubiera perdido su ternura. No, diría que fue la única vez en mi vida en la que experimenté *un deseo total hacia una mujer,* del que participaba todo lo que hay en mí: el cuerpo y el alma, el deseo y la ternura, la nostalgia y la enloquecida vitalidad, el ansia por lo impúdico y el ansia de consuelo, el ansia de un momento de placer y de un abrazo eterno. Estaba inmerso en ello por completo, por completo en tensión, por completo concentrado, y hoy recuerdo aquellos momentos como un paraíso perdido (un extraño paraíso alrededor del cual hace guardia el guardián con su perro).

Estaba decidido a hacer cualquier cosa para encontrarme con Lucie fuera del cuartel; me había prometido que la próxima vez «no se me iba a resistir» y que se encontraría conmigo donde yo quisiera. Esa promesa me la confirmó muchas veces en nuestras breves conversaciones a través de la cerca. Bastaba con arriesgarse a una empresa peligrosa.

Lo planeé todo rápidamente. Honza había dejado un plan de huida preciso, que no había sido descubierto por el comandante. La cerca seguía cortada sin que se notase y el acuerdo con el minero que vivía frente al cuartel seguía siendo válido. Claro que el cuartel estaba sometido a una vigilancia perfecta y resultaba imposible salir de día. Durante la noche, los vigilantes también recorrían el cuartel con sus perros y los reflectores alumbraban, pero aquello ya se hacía más para satisfacción del comandante que porque alguien sospechase que nos fuéramos a escapar; una escapada descubierta significaba el tribunal militar, el riesgo era demasiado grande. Precisamente por eso me dije que la huida podía salir bien.

Ya solo se trataba de encontrar para mí y para Lucie un refugio adecuado, que en la medida de lo posible no estuviese demasiado lejos del cuartel. Los mineros que vivían en los alrededores de nuestro cuartel trabajaban en su mayoría en la misma mina que nosotros y no me fue difícil llegar con uno de ellos (un viudo de cincuenta años) a un acuerdo (no me costó más de trescientas coronas de entonces) para que me prestase su casa. La casa en la que vivía (una casa gris de una sola planta) se veía desde el cuartel; se la enseñé a Lucie desde la cerca y le expliqué mi plan; no se puso muy contenta; me advirtió que no debería correr semejante peligro por su culpa y al fin asintió solo porque no sabía decir que no.

Entonces llegó el día señalado. Comenzó de una forma bastante rara. Nada más llegar de la mina, el chiquillo-comandante nos hizo formar y pronunció uno de sus frecuentes discursos. Lo más usual era que nos amedrentara con la guerra, que estaba al caer, y con lo que nuestro Estado les iba a hacer a los reaccionarios (se refería sobre todo a nosotros). Esta vez le añadió a su discurso ideas nuevas: el enemigo de clase había logrado penetrar directamente en el partido comunista; pero los espías y los traidores debían saber que los enemigos enmascarados recibirían un tratamiento cien veces peor que aquellos que no ocultaban sus opiniones, porque el enemigo enmascarado es un perro sarnoso. «Y a uno de ellos lo tenemos entre nosotros», dijo el chiquillo-comandante e hizo salir de la fila al chiquillo Alexej. Después sacó del bolsillo unos folios y se los puso delante de los ojos: «¿Reconoces esta carta?». «La reconozco», dijo Alexej. «Eres un perro sarnoso. Y además eres un delator y un soplón. Pero los ladridos nunca llegan hasta el cielo.» Y delante de sus ojos hizo pedazos la carta.

«Tengo para ti otra carta», dijo y le entregó a Alexej un sobre abierto: «¡Léela en voz alta!». Alexej sacó el papel del sobre y se quedó callado. «¡Lee!», repitió el comandante. Alexej callaba. «¿Así que no la vas a leer?», preguntó otra vez el comandante y, como Alexej seguía en silencio, le ordenó: «¡Cuerpo a tierra!». Alexej cayó sobre la tierra embarrada. El chiquillo-comandante se quedó un momento de pie junto a él y ya todos sabíamos que no había otra posibilidad más que el firmes, cuerpo a tierra, firmes, cuerpo a tierra, y que Alexej tendría que caer y levantarse, caer y levantarse. Pero el comandante no siguió dando órdenes, se dio media vuelta y empezó a recorrer la primera fila de soldados; controlaba con la mirada sus uniformes, llegó hasta el final de la fila (tardó varios minutos) y volvió lentamente hacia el soldado caído: «Y ahora lee», dijo, y efectivamente: Alexej levantó de la tierra la mandíbula embarrada, extendió la mano derecha que había estado durante todo ese tiempo apretando el papel, y tumbado sobre la barriga leyó: «Le comunicamos que el día 15 de octubre de 1951 ha sido expulsado del Partido Comunista de Checoslovaquia. Por el Comité Provincial...». El comandante hizo volver a Alexej a la formación y nos dejó con el cabo, que empezó la instrucción.

Después de la instrucción hubo educación política y alrededor de las seis y media (ya era de noche) Lucie estaba junto a la cerca; me acerqué a ella y ella me hizo un gesto de que todo estaba en orden y se fue. Luego llegó la cena, el toque de silencio y nos fuimos a dormir; esperé un rato en mi cama hasta que el cabo (el encargado de nuestro dormitorio) estuviese dormido. Después me puse las botas y, tal como estaba, en calzoncillos blancos largos y camisón de dormir, salí de la habitación. Atravesé el corredor y llegué al patio; sentía bastante frío. El sitio por donde pretendía atravesar la alambrada estaba detrás de la enfermería, lo cual era estupendo, porque si alguien me veía podía decir que me sentía mal e iba a despertar al médico. Pero no me encontré con nadie; di la vuelta a la enfermería y me agaché a la sombra de sus paredes; el reflector alumbraba perezoso un mismo sitio (era evidente que el guardián de la torre había dejado de tomar en serio su cometido) y el trozo de patio por el que tenía que pasar estaba a oscuras, ahora ya solo se trataba de no toparme con el guardián que recorría la alambrada durante toda la noche; el cuartel estaba en silencio (un silencio peligroso que me impedía orientarme); me quedé allí durante unos diez minutos hasta que oí el ladrido del perro; el sonido venía desde atrás, al otro lado del cuartel. Salí corriendo (serían apenas cinco metros) hasta la cerca de alambre que, gracias a la intervención de Honza, estaba en esta parte un tanto separada del suelo. Me agaché y pasé por debajo; ahora ya no podía vacilar; di otros cinco pasos hasta la valla de madera de la casa del minero; todo estaba en orden, la puerta estaba abierta y me encontré en el pequeño patio de una casita de una sola planta por cuya ventana (la persiana estaba baja) se filtraba la luz. Llamé y en seguida apareció junto a la puerta un hombre enorme que me invitó ruidosamente a pasar. (Casi me asusté de aquel alboroto, porque no era capaz de olvidarme de que estaba apenas a cinco metros del cuartel.)

Al cruzar la puerta se entraba directamente en la habitación: me quedé en el umbral, un tanto perplejo: alrededor de una mesa (encima de la cual había una botella abierta) bebían cinco hombres; al verme se rieron de mi indumentaria; me dijeron que debía de haber pasado frío con aquel camisón y en seguida me sirvieron un vaso; lo probé: era alcohol con un poco de agua; me invitaron a que bebiese y me tomé el vaso de un trago; empecé a toser; ya había un nuevo motivo para reírse fraternalmente y para ofrecerme una silla: me preguntaron qué tal me había salido «el cruce de la frontera», volvieron a fijarse en mi vestimenta y se rieron llamándome «calzones fugitivos». Eran mineros, tenían entre treinta y cuarenta años y seguramente se reunían allí con frecuencia; estaban bebiendo pero no estaban borrachos; tras la sorpresa inicial (en la que hubo también algo de susto), sentí que su presencia despreocupada me libraba de mis tribulaciones. Dejé que me sirvieran otro vaso de aquella bebida extraordinariamente fuerte y de olor penetrante. Mientras tanto, el dueño de la casa regresó de la habitación contigua trayendo un traje oscuro. «¿Te quedará bien?», preguntó. Me di cuenta de que el minero era por lo menos diez centímetros más alto que yo y también bastante más grueso, pero dije: «Me *tiene* que quedar bien». Me puse los pantalones por encima de los calzones largos y el resultado era desastroso: para que no se me cayeran me los tenía que sujetar a la cintura con la mano. «¿No tenéis un cinto?», preguntó mi anfitrión. Nadie tenía. «Por lo menos un cordel», dije. Apareció un cordel y con su ayuda los pantalones quedaron más o menos sujetos. Después me puse la chaqueta y los mineros decidieron que me parecía (no sé por qué) a Charlie Chaplin, y que no me faltaba más que el sombrero hongo y el bastón. Para darles el gusto, junté los talones, separando las puntas de los pies. Los pantalones oscuros se fruncían sobre el poderoso empeine de las botas militares; les gustó mi aspecto y me dijeron que, con aquella pinta, cualquier mujer haría todo lo que yo quisiera. Me sirvieron un tercer vaso de alcohol y me acompañaron hasta la puerta. El minero me dijo que podía llamar a la ventana a cualquier hora de la noche, cuando quisiera volver a cambiarme de ropa.

Salí a una calle oscura del suburbio, mal iluminada. Tardé por lo menos diez minutos en rodear el cuartel, a la mayor distancia posible, hasta llegar a la calle donde me esperaba Lucie. Tuve que pasar junto a la puerta iluminada del cuartel; sentí un poco de miedo, pero resultó injustificado: la vestimenta civil me protegía perfectamente y el soldado que estaba de guardia no me reconoció al verme, de modo que llegué sin novedades a la casa acordada. Abrí la puerta de la calle (iluminada por una solitaria farola) y fui siguiendo las instrucciones (no había estado nunca en la casa y lo único que sabía era lo que me había contado el minero): las escaleras de la izquierda, primera planta, la primera puerta frente a la escalera. Llamé. Se oyó el sonido de la llave en la cerradura y me abrió Lucie.

La abracé (había llegado alrededor de las seis, cuando el dueño de la casa salía a trabajar en el turno de noche, y desde aquella hora me esperaba); me preguntó si había bebido; le dije que sí y le conté cómo había llegado. Me dijo que había estado todo el tiempo temblando por si me pasaba algo. (En ese

momento me di cuenta de que, de verdad, estaba temblando.)
Le conté cuántas ganas tenía de verla; la tenía entre mis brazos
y sentía que estaba temblando cada vez más. «¿Qué te pasa?», le
pregunté. «Nada», respondió. «Pero ¿por qué tiemblas?» «Tenía
miedo de que te pasara algo», dijo y se libró suavemente de mi
abrazo.

Miré a mi alrededor. Era una habitación pequeña en la que
solo había lo más indispensable: una mesa, una silla, una cama
(una cama ya hecha con la ropa ligeramente sucia); encima de
la cama colgaba no sé qué imagen religiosa; al otro lado había
un armario y encima del armario frascos de cristal con frutas en
conserva (la única cosa un poco más íntima en toda la habitación); por encima de todo aquello alumbraba una bombilla, sola,
sin lámpara, que deslumbraba desagradablemente e iluminaba
con nitidez mi figura, cuya triste ridiculez percibía dolorosamente
en aquel momento: la chaqueta enorme, los pantalones sujetos
con un cordel, por debajo de los cuales asomaban las punteras
negras de las botas militares y encima de aquello mi cráneo ra-
pado, que debía de relucir a la luz de la bombilla como una
luna pálida.

«Lucie, por favor, perdona que haya venido con este aspecto», dije y volví a explicar el motivo de mi disfraz. Lucie me aseguró que no le importaba, pero yo (arrastrado por la espontaneidad que produce el alcohol) dije que no podía estar así
delante de ella y me quité rápidamente la chaqueta y el panta-
lón; pero debajo de la chaqueta estaba el camisón y los horriblemente largos calzones militares (hasta los tobillos), lo cual era
una vestimenta aún mucho más cómica que la que hasta un momento antes me cubría. Me acerqué al interruptor y apagué la
luz, pero la oscuridad no vino a liberarme, porque a través de
la ventana la luz de la farola iluminaba la habitación. La vergüenza producida por la ridiculez fue mayor que la producida
por la desnudez y yo me quité rápidamente el camisón y los calzones y me quedé ante Lucie desnudo. La abracé (volví a sentir
que temblaba). Le dije que se desnudara, que se quitara todo
lo que nos separaba. La acaricié por todo el cuerpo y le repetí
una y otra vez mi ruego, pero Lucie dijo que esperara un mo-

mento, que no podía, que así de repente no podía, que no podía tan rápido.

La cogí de la mano y nos sentamos en la cama. Apoyé la cabeza en su regazo y me quedé un rato tranquilo; y en ese momento me di cuenta de lo improcedente de mi desnudez (ligeramente iluminada por la sucia luz de la farola); se me ocurrió pensar que todo había salido precisamente al revés de lo que había soñado; no había una chica desnuda que le sirviese nada a un hombre vestido, sino un hombre desnudo apoyado en el regazo de una mujer vestida; me sentí como un Cristo desnudo, desclavado de la cruz, en brazos de una María plañidera, y al mismo tiempo me asusté de aquella idea, porque no había ido en busca de consuelo y compasión, sino de otra cosa muy distinta, y volví a insistirle a Lucie, a besarla en la cara y en el vestido, tratando de desabrochárselo disimuladamente.

Pero no conseguí nada; Lucie se volvió a librar de mi abrazo; perdí por completo el impulso inicial, la confiada impaciencia, agoté de repente todas mis palabras y mis caricias. Me quedé acostado en la cama, desnudo, estirado e inmóvil, mientras ella, sentada junto a mí, me acariciaba con sus manos ásperas la cara. Dentro de mí se iban extendiendo lentamente el desagrado y la ira. Le recordé a Lucie, para mis adentros, todos los riesgos que había afrontado para encontrarme con ella; le recordé (para mis adentros) todos los castigos que me podría costar la excursión. Pero aquéllos eran solo reproches superficiales (por eso era capaz de hacérselos a Lucie —aunque fuera en silencio—). La verdadera fuente de la ira era mucho más profunda (me habría dado vergüenza contárselo): pensaba en mis miserias, la triste miseria de una juventud sin éxito, la miseria de las largas semanas sin satisfacer mis deseos, la humillante infinitud del ansia insatisfecha; me acordaba del inútil asedio a Marketa, de la fealdad de la rubia en la segadora y, una vez más, del inútil asedio a Lucie. Y tenía ganas de protestar en voz alta: ¿por qué tengo que ser maduro para todo, como maduro ser juzgado, expulsado, acusado de trotskista, como maduro ser enviado a la mina, pero en el amor no puedo ser maduro y debo tragarme toda la humillación de la inmadurez? Odiaba a Lucie, la odiaba aún más porque sabía que me quería, porque su resistencia era precisamente por eso aún más absurda, más incomprensible y más inútil y me enloquecía. Al cabo de media hora de empecinado silencio volví al ataque. Me tiré encima de ella; utilicé toda mi fuerza, logré levantarle la falda, arrancarle el sujetador, llegar con la mano a su pecho desnudo, pero Lucie se resistía cada vez con mayor rabia y (guiada por una fuerza igual de ciega que la mía) al fin se impuso, saltó de la cama y se quedó de pie junto al armario.

«¿Por qué te me resistes?», le grité. No supo responderme nada, dijo algo acerca de que no debía enfadarme, de que la perdonase, pero no dio ninguna explicación, no dijo nada sensato. «¿Por qué te me resistes? ¿Es que no sabes que te quiero? ¡Estás loca!», le grité. «Entonces échame», dijo, siempre pegada al armario. «¡Te voy a echar, claro que te voy a echar, porque no me quieres, porque te burlas de mí!» Le dije a gritos que le daba un ultimátum: o se me entregaba o ya no querría verla nunca más.

Volví a acercarme a ella y la abracé. Esta vez no se resistió pero se dejó abrazar como si fuera un ser inerte. «¿Qué piensas sobre tu virginidad? ¿Para quién la quieres conservar?» Se quedó callada. «¿Por qué no hablas?» «Tú no me quieres», dijo. «¿Cómo que no te quiero?» «No me quieres. Yo pensé que me querías...» Se echó a llorar.

Me arrodillé ante ella; le besé las piernas, le imploré. Pero ella seguía llorando y afirmando que yo no la quería. De repente me dio una rabia feroz. Me pareció que había una fuerza sobrenatural que me cerraba el camino y que me quitaba siempre de las manos aquello a lo que yo deseaba dedicar mi vida, lo que anhelaba, lo que me pertenecía, me pareció que era la misma fuerza que me había quitado el partido y los camaradas y la universidad, que siempre me lo quitaba todo y siempre porque sí, sin motivo alguno. Me pareció que aquella fuerza natural me hacía frente ahora desde dentro de Lucie y odié a Lucie por haberse convertido en instrumento de aquella fuerza sobrehumana; le di un golpe en la cara —porque me pareció que no era Lucie sino aquel poder enemigo—; le grité que la odiaba, que ya no quería verla, que ya no quería verla nunca, que ya no quería verla nunca en la vida.

Le tiré su abrigo marrón (lo había dejado sobre el respaldo de la silla) y le grité que se fuera.

Se puso el abrigo y se fue.

Y yo me acosté en la cama y tenía el alma vacía y quería llamarla para que regresara, porque la echaba de menos en el mismo momento en que la estaba echando, porque sabía que era mil veces mejor estar con Lucie vestida y resistiéndose que estar sin Lucie.

Todo eso lo sabía y sin embargo no la llamé para que volviese.

Durante mucho tiempo estuve desnudo, acostado en la cama de la habitación prestada, porque era incapaz de imaginarme cómo iba a hacer para encontrarme con la gente en tal estado, para aparecer en la casita de junto al cuartel, para bromear con los mineros y responder a sus alegres preguntas desvergonzadas.

Al fin (ya muy entrada la noche) opté por vestirme y salir. Frente a la casa que abandonaba alumbraba la farola. Di un rodeo alrededor del cuartel, llamé a la ventana de la casita (ya no estaba encendida la luz), esperé unos tres minutos, me quité luego el traje en presencia del minero que bostezaba, le di una respuesta imprecisa a su pregunta sobre el éxito de mi empresa y me dirigí (otra vez en camisón y calzones) hacia el cuartel. Estaba desesperado y me daba todo lo mismo. No me fijé dónde estaba el guardián, me daba igual hacia dónde alumbrase el reflector. Pasé por debajo de la cerca y me dirigí tranquilamente hacia mi dormitorio. Cuando estaba precisamente junto a la pared de la enfermería oí: «¡Alto!». Me detuve. Me iluminó una linterna.

—¿Qué está haciendo?

—Vomito, camarada sargento —le respondí apoyándome con la mano en la pared.

—¡Pues dese prisa! —contestó el sargento y siguió su recorrido con el perro.

14

Llegué a la cama sin más complicaciones (el cabo dormía profundamente) pero mis esfuerzos por dormirme fueron inútiles, de modo que me alegré cuando la desagradable voz del cabo de guardia (gritando: «¡Diana!») puso fin a aquella mala noche. Metí los pies dentro de las botas y corrí a los lavabos para echarme encima un poco de agua fría. Cuando regresé me encontré junto a la cama de Alexej a un grupo de compañeros a medio vestir que se reían en voz baja. En seguida me di cuenta de qué se trataba: Alexej (boca abajo, la cabeza bajo la almohada, tapado con la manta) dormía como un tronco. Inmediatamente me acordé de Franta Petrasek, que una vez, después de una bronca con el sargento de su compañía, se hizo por la mañana el dormido de tal manera que lo fueron a despertar tres superiores y los tres sin resultado; al final tuvieron que sacarlo con cama y todo al patio, y hasta que no le apuntaron con la manguera contra incendios no se empezó a frotar los ojos. Solo que en el caso de Alexej no era posible pensar en ningún tipo de resistencia y su profundo sueño no podía deberse más que a su debilidad física. Por el pasillo se acercaba el cabo (el encargado de nuestro dormitorio) trayendo una enorme olla con agua; alrededor de él había unos cuantos soldados de nuestro pelotón que sin duda lo habían incitado a repetir el antiquísimo y estúpido chiste del agua, que tan bien le sienta a todos los cerebros de los suboficiales de todas las épocas. Me irritó la emocionante coincidencia de pareceres entre los soldados y el suboficial (tan despreciado en otras oportunidades): me irritó que el odio común contra Alexej borrase todas las cuentas pendientes entre él y ellos. Era evidente que las palabras pronunciadas el día anterior por el comandante acusando a Alexej de soplón las habían interpretado todos de acuerdo con sus propias sospechas y habían sentido una repentina oleada de cálida aprobación por la crueldad del comandante. Se me subió a la cabeza una rabia ciega contra todos los que me rodeaban, contra aquella capacidad de creer irreflexivamente en cualquier acusación, contra aquella predisposición a la crueldad, y me acerqué al cabo y a su grupito. Llegué hasta la cama y dije en voz alta: «¡Alexej, levántate, idiota!».

En ese momento alguien me retorció el brazo desde atrás y me obligó a ponerme de rodillas. Miré y vi que era Petr Pekny. «¿Por qué tienes que estropearlo, bolchevique?», me dijo con odio. Me solté y le di una bofetada. Nos hubiéramos puesto a pelear, pero los demás nos hicieron callar en seguida, porque temían que Alexej se despertase antes de tiempo. Además, ya había llegado el cabo con la olla. Se colocó justo encima de Alexej y gritó: «¡Diana!...» y al mismo tiempo le echó encima toda el agua que había en el recipiente, por lo menos diez litros.

Y ocurrió una cosa extraña: Alexej permaneció inmóvil, igual que antes. El cabo no supo qué hacer durante un momento y después gritó: «¡Soldado, firme!». Pero el soldado no se movía. El cabo se inclinó hacia él y lo sacudió (la manta estaba empapada y empapadas estaban también la cama y las sábanas que goteaban sobre el piso). Consiguió darle la vuelta al cuerpo de Alexej, de modo que pudimos ver su cara: estaba hundida, pálida, inmóvil.

El cabo gritó: «¡Médico!». Nadie se movió, todos miraban a Alexej con su camisón empapado y el cabo volvió a gritar: «¡Médico!» y señaló a un soldado que inmediatamente salió a todo correr.

(Alexej seguía acostado y sin moverse, estaba más delgado y con un aspecto más enfermizo que nunca, mucho más joven, era como un niño, solo que tenía los labios cerrados como los niños no suelen tenerlos y goteaba. Alguien dijo: «Llueve...».)

Más tarde llegó el médico, cogió a Alexej de la muñeca y dijo: «Sí, claro». Después le quitó la manta mojada, de modo que quedó ante nosotros en toda su (pequeña) estatura y se le veían los calzones largos mojados, de los que salían los pies descalzos. El doctor echó una mirada alrededor y cogió de la mesa de noche dos frascos; los miró (estaban vacíos) y dijo: «Esto habría bastado para dos». Después sacó de la cama más próxima la sábana y tapó con ella a Alexej.

Con todo aquello nos retrasamos, así que tuvimos que desayunar a toda prisa y a los tres cuartos de hora ya estábamos bajando a la galería. Y después terminó nuestro turno y hubo otra vez instrucción y otra vez educación política y canto obligatorio y limpieza y toque de silencio y a acostarse y yo pensaba en que Stana ya no estaba, mi mejor amigo, Honza, ya no estaba (ya nunca más lo vi y lo único que oí fue que después de la mili consiguió escapar a Austria atravesando la frontera) y Alexej tampoco estaba; había asumido su desatinado papel ciegamente y con coraje y no era culpa suya que de repente ya no supiera seguir representándolo, que no hubiera sabido *permanecer en la fila,* con la *máscara del escarnio,* que ya no tuviera fuerzas; no era mi amigo, me distanciaba de él la tenacidad de su fe, pero por los avatares de su destino era de todos el más próximo a mí; me dio la impresión de que en la forma que eligió para morir había un reproche escondido, dirigido hacia mí, como si me hubiera querido dejar el recado de que cuando el partido aparta a alguien de sus filas, esa persona ya no tiene un motivo para vivir. De pronto sentí como una culpa propia no haberlo querido, porque ahora estaba indefectiblemente muerto y yo nunca había hecho nada por él, aunque era allí el único que hubiera podido hacerlo.

Pero no solo perdí a Alexej y perdí la irrecuperable posibilidad de salvar a un hombre; tal como lo veo hoy a la distancia, perdí también en aquel momento el cálido sentimiento de solidaridad hacia mis negros compañeros y con ello también la última posibilidad de reavivar plenamente mi entumecida confianza en la gente. Comencé a dudar del valor de nuestra solidaridad, cuyos únicos motivos eran la presión de las circunstancias y el instinto de supervivencia, que nos convertía en un grupo compacto. Y comencé a darme cuenta de que nuestro grupo negro era capaz de perseguir a una persona (de mandarla al destierro y a la muerte), exactamente igual que aquel otro grupo de gente en la sala de entonces y, probablemente, igual que cualquier otro grupo de gente.

En aquellos días me sentía como si a mí me estuviese atravesando un desierto, yo era un desierto dentro del desierto y tenía ganas de llamar a Lucie. De repente no podía entender por qué había deseado tan enloquecidamente su cuerpo; ahora me parecía que quizás no era en absoluto una mujer corporal, sino solo una transparente columna de calor que camina por el reino del frío infinito, una columna de calor que se aleja de mí, a la que he apartado de mi lado.

Y llegó el día siguiente y yo, mientras hacíamos instrucción, no quitaba los ojos de la valla, esperando que viniera; pero junto a la valla no se detuvo más que una vieja que le enseñó quiénes éramos a un niño mugriento. Y por la noche escribí una carta, larga y lastimera, en la que le decía a Lucie que volviera, que tenía que verla, que ya no quería nada de ella, solo que estuviera, que pudiera yo verla y saber que estaba conmigo, que estaba, que era...

Como para escarnio, de pronto mejoró la temperatura, el cielo estaba azul y el mes de octubre se puso precioso. Las hojas de los árboles eran de colores y la naturaleza (la mísera naturaleza de Ostrava) festejaba la despedida del otoño con un éxtasis enloquecido. No podía dejar de considerarlo un escarnio porque no llegaba ninguna respuesta a mis desesperadas cartas y junto a la alambrada únicamente se detenían (bajo un sol provocativo) gentes horriblemente ajenas. Al cabo de unas dos semanas recibí de vuelta una de mis cartas; la dirección estaba tachada y con un lápiz de tinta habían añadido: *el destinatario ha cambiado de domicilio.*

Me quedé horrorizado. Desde mi último encuentro con Lucie me había repetido mil veces a mí mismo todo lo que entonces le dije y lo que ella me dijo a mí, cien veces me maldije y cien veces me justifiqué ante mí mismo, cien veces me convencí de que había perdido a Lucie para siempre y cien veces me convencí de que Lucie me comprendería y sabría perdonarme. Pero la nota del sobre sonaba como una condena.

Era incapaz de controlar mi intranquilidad y al día siguiente hice una locura. Digo locura, pero en realidad no fue nada más peligroso que mi anterior huida del cuartel, de modo que el calificativo de locura es más bien producto de su posterior fracaso que del riesgo. Sabía que Honza lo había hecho antes que yo, cuando estuvo liado con una búlgara cuyo marido trabajaba por las mañanas. Así que lo imité: llegué por la mañana con los demás a la galería, cogí la contraseña, la lámpara, me manché la cara de hollín y me despisté disimuladamente, corrí al internado de Lucie y le pregunté a la portera. Me enteré de que Lucie se había ido unos catorce días antes con un maletín en el que metió todas sus pertenencias; nadie sabe adónde fue, no le dijo nada a nadie. Me asusté: ¿no le habrá pasado nada? La portera me miró e hizo un gesto despectivo con la mano: «Qué va, estas eventuales suelen hacerlo. Llegan, se van, no le dicen nada a nadie». Fui hasta su empresa y pregunté en el departamento de personal; pero no averigüé nada más. Anduve dando vueltas por Ostrava y regresé a la mina al final del turno, para mezclarme con mis compañeros que salían del pozo; pero seguramente se me escapó algo del método que empleaba Honza para este tipo de fugas; me descubrieron. A las dos semanas estaba ante un tribunal militar; me cayeron diez meses por deserción.

Sí, fue entonces, en el momento en que perdí a Lucie, cuando en realidad comenzó la larga época de desesperanza y vacío en cuya imagen se ha convertido para mí por un momento el turbio escenario periférico de mi ciudad natal, a la que he venido a hacer una breve visita. Sí, a partir de aquel instante comenzó todo: durante los diez meses que pasé en la cárcel se murió mi madre y yo ni siquiera pude asistir a su entierro. Luego regresé a Ostrava con los negros y estuve otro año entero en el servicio. Firmé el compromiso de quedarme después de la mili tres años trabajando en las minas, porque corrió la noticia de que los que no firmasen se quedarían en el cuartel algún año más. Así que seguí de minero otros tres años, ya de civil.

No me gusta recordar aquello, no me gusta hablar de aquello y además me resulta antipático que se jacten ahora de su destino quienes, como yo, fueron desahuciados por el propio movimiento en el que creían. Sí, claro, hubo una época en que yo también hice de mi destino de paria algo heroico, pero era una arrogancia injustificada. Con el tiempo, no tuve más remedio que reconocer que no había ido a parar a los negros por haber luchado, por mi propio coraje, por haber mandado a mi idea a combatir contra otras ideas; no, mi caída no fue producto de ningún drama real, fui más bien objeto que sujeto de mi historia y no tengo por lo tanto (si no quiero considerar que el sufrimiento, la tristeza o incluso la falta de sentido son un valor) de qué enorgullecerme.

¿Y Lucie? Sí, claro: pasé quince años sin verla y durante mucho tiempo ni siquiera supe nada de ella. Cuando volví de la mili oí que probablemente estaba en Bohemia occidental. Pero para entonces ya no la buscaba.

Cuarta parte
Jaroslav

1

Veo un camino que recorre los campos. Veo la tierra de ese camino marcada por las ruedas de los carros de los campesinos. Y veo los linderos a lo largo de ese camino, linderos con una hierba tan verde que soy incapaz de no acariciarla.

Los campos de los alrededores son campitos pequeños, nada de campos cooperativos unificados. ¿Qué? Este paisaje por el que atravieso no es un paisaje del presente. ¿Qué paisaje es entonces?

Sigo y ante mí aparece en el lindero un rosal silvestre. Está repleto de pequeñas rositas. Me detengo y soy feliz. Me siento bajo el árbol en el césped y al rato me acuesto. Siento que mi espalda se apoya en la tierra de la que brota el césped. La toco con la espalda. La sostengo con la espalda y le pido que no tema ser pesada y hacerme sentir todo su peso.

Luego oigo las pisadas de unos cascos. A lo lejos aparece una nube de polvo. Se va acercando y al mismo tiempo se aclara y se hace menos densa. Emergen de ella unos jinetes. Montados en los caballos van unos jóvenes con uniformes blancos. Pero cuanto más se acercan, más se nota la negligencia con que llevan los uniformes. Algunas chaquetillas están abrochadas y en ellas relucen los botones dorados, algunas están desabrochadas y algunos jóvenes van en camisa. Unos llevan gorro y los otros van con la cabeza descubierta. ¡Oh, no, no son soldados, son desertores, bandoleros! ¡Es *nuestra* Cabalgata! Me levanté de la tierra y miré hacia ellos. El primer jinete ha sacado el sable y lo ha alzado. La Cabalgata se ha detenido.

El hombre del sable en alto se ha inclinado ahora hacia el cuello del caballo y me ha mirado.

—Sí, soy yo —digo.

—¡El rey! —dice el hombre con admiración—. Te reconozco.

He bajado la cabeza, feliz de que me reconocieran. Andan por aquí desde hace tantos siglos y me reconocen.

—¿Qué tal vives, rey? —pregunta el hombre.

—Tengo miedo, amigos —digo.

—¿Te persiguen?

—No, pero es peor que una persecución. Se prepara algo en mi contra. No reconozco a la gente que me rodea. Entro en casa y dentro hay otra habitación distinta y otra mujer y todo es distinto. Creo que me he confundido, salgo corriendo ¡pero desde fuera es mi casa! Desde fuera, mío: desde dentro, extraño. Y eso se repite vaya a donde vaya. Está ocurriendo algo que me da miedo, amigos.

El hombre me preguntó: «¿Aún sabes montar?». Hasta ese momento no me había dado cuenta de que al lado de su caballo había otro caballo con montura pero sin jinete. El hombre me lo señaló. Metí el pie en el estribo y monté. El caballo dio un tirón pero yo ya estaba firmemente sentado y apreté con placer su lomo con las rodillas. El hombre saca del bolsillo un pañuelo rojo y me lo entrega: «¡Cúbrete la cara para que no te reconozcan!». Me cubrí la cara y de repente quedé ciego. «El caballo te guiará», dijo la voz del hombre.

La Cabalgata se puso en marcha. Sentía a ambos lados a los jinetes trotando. Tocaba con mis muslos los muslos de ellos y oía el piafar de sus caballos. Cerca de una hora fuimos así, un cuerpo junto al otro. Luego nos detuvimos.

La misma voz de hombre vuelve a dirigirse a mí: «¡Ya hemos llegado, rey!».

—¿Adónde hemos llegado? —pregunto.

—¿No oyes el rumor del gran río? Estamos a la orilla del Danubio. Aquí estamos seguros, rey.

—Sí —digo—. Siento que estoy seguro. Quisiera quitarme el pañuelo.

—No es posible, rey, aún no. No necesitas para nada tus propios ojos. Los ojos no harían más que engañarte.

—Pero yo quiero ver el Danubio, es mi río, ¡quiero verlo!

—No necesitas tus ojos, rey. Te lo contaré todo. Es mucho mejor. A nuestro alrededor hay una llanura inmensa. Prados. De cuando en cuando hay algunas matas, de cuando en cuando se yergue una pértiga de madera, la palanca de un pozo. Pero nosotros estamos en los pastizales de junto al río. A poca distancia de nosotros el pasto se convierte en arena, porque en esta zona el río tiene el fondo arenoso. Y ahora baja del caballo, rey.

Descabalgamos y nos sentamos en la tierra.

—Los muchachos están preparando el fuego —oigo la voz del hombre—, el sol ya se confunde con el lejano horizonte y pronto hará frío.

—Me gustaría ver a Vlasta —digo de repente.

—La verás.

—¿Dónde está?

—Cerca de aquí. Irás a verla. Tu caballo te llevará hasta ella.

Salté sobre el caballo y pedí que se me permitiera verla de inmediato. Pero una mano de hombre me cogió por el hombro y me hizo volver a tierra.

—Siéntate, rey. Debes descansar y comer. Mientras tanto te hablaré de ella.

—Cuéntame. ¿Dónde está?

—A una hora de viaje desde aquí hay una casa de troncos con el techo de madera. Está rodeada por una cerca de madera.

—Sí, sí —acepto y siento en el corazón una dulce carga—, todo es de madera. Como tiene que ser. No quiero que en esa casa haya un solo clavo de metal.

—Sí —continúa la voz—, la cerca es de palos de madera que están tan burdamente trabajados que se puede reconocer la forma original de las ramas.

—Todas las cosas de madera se parecen a un perro o a un gato —digo—. Son más bien seres vivos que cosas. Me gusta que el mundo sea de madera. Es la única manera de sentirme en casa.

—Tras la cerca crecen los girasoles, las caléndulas y las dalias y también crece un viejo manzano. Junto al umbral de la casa está ahora mismo Vlasta.

—¿Cómo está vestida?

—Lleva una falda de lino, un poco sucia porque vuelve del establo. Lleva en la mano un cubo de madera. Está descalza. Pero es hermosa porque es joven.

—Es pobre —digo—, es una chiquilla pobre.

—Sí, pero al mismo tiempo es una reina. Y como es la reina, tiene que estar escondida. Ni siquiera tú puedes ir a verla, para que no la descubran. De la única manera que puedes llegar es tapado con el pañuelo. El caballo te llevará hasta ella.

El relato del hombre era tan bello que me invadió una dulce fatiga. Estaba tumbado sobre el césped, oyendo la voz, luego la voz calló y solo se oyó el murmullo del agua y los estallidos del fuego. Era todo tan bello que tenía miedo de abrir los ojos. Pero no había nada que hacer. Sabía que ya era hora y tenía que abrirlos.

2

Debajo de mí estaba el colchón, sobre una cama de madera barnizada. No me gusta la madera barnizada. Tampoco me gustan las barras de metal dobladas que sostienen la cama. Encima de mí cuelga del techo una bola de cristal rosado con tres franjas blancas. Esa bola tampoco me gusta. Ni el aparador de enfrente, detrás de cuyos cristales están expuestos otros muchos cristales innecesarios. Lo único que hay de madera es el armonio que está en el rincón. Era de papá. Papá murió hace un año.

Me levanté de la cama. No me sentía descansado. Era viernes por la tarde, dos días antes de la Cabalgata de los Reyes del domingo. Todo dependía de mí. Es que todo lo que tiene algo que ver con el folklore en esta provincia depende siempre de mí. Catorce días hace que no duermo bien, por culpa de las preocupaciones, las discusiones, lo que falta por conseguir, lo que está aún por hacer.

Vlasta entró en la habitación. A menudo pienso que debería engordar. Las mujeres gordas suelen ser amables. Vlasta es delgada y tiene ya en la cara muchas pequeñas arrugas. Me preguntó si me había olvidado de pasar por el tinte al volver del colegio. Me olvidé. «Ya me lo imaginaba», dijo y me preguntó si hoy por fin me iba a quedar en casa. Tuve que decirle que no. Dentro de un rato tengo una reunión en la ciudad. En el gobierno provincial. «Me prometiste que harías los deberes con Vladimir.» Encogí los hombros. «¿Y quién va a estar en la reunión?» Empecé a decirle los nombres de los participantes y Vlasta me interrumpió: «¿Hanzlikova también?». «Sí», dije. Vlasta puso cara de ofendida. La bronca ya estaba a punto. Hanzlikova tenía mala fama. Se sabía que se había acostado con medio mundo. No es que Vlasta sospechara que yo hubiera tenido algo que ver con la señora Hanzlikova, pero la simple mención de su nombre la disgustaba. Sentía desprecio por las reuniones en las que participaba Hanzlikova. No se podía hablar del tema con ella —así que opté por desaparecer de casa.

En la reunión pasamos revista a los últimos preparativos para la Cabalgata de los Reyes. Estaba todo fatal. El ayuntamiento está empezando a escatimarnos el dinero. Hasta hace unos pocos años apoyaba los festejos folklóricos con grandes sumas. Hoy somos nosotros los que tenemos que apoyar al ayuntamiento. ¡La Unión de la Juventud ya no les interesa a los jóvenes, dejémosle la organización de la cabalgata, a ver si así consiguen atraerlos! Lo que se sacaba de la cabalgata se utilizaba antes para apoyar otros acontecimientos folklóricos menos productivos, ahora quieren que el dinero sea para la Unión de la Juventud, para que se lo gaste como quiera. Le pedimos a la policía que durante la cabalgata de los reyes cerrara la carretera al tráfico. Pero precisamente hoy hemos recibido una respuesta negativa. Parece que no se puede cerrar el tráfico por la cabalgata de los reyes. Pero ¿qué cabalgata va a ser ésta, si los caballos van a andar desbocados en medio de los coches? No hay más que preocupaciones.

Eran casi las ocho cuando salí de la reunión. En la plaza vi a Ludvik. Iba por la acera de enfrente en dirección contraria a la mía. Casi me asusté. ¿Qué está haciendo aquí? Después vi que su mirada se fijó un instante en mí y se apartó rápidamente. Hizo como que no me veía. Dos viejos amigos. ¡Ocho años juntos en el mismo pupitre! ¡Y ahora hace como que no me ve!

Ludvik fue la primera grieta en mi vida. Y ahora ya me voy haciendo a la idea de que mi vida es una construcción muy poco firme. Hace poco estuve en Praga y fui a uno de esos pequeños teatros que empezaron a aparecer de repente en los años sesenta y se hicieron en seguida muy populares porque los dirigía gente joven, con estilo estudiantil. La trama de la obra no era demasiado interesante, pero las canciones eran graciosas y tocaban buen jazz. De repente los músicos se pusieron unos gorros con plumas, como los que usamos aquí con el traje típico, y empezaron a imitar a un conjunto folklórico. Chillaban, gritaban, imitaban nuestros movimientos de baile y nuestro gesto típico de levantar el brazo... El público se moría de risa. Yo no me podía creer lo que estaba viendo. Hace solo cinco años nadie se hubiese atrevido a mofarse de nosotros. Y nadie se hubiera reído. Y ahora damos risa.

¿Cómo es posible que de repente demos risa?

Y Vladimir. Ése sí que me ha dado un buen disgusto en estas últimas semanas. El comité del gobierno provincial lo propuso a la Unión de la Juventud para que lo eligieran rey para este año. Desde siempre la elección del rey significa un honor para el padre. Y este año el honor debía ser para mí. Querían recompensarme, nombrando a mi hijo, por todo lo que he hecho aquí por el arte popular. Pero Vladimir se resistía. Se disculpaba como podía. Dijo que quería ir el domingo a Brno a ver una carrera de motos. Después llegó a decir que les tenía miedo a los caballos. Y al final dijo que no quería hacer de rey por orden de la superioridad. Que no quería ningún enchufe.

Cuántos malos tragos he tenido que pasar por eso. Es como si quisiera borrar de su vida todo lo que pudiera recordarle la mía. Nunca quiso ir al grupo infantil de coros y danzas que se organizó por iniciativa mía en nuestro conjunto. Desde pequeño ya ponía excusas. Decía que no tenía oído para la música. Y sin embargo tocaba bastante bien la guitarra y se juntaba con sus compañeros a cantar canciones americanas.

Claro que Vladimir solo tiene quince años. Y me quiere. Hace unos días estuvimos hablando los dos solos y me parece que me comprendió.

3

Lo recuerdo perfectamente. Yo estaba sentado en la sillita giratoria y Vladimir enfrente de mí en el sofá. Yo me apoyaba con el codo sobre la tapa cerrada del armonio, mi instrumento preferido. Lo he oído sonar desde la infancia. Mi padre lo tocaba a diario. Sobre todo canciones populares con unas armonizaciones muy sencillas. Es como si oyese el murmullo lejano de las fuentes. Si Vladimir quisiese entender esto. Si quisiese entenderlo.

La nación checa casi dejó de existir en los siglos XVII y XVIII. En el siglo XIX volvió en realidad a nacer. Entre las viejas naciones europeas era como un niño. Es verdad que tenía también un pasado glorioso, pero estaba separada de él por un foso de doscientos años, durante los cuales el idioma checo desapareció de las ciudades y se refugió en el campo, como patrimonio exclusivo de los analfabetos. Aun allí, no dejó de crear su propia cultura. Una cultura modesta y totalmente oculta a los ojos de Europa. Una cultura de canciones, cuentos, costumbres ceremoniales, refranes y dichos. Y, sin embargo, era la única pasarela que atravesaba doscientos años.

La única pasarela, el único puentecillo. El único tronquito de tradición ininterrumpida. Y quienes comenzaron a dar forma en el umbral del siglo XIX a la nueva literatura checa, la injertaron precisamente en él. Por eso los primeros poetas y músicos checos recopilaban con tanta frecuencia cuentos y canciones. Sus primeras poesías se parecían a las melodías populares.

Vladimir, ¡si comprendieses esto! Tu papá no es solo un extraño fanático del folklore. Puede que también sea un poco fanático, pero lo que persigue es algo más profundo. En el arte popular oye circular una savia sin la cual la cultura checa se secaría.

Es un amor que empezó durante la guerra. Nos querían demostrar que no teníamos derecho a la existencia, que no éramos más que alemanes que hablan en checo. Tuvimos que demostrarles que existíamos y existimos. Todos nos remitimos entonces a las fuentes.

Yo tocaba en aquella época el contrabajo en un pequeño conjunto de jazz en el colegio. Y una vez vino a verme el presidente del círculo moravo. Que teníamos que volver a formar una orquesta folklórica.

¿Quién hubiera podido negarse? Yo fui a tocar el violín.

Despertamos a las canciones populares de su sueño letal. Los patriotas que recopilaron en el siglo XIX el arte popular lo salvaron cuando ya estaba a punto de desaparecer. La civilización moderna desalojaba rápidamente al folklore. Y a finales de siglo aparecieron los círculos etnográficos para tratar de que el arte popular saliera de los cancioneros y volviese a la vida. Primero en las ciudades. Después también en el campo. Y sobre todo en Moravia. Se organizaban fiestas populares, las cabalgatas de los reyes, se apoyaba a los conjuntos populares. Fue un gran esfuerzo, pero no hubiera dado resultados. Los folkloristas no eran capaces de reanimar con la misma rapidez con que la civilización era capaz de enterrar. La guerra nos dio una nueva fuerza. En el último año de la ocupación nazi se organizó en nuestro pueblo la cabalgata de los reyes. En la ciudad había un cuartel y en las aceras, entre el público, había también oficiales alemanes. Nuestra cabalgata se convirtió en una manifestación. Un pelotón de muchachos vestidos de gala, con sables y a caballo. La imbatible caballería checa. Un mensaje desde las profundidades de la historia. Todos los checos lo entendían así y les brillaban los ojos. Yo tenía entonces quince años y me eligieron rey. Iba en medio de dos pajes y tenía la cara tapada. Y estaba orgulloso. Mi padre también estaba orgulloso, sabía que me habían elegido rey en su honor. Era un maestro rural, un patriota, todos lo querían.

Creo, Vladimir, que todas las cosas tienen su sentido propio. Creo que el destino de cada persona está unido al de las demás por la argamasa de la sabiduría. Veo un cierto simbolismo en que te hayan elegido rey a ti este año. Me siento orgulloso como hace veinte años. Más orgulloso. Porque en tu persona quieren honrarme a mí. Y yo valoro ese honor, por qué iba a negarlo. Quiero traspasarte mi reino. Y que tú lo aceptes.

Creo que me ha comprendido. Me prometió que aceptaría que lo eligiesen rey.

4

Si él quisiera entender lo interesante que es. No soy capaz de imaginar nada más interesante. Nada más emocionante.

Por ejemplo esto. Los musicólogos de Praga afirmaron durante mucho tiempo que las canciones populares europeas provienen del barroco. En las orquestas de los palacios tocaban músicos que eran del campo y llevaban después la musicalidad de la cultura palaciega a la vida campesina. De modo que la canción popular no es, decían, una manifestación artística *sui generis*. Proviene de la música culta.

Pero da lo mismo cómo hayan ocurrido las cosas en Bohemia. Las canciones que cantamos en Moravia escapan a esta explicación. Aunque solo sea por la tonalidad. La música culta barroca estaba escrita en modos mayores y menores. ¡Pero nuestras canciones se cantan en modos con los que las orquestas de palacio ni siquiera soñaron!

Por ejemplo el lidio. El que tiene una cuarta justa. Despierta siempre en mí la nostalgia de los idilios pastorales antiguos. Veo al pagano Pan y oigo su flauta.

La música barroca y clásica respetaba con fanatismo la bella ordenación de la séptima mayor. El único camino que conocía para llegar a la tónica era el de la disciplinada nota *sensible*. A la séptima menor, que iba hacia la tónica desde abajo, a través de una segunda mayor, le tenía pavor. Y a mí lo que me gusta de nuestras canciones populares es precisamente esa séptima menor, tanto la eólica como la dórica o la mixolidia. Por su melancolía. Y también porque se niega a apresurarse irreflexivamente para llegar al tono básico, con el cual todo termina, la canción y la vida:

Son canciones de unos modos tan particulares que no es posible identificarlos con ninguno de los llamados modos religiosos. Me dejan totalmente perplejo:

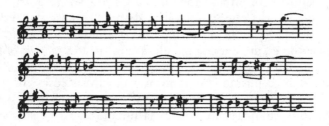

Las canciones moravas son, tonalmente, de una diversidad inimaginable. Su estructura mental resulta enigmática. Comienzan en modo menor, terminan en mayor, vacilan entre varios modos. Con frecuencia, cuando las tengo que armonizar, no sé cómo interpretar sus modos.

Y de la misma manera en que son ambiguas tonalmente, también lo son en cuanto al ritmo. En especial las que se alargan. Bartok las llamaba *parlando*. Su ritmo no se puede escribir en nuestro sistema de anotación. O, por decirlo de otro modo, desde el punto de vista de nuestro sistema de anotación, todos los cantantes populares cantan sus canciones de una forma imprecisa en cuanto al ritmo.

¿Cómo explicarlo? Leos Janacek decía que la complejidad y la inaprehensibilidad del ritmo eran producto de los diversos estados de ánimo momentáneos del cantor. El cantante popular —decía— reacciona con su canto al color de las flores, a los vientos y al espacio en el paisaje.

Pero ¿no es una explicación demasiado poética? Ya en el primer curso de la facultad, uno de nuestros profesores nos explicó los resultados de un experimento que había realizado. Hizo cantar a varios intérpretes de canciones populares, cada uno por su lado, la misma canción rítmicamente inaprehensible. Al medir luego los registros con aparatos electrónicos totalmente precisos comprobó que todos la cantaban exactamente igual.

Por lo tanto, la complejidad rítmica no se debe a la imprecisión, a la imperfección o al estado de ánimo del cantor. Tiene sus leyes secretas. En determinado tipo de canción morava bailable, la segunda mitad del compás es, por ejemplo, siempre una fracción de segundo más larga que la primera. ¿Y cómo se puede registrar con notas esta complejidad rítmica? El sistema métrico de la música culta se basa en la simetría. La redonda vale dos blancas, una blanca vale dos negras, el compás se divide en dos, tres o cuatro partes iguales. Pero ¿qué se puede hacer con un compás que se divide en dos partes desiguales? Hoy para nosotros lo más complicado es cómo anotar el ritmo original de las canciones moravas.

Hay algo que es seguro. Nuestras canciones no se pueden derivar de la música barroca. Puede que en Bohemia sí. Quizás. En Bohemia había un nivel de civilización más elevado, una mayor relación entre las ciudades y el campo y entre los campesinos y el palacio. En Moravia también había palacios. Pero el campesinado estaba mucho más alejado de ellos por su primitivismo. Aquí los campesinos no iban a tocar a ninguna de las orquestas palaciegas. En esas condiciones, en nuestra región se podían conservar las canciones de las épocas más remotas. Provienen de las distintas fases de su larga y lenta historia.

Y así, cuando te encuentras cara a cara con nuestra música popular, es como si ante ti bailase una mujer de *Las mil y una noches* y se fuese quitando un velo tras otro.

Mira. El primer velo. Es de tela basta, estampada con dibujos triviales. Son las canciones más jóvenes que provienen de los últimos cincuenta, setenta años. Vinieron de occidente, de Bohemia. Los maestros se las enseñaron a cantar en el colegio a nuestros hijos. Son en su mayoría canciones en modo mayor, solo un poco adaptadas a nuestro ritmo.

Y el segundo velo. Ése ya es mucho más variado. Son canciones de origen húngaro. Acompañaron a la expansión de la lengua magiar. Los conjuntos gitanos las difundieron durante el siglo XIX. Son los czardas y otras canciones candorosas.

Cuando la bailarina se quita este velo aparece otro. Son las canciones de la población eslava local, del siglo XVIII y el XVII.

Pero aún más bello es el cuarto velo. Son canciones que se remontan hasta el siglo XIV. En aquella época fueron llegando hasta nosotros, por las cumbres de los Cárpatos desde el sudeste, los valacos. Eran pastores. Sus canciones pastoriles y de bandoleros no saben nada de acordes y armonías. Han sido pensadas solo melódicamente, en sistemas de tonos arcaicos. Las flautas dieron a su melodía un carácter específico.

Y cuando cae este velo ya no hay debajo de él ningún otro. La bailarina está completamente desnuda. Son las canciones más antiguas. Su origen está en las viejas épocas paganas. Se basan en el más antiguo sistema de pensamiento musical. En un sistema de cuatro tonos, el sistema tetracórdico. Canciones de la siega. Canciones de la cosecha. Las canciones más íntimamente unidas a las ceremonias de la aldea patriarcal.

La canción popular o la ceremonia popular son un túnel a través de la historia en el que se ha conservado mucho de lo que arriba destruyeron hace ya tanto tiempo las guerras, las revoluciones y la civilización. Es un túnel por el que puedo ver hasta muy atrás. Veo a Rostislav y a Svatopluk, los primeros príncipes moravos. Veo al viejo mundo eslavo.

Pero ¿por qué hablar solo del mundo eslavo? Nos rompimos la cabeza tratando de encontrar el origen del misterioso texto de una canción popular. Se canta en ella algo sobre el lúpulo, en una especie de relación poco clara con un carro y una cabra. Alguien va montado sobre una cabra y alguien sobre un carro. Y se elogia al lúpulo por hacer, de las doncellas, novias. Ni siquiera los cantores populares que la cantaban comprendían su texto. Solo la inercia de una antiquísima tradición había conservado en la canción una unión de palabras que ya mucho tiempo atrás había dejado de ser comprensible. Al final descubrimos la única explicación posible: la festividad de Dioniso en la antigua Grecia. El sátiro montado en un macho cabrío y el dios empuñando el tirso adornado con lúpulo.

¡La Edad Antigua! ¡No me lo podía creer! Pero luego estudié en la universidad la historia de la música. La estructura musical de nuestras canciones populares más viejas coincide efectivamente con la estructura musical de la música de la Antigüedad.

El tetracordio lidio, frigio o dórico. La concepción decreciente de las escalas, que considera tono básico al mayor y no al menor, tal como ocurre en el momento en que la música empieza a pensar armónicamente. Nuestras canciones populares más antiguas pertenecen por lo tanto a la misma época del pensamiento musical que las canciones que se cantaban en la vieja Grecia. ¡En ellas se conserva el tiempo de la Antigüedad!

5

Hoy durante la cena he estado viendo constantemente los ojos de Ludvik al apartar la mirada. Y he sentido que estoy cada vez más apegado a Vladimir. Y de repente me asusté al pensar si no lo había descuidado. Si había logrado traerlo alguna vez a mi mundo. Después de cenar se quedó Vlasta en la cocina y yo fui con Vladimir a la habitación. Intenté hablarle de las canciones. Pero no me salía bien. Me sentí como si fuera un maestro. Me dio miedo estar aburriéndolo. Claro que se quedó sentado, con aspecto de estar escuchando. Siempre ha sido amable conmigo. Pero ¿qué sé yo lo que hay dentro de esa cabeza suya?

Cuando llevaba bastante tiempo torturándolo con mi charla entró Vlasta a la habitación y dijo que era hora de dormir. Qué se le va a hacer, ella es el alma de la casa, su calendario y su reloj.

No vamos a resistirnos, ve, hijo, buenas noches.

Lo dejé en la habitación del armonio. Duerme allí en la cama de los tubos de metal niquelado. Yo duermo al lado, en la habitación, en la cama de matrimonio junto a Vlasta. Aún no iré a dormir. Estaría dando vueltas en la cama durante mucho tiempo y temiendo despertar a Vlasta. Saldré un rato afuera. Hace una noche agradable. El jardín de la vieja casa de una planta en la que vivimos está lleno de antiguos perfumes campesinos. Debajo del peral hay un banco de madera.

Maldito Ludvik. Por qué habrá aparecido precisamente hoy. Me da miedo que sea una mala señal. ¡Mi amigo más antiguo! En este mismo banco nos sentamos tantas veces cuando éramos muchachos. Yo lo quería. Ya desde el primer curso del bachillerato, cuando lo conocí. Nos daba tres vueltas a todos nosotros juntos, pero nunca se jactaba. No le hacía caso ni al colegio ni a los profesores y le gustaba hacer todo lo que estuviera en contra del reglamento del colegio.

¿Por qué nos habremos hecho tan amigos nosotros dos? Debe de haber sido el designio de las hadas. Los dos éramos medio huérfanos. A mí se me murió mi madre durante el parto. Y cuando Ludvik tenía trece años se llevaron a su padre, que era albañil, al campo de concentración, y ya nunca volvió a verlo.

Ludvik era el hijo mayor. Y por aquella época era también hijo único, porque su hermano menor había muerto. Así que la madre y el hijo se quedaron solos después de la detención del padre. No tenían nada. Los estudios de bachillerato salían muy caros. Parecía que Ludvik tendría que dejar el colegio.

Pero en el último momento llegó la salvación.

El padre de Ludvik tenía una hermana que mucho antes de la guerra había pescado a un rico constructor de por aquí. Desde entonces, casi no se relacionaba con su hermano el albañil. Pero cuando lo detuvieron, su corazón de patriota comenzó a arder. Le ofreció a la cuñada ocuparse de Ludvik. No tenía nada más que una hija medio tonta y Ludvik, con su talento, le producía envidia. No solo le ayudaban económicamente sino que empezaron a invitarlo a su casa a diario. Se lo presentaron a la crema de la ciudad, que se reunía en su casa. Ludvik tenía que demostrarles su agradecimiento, porque de su ayuda dependían sus estudios. Pero los quería menos que a un clavo en un zapato. Se llamaban Koutecky y aquel nombre se convirtió para él en denominación común para todos los engreídos.

La señora Koutecka miraba a su cuñada con desdén. Le reprochaba a su hermano no haber escogido un mejor partido. Su relación con ella no cambió ni siquiera después de la detención. Los cañones de su caridad los había apuntado exclusivamente hacia Ludvik. Veía en él a un heredero de su sangre y deseaba convertirlo en hijo suyo. La existencia de su cuñada era para ella un lamentable error. Nunca la invitó a su casa. Ludvik veía aquello y le rechinaban los dientes. Cuántas veces tuvo ganas de rebelarse. Pero la madre siempre lo convencía, llorando, de que fuera juicioso.

Precisamente por eso le gustaba tanto venir a nuestra casa. Éramos como gemelos. Mi padre lo quería casi más que a mí. Le gustaba el entusiasmo que tenía por su biblioteca y lo bien que conocía sus libros. Cuando empecé a tocar en la orquesta de jazz del colegio, Ludvik quería tocar conmigo. Se compró un clarinete barato de segunda mano y en poco tiempo aprendió a tocar bastante bien. Después tocamos juntos en la orquesta de jazz y fuimos juntos al conjunto folklórico.

Al final de la guerra se casó la hija de los Koutecky. La vieja Koutecka decidió que la boda tenía que ser espectacular. Quería que detrás de los novios fuesen cinco pares de jóvenes y doncellas. Le encasquetó la obligación también a Ludvik y le asignó como compañera a la hijita del farmacéutico local, que tenía once años. Ludvik perdió todo el sentido del humor. Le daba vergüenza que supiéramos que tenía que hacer de bufón en el montaje de una boda de postín. Quería que lo considerasen como a una persona mayor y se murió de vergüenza cuando tuvo que darle el brazo a una enana de once años. Estaba furioso por tener que besar durante la ceremonia una cruz toda besuqueada.

Por la noche se escapó de la fiesta y vino corriendo a vernos al salón trasero de la cervecería. Tocamos, reímos y le tomamos el pelo. Se enfadó y dijo que odiaba a los burgueses. Luego maldijo la ceremonia religiosa, dijo que se cagaba en la Iglesia y que se saldría de ella.

No tomamos sus palabras en serio, pero Ludvik de verdad lo hizo a los pocos días de terminar la guerra. Claro que con eso ofendió a muerte a los Koutecky. No le importó. Rompió con ellos con gran satisfacción. Empezó a toda prisa a simpatizar con los comunistas. Iba a las charlas que organizaban. Compraba los libros que editaban. Nuestra región era muy católica y nuestro instituto particularmente. Pero aun así estábamos dispuestos a perdonarle a Ludvik su extravagancia comunista. Reconocíamos sus privilegios.

En el año 47 hicimos la reválida. En otoño, Ludvik se fue a estudiar a Praga, yo a Brno. Después del examen estuve un año sin verlo.

6

Corría precisamente el año 48. La vida empezó a andar cabeza abajo. Cuando Ludvik vino a vernos al círculo durante las vacaciones, lo recibimos con reparos. Nosotros veíamos en la revolución comunista de febrero el comienzo del terror. Ludvik se había traído el clarinete pero no le hizo falta. Toda la noche la pasamos discutiendo.

¿Fue entonces cuando empezaron las diferencias entre nosotros? Creo que no. Esa misma noche Ludvik me convenció casi por completo. Evitó en todo lo que pudo las discusiones de política y habló de nuestro círculo. Dijo que tendríamos que concebir el sentido de nuestro trabajo de una manera más amplia que hasta entonces. ¿Qué sentido tiene intentar revivir exclusivamente al pasado perdido? Dicen que el que vuelve la vista atrás termina como la mujer de Lot.

¿Y qué es lo que tenemos que hacer?, le gritamos.

Ya se sabe, respondió, que tenemos que hacernos cargo de la herencia del arte popular, pero eso no basta. Ha llegado una nueva época. A nuestro trabajo se le abren ahora amplios horizontes. Tenemos que desplazar de la cultura musical de cada día las cancioncillas de moda, las cursiladas sin contenido con las que los burgueses alimentaban al pueblo. Hay que poner en su lugar el arte popular original.

Es curioso. Lo que decía Ludvik era precisamente la vieja utopía de los patriotas moravos más conservadores. Ellos eran los que siempre habían predicado contra la impía putrefacción de la cultura de la ciudad. En la melodía del charlestón oían el silbato del diablo. Pero eso no importaba. Tanto más comprensibles resultaban las palabras de Ludvik. Además, su siguiente idea ya nos sonaba más original. Hablaba del jazz. Es cierto que el jazz surgió de la música popular negra y se apoderó de todo el mundo occidental. Para nosotros, eso puede ser una prueba alentadora de que la música popular tiene un poder mágico. Que ella puede dar origen al estilo musical general de toda una época.

Escuchábamos a Ludvik y la admiración se nos mezclaba con el rechazo. Nos irritaba su seguridad. Ponía la misma cara que ponían en aquella época todos los comunistas. Como si tuvieran un contrato secreto con el mismísimo futuro y estuvieran autorizados a actuar en su nombre. También nos resultaba antipático que de repente fuese distinto de como lo habíamos conocido. Siempre había sido para nosotros un compinche, alguien que sabía reírse de todo. Ahora hablaba en tono patético y no le daban vergüenza las palabras grandilocuentes. Y por supuesto que también nos caía mal que relacionase, sin dudarlo y como si se cayese por su peso, el futuro de nuestro conjunto y el futuro del partido comunista, a pesar de que ninguno de nosotros era comunista. Pero por otra parte sus palabras nos atraían. Sus ideas respondían a nuestros sueños más secretos. Y nos elevaban de pronto hasta una altura directamente histórica.

Me recuerda a la leyenda del flautista, al que siguen todas las ratas. Y es verdad. Él tocaba la flauta y nosotros nos apresurábamos a seguirlo. Y allí donde sus ideas aún no estaban muy desarrolladas salíamos a ayudarle. Me acuerdo de una reflexión que hice yo mismo. Hablé de la música europea y su desarrollo desde la época del barroco. Después del período impresionista ya se había cansado de sí misma. Había agotado casi toda su savia, tanto para sus sonatas y sinfonías como para sus cancioncillas. Por eso el jazz tuvo el efecto de un milagro. El jazz no solo hechizó a los bares y las salas de baile de toda Europa. Hechizó también a Stravinsky, a Honegger, a Milhaud, que abrieron sus composiciones a sus ritmos. Pero ¡atención! En la misma época, en realidad diez años antes, la música europea se había nutrido de la sangre fresca del antiguo folklore del viejo continente que no estaba en ningún lugar tan vivo como aquí, en Europa central. Janacek, Bartok. El paralelismo entre el jazz y la música popular de Europa oriental lo había establecido, por lo tanto, el propio desarrollo de la música europea. Su participación en la formación de la moderna música del siglo XX es semejante. Pero en el caso de la música para las amplias masas, la situación fue distinta. Aquí la música popular de Europa oriental casi no se hizo notar. Aquí el jazz dominó por completo el terreno. Y es ahí donde comienza nuestra tarea.

Así es, nos convencíamos: en las raíces de nuestra música popular se esconde tanta fuerza como en las raíces del jazz. El jazz tiene una melodía totalmente particular, en la que se hace patente la escala original de seis tonos de los viejos cantos negros. Pero también nuestra canción popular tiene su melodía particular, tonalmente incluso mucho más variada. El jazz tiene un ritmo original, cuya estupenda complejidad surgió de la cultura milenaria de los tamborileros y tamtamistas africanos. Pero nuestra música también es autónoma en cuanto al ritmo. Finalmente el jazz parte del principio de la improvisación. Pero la asombrosa conjunción de los músicos populares, que no conocían las notas, también se basa en la improvisación.

Solo hay una cosa que nos separa del jazz, añadió Ludvik. El jazz se desarrolla y se modifica rápidamente. Su estilo está en movimiento. Basta con pensar en el camino empinado que conduce desde la polifonía de New Orleans a la orquesta de swing, al be-bop y a lo demás. El jazz de New Orleans no podía ni soñar con las armonías que utiliza el jazz actual. Nuestra música popular es una bella durmiente inmóvil de los siglos pasados. Tenemos que despertarla. Tiene que fundirse con la vida actual y desarrollarse junto con ella. Desarrollarse como el jazz: sin dejar de ser ella misma, sin perder su melodía y su ritmo, creando nuevas fases de su estilo. No es fácil. Es una tarea enorme. Es una tarea que solo se puede llevar a cabo en el socialismo.

¿Qué tiene que ver eso con el socialismo?, protestamos. Nos lo explicó. En el campo se vivía antes una vida colectiva. Las ceremonias colectivas se desarrollaban a lo largo de todo el año. El arte popular solo vivía dentro de estas ceremonias. Los románticos se imaginaban que a la muchacha que segaba la hierba la asaltaba de pronto la inspiración y la canción surgía de ella como la fuente de la ladera. Pero la canción popular se crea de un modo distinto al del poema artificial. El poeta crea para expresarse a sí mismo, para manifestar su carácter único y diferenciado. En la canción popular el hombre no se diferenciaba de los demás, se unía a ellos. La canción popular nacía como una estalactita. Gota a gota se revestía de nuevos motivos y nuevas variantes. Iba pasando de generación en generación y cada uno de los que la cantaban le añadía algo nuevo. Cada canción tenía muchos creadores y todos ellos desaparecían humildemente detrás de su obra. Ninguna canción popular existía así porque sí. Todas tenían su función. Había canciones que se cantaban en las bodas, canciones que se cantaban al terminar la siega, canciones que se cantaban en carnaval, canciones para las navidades, para la recogida del heno, para bailar y para los entierros. Tampoco las canciones amorosas existían al margen de ciertas ceremonias habituales. Los paseos vespertinos por la aldea, el canto bajo las ventanas de las muchachas, el noviazgo, todo eso tenía un rito colectivo y en ese rito las canciones tenían su sitio establecido.

El capitalismo destruyó la vieja vida colectiva. El arte popular perdió así su terreno, el sentido de su ser, su función. Sería inútil que alguien intentase resucitarlo mientras duren unas condiciones sociales en las que el hombre vive separado del hombre, solo para sí mismo. Pero el socialismo liberará a los hombres del yugo de la soledad. Estarán unidos por un mismo interés común. Su vida privada se fundirá con su vida pública. Volverán a estar unidos por decenas de ceremonias comunes, se crearán nuevas costumbres colectivas. Algunas se tomarán del pasado. La cosecha, los carnavales, los bailes, las costumbres laborales. Algunas serán de nueva creación. Los primeros de mayo, los mítines, las fiestas de la liberación, las reuniones. En todo esto el arte popular tendrá su sitio. Ahí se desarrollará, se modificará y se renovará. ¿Lo comprendemos por fin?

Y pronto resultó que lo increíble empezaba a realizarse. Nunca nadie había hecho tanto por nuestro arte popular como el gobierno comunista. Se dedicaban sumas enormes a la creación de nuevos conjuntos. La música popular, el violín y los instrumentos populares se oían a diario por la radio. Las canciones moravas inundaban las universidades, los primeros de mayo, las fiestas juveniles y las actuaciones públicas. El jazz no solo desapareció por completo de la superficie de nuestra patria, sino que se convirtió en el símbolo del capitalismo occidental y su putrefacción. La juventud dejó de bailar el tango y el boogie-woogie y en sus fiestas los jóvenes se cogían de los hombros y bailaban en círculo. El partido comunista trataba de crear un nuevo estilo de vida. Se basaba en la famosa definición que hizo Stalin sobre el arte nuevo: un contenido socialista con una forma nacional. Y la forma nacional no se la podía dar a nuestra música, a nuestra danza, a nuestra poesía, nada más que el arte popular.

Nuestro conjunto navegaba sobre las altas olas de esa política. Pronto se hizo conocido en todo el país. Se completó con cantores y bailarines y se convirtió en un potente conjunto que actuaba en cientos de escenarios y todos los años iba de gira al extranjero. Y no cantábamos solo viejas canciones sobre el bandolero que había matado a su querida, sino también nuevas canciones que habíamos creado en el conjunto. Canciones sobre Stalin o sobre la cosecha en la cooperativa. Nuestra canción no era solo un recuerdo de los tiempos pasados. Pertenecía a la historia más reciente. Iba con ella.

El partido comunista nos apoyaba con entusiasmo. Y así se iban diluyendo nuestras objeciones políticas. Yo mismo ingresé en el partido a comienzos del año 49. Y los demás compañeros de nuestro conjunto me siguieron.

7

Pero habíamos seguido siendo amigos. ¿Cuándo apareció entre nosotros la primera sombra? Claro que lo sé. Lo sé perfectamente. Fue durante mi boda.

Yo estudiaba violín en Brno, en la escuela superior de artes, y asistía a clases de musicología en la universidad. Al tercer año empecé a sentirme desubicado. A mi padre le iba cada vez peor. Había tenido un derrame cerebral. Se curó, pero a partir de entonces tuvo que cuidarse mucho. Yo me pasaba el día pensando en que estaba solo en casa y en que si le pasaba algo no podría ni siquiera mandarme un telegrama. Regresaba los sábados a casa con miedo y los lunes por la mañana me iba con una angustia renovada. Por fin, ya no fui capaz de soportar la angustia. Me estuvo haciendo sufrir el lunes, el martes me hizo sufrir aún más y el miércoles metí todos los trajes en la maleta, le pagué a la casera y le dije que ya no regresaría.

Aún recuerdo cómo fui desde la estación hasta casa. Para llegar a nuestro pueblo hay que atravesar los campos. Estábamos en otoño y faltaba poco para que oscureciera. Soplaba el viento y los niños en el campo hacían volar hasta el cielo sus cometas de papel. Mi padre también me había hecho una vez una cometa. Después me acompañó al campo, soltó la cometa y corrió para que el aire se apoyara en el papel e hiciera elevarse la cometa. A mí no me entretenía demasiado. A mi padre más. Y eso fue precisamente lo que me emocionó ese día de aquel recuerdo y me hizo apretar el paso. Se me ocurrió que papá mandaba las cometas al cielo en busca de mamá.

Desde que era pequeño hasta hoy me imagino a mi madre

en el cielo. No, hace mucho que no creo en Dios, ni en la vida eterna ni en nada de eso. No es de la fe de lo que estoy hablando. Son imágenes, ideas. No sé por qué tendría que deshacerme de ellas. Me quedaría huérfano sin ellas. Vlasta me reprocha que soy un soñador. Parece que no veo las cosas tal como son. No, veo las cosas tal como son, pero además de las cosas visibles veo también las invisibles. Las ideas inventadas no son algo inútil. Son precisamente ellas las que hacen de nuestras casas hogares.

Supe de mi madre cuando ya hacía mucho que no vivía. Por eso nunca lloré por ella. Más bien siempre me satisfizo pensar que era joven y hermosa y estaba en el cielo. Los demás niños no tenían madres tan jóvenes como la mía.

Me gusta imaginarme a san Pedro sentado en una banqueta junto a una ventanilla desde la que se puede mirar hacia la Tierra. Mi mamá va con frecuencia hasta la ventanilla. San Pedro hace cualquier cosa por ella, porque es guapa. La deja mirarnos. A mí y a papá.

La cara de mamá nunca estaba triste. Al contrario. Cuando nos miraba por la ventanilla de la portería de Pedro sonreía con frecuencia. El que vive en la eternidad no sufre de nostalgia. Sabe que la vida humana dura un segundo y que el encuentro está próximo. Pero cuando vivía en Brno y dejaba a papá solo me parecía que mamá estaba triste y me lo echaba en cara. Y yo quería vivir en paz con mamá.

Me di prisa por llegar a casa mientras veía las cometas que subían al cielo, que se quedaban inmóviles bajo el cielo. Estaba feliz. No lamentaba nada de lo que había abandonado. Claro que sentía cariño por mi violín y por la musicología. Pero no pretendía hacer carrera. Ni la carrera más asombrosa me podía compensar la pérdida de la alegría de volver a casa.

Cuando le dije a papá que no volvería a Brno se enfadó mucho. No quería que echase a perder mi vida por su culpa. Así que le mentí, le dije que me habían echado de la escuela porque tenía malas calificaciones. Al final se lo creyó y se enfadó más aún. Pero eso no me hizo sufrir demasiado. Además, no había vuelto a casa para hacer el vago. Seguí haciendo de director de nuestro conjunto. En la escuela de música me dieron un puesto de maestro. Podía dedicarme a lo que me gustaba.

Entre lo que me gustaba también estaba Vlasta. Vivía en el pueblo de al lado, que hoy —igual que mi aldea— forma parte ya de los suburbios de nuestra ciudad. Bailaba en nuestro conjunto. La conocí cuando estudiaba en Brno y estaba contento de poder verla casi todos los días después de mi regreso. Pero el verdadero enamoramiento llegó un poco más tarde —e inesperadamente—, cuando se cayó una vez durante un ensayo, con tan mala suerte que se rompió una pierna. La llevé en brazos hasta la ambulancia que habíamos llamado de inmediato. Sentí en mis manos su cuerpecito, frágil y débil. De repente me di cuenta de que yo medía un metro noventa y pesaba cien kilos, que sería capaz de talar robles, mientras que ella era ligera y desvalida.

Fue un momento de clarividencia. En la figurita herida de Vlasta vi de pronto otra figura mucho más conocida. ¿Cómo no me había dado cuenta mucho antes? ¡Vlasta era la «pobre muchachita», la figura de tantas canciones populares! La pobre muchachita que no tenía en el mundo nada más que su honra, la pobre muchachita a la que le hacen daño, la pobre muchachita del vestido roto, la pobre muchachita —huérfana.

No era exactamente cierto. Tenía padres y no eran nada pobres. Pero precisamente porque eran grandes propietarios la nueva época empezaba a ponerlos contra la pared. Vlasta llegaba con frecuencia al conjunto llorando. Los obligaban a suministrar al Estado unos cupos muy elevados. A su padre lo acusaban de explotar a los campesinos. Le requisaron el tractor y la maquinaria. Lo amenazaban con detenerlo. Ella me daba lástima y yo disfrutaba pensando que me haría cargo de cuidarla. A la pobre muchachita.

Desde que la conocí así, iluminada por el texto de una canción popular, me sentí como si reviviese un amor que ya había experimentado mil veces. Como si estuviese tocando una partitura antiquísima. Como si las canciones populares hablasen de mí. Entregado a esta corriente sonora, soñaba con la boda.

Dos días antes de la boda apareció de repente Ludvik. Lo recibí entusiasmado. En seguida le comuniqué la gran noticia de mi boda y le dije que, por ser mi mejor amigo, tenía que ir de testigo. Me lo prometió. Y vino.

Los compañeros del conjunto me organizaron una verdadera boda morava. Por la mañana temprano vinieron a visitarnos con la orquesta y vestidos con trajes típicos. El mayor de los que formaban el cortejo —tenía cincuenta años— era uno de mis compañeros del conjunto. A él le correspondió hacer de patriarca. Mi padre los recibió primero a todos con aguardiente, pan y tocino. Después el patriarca hizo una seña para que se callaran todos y recitó con voz sonora:

Mis muy estimados donceles y doncellas,
señores y señoras.
El motivo por el que a esta casa os he traído
es que el joven aquí presente nos ha pedido
que con él a casa del padre de Vlasta Netahalova vayamos,
porque a su hija, virtuosa doncella, por novia ha elegido...

El patriarca es quien ordena, es el alma, el director de toda la ceremonia. Siempre ha sido así. Ha sido así durante mil años. El novio nunca fue el sujeto de la boda. No se casaba. Lo casaban. Alguien se apoderaba de él mediante la boda y él iba ya como un navegante arrastrado por una gran ola. No era él quien actuaba, quien hablaba. En su lugar actuaba y hablaba el patriarca. Pero tampoco era el patriarca. Era la antigua tradición la que se apoderaba de un hombre tras otro y los arrastraba a su dulce corriente.

Bajo la dirección del patriarca fuimos hasta la aldea vecina. Íbamos campo a través y mis compañeros tocaban por el camino. Delante de la casa de Vlasta nos esperaban los acompañantes de la novia vestidos con trajes típicos. El patriarca recitó:

Somos caminantes fatigados.
Con todo respeto preguntamos
si a esta honrada casa entrar podemos,
porque es mucha el hambre y la sed que traemos.

Del grupo de gente que estaba delante de la puerta se adelantó un hombre mayor. «Si sois buena gente, sed bienvenidos.» Y nos invitó a pasar. Entramos en la sala sin hablar. Éramos, tal como nos había presentado el patriarca, solo caminantes fatigados y por eso en un primer momento no pusimos de manifiesto nuestras verdaderas intenciones. El hombre mayor, el portavoz de la familia de la novia, se dirigió a nosotros: «Si tenéis algo que deseéis contarnos, decidlo».

El patriarca empezó a hablar, al principio sin que se entendiese y en acertijos, y el hombre del traje le contestaba de la misma manera. Por fin, después de muchos rodeos, el patriarca confesó el motivo de nuestra visita.

El viejo le replicó con esta pregunta:

Le pregunto a usted, querido padrino:
¿Por qué este honrado novio a esta honrada muchacha
    por esposa quiere tener?
¿Por la flor o por el fruto ha de ser?

Y el patriarca respondió:

Es cosa bien sabida por todos que la flor señal es de belleza
    y hermosura y el corazón con ella se conforta.
Pero la flor se va
y el fruto llega.
Por eso nosotros a esta novia no la tomamos por la flor, sino
    por el fruto, porque el fruto provecho nos reporta.

Siguieron un rato hablando y respondiendo, hasta que el portavoz de la novia puso el punto final: «Llamemos por lo tanto a la novia, para que diga si acepta o no». Se fue a la habitación contigua y al rato volvió trayendo a una mujer. Era delgada, alta, huesuda y tenía la cara tapada por un pañuelo: «Aquí tienes a la novia».

Pero el patriarca hizo un gesto de rechazo y todos manifestamos a gritos nuestro desacuerdo. El viejo trató de convencernos durante un rato, pero al fin tuvo que devolver a la mujer enmascarada y traernos a Vlasta. Iba vestida con botas negras, delantal rojo y chaleco bordado. Llevaba una corona de flores en la cabeza. Me pareció preciosa. Pusieron su mano en la mía.

Después el viejo se dirigió a la madre de la novia y dijo con voz llorosa: «¡Ay, mamaíta!».

Al oír esas palabras la novia se soltó de mi mano, se arrodilló delante de su madre e inclinó la cabeza. El viejo continuó:

—¡Mamaíta querida, perdóneme el mal que le haya hecho!

»¡Mamaíta queridísima, por Dios se lo pido, perdóneme el mal que le haya hecho!

»¡Mamaíta adorada, por las cinco heridas de Cristo se lo pido, perdóneme el mal que le haya hecho!

No éramos más que actores mudos a los que hacían interpretar un papel que ya había sido cantado hacía mucho tiempo. Y el texto era hermoso, era apasionante y todo era verdadero. Después volvió a tocar la orquesta y fuimos andando hasta la ciudad. La ceremonia era en el ayuntamiento y allí también tocó la orquesta. Después fue la comida. Y al terminar la comida hubo baile.

Por la noche, las damas de compañía de Vlasta le quitaron de la frente la corona de romero y me la entregaron ceremoniosamente. Hicieron una trenza con su pelo suelto, con la trenza hicieron un rodete y le pusieron en la cabeza una cofia. Era una ceremonia que simbolizaba la transformación de la virgen en mujer. Claro que hacía tiempo que Vlasta no era virgen. Y por lo tanto no tenía derecho al símbolo de la corona. Pero eso no me pareció importante. En un sentido más elevado, mucho más trascendente, perdía la virginidad precisa y únicamente ahora, cuando sus damas de compañía me entregaban la corona de romero.

Dios mío, ¿cómo es posible que el recuerdo de la corona de romero me enternezca más que el de la primera vez que de verdad hicimos el amor, que el de la verdadera sangre virginal de Vlasta? No sé cómo es posible, pero es así. Las mujeres cantaban canciones sobre una corona de flores que se alejaba flotando en el agua y las ondas deshacían sus lazos rojos. Yo tenía ganas de llorar. Estaba borracho. Veía delante de mis ojos la corona flotando, el arroyo que se la pasaba al riachuelo, el riachuelo al río, el río al Danubio y el Danubio al mar. Tenía delante de los ojos aquella corona de la virginidad sin regreso. Sí, sin regreso. Todas las situaciones básicas de la vida son sin retorno. Para que el hombre sea hombre, tiene que atravesar la imposibilidad de retorno con plena conciencia. No puede hacer trampas. No puede poner cara de que no la ve. El hombre moderno hace trampas. Trata de pasar de largo por todos los puntos clave y atravesar gratis de la vida a la muerte. El hombre del campo es más honrado. Llega hasta el fondo de cada una de las situaciones básicas. Cuando Vlasta manchó de sangre la toalla que yo había puesto por debajo, no advertí que estaba ante una situación sin retorno. Pero en el momento de la boda no tenía posibilidad de huir de ella. Las mujeres cantaban una canción sobre la despedida. Aguarda, aguarda, mozuelo pequeño, a que me despida de mi amada madre. Aguarda, aguarda, ten quieto al caballo, está aquí mi hermana, no quiero dejarla. Quedaos con Dios, compañeras mías, me llevan de aquí, volver no me dejan.

Después llegó la noche y los invitados nos acompañaron hasta nuestra casa.

Yo abrí la puerta. Vlasta se detuvo en el umbral y se volvió una vez más hacia el grupo de amigos reunidos delante de la casa. Uno de ellos entonó otra canción más, la última:

> En el umbral de casa
> parecía hermosa
> mi rosa rosada.
> El umbral cruzó,
> la belleza perdió
> mi enamorada.

Después se cerró la puerta y nos quedamos solos. Vlasta tenía veinte años y yo poco más. Pero pensé que había cruzado el umbral y que, a partir de ese momento mágico, iría perdiendo la belleza como el árbol las hojas. Veía en ella aquella caída futura. La caída que allí tenía su principio. Pensé que no era solo una flor, sino que en este instante ya estaba presente dentro de ella el momento futuro del fruto. Sentía en todo ello un orden insoslayable al que yo pertenecía y con el cual estaba de acuerdo. Pensaba en aquel momento también en Vladimir, a quien no conocía y cuyo aspecto no podía intuir. Sin embargo, pensaba en él y a través de él miraba hacia la distancia de sus hijos. Después nos acostamos con Vlasta en una cama y me dio la impresión de que era la propia sabia infinitud del género humano la que nos había recibido en su blando seno.

8

¿Qué fue lo que me hizo Ludvik durante la boda? En realidad nada. Tenía cara de pocos amigos y estaba raro. Por la tarde, mientras tocaban y bailaban, mis compañeros le ofrecieron un clarinete. Querían que tocase con ellos. Se negó. Al poco tiempo se fue a su casa. Por suerte, yo había bebido demasiado como para prestarle demasiada atención a aquello. Pero al día siguiente advertí que su marcha había quedado como una pequeña manchita en el día pasado. El alcohol que se me iba diluyendo en la sangre hacía que la manchita se extendiese hasta alcanzar un tamaño respetable. Y aún más que el alcohol, Vlasta. Nunca le había gustado Ludvik.

Cuando le anuncié que Ludvik iba a ser mi padrino, no se puso muy contenta. Y al día siguiente de la boda no se olvidó de recordarme su comportamiento. Que si había estado permanentemente con cara de que todos los demás lo molestábamos. El vanidoso.

Pero ese mismo día Ludvik vino a visitarnos. Le trajo a Vlasta unos regalos y se disculpó. Nos pidió que le perdonásemos su malhumor de la noche anterior. Nos contó lo que le había pasado. Lo habían echado del partido y de la facultad. No sabía qué iba a ser de él.

Yo no podía creer lo que estaba oyendo y no sabía qué decir. Por lo demás, Ludvik no quería que lo consolásemos y cambió en seguida de tema. Nuestro conjunto tenía que salir dentro de dos semanas de gira por el extranjero. Aquello era algo que todos nosotros, gente del campo, esperábamos con ansia. Ludvik lo sabía y empezó a preguntarme por nuestro viaje. Pero yo me di cuenta de inmediato de que Ludvik desde pequeño había deseado ir al extranjero y de que ahora iba a ser difícil que pudiera salir. A la gente que tenía alguna mancha en su historial político no la dejaban cruzar la frontera. Me di cuenta de que habíamos ido a parar a dos sitios diferentes. Por eso no podía hablar en voz alta de nuestro viaje, si no quería iluminar el repentino abismo que se había abierto entre nuestros destinos. Preocupado por oscurecer ese abismo, temía cada palabra que pudiese iluminarlo. Pero no encontraba ninguna que no lo iluminase. Cualquier frase que hiciera de algún modo referencia a nuestras vidas dejaba en evidencia que habíamos ido a dar cada uno a un sitio distinto. Que teníamos posibilidades diferentes, un futuro diferente. Que íbamos arrastrados en direcciones opuestas. Traté de hablar de banalidades. Pero fue aún peor. La intrascendencia de la conversación resultaba penosa y la charla tardó poco en hacerse insoportable. Ludvik se despidió pronto y se marchó. Se apuntó a un trabajo eventual fuera de nuestra ciudad y yo me marché con el conjunto al extranjero. Desde entonces estuve varios años sin verlo. Le mandé una o dos cartas a la mili, a Ostrava. Después de mandárselas me quedaba siempre la misma sensación de insatisfacción que había sentido tras nuestra última charla. No era capaz de mirar cara a cara la caída de Ludvik. Me daba vergüenza mi éxito en la vida. Me resultaba insoportable dirigirle a Ludvik palabras de aliento o compasión desde la altura de mi satisfacción. Prefería tratar de aparentar que no había cambiado nada entre nosotros. Le contaba en las cartas lo que hacíamos, lo que había de nuevo en el conjunto, le hablaba de un músico nuevo que teníamos y de las historias que nos habían ocurrido. Yo ponía cara de que mi mundo seguía siendo nuestro mundo común.

Un día mi padre recibió un recordatorio. Había muerto la mamá de Ludvik. Ninguno de nosotros sabía que hubiese estado enferma. Cuando Ludvik desapareció de mi vista, desapareció ella también. Ahora tenía en mis manos el recordatorio y me daba cuenta de lo poco que me fijaba en la gente que se había alejado, aunque solo fuera un poco, del camino de mi vida. De mis éxitos en la vida. Me sentía culpable. Y además me fijé en algo que me asustó. Los únicos parientes que firmaban el recordatorio eran los Koutecky. A Ludvik ni se lo mencionaba.

Llegó el día del entierro. Desde la mañana esperaba con temor el encuentro con Ludvik. Pero Ludvik no apareció. El féretro iba acompañado por un grupito muy reducido. Les pregunté a los Koutecky dónde estaba Ludvik. Se encogieron de hombros y dijeron que no lo sabían. La comitiva que acompañaba al féretro se detuvo ante una gran tumba con una pesada piedra de mármol y la estatua blanca de un ángel.

A la acaudalada familia del constructor se lo habían quitado todo y ahora vivían de una pequeña pensión. Lo único que les quedaba era precisamente aquella tumba familiar con el ángel blanco. Todo eso lo sabía, pero no comprendía por qué depositaban el féretro en aquel sitio.

Fue más tarde cuando me enteré de que Ludvik estaba en aquel momento en la cárcel. Su madre era la única de nuestra ciudad que lo sabía. Cuando murió, los Koutecky se encargaron del cuerpo muerto de la cuñada a la que nunca habían querido y lo hicieron suyo. Por fin se pudieron vengar del sobrino desagradecido. Le robaron a la madre. La cubrieron con una pesada piedra de mármol sobre la cual hay un ángel blanco con el cabello rizado y una ramita en la mano. Siempre me he acordado de aquel ángel. Volaba por encima de la vida saqueada de mi compañero, al que le habían robado hasta los cuerpos de sus padres muertos. El ángel del latrocinio.

9

A Vlasta no le gustan las extravagancias. Estar sentado por la noche en el jardín, sin ningún motivo, es una extravagancia. Oí unos golpes enérgicos en el cristal de la ventana. Tras la ventana se adivinaba la sombra severa de una pequeña figura de mujer en camisón. Yo soy obediente. No soy capaz de hacerles frente a los más débiles. Y como mido un metro noventa y levanto con la mano un saco de cien kilos, no he encontrado en la vida a nadie a quien hacerle frente.

Así que entré en casa y me acosté junto a Vlasta. Para no estar callados le conté que ese día había visto a Ludvik. «¿Y qué?», dijo con demostrativo desinterés. No hay nada que hacer. Sigue sin soportarlo. Aún no lo puede ni ver. De todos modos, no se puede quejar. Desde nuestra boda solo tuvo una oportunidad de verlo. Fue en el año 56. Y aquella vez, ni a mí mismo me pude engañar sobre el abismo que nos separaba.

Ludvik ya había pasado por la mili, la cárcel y por varios años de trabajo en las minas. Estaba tramitando en Praga la continuación de sus estudios y vino a nuestra ciudad nada más que a resolver algunos problemas de papeleo. Volví a tener miedo del resultado de nuestro encuentro. Pero no me encontré con una persona rota y resentida. Al contrario. Ludvik era distinto a como yo lo había conocido. Tenía una cierta dureza, estaba más curtido y probablemente más tranquilo. Nada que produjese compasión. Me pareció que iba a ser sencillo superar el abismo al que tanto temía. Para retomar rápidamente el hilo de nuestra relación lo invité a un ensayo del conjunto. Yo seguía pensando que aquel conjunto era todavía el suyo. No importaba que tuviéramos otro clarinetista, otro contrabajista, otro percusionista y que el único que quedaba de la vieja compañía fuera yo.

Ludvik se sentó en una silla junto al percusionista. Primero tocamos nuestras canciones preferidas, las mismas de cuando aún estábamos en el colegio. Después, algunas nuevas que habíamos encontrado en pueblos perdidos de las montañas. Por fin llegamos a algunas de las canciones de las que nos sentimos más orgullosos. No son realmente canciones populares, sino canciones que nosotros mismos hemos creado en el grupo, partiendo del espíritu del arte popular. Cantamos canciones sobre los grandes terrenos cooperativos, canciones sobre los pobres que son dueños de su tierra, una canción sobre un tractorista que prospera en un centro de maquinaria agrícola. Eran todas canciones cuya música resultaba idéntica a la de las canciones populares originales, pero con un texto más actual que el de los periódicos. De estas canciones, la que más nos gustaba era una canción sobre Fucik, el héroe torturado por los nazis durante la ocupación.

Ludvik estaba sentado en la silla mirando el recorrido de las manos del percusionista al golpear las cuerdas del címbalo con sus palillos. A cada rato se servía vino. Yo lo observaba a través del arco de mi violín. Estaba pensativo y ni una sola vez levantó la cabeza hacia mí.

Empezaron a llegar las mujeres de los músicos, lo cual significaba que el ensayo estaba a punto de terminar. Invité a Ludvik a cenar a casa. Vlasta nos preparó algo de comer y después se fue a dormir y nos dejó a solas. Ludvik hablaba de todo un poco. Pero yo sentí que el motivo de su locuacidad era que no quería hablar de lo que quería hablar yo. Pero ¿cómo no iba a hablar con mi mejor amigo de aquello que representaba nuestro mayor tesoro común? Así que interrumpí a Ludvik en su charla intrascendente. ¿Qué te parecen nuestras canciones? Me contestó sin dudarlo que le gustaban. Pero yo no dejé que se evadiera con un cumplido barato. Le seguí preguntando: ¿qué opinas de las nuevas canciones que hemos compuesto nosotros mismos?

Ludvik no tenía ganas de discutir. Pero paso a paso lo fui metiendo en la discusión hasta que por fin empezó a hablar. Las pocas canciones populares antiguas que teníamos le parecían realmente preciosas. Pero el resto del repertorio no le gustaba. Nos adaptamos demasiado a los gustos del momento. No es extraño, dijo. Actuamos ante un público muy variado y queremos que les guste lo que hacemos. Pero de ese modo eliminamos de nuestras canciones todo lo que en ellas hay de específico. Eliminamos su inimitable ritmo y las adaptamos al ritmo convencional. Elegimos canciones de la época más reciente, porque son las más accesibles y las que más gustan.

Yo lo contradije. Afirmé que estábamos al comienzo del camino. Que lo que queríamos era que la canción popular se extendiera lo más posible. Por eso teníamos que adaptarla un poco al gusto de la gente. Lo más importante es que hayamos creado ya un folklore actual, nuevas canciones populares que hablan de la vida de nuestro tiempo.

No estaba de acuerdo. Ésas eran precisamente las canciones que peor le sonaban. ¡Qué mísera imitación! ¡Y qué falsedad!

Aún hoy me pongo triste cuando me acuerdo. ¿Quién nos había amenazado con que terminaríamos como la mujer de Lot si no hacíamos más que mirar hacia atrás? ¿Quién fantaseaba acerca de que de la canción popular saldría el nuevo estilo de la época? ¿Quién nos había instado a que hiciéramos andar a la música popular y la obligáramos a acompañar a la historia actual?

Era una utopía, dijo Ludvik.

¿Cómo que utopía? ¡Ahí están esas canciones! ¡Existen!

Se rió de mí. Vosotros las cantáis en vuestro conjunto. ¡Pero enséñame a una sola persona de fuera de vuestro conjunto que las cante! ¡Enséñame a un solo cooperativista que para alegrarse cante él solito esas canciones vuestras sobre las cooperativas! ¡Si es que se le torcería la boca de lo antinaturales y falsas que son! ¡Esos textos propagandísticos se despegan de esa música seudopopular como un cuello de camisa mal cosido! ¡Una canción seudomorava sobre Fucik! ¡Qué falta de sentido! ¡Un periodista de Praga! ¿Qué tiene en común con Moravia?

Le respondí que Fucik es de todos y que nosotros también podemos cantar sobre él a nuestro modo.

¿Tú crees que cantáis sobre él a nuestro modo? ¡Cantáis según la receta de la comisión de agitación y propaganda y no a nuestro modo! ¡Pero si basta con repetir el texto de la canción! ¿Y por qué hay que hacer una canción sobre Fucik? ¿Es que fue el único que luchó en la ilegalidad? ¿El único que fue torturado?

¡Pero él es el más conocido!

¡Claro! El aparato de propaganda quiere que la galería de héroes muertos esté bien ordenada. Quiere que entre los héroes haya un héroe principal.

¿A qué viene esa burla? ¿No tiene cada época sus símbolos?

¡Bien, pero lo interesante es quién ha sido elegido para convertirse en símbolo! Cientos de personas tuvieron en aquella época el mismo coraje y cayeron en el olvido. Y cayeron también otros que eran famosos. Políticos, escritores, científicos, artistas. Y no se convirtieron en símbolos. Sus fotografías no están colgadas en los secretariados y en los colegios. Y en muchos casos han dejado una gran obra. Pero es precisamente la obra la que molesta. Es difícil de arreglar, de recortar, de tachar. La obra es un obstáculo para la galería propagandística de los héroes.

¡Pero ninguno de ellos escribió *Reportaje al pie de la horca*!

¡Precisamente! ¿Qué se puede hacer con un héroe que está callado? ¿Con un héroe que no aprovecha los últimos momentos de su vida para una representación teatral? ¿Para una lección pedagógica? En cambio, Fucik, aunque no era ni mucho menos famoso, cree que es enormemente importante decirle al mundo lo que piensa, siente y vive en la cárcel, su mensaje y sus recomendaciones a la humanidad. Lo escribía en retazos de papel y arriesgaba la vida de otras personas que lo sacaban de la cárcel y lo guardaban. ¡Cuánto tenía que valorar sus propios pensamientos y sentimientos! ¡Cuánto tenía que valorarse a sí mismo!

Eso ya no lo podía soportar. ¡Así que Fucik fue simplemente un engreído autosuficiente!

Pero no había forma de que Ludvik se detuviera. No, el engreimiento no era lo principal que lo obligaba a escribir. Lo principal era la debilidad. Porque ser fuerte estando solo, sin testigos, sin la recompensa de la aprobación, solo ante uno mismo, para eso hace falta mucho orgullo y fuerza. Fucik necesitaba la ayuda del público. Creaba en la soledad de la celda al menos un público ficticio. ¡Necesitaba que lo vieran! ¡Sacar fuerzas del aplauso! ¡Al menos del aplauso ficticio! ¡Convertir la cárcel en un escenario y hacer que su destino fuese soportable no solo viviéndolo sino también representándolo y actuando!

Yo estaba preparado para soportar la tristeza de Ludvik. Y hasta la amargura. Pero con aquel encono, con aquel rencor irónico, no contaba. ¿Qué le había hecho el torturado Fucik? Para mí, el valor del hombre está en su fidelidad. Yo sabía que a Ludvik lo habían castigado injustamente. ¡Pero por eso era aún peor! Porque entonces su cambio de opiniones tenía una motivación demasiado evidente. ¿Es posible que una persona cambie toda su actitud ante la vida solo porque se siente ofendida?

Todo eso se lo dije a la cara a Ludvik. Pero entonces ocurrió algo inesperado. Ludvik ya no me respondió. Como si de repente hubiera desaparecido toda aquella fiebre irascible. Me miró atentamente y luego dijo con una voz calmada y tenue que no me enfadase. Que posiblemente se equivocaba. Lo dijo de una forma tan extraña y fría que me di perfecta cuenta de que no era sincero. Pero yo no quería que nuestra conversación terminase con semejante falta de sinceridad. A pesar de que estaba dolido, mi objetivo seguía siendo el mismo que al principio. Quería hablar con Ludvik y volver a nuestra vieja amistad. A pesar de que nos habíamos enfrentado con tanta dureza, tenía la esperanza de que en algún punto de la prolongada discusión íbamos a ser capaces de encontrar una de esas parcelas de terreno común en las que antes nos encontrábamos tan a gusto, y que podríamos volver a habitarla juntos. Pero fue inútil tratar de continuar la conversación. Ludvik se disculpaba por su tendencia a la exageración y por haberse dejado arrastrar a ella otra vez más. Me pidió que olvidase lo que había dicho.

¿Olvidar? ¿Por qué deberíamos olvidarnos de una conversación seria? ¿No sería mejor continuarla? Hasta el día siguiente no me di cuenta del verdadero sentido de aquella petición. Ludvik se quedó en casa a dormir y a desayunar. Después del desayuno tuvimos todavía media hora para conversar. Me contó el trabajo que le estaba costando que lo dejasen terminar los últimos dos años de facultad. Que estaba marcado por su expulsión del partido. Que no confiaban en él en ningún sitio. Que si no fuera por un par de amigos que lo habían conocido antes de su expulsión del partido, no habría la menor posibilidad de que lo aceptasen en la facultad. Después habló de sus amigos que se encontraban en una situación parecida a la suya. Habló de cómo los vigilaban y tomaban nota detallada de cualquier cosa que dijesen. De que interrogaban a la gente que estaba relacionada con ellos y con frecuencia algún testigo excesivamente ferviente o malintencionado les estropeaba la vida durante unos cuantos años más. Después cambió otra vez a algún tema irrelevante y cuando nos despedimos dijo que estaba contento de haberme visto y me pidió otra vez que olvidase lo que me había dicho la noche anterior.

La relación entre esta petición y la referencia a los avatares de sus conocidos estaba demasiado clara. Me dejó estupefacto. ¡Ludvik había dejado de hablar conmigo porque tenía miedo! ¡Tenía miedo de que nuestra conversación no permaneciese en secreto! ¡Tenía miedo de que lo denunciase! ¡Tenía miedo de mí! Eso era espantoso. E inesperadamente el abismo entre nosotros volvía a ser mucho más profundo de lo que yo había supuesto. Era tan profundo que ni siquiera nos permitía terminar las conversaciones.

10

Vlasta ya duerme. Pobrecita, a ratos ronca un poquito. Ya todos duermen en casa. Y yo allí acostado, grande, grande, grande, y pensando en mi impotencia. Aquella vez la sentí terriblemente. Antes suponía ingenuamente que todo estaba a mi alcance. Ludvik y yo nunca nos habíamos hecho ningún daño. ¿Por qué no iba a poder restablecer, con un poco de buena voluntad, nuestra antigua relación?

Ya se vio que no estaba a mi alcance. No estaba en mis manos ni nuestro alejamiento ni nuestro acercamiento. Me quedaba la esperanza de que estuviese en las manos del tiempo. El tiempo pasaba. Desde nuestro último encuentro habían transcurrido nueve años. Ludvik entre tanto terminó la carrera, consiguió un puesto estupendo, se dedica a la ciencia en una especialidad que le interesa. Yo sigo con atención, a distancia, lo que le ocurre. Lo sigo con amor. Nunca podré considerar a Ludvik como enemigo ni como una persona extraña. Es mi amigo, pero sufre un encantamiento. Como si se repitiese la historia del cuento en el que la novia del príncipe se transforma en serpiente o en rana. En los cuentos, siempre todo lo resuelve la fiel paciencia del príncipe.

Pero por el momento el tiempo no despierta a mi amigo de su encantamiento. Durante este período me enteré varias veces de que había pasado por nuestra ciudad. Pero nunca vino a visitarme. Hoy me lo encontré, pero hizo como que no me veía. Maldito Ludvik.

Todo empezó en aquella época en que hablamos por última vez. Comencé a sentir, cada año con mayor intensidad, que a mi alrededor se incrementaba la soledad y dentro de mí brotaba la angustia. Cada vez había más cansancio y menos alegría y éxito. El conjunto seguía recibiendo cada año invitaciones para ir de gira al extranjero, pero después las invitaciones fueron disminuyendo y hoy casi no nos invitan a ningún sitio. Seguimos trabajando, cada vez con mayor ahínco, pero a nuestro alrededor se extiende el silencio. Estoy en un salón vacío. Y me parece como si hubiera sido Ludvik el que había dado la orden de que me quedara solo. Porque no son los enemigos los que lo condenan a uno a la soledad, son los compañeros.

Desde entonces huyo cada vez con mayor frecuencia a aquel camino rodeado por pequeñas parcelas. Al camino que atraviesa los campos y junto al cual crece en el lindero un rosal silvestre solitario. Ahí es donde me encuentro con mis últimos fieles. Ahí está el desertor con sus muchachos. Ahí está el músico ambulante. Y ahí, más allá del horizonte, hay una casa de troncos y en ella está Vlasta, la pobre muchachita.

El desertor me llama rey y me promete que cuando quiera podré contar con su protección. Basta con ir hasta el rosal silvestre. Dice que ahí siempre nos encontraremos.

Sería tan sencillo encontrar la calma en el mundo de la imaginación. Pero yo siempre he tratado de vivir en los dos mundos al mismo tiempo y no abandonar uno de ellos por culpa del otro. No debo abandonar el mundo real, aunque en él siempre pierda. Al final será suficiente con que logre una sola cosa. La última:

Entregar mi vida como un mensaje claro y comprensible a una sola persona que lo comprenda y se encargue de llevarlo. Mientras no lo logre, no podré irme con el desertor al Danubio.

Esa persona en la que pienso, que es mi única esperanza después de todas las derrotas, está separada de mí por una pared y duerme. Pasado mañana montará a caballo. Tendrá la cara cubierta. Lo llamarán rey. Ven, hijito. Me duermo. Te llamarán con mi nombre. Voy a dormir. Quiero verte a caballo en sueños.

Quinta parte
Ludvik

1

Dormí durante mucho tiempo y bastante bien. Me desperté después de las ocho, no recordaba que hubiera tenido sueños, ni buenos ni malos, no me dolía la cabeza, pero no tenía ganas de levantarme; así que me quedé en cama; el sueño había alzado entre mí y el encuentro de ayer una especie de pared; no es que esa mañana Lucie hubiera desaparecido de mi conciencia, pero había vuelto a su anterior forma abstracta.

¿A su forma abstracta? Sí: cuando Lucie desapareció de mi vista tan misteriosa y cruelmente, en Ostrava, al principio no tenía ninguna posibilidad práctica de buscarla. Pero después (al terminar la mili) fueron pasando los años y yo fui perdiendo el deseo de emprender la búsqueda. Me dije que Lucie, por mucho que yo la hubiese amado, por muy *única* que fuese, era totalmente inseparable de la *situación* en la que nos habíamos encontrado y enamorado. Me pareció que es un error cuando se pretende abstraer al ser amado de todas las circunstancias en las que se lo conoció y en las que vive, cuando se lo intenta, con una laboriosísima concentración interna, purificar de todo lo que no es él *mismo,* y por lo tanto también de la *historia* que junto a él se ha vivido y que forma el perfil del amor.

Lo que yo amo en una mujer no es aquello que ella es en sí misma y para sí, sino aquello con lo que se dirige hacia mí, lo que es *para mí.* La amo como a un personaje de nuestra historia compartida. ¿Qué sería la figura de Hamlet sin el castillo de Elsinor, sin Ofelia, sin todas las situaciones concretas por las que pasa, qué sería sin el texto de su papel? ¿Qué quedaría de esa figura, sino una especie de esencia ilusoria y muda? También Lucie, privada de los arrabales de Ostrava, de las rosas pasadas a través de la alambrada, de los vestiditos raídos, privada de mis propias semanas interminables y de mi prolongada desesperanza, dejaría probablemente de ser aquella Lucie a la que amé.

Sí, así lo entendí, así me lo expliqué y así, a medida que pasaba un año tras otro, casi iba teniendo miedo de encontrármela de nuevo, porque sabía que nos encontraríamos en un sitio en el que Lucie ya no sería Lucie y yo ya no tendría con qué volver a anudar el hilo roto. Con ello no quiero decir que haya dejado de amarla, que la haya olvidado, que su recuerdo haya empalidecido; al contrario; permanece dentro de mí constantemente como una callada nostalgia; la anhelo como se anhela algo que se ha perdido definitivamente.

Y precisamente porque Lucie se había convertido para mí en algo definitivamente pasado (algo que como pasado sigue viviendo y como presente está muerto), fue perdiendo en mis pensamientos paulatinamente su corporeidad, su materialidad, su carácter concreto, y se convirtió cada vez más en una especie de leyenda, en un mito escrito en un pergamino y guardado en una cajita de metal en los cimientos de mi vida.

Quizás precisamente por eso pudo suceder algo del todo increíble: que en el sillón de la peluquería no me haya sentido seguro de su aspecto. Y por eso pudo ocurrir que a la mañana siguiente tuviera la sensación de que mi encuentro del día anterior no había sido *real;* que también él había ocurrido en el plano de la leyenda, del presagio o del enigma. Si ayer por la noche había sufrido el impacto de la presencia real de Lucie y me había visto arrojado de repente hacia atrás, hacia el remoto período en el que ella reinaba, esta mañana de sábado ya solo me preguntaba, con el corazón tranquilo (y bien descansado): *¿Por qué* la he encontrado? ¿Qué significa este encuentro y qué es lo que quiere *decir?* ¿Es que las historias, además de ocurrir, de acontecer, también dicen algo? A pesar de mi escepticismo me ha quedado algo de superstición irracional; por ejemplo, esta extraña convicción de que todas las historias que en la vida me ocurren tienen además algún sentido, *significan* algo; que la vida, con su propia historia, dice algo sobre sí misma, que nos desvela gradualmente alguno de sus secretos, que está ante nosotros como un acertijo que es necesario resolver, que las historias que en nuestra vida vivimos son la mitología de esa vida y que en esa mitología está la clave de la verdad y del secreto. ¿Que es una ficción? Es posible, es incluso probable, pero no soy capaz de librarme de esa necesidad de *descifrar* permanentemente mi propia vida.

Así que estaba acostado en la chirriante cama del hotel mientras pasaban por mi cabeza pensamientos relacionados con Lucie, ahora ya convertida otra vez en mero pensamiento, en un simple interrogante. La cama chirriaba, y cuando volví a darme cuenta de esta propiedad suya me acordé (repentina, intempestivamente) de Helena. Como si aquella cama chirriante fuese la voz que me recordaba mis obligaciones, respiré profundamente, saqué las piernas de la cama, me senté en el borde, me desperecé, me pasé la mano por el pelo, miré el cielo por la ventana y me levanté. El encuentro del día anterior con Lucie había retenido y amortiguado mi interés por Helena, un interés pocos días antes tan intenso. Ahora ese interés no era más que el recuerdo de un interés; una sensación de que había un deber que cumplir respecto al interés perdido.

Fui hasta el lavabo, me quité la chaqueta del pijama y abrí al máximo el grifo; metí las manos bajo el agua que corría y casi con prisa me la eché a manos llenas por el cuello, por los hombros, por el cuerpo; me froté con la toalla; quería hacer que circulara la sangre. De repente me había dado miedo; me había dado miedo mi indiferencia ante la llegada de Helena, tuve miedo de que aquella indiferencia estropeara una oportunidad que había aparecido solo una vez y que difícilmente volvería a presentarse. Decidí desayunar y tomar después del desayuno un vodka.

Bajé a la cafetería, pero lo único que encontré fue un montón de sillas, cuyas patas estaban lastimeramente vueltas hacia arriba, colocadas sobre las mesas sin manteles, y a una vieja con un delantal sucio dando vueltas alrededor de ellas.

Fui hasta la recepción del hotel y le pregunté al portero que estaba sentado detrás del mostrador, hundido en una silla tapizada y en una profunda indiferencia, si era posible desayunar en el hotel. Sin moverse me dijo que era el día de cierre de la cafetería. Salí a la calle. El día era bueno, las nubes retozaban por el cielo y un suave viento levantaba el polvo de las aceras. Me encaminé aprisa hacia la plaza. Delante de la carnicería había una cola; con bolsas y redes en la mano, las mujeres esperaban pacientemente su turno. De los peatones me llamaron la atención los que llevaban en la mano, como una antorcha en miniatura, un cucurucho con un bonete rojo de helado que lamían. Ya había llegado a la plaza. Allí hay un edificio de una sola planta en el que funciona un autoservicio.

Entré. Era un local amplio, con el piso de baldosa y mesas de patas altas, junto a las cuales había gente comiendo canapés y bebiendo café o cerveza.

No tenía ganas de desayunar allí. Desde la mañana me había hecho a la idea de un desayuno suculento con huevo, tocino y una copita de alcohol que me devolviese la vitalidad perdida. Me acordé de que un poco más allá, en la otra plaza, donde están el parquecillo y la columna, había otro restaurante. No es especialmente agradable, pero me basta con que haya una mesa y una silla y un único camarero a quien pedirle lo que se pueda. Pasé junto al monumento: en la columna se apoyaba un santo, en el santo se apoyaba una nube, en la nube se apoyaba un ángel, en el ángel se apoyaba otra nube y en la nube otro ángel, el último; levanté mi mirada hacia el monumento, esa conmovedora pirámide de santos, nubes y ángeles de pesada piedra simulaban aquí el cielo y sus alturas, mientras que el cielo de verdad estaba de color azul pálido y desesperadamente alejado de este polvoriento trozo de tierra.

Atravesé el parquecillo con sus bonitos trozos de césped y sus bancos (y sin embargo lo bastante pelado como para no interrumpir el ambiente de vacío polvoriento) e intenté abrir la puerta del restaurante. Estaba cerrada. Empecé a comprender que el desayuno anhelado no iba a pasar de ser un sueño y aquello me daba miedo porque, con infantil terquedad, consideraba que un desayuno abundante era la condición decisiva para el éxito de todo el día. Me di cuenta de que en las ciudades de provincia no presuponen que haya personajes extravagantes que pretendan desayunar sentados y por eso abren sus restaurantes mucho más tarde. No hice la prueba de buscar otro restaurante, me di la vuelta y volví a cruzar el parque en sentido contrario. Y volví a toparme con gente que llevaba en la mano cucuruchos con el bonete rojo, y volví a pensar que los cucuruchos parecían antorchas y que ese parecido tenía probablemente cierto sentido porque las antorchas no eran antorchas, sino *parodias* de antorchas, y lo que llevaban triunfalmente dentro de sí, esa rosada huella de la satisfacción, no era ningún placer, no era más que una *parodia* del placer, lo cual probablemente reflejaba lo inevitablemente paródico de todas las antorchas y todos los placeres de esta polvorienta ciudad. Y llegué a la conclusión de que si iba andando en dirección contraria a todos aquellos lamientes portadores de luz me conducirían probablemente a alguna pastelería, en la que quizás habría una mesa, una silla y quizás hasta café y tarta.

No me llevaron a una pastelería sino a una lechería; había una gran cola de gente que esperaba a que le sirvieran cacao o leche con panecillos y había mesas de patas altas junto a las cuales la gente comía y bebía, y en la sala del fondo había también mesas y sillas, pero aquéllas estaban ocupadas. Me puse por lo tanto a la cola y, después de diez minutos de espera y avance, compré un vaso de cacao y dos panecillos, me acerqué a una de las mesas altas en la que había unos seis vasos sucios, busqué un sitio que no estuviera manchado y allí coloqué mi vaso.

Desayuné con acongojadora velocidad: no habrían pasado más de tres minutos cuando ya estaba otra vez en la calle; eran las nueve; tenía aún dos horas: Helena había salido ese mismo día en el primer avión de Praga y en Brno debía coger un autobús que llegaba aquí poco antes de las once. Sabía que estas dos horas iban a estar perfectamente vacías.

Claro que podía ir a visitar los viejos sitios de la infancia, podía detenerme junto a la casa en la que había nacido, donde mamá había vivido hasta el último momento. Suelo acordarme de ella con frecuencia, pero aquí, en la ciudad en la que su pequeño esqueleto está escondido debajo de un mármol ajeno, parece como si hasta estos recuerdos de ella estuviesen envenenados: se me mezclaría con ellos la sensación de aquella impotencia, de aquella venenosa amargura —y a eso me resisto.

Así que no me quedó más remedio que sentarme en un banco de la plaza, al rato volverme a levantar, acercarme al escaparate de la tienda, mirar los títulos de los libros en la librería, hasta que al final tuve la idea salvadora de comprar en el quiosco el *Rude Pravo,* volver a sentarme en el banco, ojear los aburridos titulares, leer en la sección internacional dos noticias algo más interesantes, volver a levantarme del banco, doblar el periódico y meterlo intacto en el cubo de la basura; después ir despacio hasta la iglesia, detenerme delante de ella, mirar hacia arriba a las dos torres, subir luego las anchas escaleras y entrar en la antesala de la iglesia y seguir hacia dentro, tímidamente, para que la gente no se escandalizase al ver que el que acababa de entrar no se persignaba, que había ido solo a pasear.

Cuando entró algo más de gente en la iglesia empecé a sentirme entre ellos como un intruso que no sabe cómo ponerse, así que volví a salir, miré al reloj y comprobé que seguía teniendo mucho tiempo por delante. Intenté pensar en Helena, quería pensar en ella para aprovechar de algún modo la espera; pero aquel pensamiento no tenía ganas de desarrollarse, no quería moverse de su sitio y lo más que era capaz de provocar era la imagen visual de Helena. Por lo demás es algo ya sabido: cuando un hombre espera a una mujer, es difícil que sea capaz de pensar en ella y no le queda otra opción que andar de aquí para allá debajo de su imagen inmóvil.

Así que anduve. Justo enfrente de la iglesia vi, junto al edificio del ayuntamiento (ahora Comité Nacional de la ciudad), unos diez cochecitos de niños, todos ellos vacíos. No supe explicarme de inmediato aquel fenómeno. En eso un hombre joven arrimó, casi sin aliento, otro coche más a los que ya estaban aparcados y una mujer (un tanto nerviosa) que acompañaba al hombre sacó del cochecito un rollo de telas blancas y encajes (que indudablemente contenía un niño) y los dos fueron de prisa hacia el comité nacional. Pensando en la hora y media que me quedaba por esperar, fui tras ellos.

En la escalera ancha ya había bastantes mirones, pero a medida que iba subiendo por la escalera eran cada vez más, sobre todo en el pasillo del primer piso, mientras que la escalera a partir de ahí ya volvía a estar vacía. El acontecimiento a causa del cual se había reunido toda aquella gente debía tener lugar evidentemente en aquel piso y con toda probabilidad en la habitación cuyas puertas, abiertas de par en par y llenas de una verdadera multitud de gente, daban al pasillo. Fui hacia allí y me encontré en una pequeña sala con unas seis hileras de sillas en las que ya estaba sentada la gente, como si aguardasen alguna actuación. En la sala había un podio, en él una mesa alargada cubierta por un paño rojo, en la mesa un florero con un gran ramo, en la pared detrás del podio una bandera nacional adornada con flecos dorados; abajo, delante del podio (a unos tres metros de la primera fila de sillas), ocho sillas en semicírculo orientadas hacia el podio; detrás, al otro lado de la sala, un pequeño armonio con el teclado abierto junto al cual estaba sentado, con la calva agachada, un viejo con gafas.

Había unas cuantas sillas desocupadas en la sala; me senté en una de ellas. Pasó mucho tiempo sin que ocurriera nada, pero la gente no se aburría, se inclinaban los unos hacia los otros, cuchicheaban. Mientras tanto, los que se habían quedado amontonados en el corredor fueron llenando la sala; ocuparon las pocas sillas restantes y se arrimaron a las paredes.

Después empezó por fin el esperado acontecimiento: detrás del podio se abrió la puerta; por la puerta apareció una señora con gafas, traje marrón y una nariz larga y delgada; miró a la sala y levantó la mano derecha. La gente a mi alrededor se calló. Entonces la mujer se volvió hacia la habitación de la que había venido, como si le estuviese haciendo un gesto o diciendo algo a alguien, pero inmediatamente regresó y se situó junto a la pared, mientras yo percibí en aquel momento en su rostro una sonrisa solemne, envarada. Todo debía de estar perfectamente sincronizado, porque en el mismo momento del inicio de la sonrisa se oyó a mis espaldas el sonido del armonio.

Unos segundos más tarde apareció por la puerta de junto al podio una mujer de pelo rubio, con la cara colorada, el pelo muy ondulado y muy pintada, con cara de susto y un niño empaquetado de blanco en brazos. La señora de marrón se apretó aún más contra la pared para no entorpecer su camino y su sonrisa incitó a la portadora del niño a avanzar. Y la portadora avanzaba, avanzaba con paso inseguro, apretando al pequeño; detrás de ella apareció otra mujer con un bebé en brazos y tras ella (como una bandada de ocas) toda una pequeña multitud; yo seguía fijándome en la primera de ellas: primero miraba hacia algún lugar del techo, después bajó la vista y su mirada debió de encontrarse con la de alguien en la sala, lo cual la desconcertó, de modo que apartó rápidamente la mirada y sonrió, pero la sonrisa (se notaba literalmente el *esfuerzo* que le había costado) desapareció en seguida y solo le quedaron los labios convulsivamente estirados. Todo eso sucedió en su cara durante unos pocos segundos (lo que tardó en recorrer unos seis metros desde la puerta); pero había recorrido una línea demasiado recta y no había doblado a tiempo siguiendo el semicírculo de las sillas, y la señora de gafas vestida de marrón tuvo que separarse rápidamente de la pared (la cara se le puso un tanto sombría), acercarse a ella, tocarla suavemente en el brazo y recordarle así la dirección en la que tenía que ir. La mujer corrigió rápidamente la trayectoria y pasó junto al semicírculo de sillas seguida por las demás portadoras de niños. En total eran ocho. Por fin recorrieron el trayecto estipulado y estaban ahora de espaldas al público, cada una delante de una silla. La mujer de marrón señaló con la mano hacia el suelo; las mujeres fueron comprendiendo y (siempre de espaldas al público) se fueron sentando (con los niños empaquetados) en las sillas.

De la cara de la señora de gafas desapareció la sombra de disgusto, ya sonreía otra vez, y se acercó a la puerta entreabierta de la habitación trasera. Se quedó parada allí durante un instante y luego, con unos cuantos pasos rápidos, retrocedió hacia la sala y volvió a colocarse de espaldas a la pared. Por la puerta apareció un hombre de unos veinte años, con traje negro y una camisa blanca cuyo cuello, adornado con una corbata de colores, se le incrustaba en la garganta. Llevaba la cabeza gacha y con paso bamboleante se puso en marcha. Detrás de él iban otros siete hombres de diferentes edades, pero todos ellos también con trajes oscuros y camisas de fiesta. Sortearon las sillas en las que estaban sentadas las mujeres con los niños y se detuvieron. Pero en ese momento algunos de ellos manifestaron cierta intranquilidad y empezaron a mirar en derredor como si buscaran algo. La señora de las gafas (en cuyo rostro volvió a aparecer la conocida sombra de disgusto) se acercó en seguida y, cuando uno de los hombres le susurró algo, asintió con la cabeza y los dubitativos hombres intercambiaron rápidamente sus sitios.

La mujer de marrón restableció de inmediato la sonrisa y se encaminó otra vez a la puerta del podio. Esta vez ni siquiera tuvo que hacer señas. Por la puerta salió un nuevo grupo y he de decir que esta vez era un grupo disciplinado y conocedor de la situación, que andaba sin temores y con una elegancia casi profesional: estaba compuesto por niños de alrededor de diez años: iban unos tras otros siempre alternándose: un niño y una niña; los niños llevaban pantalones largos de color azul oscuro, camisa blanca y pañuelo rojo, una de cuyas puntas quedaba a la espalda y las otras dos anudadas al cuello; las niñas llevaban faldas azul marino, blusas blancas y al cuello también el pañuelo rojo; todos iban con un ramito de rosas. Andaban, como ya he dicho, seguros y con naturalidad, pero no iban, como los grupos anteriores, en semicírculo, rodeando las sillas, sino a lo largo del podio; se detuvieron y giraron a la izquierda, de modo que su fila quedó bajo el podio, a todo lo largo, con las caras vueltas hacia el semicírculo de mujeres sentadas y hacia la sala.

Y volvieron a transcurrir varios segundos y por la puerta de junto al podio apareció otra figura, esta vez sin que nadie la siguiera, y se dirigió directamente al podio, hacia la mesa larga cubierta con el paño rojo. Era un hombre de edad mediana y estaba calvo. Andaba con dignidad, erguido, con un traje negro, llevaba en la mano una carpeta roja; se detuvo a la mitad del largo de la mesa y se volvió hacia el público haciendo una leve reverencia. Se notaba que tenía una cara gruesa y alrededor del cuello una gruesa cinta roja, azul y blanca, cuyos dos extremos estaban unidos por una gran medalla dorada que le colgaba aproximadamente a la altura de la barriga y que, al inclinarse, se balanceó unas cuantas veces a escasa distancia de la mesa.

En ese momento, uno de los niños que estaban de pie a lo largo del podio empezó a hablar en voz alta. Dijo que había llegado la primavera y que los papás y las mamás estaban contentos y que todo el país estaba contento. Habló un rato de ese modo hasta que lo interrumpió una de las niñas, diciendo algo por el estilo, que no tenía un sentido demasiado claro, pero en lo cual se repetían las palabras mamá, papá y primavera y también, varias veces, la palabra rosa. Luego la interrumpió otro niño y a ése lo interrumpió otra niña, pero no se puede decir que se estuvieran peleando, porque todos decían más o menos lo mismo. Un niño afirmaba por ejemplo que los niños son la paz. En cambio, la niña que hablaba inmediatamente después decía que los niños son flores. Todos los niños coincidían después en esta idea, la repetían una vez más al unísono y avanzaban extendiendo la mano en la que tenían el ramito de flores. Y como eran precisamente ocho, igual que las mujeres que estaban sentadas en el semicírculo de sillas, cada una de las mujeres recibió un ramito. Los niños regresaron junto al podio y a partir de entonces se quedaron callados.

En cambio, el hombre que estaba de pie en el podio encima de ellos abrió la carpeta roja y empezó a leer. Él también hablaba de la primavera, de las flores, de los papás y las mamás, también habló del amor y de que el amor trae frutos, pero después su léxico comenzó de pronto a cambiar, ya no decía mamá y papá sino madre y padre y sacaba la cuenta de todo lo que a ellos (los padres y las madres) les da el Estado, y ellos a cambio están obligados con el Estado a educar a sus hijos como ciudadanos ejemplares. Luego dijo que todos los padres presentes ratificarían aquello solemnemente con su firma y señaló hacia la esquina de la mesa en la que había un grueso libro encuadernado en cuero.

La señora de marrón se acercó en ese momento a la madre que se sentaba al final del semicírculo, le tocó el hombro, la madre la miró y la señora le cogió al niño de los brazos. La madre se levantó y se dirigió hacia la mesa. El hombre de la cinta alrededor del cuello abrió el libro y le dio a la madre una pluma. La madre firmó y volvió a su silla, donde la señora de marrón le devolvió a su niño. Después fue hacia la mesa el hombre correspondiente y firmó; después la señora de marrón le sostuvo el niño a la siguiente madre y la mandó a firmar; después firmó el hombre correspondiente, luego otra madre, otro hombre y así hasta el final. Después sonaron nuevamente los tonos del armonio y la gente que había estado sentada a mi lado en la sala rodeó a los padres y madres, cogiéndolos de las manos. Fui con ellos hasta la parte delantera de la sala (como si también quisiera cogerle la mano a alguien) y, de repente, el hombre de la cinta al cuello me llamó por mi nombre y me preguntó si lo reconocía.

Por supuesto que no lo reconocía, pese a que había estado mirándolo durante todo el tiempo de su discurso. Para no tener que responder negativamente a una pregunta un poco desagradable le pregunté qué tal le iba. Me dijo que bastante bien y en ese momento lo reconocí: claro, era Kovalik, un compañero de bachillerato, ahora reconocía sus rasgos, que en aquella cara gruesa aparecían como borrosos; por lo demás, Kovalik era uno de los compañeros de curso que menos llamaba la atención, no era ni bueno ni travieso, ni solitario ni de muchos amigos, no descollaba en el estudio, era sencillamente alguien que no llamaba la atención; sobre la frente tenía entonces los pelos que ahora le faltaban —podría citar, por lo tanto, varios motivos para no haberlo reconocido de inmediato.

Me preguntó qué estaba haciendo allí, si era pariente de alguna de las madres. Le dije que no tenía en aquel sitio ningún pariente, que había venido solo por curiosidad. Se sonrió satisfecho y me empezó a explicar que el comité nacional de la ciudad había hecho mucho por que las ceremonias cívicas se celebren de un modo realmente digno y añadió con cierto orgullo que él, como jefe del negociado de asuntos cívicos, tenía parte del mérito y que hasta había recibido elogios de la administración regional. Le pregunté si lo que acababa de ver era un bautizo. Me dijo que no era un bautizo sino la *bienvenida a los nuevos ciudadanos*. Evidentemente, estaba satisfecho de poder conversar del tema conmigo. Me dijo que había dos instituciones frente a frente: la Iglesia católica con sus ceremonias que tienen una tradición milenaria y, por otra parte, las instituciones civiles, que debían ganarle el terreno a aquellas ceremonias milenarias con sus nuevas ceremonias. Dijo que la gente no empezaría a dejar de ir a la iglesia a casarse o a bautizar a sus hijos hasta que nuestras ceremonias cívicas no tengan tanta dignidad y belleza como las ceremonias religiosas.

Yo le dije que eso no me parecía tan fácil. Me dio la razón y dijo que estaba contento de que por fin ellos, los responsables de las cuestiones cívicas, encontrasen un poco de apoyo entre nuestros artistas que, al parecer (confiemos en ello), ya se han dado cuenta de que darle a nuestro pueblo entierros, bodas y bautizos (inmediatamente rectificó y dijo bienvenidas a los nuevos ciudadanos) verdaderamente socialistas era una tarea de gran importancia. Añadió que los versos que habían recitado los pioneros eran preciosos. Yo le dije que sí y le pregunté si no sería más efectivo, para que la gente perdiese la costumbre de las ceremonias religiosas, darles la posibilidad de pasarse sin *ningún tipo* de ceremonia.

Me dijo que la gente nunca estaría dispuesta a prescindir de sus bodas y sus entierros. Y que además, desde nuestro punto de vista (acentuó la palabra nuestro como si quisiese darme a entender que él también había ingresado al partido comunista), sería una lástima no utilizar estas ceremonias para ganar a la gente para nuestra ideología y nuestro Estado.

Le pregunté a mi antiguo compañero qué hacían con la gente que no quería participar en este tipo de ceremonias, si es que hay gente que se niegue. Me dijo que por supuesto hay gente así, porque aún no todo el mundo ha empezado a pensar de un modo nuevo, pero si no vienen les siguen mandando invitaciones, hasta que al final la mayoría termina por venir, aunque sea con una semana o dos de retraso. Le pregunté si la participación en la ceremonia es obligatoria. Me respondió con una sonrisa que no, pero que el comité nacional valora el nivel de conciencia política de los ciudadanos y su postura hacia el Estado, y que al final todos los ciudadanos se lo piensan y vienen.

Le dije a Kovalik que el comité nacional era con sus creyentes más severo que la Iglesia con los suyos. Kovalik se sonrió y dijo que no se podía hacer otra cosa. Después me invitó a charlar un rato en su despacho. Le dije que por desgracia ya no tenía mucho tiempo, porque tenía que esperar a alguien en la estación de autobuses. Me preguntó si había visto a alguien «de los chicos» (se refería a los compañeros de curso). Le dije que desgraciadamente no, pero que era una suerte haberlo encontrado por lo menos a él y que cuando necesite bautizar a un hijo vendré a buscarlo precisamente a él. Se sonrió y me golpeó en el hombro con el puño. Nos dimos la mano y yo volví a salir a la calle pensando que para que llegara el autobús faltaba un cuarto de hora.

Un cuarto de hora ya no es mucho tiempo. Atravesé la plaza, pasé otra vez junto a la peluquería, volví a echar un vistazo a través del escaparate (a pesar de que sabía que Lucie no podía estar, que estaría por la tarde) y luego ya me dediqué exclusivamente a dar vueltas por la estación de autobuses, imaginándome a Helena: su cara oculta tras una capa de polvo color tostado, su pelo rojizo, evidentemente teñido, su figura, ni mucho menos delgada pero que aún conserva las proporciones básicas necesarias para que a una mujer la veamos como mujer; me imaginaba todo lo que la situaba en la provocativa frontera entre lo desagradable y lo atractivo, también su voz, más elevada de lo que resulta grato, y también su gesticulación, que por lo exagerada revela sin querer el impaciente deseo de *seguir* gustando.

Solo había visto a Helena tres veces en mi vida, lo cual era bastante poco para conservar en la memoria con exactitud su aspecto. Cada vez que pretendía recrear su imagen, algún rasgo se me acentuaba tanto que Helena se me convertía permanentemente en su caricatura. Pero aunque mi imaginación fuese imprecisa, creo que eran esas mismas desfiguraciones las que captaban algo esencial de Helena, algo que se escondía tras su aspecto exterior.

Había sobre todo una imagen que, esta vez, no me podía quitar de encima: la particular falta de firmeza corporal de Helena, un cierto ablandamiento que debía de ser propio no solo de su edad, de su maternidad, sino especialmente de alguna indefensión psíquica o erótica (ocultada sin éxito por su desparpajo en la conversación), de su forma de estar eróticamente siempre «a merced de...». ¿Había en eso realmente algo de la esencia de Helena o es que en ello se manifestaba más bien mi relación con ella? Quién sabe. El autobús estaba a punto de llegar y yo deseaba ver a Helena exactamente igual a como la interpretaban mis imágenes. Me escondí en el portal de una de las casas que forman la plaza que rodea la estación de autobuses, con la intención de observar desde allí cómo miraba con *impotencia,* pensando en que había ido hasta ese lugar de balde y que no me iba a encontrar.

Un autobús grande de largo recorrido se detuvo en la plaza y una de las primeras en bajar fue Helena. Tenía puesto un impermeable azul (llevaba el cuello levantado y el cinturón abrochado), uno de esos que dan a sus portadoras aspecto deportivo y juvenil. Miró a su alrededor, pero no se quedó allí sin saber qué hacer, sino que se dio la vuelta sin vacilar y se dirigió hacia el hotel en el que yo estaba alojado y en el que ella también tenía reservada una habitación.

Volví a confirmar mi opinión de que la imaginación solo me brindaba a una Helena deformada. Por suerte, Helena siempre solía ser más guapa en la realidad que en mi imaginación, como pude comprobarlo una vez más mientras la veía desde atrás, andando con sus zapatos de tacón hacia el hotel. La seguí.

Estaba ya inclinada sobre el mostrador de la recepción, apoyada sobre un codo, mientras el impasible portero la anotaba en el libro. Deletreaba su nombre: «Señora de Zemanek, Ze-ma-nek...». Yo estaba detrás de ella escuchando sus datos personales. Cuando el portero terminó de apuntarla, Helena le preguntó: «¿Se aloja aquí el camarada Jahn?». Me acerqué a Helena y le puse desde atrás la mano en el hombro.

2

Todo lo que sucedió entre Helena y yo formaba parte de un plan perfectamente preparado. Claro que Helena tampoco entabló relación conmigo sin tener ningún tipo de intención, pero es difícil que su intención haya sobrepasado el carácter de un vago deseo femenino de conservar su espontaneidad, su poesía sentimental, sin tratar de dirigir y organizar previamente el desarrollo de los acontecimientos. En cambio, yo actué desde el principio como un cuidadoso escenógrafo de la historia que debía vivir y no dejé a la inspiración casual ni la elección de mis palabras y proposiciones ni la elección de la habitación en la que quería estar a solas con Helena. No quería correr el menor riesgo de perder la oportunidad que se me ofrecía y que tanto me importaba, no porque Helena fuera especialmente joven, especialmente agradable o especialmente guapa, sino única y exclusivamente porque se llamaba tal como se llamaba; porque su marido era el hombre a quien yo odiaba.

Cuando me anunciaron un día en nuestro instituto que iba a venir a verme una tal señora de Zemanek, de la radio, y que debía informarle de nuestras investigaciones, me acordé en seguida de mi antiguo compañero de estudios, pero consideré una simple casualidad la coincidencia de apellidos y mi desagrado por tener que atenderla se debió a motivos totalmente distintos.

No me gustan los periodistas. Son por lo general superficiales, charlatanes y de una desfachatez desmedida. Y el que Helena no fuera redactora de un periódico sino de la radio no hizo más que aumentar mi aversión. Los periódicos tienen para mí una gran ventaja y es que no hacen ruido. Su aburrimiento es silencioso; no se entrometen; es posible dejarlos a un lado, meterlos en el cubo de la basura. El tedio de la radio no goza de este eximente; nos persigue en los cafés, los restaurantes y hasta durante las visitas a las casas de las personas que no saben vivir sin que les den permanentemente de comer a sus orejas.

Pero también me repugnaba el modo en que hablaba Helena. Comprendí que antes de llegar a nuestro instituto ya tenía su artículo previamente preparado y ahora buscaba solo los datos y ejemplos concretos que quería que yo le diese, para añadírselos a las frases habituales. Traté de hacerle el trabajo lo más difícil que pude; hablé de un modo intencionadamente complejo e incomprensible e intenté rebatirle todas las opiniones que ella traía. En cuanto apareció el menor peligro de que entendiera, traté de escabullirme introduciendo un tono íntimo; le dije que le quedaba bien el pelo de color rojo (a pesar de que pensaba precisamente lo contrario), le pregunté si le gustaba su trabajo en la radio y qué le gustaba leer. Mientras tanto, en una reflexión silenciosa que se desarrollaba a mucha mayor profundidad que nuestra conversación, llegué a la conclusión de que la coincidencia de nombres no tenía por qué ser casual. Aquella redactora ruidosa daba la impresión de estar emparentada con un hombre a quien también conocí como ruidoso, entrometido y arribista. Por eso le pregunté, en un tono ligero de conversación casi coqueto, por su marido. La huella coincidía y, con unas pocas preguntas más, Pavel Zemanek quedó identificado con absoluta seguridad. No puedo decir que en aquel momento se me haya ocurrido aproximarme a ella del modo en que luego lo hice. Al contrario: el rechazo que sentí por ella en cuanto la vi no hizo más que aumentar tras esta comprobación. En un primer momento empecé a buscar una excusa para interrumpir la conversación y dejarla en manos de otro compañero de trabajo; también se me ocurrió que sería estupendo mandar a paseo a aquella mujer llena de sonrisas y encantos, y lamenté que fuera imposible.

Pero precisamente en el momento en que yo estaba más repleto de repugnancia, Helena, inducida por mis preguntas y comentarios personales (cuya función estrictamente detectivesca no podía intuir), hizo una serie de gestos femeninos completamente naturales y mi rencor adquirió de repente un aspecto nuevo: observé en Helena, detrás de la cortina de la gesticulación periodística, a una *mujer*, a una mujer concreta capaz de funcionar como mujer. Lo primero que me dije, con una mueca interior de satisfacción, fue que Zemanek merecía precisamente una mujer como aquélla, que ya sería para él suficiente castigo, pero inmediatamente me vi obligado a rectificar: aquel juicio despectivo en el que me empeñaba en creer era excesivamente subjetivo y hasta demasiado intencionado; aquella mujer debía de haber sido bastante guapa y no había motivo para suponer que Pavel Zemanek no siguiera utilizándola hasta hoy, de buen grado, como mujer. Continué con el tono desenfadado de la conversación, sin poner en evidencia lo que estaba pensando. Algo me empujaba a descubrir, en la medida de lo posible, a la redactora que estaba sentada frente a mí en sus rasgos femeninos, y aquella intención orientaba automáticamente la conversación.

La mediación de una mujer es capaz de imprimirle al odio algunas de las características propias de la simpatía: por ejemplo, la curiosidad, el deseo de aproximación, el placer de atravesar el umbral de la intimidad. Yo estaba en una especie de éxtasis: me imaginaba a Helena, a Zemanek y a todo su mundo (un mundo ajeno) y cultivaba con especial satisfacción el rencor (un rencor atento, casi tierno) hacia el aspecto de Helena, rencor hacia su pelo rojizo, rencor hacia sus ojos azules, rencor hacia las pestañas cortas y levantadas, rencor hacia la cara redonda, hacia la sensual nariz respingona, rencor hacia la separación entre los dos dientes delanteros, rencor hacia la maciza madurez de su cuerpo. La observaba como se observa a la mujer que se ama, la observaba como si quisiera grabármelo todo en la memoria y, para que no pudiera captar el rencor oculto en mi interés por ella, utilizaba en nuestra conversación palabras cada vez más ligeras y cada vez más amables, de modo que Helena se volvía cada vez más femenina. Yo pensaba en que su boca, sus pechos, sus ojos, su pelo, le pertenecían a Zemanek, cogía en mi imaginación todo aquello con mis manos, lo sopesaba, lo ponía en la balanza, examinaba si era posible deshacerlo en la palma de la mano o romperlo de un golpe contra la pared, y luego volvía a observarlo humildemente, intentaba verlo con los ojos de Zemanek y luego con los míos propios.

Es posible que hasta se me haya pasado por la cabeza la idea, totalmente platónica y carente de sentido práctico, de que aquella mujer podía ser llevada, desde la planicie de nuestra insulsa conversación, cada vez más allá, hasta la línea de llegada de la cama. Pero era solo una idea, una de esas que pasan por la cabeza como una chispa y luego se apagan. Helena dijo que me agradecía las informaciones que le había facilitado y que ya no me seguiría importunando. Nos despedimos y yo me quedé contento de que se hubiera ido. El extraño éxtasis había pasado y yo ya no sentía por ella más que pura repugnancia y el ridículo de haberme comportado un rato antes con tanto interés personal y con tanta amabilidad (aunque fuese fingida).

Nuestro encuentro no hubiera tenido ninguna continuación si algunos días más tarde la propia Helena no me hubiera llamado por teléfono para pedirme una cita. Es posible que de verdad necesitase que yo le corrigiera el texto de su artículo, pero a mí en aquel momento me pareció que era una excusa y que el tono con el que me hablaba hacía más bien referencia a la parte personal y ligera de nuestra conversación anterior y no a la profesional y seria. Rápidamente y sin pensarlo adopté el mismo tono y ya no lo abandoné. Nos encontramos en una cafetería y yo, provocativamente, hice caso omiso a todo lo relativo al artículo de Helena; trivialicé sin el menor pudor sus intereses periodísticos; me daba cuenta de que aquel comportamiento la dejaba un tanto perpleja, pero al mismo tiempo comprendía que precisamente en ese momento empezaba a dominarla. La invité a dar un paseo a las afueras de Praga. Se resistió alegando que estaba casada. No había nada que pudiera producirme mayor satisfacción que su manera de resistirse. Le estuve dando vueltas a esa objeción que tanto placer me producía; jugaba con ella; retornaba a ella; hacía chistes sobre ella. Al final, Helena se quedó contenta de poder cambiar de tema de conversación aceptando rápidamente mi propuesta. A partir de ahí todo sucedió exactamente según mis planes. Me lo inventé con la fuerza de quince años de rencor y tenía la seguridad, casi incomprensible, de que saldría bien y se cumpliría hasta el último detalle.

Y el plan iba saliendo bien. En la portería cogí el pequeño maletín de viaje de Helena y la acompañé escaleras arriba hasta su habitación, que por lo demás era tan fea como la mía. Hasta Helena, que tenía la particular virtud de presentar las cosas mejor de lo que son, tuvo que reconocerlo. Le dije que no viera en eso ningún problema, que ya lo resolveríamos. Me echó una mirada especialmente significativa. Después dijo que quería lavarse y yo le dije que hacía bien y que la esperaría abajo, en la entrada del hotel.

Bajó (llevaba bajo el impermeable desabrochado una falda negra y un suéter rosa) y yo pude comprobar una vez más que era una mujer elegante. Le dije que iríamos a comer a La Casa del Pueblo, que es un restaurante malo y, sin embargo, el mejor que hay en la ciudad. Me dijo que, ya que yo había nacido allí, dejaría que me hiciese cargo de ella y no me contradiría en lo más mínimo. (Parecía como si tratase de elegir palabras un tanto ambiguas; era un intento ridículo y reconfortante.) Hicimos el mismo camino que yo había recorrido por la mañana cuando iba en pos de un buen desayuno y Helena volvió a repetir varias veces que estaba contenta de conocer mi ciudad natal, pero, aunque de verdad estaba aquí por primera vez, no miraba a su alrededor, no preguntaba lo que había en tal o cual edificio y no se comportaba en absoluto como una persona que visita por primera vez una ciudad desconocida. Me puse a pensar si aquel desinterés se debía a cierto estado de descomposición del alma, que hace que ya no sea capaz de sentir la curiosidad habitual por el mundo exterior, o más bien a que Helena se concentraba totalmente en mí y ya no le quedaba para más; prefería inclinarme por esta segunda posibilidad.

Pasamos después junto al monumento barroco; el santo sostenía a la nube, la nube al ángel, el ángel a otra nube, la otra nube a otro ángel; el cielo estaba más azul que por la mañana; Helena se quitó el impermeable, se lo colgó del brazo y dijo que hacía calor; el calor no hacía más que aumentar la sensación de vacío polvoriento; la escultura estaba parada en medio de la plaza como un trozo de cielo desgajado que no puede volver a su sitio; en ese momento me dije que nosotros dos también habíamos sido *arrojados* a aquella extraña plaza desierta con su parque y su restaurante, que habíamos sido arrojados allí irremisiblemente; que nuestras ideas y nuestras palabras trepaban en vano hacia las alturas mientras que nuestros actos eran tan bajos como la misma tierra.

Sí, me invadió una fuerte sensación de *bajeza* propia; me sorprendió; pero aún más me sorprendió no tener miedo de aquella bajeza, aceptarla con una especie de satisfacción, por no decir directamente con alegría o con alivio, y la satisfacción se incrementaba con la seguridad de que la mujer que iba a mi lado se dirigía hacia las sospechosas horas de aquella tarde guiada por motivaciones escasamente más elevadas que las mías.

En la Casa del Pueblo ya habían abierto, y como no eran más que las doce menos cuarto, la sala del restaurante estaba aún vacía. Las mesas estaban puestas; frente a cada silla había un plato sopero cubierto por una servilleta de papel sobre la que estaban los cubiertos. No había nadie. Nos sentamos a una mesa, cogimos la servilleta con los cubiertos, la pusimos junto al plato y aguardamos. Al cabo de varios minutos apareció por la puerta de la cocina un camarero, echó una mirada cansina al salón y se dispuso a volver a la cocina.

«¡Camarero!», llamé.

Volvió a entrar en el salón y dio varios pasos en dirección a nuestra mesa. «¿Deseaban?», dijo cuando llegó a unos cinco metros de distancia de nosotros. «Querríamos almorzar», dije. «Abrimos a las doce», respondió y volvió a darse la vuelta para dirigirse hacia la cocina. «¡Camarero!», llamé otra vez. Se dio vuelta. «Por favor», tuve que decirle en voz muy alta porque estaba lejos de nosotros, «¿tienen vodka?» «No, vodka no hay.» «¿Y qué es lo que tienen?» «Tenemos», me respondió a la distancia, «aguardiente.» «Pues no tienen demasiado para elegir, pero tráigame dos aguardientes.»

—Ni siquiera le he preguntado si bebe aguardiente —le dije a Helena.

Helena se sonrió:

—No, no estoy acostumbrada al aguardiente.

—No importa —dije—. Ya se acostumbrará. Está en Moravia y el aguardiente es el tipo de alcohol que más consume el pueblo moravo.

—Eso es estupendo —se alegró Helena—. Así es como me gusta a mí, un sitio corriente adonde vayan los chóferes y los mecánicos y donde la comida y la bebida sean completamente corrientes.

—¿No estará acostumbrada a tomar la cerveza con ron?

—Tanto como eso, no —dijo Helena.

—Pero le gusta el ambiente popular.

—Sí —dijo—. No soporto los restaurantes distinguidos donde le atienden a uno diez camareros y le sirven diez platos distintos...

—Claro, no hay nada como una cervecería de esas en las que el camarero no le hace a uno ni caso, con mucho humo y olor a comida. Y sobre todo no hay nada como el aguardiente. Cuando yo estudiaba era mi bebida preferida. No tenía dinero para otras bebidas más caras.

—También me gustan las comidas corrientes —dijo—, como el pastel de patatas o las salchichas con cebolla, para mí no hay nada mejor...

Ya estoy tan infectado por la desconfianza que cuando alguien me cuenta qué es lo que le gusta o lo que no le gusta, no lo tomo nunca en serio o, mejor dicho, lo entiendo solo como un testimonio acerca de la imagen que pretende dar. No me creí ni por un momento que Helena respirase mejor en un local sucio y mal ventilado que en un restaurante limpio y bien ventilado, ni que le gustase más el alcohol basto que los buenos vinos. Sin embargo, sus manifestaciones no carecían de valor para mí, porque señalaban su preferencia por determinado tipo de pose, una pose pasada de moda hace mucho tiempo, una pose de los años en los que el entusiasmo revolucionario disfrutaba con todo lo que fuera «corriente», «popular», «cotidiano», «natural», del mismo modo en que pretendía despreciar todo lo «cultivado», «mimado». Reconocía en esta pose de Helena la época de mi juventud y en Helena reconocía sobre todo a la mujer de Zemanek. Mi distracción matutina desaparecía rápidamente y empezaba a centrarme.

El camarero nos trajo en una bandeja dos vasitos de aguardiente, los colocó en la mesa delante de nosotros y puso también en la mesa una hoja de papel en la que estaba escrita a máquina (seguramente a través de varios papeles de calco), con letra borrosa y difícilmente legible, la carta.

Levanté el vaso y dije: «¡Brindemos entonces por el aguardiente, por este aguardiente corriente!».

Se sonrió, chocó su vaso con el mío y luego dijo: «Siempre he deseado conocer a un hombre que sea sencillo y directo. Natural. Claro».

Tomamos un trago y yo dije:

—Hay pocas personas que sean así.

—Las hay —dijo Helena—. Usted es así.

—No creo —dije.

—Lo es.

De nuevo me quedé maravillado por la increíble capacidad humana de transformar la realidad a imagen de los deseos o ideales, pero no vacilé en aceptar la interpretación que Helena hacía de mi persona.

—Quién sabe. Es posible —dije—. Sencillo y claro. Pero ¿qué es eso de sencillo y claro? Todo depende de que el hombre sea tal como es, de que no se avergüence de querer lo que quiere y de desear lo que desea. La gente suele ser esclava de las ordenanzas. Alguien les ha dicho que deben ser de tal o cual manera y ellos tratan de ser así y jamás llegan a saber quiénes eran y quiénes son. Al final ya no son nadie ni nada. El hombre debe tener ante todo el valor de ser él mismo. Desde el comienzo le he dicho, Helena, que usted me gusta y que la deseo aunque sea una mujer casada. No lo puedo decir de otro modo y no puedo no decirlo.

Lo que había dicho era ligeramente penoso, pero era necesario. Dominar las opiniones de una mujer es algo que tiene unas reglas de juego precisas; quien trata de convencer a una mujer, de refutarle su punto de vista con argumentos razonables, difícilmente llegará muy lejos. Es mucho más inteligente captar los elementos básicos del estilo de la mujer (los principios esenciales, el ideal, las convicciones) y tratar luego de conjugar armónicamente (con la ayuda de sofismas) la deseada actuación de la mujer con ese estilo básico. Por ejemplo: Helena propugnaba la «sencillez», la «naturalidad», la «claridad». Estos ideales suyos provenían sin ningún género de dudas del antiguo puritanismo revolucionario y estaban ligados a la idea del hombre «limpio», «sano», severo y de principios. Pero como el mundo de los principios de Helena no estaba basado en la reflexión sino (como en la mayoría de la gente) en convicciones ilógicas, no había nada más sencillo que relacionar, con la ayuda de una sencilla demagogia, la idea del «hombre claro» precisamente con una actuación completamente inmoral, e impedir de ese modo que en las próximas horas el comportamiento deseado (es decir, adúltero) de Helena entrase en un conflicto neurotizante con sus ideales interiores. El hombre puede pretender que una mujer haga lo que sea, pero si no quiere comportarse como un salvaje, tiene que hacer posible que actúe de acuerdo con sus más profundas ficciones.

Mientras tanto la gente había empezado a llegar al restaurante y casi todas las mesas pronto estuvieron ocupadas. El camarero volvió a salir de la cocina para comprobar lo que tenía que traerle a cada uno. Le pasé la carta a Helena. Me dijo que yo entendía más de cocina morava y me la devolvió.

Por supuesto que no hacía falta conocer la cocina morava, porque la carta era exactamente igual a la de todos los comedores de este tipo y se componía de una escasa selección de platos estereotipados, entre los cuales es difícil elegir. Eché una mirada (entristecida) al borroso papel, pero el camarero ya estaba junto a mí y esperaba impaciente mi decisión.

—Un momento —le dije.

—Querían almorzar hace un cuarto de hora y todavía no han elegido —me reprendió y se fue.

Por suerte volvió al cabo de un momento y nos permitió pedirle unos bistés enrollados y otros aguardientes, con sifón.

Helena (masticando su bisté) dijo que era precioso (le gustaba utilizar la palabra «precioso») que estuviéramos de repente sentados en una ciudad desconocida sobre la que siempre había soñado cuando aún cantaba en el conjunto canciones que eran de esta región. Después dijo que seguramente estaba mal, pero que se sentía muy bien conmigo, no había nada que hacer, era más fuerte que su voluntad, así era. Yo le dije que no hay nada más miserable que tener vergüenza de los propios sentimientos. Y llamé al camarero para pagar la cuenta.

Cuando salimos del restaurante nos topamos otra vez de frente con la columna. Me pareció ridícula. Señalé hacia ella:

—Fíjese, Helena, cómo trepan los santos. ¡Cómo se matan por subir! ¡Las ganas que tienen de llegar al cielo! ¡Y el cielo no les hace ni caso! ¡Ignora por completo a estos campesinos con alas!

—Es verdad —dijo Helena, en la que el aire fresco había potenciado los efectos del alcohol—. ¿Qué hacen aquí estas estatuas de santos, por qué no ponen aquí algo que sea un homenaje a la vida y no a quién sabe qué misticismo? —Pero no había perdido del todo el control, así que añadió una pregunta—: ¿O estoy diciendo tonterías? ¿Digo tonterías? ¿Verdad que no digo tonterías?

—No está diciendo ninguna tontería, Helena, tiene toda la razón, la vida es hermosa y nunca seremos capaces de rendirle suficiente homenaje.

—Sí —dijo Helena—, digan lo que digan, la vida es preciosa, a mí no me gustan los amargados, aunque podría quejarme más que nadie, pero no me quejo, por qué me iba a quejar, dígame, por qué me iba a quejar, si puede haber un día como el de hoy; es tan precioso: una ciudad extraña y yo estoy con usted...

Helena siguió hablando, y pronto nos encontramos ante una fachada moderna.

—¿Dónde estamos? —preguntó Helena.

—¿Sabe lo que le digo? —apunté—, los bares públicos no valen nada. En esta casa tengo un pequeño bar privado. Venga.

—¿Adónde me lleva? —protestó Helena mientras iba conmigo hacia el piso.

—A un legítimo bar moravo privado. ¿No ha visto ninguno?

—No —dijo Helena.

Abrí la puerta en la tercera planta y entramos.

Helena no puso ningún reparo a que la llevase a un piso ajeno y no le hizo falta ningún tipo de comentario. Al contrario, parecía que a partir del momento en que traspasó el umbral estaba decidida a pasar del juego equívoco de la coquetería a esa otra actitud que ya no tiene más que un sentido y que se hace la ilusión de no ser un juego sino la vida misma. Se detuvo en medio de la habitación, volvió la cabeza hacia atrás para mirarme y yo vi en su mirada que ya solo esperaba que me acercase, la besase y la abrazase. En el momento de esa mirada era precisamente la Helena que yo solía imaginarme: una Helena impotente y entregada.

Me acerqué a ella; levantó la cara hacia mí; en lugar del beso (tan esperado) sonreí y cogí con los dedos los hombros de su impermeable azul. Comprendió y se lo desabrochó. Lo llevé hasta el perchero de la antesala. No, en el momento en que ya estaba todo preparado (mi deseo y su entrega) no quería apresurarme y arriesgarme a perder algo de *todo aquello* que quería tener. Inicié una conversación banal; le dije que se sentase, le señalé todo tipo de detalles domésticos, abrí el armario en el que estaba la botella de vodka de la que me había hablado Kostka la noche anterior; la abrí, puse sobre la mesa dos vasos pequeños y los llené.

—Me voy a emborrachar —dijo.

—Nos vamos a emborrachar los dos —dije yo (aunque sabía que no me iba a emborrachar, que no quería hacerlo porque deseaba conservar la memoria intacta).

No sonrió; estaba seria; bebió y dijo:

—¿Sabe, Ludvik?, yo sería muy desgraciada si usted creyera que soy una señora de esas que se aburren y quieren tener alguna aventura. No soy ingenua y sé que ha conocido a muchas mujeres y que ellas mismas le han enseñado a no tomarlas en serio. Pero yo sería muy desgraciada...

—Yo también sería muy desgraciado —dije— si fuera usted una señora de ésas y no se tomase en serio las aventuras amorosas que la alejan de su matrimonio. Si usted fuese una de ésas, nuestro encuentro no tendría para mí ningún sentido.

—¿De verdad? —dijo Helena.

—De verdad, Helena. Tiene razón en que he conocido a muchas mujeres y en que ellas mismas me enseñaron a no preocuparme por cambiar a una por otra, pero el encuentro con usted es otra cosa.

—¿No lo dice por decir?

—No. Cuando la vi comprendí en seguida que hace ya años, muchos años, que la esperaba precisamente a usted.

—Usted no es un charlatán. Usted no diría eso si no lo sintiera.

—No, no lo diría, no sé fingir mis sentimientos hacia las mujeres, es la única cosa que no me han enseñado. Y por eso no le miento, Helena, aunque parezca increíble: cuando la vi por primera vez comprendí que había estado esperándola precisamente a usted durante muchos años. Que la esperaba sin conocerla. Y que ahora tengo que poseerla. Es tan inevitable como el destino.

—Dios mío —dijo Helena y cerró los ojos; tenía manchas rojas en la cara y era, más aún, la Helena que yo había imaginado: inerme y entregada—. Si supiera, Ludvik, que a mí me pasó lo mismo. Yo me di cuenta, desde el primer momento, de que este encuentro con usted no era ningún flirt, y precisamente por eso me daba miedo, porque soy una mujer casada y sabía que esto con usted es de verdad, que usted es mi verdad y que no puedo hacer nada por impedirlo.

—Sí, usted también es mi verdad, Helena —dije.

Estaba sentada en el sofá, con los ojos muy abiertos, que me miraban sin observarme, y yo estaba sentado en la silla enfrente de ella y la observaba con avidez. Puse las manos sobre sus rodillas y le fui levantando lentamente la falda hasta que apareció el borde de las medias y los ligueros, que en las piernas ya gordas de Helena producían la impresión de algo triste y mísero. Y Helena seguía sentada sin reaccionar al contacto de mis manos con un solo gesto o una mirada.

—Si usted supiera...

—¿Si supiera qué?

—Cómo vivo.

—¿Cómo vive?

Se sonrió amargamente.

De repente me dio miedo que Helena recurriera a la estratagema habitual de las señoras infieles, que empezara a hablar mal de su matrimonio y me despojara así de su valor, en el momento en que éste se convertía en mi presa: «Por Dios, no se le ocurrirá ahora decirme que no es feliz en su matrimonio y que su marido no la comprende».

—No quería decir eso —dijo Helena un tanto confundida por mi ataque—, a pesar de que...

—A pesar de que en este momento lo piensa. Todas las mujeres lo empiezan a pensar en el momento en que se encuentran a solas con otro hombre, y es precisamente ahí donde empieza toda la falsedad, pero usted quiere seguir siendo veraz, Helena. Estoy seguro de que usted amaba a su marido, usted no es una mujer que se case sin amor.

—No lo soy —dijo Helena en voz baja.

—¿Y quién es realmente su marido? —le pregunté.

Se encogió de hombros, se sonrió y dijo:

—Un hombre.

—¿Cuánto hace que se conocen?

—Hace trece años que estoy casada y nos conocemos de bastante antes.

—Estaría usted estudiando.

—Sí. En primer curso.

Quiso bajarse la falda levantada pero la cogí de la mano y no se lo permití. Le seguí preguntando:

—¿Y él, dónde se conocieron?

—En un conjunto folklórico.

—¿En un conjunto? ¿Su marido cantaba?

—Sí, cantaba. Como todos nosotros.

—Así que se conocieron en un conjunto... Un sitio hermoso para el amor.

—Sí.

—Toda aquella época fue hermosa.

—¿A usted también le gusta recordarla?

—Fue la época más hermosa de mi vida. ¿Su marido fue su primer amor?

—Ahora no tengo ganas de hablar de mi marido —se resistió.

—Quiero conocerla, Helena. Quiero saberlo todo sobre usted. Cuanto más la conozca, más mía será. ¿Estuvo con algún otro hombre antes de él?

Helena asintió con la cabeza:

—Estuve.

Casi me llevé una decepción porque Helena hubiera estado antes con otro y la significación de su relación con Pavel Zemanek quedara así reducida: «¿Un amor de verdad?».

Negó con la cabeza:

—Pura curiosidad.

—Así que su primer amor fue su marido.

Asintió con la cabeza:

—Pero de eso hace ya mucho tiempo.

—¿Qué aspecto tenía? —pregunté en voz muy baja.

—¿Por qué quiere saberlo?

—Quisiera que fuera mía con todo lo que hay dentro de usted, con todo lo que hay dentro de esta cabeza suya... —y le acaricié el pelo.

Si hay algo que le impida a una mujer hablar de su marido en presencia del amante, no suele ser la nobleza de espíritu o un verdadero sentimiento de vergüenza, sino el llano y liso temor a que el amante se pueda sentir afectado. Cuando el amante logra que ese temor quede descartado, la mujer le suele quedar agradecida, se siente más libre y, sobre todo, tiene de qué hablar, porque los temas de conversación no son infinitos y el marido propio es para la mujer el tema más agradecido, porque es el único en el que se siente segura, solo en él es una *especialista* y todo el mundo se siente feliz cuando se puede manifestar en su especialidad y jactarse de ello. También Helena empezó a hablar con completa soltura sobre Pavel Zemanek cuando le aseguré que no me parecía mal que lo hiciera, e incluso se dejó llevar por el recuerdo de tal modo que no añadió a su imagen ningún punto negro y me relató con interés y en detalle cómo se había enamorado de él (un muchacho rubio que andaba siempre muy erguido), con qué respeto lo miraba cuando se convirtió en el responsable político de su conjunto, cómo lo admiraba, igual que todas sus compañeras (¡hablaba estupendamente!) y cómo la historia de su amor se fundía armónicamente con toda aquella época en cuya defensa dijo algunas palabras (¿cómo íbamos nosotros a suponer que Stalin mandaba fusilar a verdaderos comunistas?), no porque quisiera *cambiar de tema* y hablar de política, sino porque sentía que ella misma formaba parte personalmente de ese tema. El modo en que ponía énfasis en la defensa de la época de su juventud y en que se identificaba con aquella época (como si hubiera sido su *hogar* y ahora lo hubiera perdido) tenía casi el carácter de un pequeño manifiesto, como si Helena quisiera decir: puedo ser tuya por completo y sin ningún tipo de condiciones, con una sola excepción: que me permitas ser tal como soy, que te quedes conmigo y también con mis *opiniones*. Este tipo de manifestación de opiniones en una situación en la que no se trata de las opiniones, sino del cuerpo, tiene en sí algo anormal, que indica que precisamente esas opiniones neurotizan de algún modo a la mujer en cuestión: o bien teme que se sospeche que no tiene ningún tipo de opinión y por eso las manifiesta rápidamente o (lo cual era más probable en el caso de Helena) duda secretamente de sus opiniones, siente que están socavadas y quiere volver a sentirse segura a cualquier precio, por ejemplo arriesgando algo que para ella es un valor indudable, o sea, el propio acto amoroso (quizás con la cobarde convicción subconsciente de que el amante va a estar mucho más interesado en hacer el amor que en polemizar con sus opiniones). Aquel manifiesto de Helena no me desagradó porque me acercaba al núcleo de mi pasión.

«¿Ve esto?», me enseñó una pequeña chapita de plata que llevaba unida por una pequeña cadenita al reloj de pulsera. Me incliné para verlo y Helena me explicó que el dibujo que estaba grabado representaba el Kremlin. «Me lo dio Pavel», y me contó la historia del colgante, que al parecer le había sido entregado hacía muchos años por una muchacha rusa enamorada a un muchacho ruso, Sasha, que partía para la gran guerra, al final de la cual llegó hasta Praga, a la que salvó de la perdición pero que fue la perdición para él. En el piso superior de la villa en la que Pavel Zemanek vivía con sus padres, el ejército soviético montó entonces un pequeño hospital y el teniente ruso Sasha, gravemente herido, pasó allí los últimos días de su vida. Pavel se hizo amigo de él y convivió con él días enteros. Cuando se estaba muriendo, Sasha le dio a Pavel, como recuerdo, el colgante con el dibujo del Kremlin que había llevado durante toda la guerra colgado al cuello con un cordón. Aquel colgante era para Pavel su más preciada reliquia. Una vez —cuando aún eran novios—, Pavel y Helena se enfadaron y creyeron que iban a separarse; entonces Pavel vino y para reconciliarse le dio este adorno barato (su más preciado recuerdo) y Helena desde entonces no se lo quitaba del brazo, porque esa cosa tan pequeña era para ella una especie de mensaje (le pregunté qué mensaje, me respondió «un mensaje de alegría») que había que llevar hasta el final.

Estaba sentada frente a mí (con la falda levantada y los ligueros al descubierto, sujetos a unas bragas sintéticas negras de última moda) y tenía la cara un tanto enrojecida, pero en aquel instante su aspecto se me perdía, cubierto por la imagen de otra persona: el relato de Helena sobre el colgante tres veces regalado me evocó violentamente toda la persona de Pavel Zemanek.

No creía en absoluto en la existencia del soldado ruso Sasha; y aunque hubiese existido, su existencia real desaparecería igualmente tras el gran gesto con el que Pavel Zemanek lo había convertido en una figura de la leyenda de su vida, en una imagen santa, en un instrumento de ternura, en un argumento sentimental y en un objeto de culto al que su mujer (por lo visto más constante que él) venerará (con empeño y empecinamiento) hasta la muerte. Me pareció que el corazón de Pavel Zemanek (un corazón procazmente exhibicionista) estaba allí, estaba presente; y de repente me encontré en medio de aquella escena de hacía quince años: la sala del aula magna de la facultad de ciencias; delante, en el podio, tras una mesa alargada está sentado Zemanek, a su lado una muchacha gorda con la cara redonda, una trenza y vestida con un feo suéter y, al otro lado, un jovencito en representación del Comité Provincial. Detrás del podio hay una gran pizarra negra y a su izquierda, enmarcado, el retrato de Fucik. Frente a la mesa larga se elevan gradualmente los bancos del aula en los que también estoy sentado yo, que ahora, después de quince años, estoy mirando con mis ojos de entonces, y veo delante de mí a Zemanek, que está anunciando que se va a discutir «el caso del camarada Jahn», lo veo cuando dice: «Os voy a leer las cartas de dos comunistas». Después de estas palabras hizo una breve pausa, cogió un librito delgado, se mesó los cabellos largos y ondulados y empezó a leer con voz sugestiva, casi tierna.

«Tardaste mucho, muerte, en venir. Y sin embargo yo tenía la esperanza de que no nos conociéramos hasta dentro de muchos años. De que iba a vivir aún la vida de un hombre libre, de que aún iba a trabajar mucho y a amar mucho, y a cantar mucho y a vagar por el mundo...» Reconocí el *Reportaje al pie de la horca*. «Yo amaba la vida y por su belleza fui a batirme. Os amaba a vosotros, hombres, y era feliz cuando correspondíais a mi amor y sufría cuando no me comprendíais...» Este texto, escrito en secreto en la cárcel, se editó después de la guerra en millones de ejemplares, se emitía por la radio, se estudiaba obligatoriamente en los colegios, era el libro sagrado de aquella época; Zemanek nos leía los párrafos más famosos, que casi todo el mundo conocía de memoria. «Que la tristeza no esté nunca unida a mi nombre. Éste es mi testamento para vosotros, papá, mamá y hermanas mías, para ti, Gustina mía, para vosotros, camaradas, para todos aquellos a quienes he querido...» De la pared colgaba el retrato de Fucik, una reproducción del famoso dibujo de Max Svabinsky, un anciano pintor de *art nouveau*, virtuoso retratista de mujeres gordezuelas, mariposas y cosas encantadoras en general; después de la guerra, los camaradas lo fueron a visitar para pedirle que hiciera un retrato de Fucik, sirviéndose de una fotografía que se había conservado, y Svabinsky lo dibujó (de perfil) con la finísima línea propia de su estilo: casi con cara de niña, anhelante, limpio y tan bello que es posible que los que hubieran conocido personalmente a Fucik prefirieran el delicado dibujo antes que el recuerdo de la cara real. Y Zemanek siguió leyendo y en la sala todos estaban en silencio y la muchacha gorda y atenta no le quitaba de encima sus admirados ojos a Zemanek; y luego, de repente, la voz se le endureció y sonó casi amenazadora; estaba leyendo un párrafo sobre Mirek, que había traicionado en la cárcel: «Mira, éste había sido un hombre de principios, que no esquivaba las balas cuando luchaba en el frente en España, que no se encogió cuando pasó por la cruel experiencia del campo de concentración en Francia. Ahora palidece bajo la fusta en manos de la Gestapo y traiciona para salvar su piel. Cuán superficial debía de ser aquel coraje para que unos cuantos golpes hayan podido borrarlo. Tan superficial como sus convicciones... Lo perdió todo porque empezó a pensar en sí mismo. Para salvar el pellejo sacrificó a sus compañeros. Cayó en la cobardía y por cobardía traicionó...». De la pared colgaba el hermoso rostro de Fucik, igual que estaba colgado en otros miles de sitios públicos en nuestro país, y era tan hermoso, con la expresión radiante de una muchacha enamorada, que al verlo sentí no solo la bajeza de mi delito, sino también la de mi aspecto. Y Zemanek siguió leyendo: «Nos pueden quitar la vida, ¿verdad, Gustina?, pero nuestro honor y nuestro amor no nos los pueden quitar. ¡Ay, gentes! ¿Podéis imaginaros cómo viviríamos si volviéramos a encontrarnos después de todos estos padecimientos? ¿Si nos encontrásemos de nuevo en una vida libre, hermosa por libre y por creativa, cuando se realice aquello que deseamos, por lo que luchamos y por lo que ahora vamos a morir?». Zemanek leyó patéticamente las últimas frases y se quedó en silencio.

Después dijo: «Ésta era la carta de un comunista, escrita a la sombra de la horca. Os leeré ahora otra carta». Y leyó las tres breves, ridículas, horribles frases de mi postal. Después calló, todos callaron, y yo ya sabía que estaba perdido. El silencio duró mucho tiempo y Zemanek, aquel extraordinario escenógrafo, dejó intencionadamente que durase y al cabo de un rato me llamó para que me pronunciara. Yo sabía que ya no había nada que salvar; ¿cómo iba a ser eficaz mi defensa, que tan poco eficaz se había mostrado antes, si Zemanek había puesto mis frases ante la dimensión absoluta de los sufrimientos de Fucik? Claro que no podía hacer otra cosa que levantarme y hablar. Expliqué una vez más que las frases habían sido una simple broma, pero condené lo inadecuado y basto de la broma y hablé de mi individualismo, mi intelectualismo, de mi distanciamiento del pueblo, detecté en mí incluso autocomplacencia, escepticismo, cinismo, y lo único que hice fue jurar que a pesar de todo eso era fiel al partido y no enemigo suyo. Después empezó la discusión y los camaradas atacaron las contradicciones de mi posición; me preguntaron cómo podía ser fiel al partido una persona que reconoce ella misma que es cínica; una compañera me recordó algunas frases obscenas mías y me preguntó cómo podía hablar así un comunista; otros hicieron reflexiones abstractas sobre el aburguesamiento y me pusieron a mí como ejemplo concreto; todos en general coincidieron en que mi autocrítica había sido frívola e insincera. Después me preguntó la camarada de la trenza, que estaba sentada a la mesa junto a Zemanek: «¿Tú qué crees, qué opinarían de estas frases tuyas los camaradas a los que torturó la Gestapo y que no sobrevivieron?». (Me acordé de papá y me di cuenta de que todos estaban poniendo cara de no saber que había muerto.) Me quedé callado. Repitió la pregunta. Me obligó a responderle. Yo dije: «No sé». «Piensa un poco», insistió, «a lo mejor lo averiguas.» Quería que yo pronunciara, a través de las bocas imaginarias de los camaradas muertos, un severo juicio sobre mí mismo, pero de repente me invadió una oleada de rabia, de rabia totalmente imprevista e inesperada y me rebelé contra tantas semanas de autocrítica y dije: «Ellos estuvieron entre la vida y la muerte. Seguro que no se fijarían en pequeñeces. Si leyeran mi postal es posible que se rieran».

Hasta un rato antes la camarada de la trenza me daba la posibilidad de salvar algo. Tenía una última oportunidad de *comprender* la severa crítica de los camaradas, de identificarme con ella, de aceptarla y, sobre la base de esa identificación, de exigir una cierta comprensión por su parte. Pero con mi inesperada respuesta me había excluido de repente de la esfera de su pensamiento, me había negado a desempeñar el papel que se desempeñaba siempre en cientos y cientos de reuniones, en cientos de comisiones disciplinarias y, al cabo de poco tiempo, hasta en cientos de procesos judiciales: el papel del acusado que se acusa a sí mismo y con el apasionamiento de su autoacusación (con su absoluta identificación con el acusador) logra que se apiaden de él.

Volvió a hacerse el silencio. Después habló Zemanek. Dijo que no era capaz de darse cuenta de lo que podía haber de cómico en mis frases en contra del partido. Volvió a referirse a las palabras de Fucik y dijo que la duda y el escepticismo se convierten necesariamente, en los momentos críticos, en traición, y que el partido es una fortaleza que no soporta traidores en sus filas. Luego dijo que con mi intervención había demostrado que no había comprendido nada y que no solo no tenía un sitio en el partido, sino que ni siquiera merecía que la clase obrera gastase dinero en mis estudios. Propuso que se me expulsase del partido y que dejase la universidad. Los que estaban en la sala alzaron las manos y Zemanek me dijo que tenía que entregar mi carné del partido y marcharme.

Me levanté, puse mi carné en la mesa delante de Zemanek, Zemanek ya ni me miró; ya no me veía. Pero yo veo ahora a su mujer, está sentada delante de mí, borracha, con la cara colorada y la falda enrollada en la cintura. Sus piernas gordas están ribeteadas arriba por el color negro de las bragas sintéticas; son las piernas que al abrirse y cerrarse han ido marcando el ritmo con el que pulsó durante un decenio la vida de Zemanek. Pasé mis manos sobre esas piernas con la impresión de poseer la vida misma de Zemanek. Miré la cara de Helena, sus ojos, que reaccionaron a mi caricia entrecerrándose un poquito.

4

«Desnúdese, Helena», dije en voz baja.

Se levantó del sofá, el borde de la falda arremangada volvió a resbalar hasta las rodillas. Me miró a los ojos con una mirada inmóvil y luego sin decir palabra (y sin quitarme los ojos de encima) comenzó a desabrocharse la falda junto a la cadera. La falda desabrochada resbaló por las piernas hasta el suelo, quitó la pierna izquierda y con la derecha la levantó para cogerla con la mano y ponerla sobre la silla. Ahora tenía puestos el suéter y la combinación. Después se quitó el suéter y lo tiró junto a la falda.

—No me mire —dijo.

—Quiero verla —dije yo.

—No quiero que me vea mientras me desnudo.

Me acerqué a ella. La cogí de ambos lados por debajo de los brazos y al ir bajando las manos hacia las caderas sentí, debajo de la combinación de seda un tanto húmeda por el sudor, su cuerpo blando y grueso. Inclinó la cabeza y los labios se le entreabrieron por el viejo hábito (el vicio) del beso. Pero yo no quería besarla, más bien quería mirarla detenidamente, el mayor tiempo posible.

—Desnúdese, Helena —repetí, y yo mismo me separé y me quité la chaqueta.

—Hay mucha luz —dijo.

—Así es mejor —dije y colgué la chaqueta del respaldo de la silla.

Tiró hacia arriba de la combinación y la dejó junto al suéter y la falda; se soltó las medias y se las quitó una a una; las medias no las tiró; dio dos pasos hacia la silla y las colocó allí cuidadosamente, luego echó el pecho hacia delante y se llevó las manos hacia la espalda, pasaron varios segundos antes de que sus hombros estirados hacia atrás cayesen hacia delante al mismo tiempo que el sujetador, que resbaló por los pechos, que en estos momentos estaban un tanto oprimidos por los hombros y los brazos y se apretaban el uno contra el otro, grandes, llenos, pálidos y, claro está, un tanto pesados.

«Desnúdese, Helena», repetí por última vez. Helena me miró a los ojos y después se quitó las bragas sintéticas negras, que con su tejido elástico apretaban con firmeza sus caderas; las tiró junto a las medias y el suéter. Estaba desnuda.

Yo registré cuidadosamente cada uno de los detalles de la escena: lo que pretendía no era llegar rápidamente al placer con una mujer (es decir, con *cualquier* mujer), se trataba de apoderarse de un mundo íntimo ajeno totalmente *preciso,* y tenía que abarcar ese mundo ajeno en una sola tarde, en un solo acto sexual en el que yo no tenía que ser solamente aquel que se entrega a hacer el amor, sino también aquel que depreda y vigila el huidizo botín y debe estar por lo tanto absolutamente alerta.

Hasta ese momento me había apoderado de Helena solo con la mirada. Aún ahora seguía estando a alguna distancia de ella, mientras que ella deseaba la pronta llegada de las tibias caricias que cubrieran el cuerpo expuesto al frío de las miradas. Yo casi sentía a esa distancia de varios pasos la humedad de su boca y la sensual impaciencia de su lengua. Un segundo más, dos, y me acerqué a ella. Nos abrazamos, de pie en medio de la habitación.

«Ludvik, Ludvik, Ludvik...», susurraba. Me llevó hasta el sofá. Me acostó. «Ven, ven», dijo. «Ven junto a mí, ven junto a mí.»

Es totalmente infrecuente que el amor físico coincida con el amor del alma. ¿Qué es lo que hace en realidad el alma cuando el cuerpo se funde (con un movimiento tan ancestral, genérico e invariable) con otro cuerpo? ¡Cuántas son las cosas que es capaz de inventar en esos momentos, poniendo una vez más en evidencia su superioridad sobre la uniforme inercia de la vida corporal! ¡Cómo es capaz de desdeñar el cuerpo y utilizarlo (a éste y al de su acompañante) solo como modelo para sus enloquecidas fantasías, mil veces más corpóreas que los dos cuerpos juntos! O bien al contrario: cómo sabe despreciarlo dejándolo en manos de su pendulillo, lanzando mientras tanto sus pensamientos (cansados ya de los caprichos del propio cuerpo) hacia otros sitios completamente distintos: hacia una partida de ajedrez, hacia el recuerdo del almuerzo y el libro a medio leer...

No hay nada excepcional en que se fundan dos cuerpos extraños. Y quizás alguna vez también se produce la fusión de las almas. Pero es mil veces más raro que el cuerpo se funda con su propia alma y que ambos coincidan en su apasionamiento.

¿Y qué hacía entonces mi alma en los momentos que mi cuerpo pasaba haciendo el amor físico con Helena?

Mi alma veía un cuerpo de mujer. Aquel cuerpo le era indiferente. Sabía que aquel cuerpo solo tenía para ella sentido como cuerpo que suele amar y ver precisamente de este modo a un tercero, alguien que no está aquí, y por eso trató de mirar a aquel cuerpo con los ojos de ese tercero, del ausente; precisamente por eso trató de convertirse en su médium; se veía una pierna doblada, un pliegue en la barriga y en el pecho, pero todo eso adquiría su significado solo en los momentos en que mis ojos se convertían en los ojos de ese tercero ausente; mi alma penetraba entonces de repente en esa mirada *ajena* y se convertía en ella; no se apoderaba entonces solo de una pierna doblada, de un pliegue en la barriga y en el pecho, se apoderaba de ello tal como lo veía aquel tercero ausente.

Y no solo se convertía mi alma en el médium de ese tercero ausente, sino que además le ordenaba a mi cuerpo que se convirtiera en médium de su cuerpo y después se alejaba y miraba ese retorcido combate de dos cuerpos, de los dos cuerpos de un matrimonio, para luego repentinamente darle a mi cuerpo la orden de volver a ser él mismo y entrar en este coito matrimonial e interrumpirlo brutalmente.

En el cuello de Helena se marcó el azul de una vena y un espasmo atravesó su cuerpo; torció la cabeza hacia un costado y mordió la almohada.

Después susurró mi nombre y sus ojos me rogaron unos momentos de descanso.

Pero mi alma me ordenó no parar; empujarla de un placer a otro; acosarla; cambiar las posturas de su cuerpo para que no quedara oculto ni escondido absolutamente nada de lo que veía el tercero ausente; no, no dejarla descansar y repetir una y otra vez ese espasmo en el cual era real y auténtica, en el cual no fingía nada, con el cual estaba grabada en la memoria de ese tercero, de ese que no está, como una marca, como un sello, como una cifra, como un signo. ¡Robar así esa cifra secreta! ¡Ese sello real! ¡Desvalijar la cámara secreta de Pavel Zemanek; espiarlo todo y revolverlo todo; dejársela devastada!

Miré la cara de Helena, enrojecida y desfigurada por la gesticulación; puse la palma de la mano sobre esa cara; la puse como se pone sobre un objeto al que podemos dar vueltas, voltear, destrozar o machacar, y sentí que esa cara aceptaba la palma de mi mano precisamente de esa forma: como una cosa que quiere ser volteada y machacada; le di vuelta a su cabeza hacia un lado;

luego al otro lado; volví varias veces su cabeza de ese modo hasta que de repente ese voltear se convirtió en la primera bofetada; y en la segunda; y en la tercera. Helena empezó a gemir y a gritar, pero no era un grito de dolor sino un grito de excitación, su mentón se levantaba hacia mí y yo le pegaba y le pegaba y le pegaba; y luego vi que no solo su mentón sino también sus pechos se elevaban hacia mí y la golpeé (levantándome por encima de ella) en los brazos, en las caderas, en los pechos...

Todo tiene su fin; hasta aquella hermosa devastación al final se acabó. Ella estaba acostada boca abajo a lo largo del sofá-cama, cansada, agotada. En su espalda se veía un lunar redondo marrón y más abajo, en su trasero, las marcas rojas de los golpes.

Me levanté y atravesé la habitación tambaleándome; abrí la puerta y entré en el cuarto de baño; abrí el grifo y me lavé con agua fría la cara, las manos y el cuerpo. Levanté la cabeza y me miré al espejo; mi cara sonreía; cuando la descubrí en esa actitud —sonriendo—, la sonrisa me dio risa y me eché a reír. Luego me sequé con la toalla y me senté al borde de la bañera. Tenía ganas de estar solo al menos unos segundos, ganas de saborear ese raro placer de la repentina soledad y de alegrarme de mi alegría.

Sí, estaba contento; estaba probablemente del todo feliz. Me sentía como un triunfador y los minutos y las horas me parecían inútiles y no me interesaban.

Después regresé a la habitación.

Helena ya no estaba acostada boca abajo, sino de costado y me miraba. «Ven a mi lado, querido», dijo.

Muchas personas, cuando se unen físicamente, creen que se han unido también espiritualmente y manifiestan esta errónea convicción sintiéndose automáticamente autorizadas a tutearse. Yo, debido a que nunca he compartido la errónea fe en la coincidencia sincrónica del cuerpo y el alma, recibí el tuteo de Helena confuso y disgustado. No hice caso de su invitación y fui hacia la silla en la que estaba mi ropa, a ponerme la camisa.

«No te vistas», me rogó Helena; extendió hacia mí la mano y dijo de nuevo: «Ven a mi lado».

Lo único que deseaba era que este rato que ahora comenzaba

no existiera, si ello era posible, y si no había más remedio, que fuera al menos lo más insignificante, que pasara lo más desapercibido posible, que no pasara nada, que fuera más liviano que el polvo; no quería tocar ya el cuerpo de Helena, me horrorizaba cualquier tipo de ternura, pero me horrorizaba igualmente cualquier tensión o que se dramatizase la situación; por eso finalmente renuncié a contragusto a mi camisa y me senté junto a Helena en el sofá. Fue horrible: se puso a mi lado y apoyó la cabeza en mi pierna; se puso a besarme, al poco rato tenía la pierna húmeda; pero la humedad no procedía de los besos: Helena levantó la cabeza y vi que su cara estaba llena de lágrimas. Se las secó y dijo: «Querido, no te enfades porque llore, no te enfades, querido, porque llore» y se acercó aún más, se abrazó a mi cuerpo y se echó a llorar.

«¿Qué te pasa?», dije.

Hizo un gesto de negación con la cabeza y dijo: «Nada, nada, tontito», y empezó a besarme febrilmente en la cara y en todo el cuerpo. «Estoy enamorada», dijo luego, y como no le contesté, continuó: «Te reirás de mí, pero me da lo mismo, estoy enamorada, estoy enamorada», y como yo seguía en silencio, dijo: «Soy feliz», después se levantó y señaló hacia la mesa en la que estaba la botella de vodka sin terminar: «Sabes lo que te digo, ¡sírveme un poco!».

No quería servirle a Helena ni servirme yo; tenía miedo de que el alcohol, si lo seguíamos bebiendo, aumentara el peligro de que se prolongase la tarde (que había sido hermosa, pero con la imprescindible condición de que ya se hubiese acabado, de que hubiese terminado para mí).

—Querido, por favor —seguía señalando hacia la mesa y añadió a modo de disculpa—: No te enfades, simplemente soy feliz, quiero ser feliz...

—Para eso no creo que necesites vodka —dije yo.

—No te enfades, tengo ganas.

No había nada que hacer; le serví un vasito de vodka. «¿Tú ya no bebes?», preguntó; hice un gesto de negación. Se bebió el vaso y dijo: «Déjamela aquí». Puse la botella y el vaso en el suelo junto al sofá.

Se recuperó en seguida de su cansancio momentáneo; de repente se convirtió en una chiquilla, tenía ganas de divertirse, de estar alegre y de manifestar su felicidad. Parece que se sentía completamente libre y natural en su desnudez (lo único que llevaba puesto era el reloj de pulsera, del cual colgaba tintineando la imagen del Kremlin con su cadenita) y buscaba las más diversas posturas en las que ponerse cómoda: cruzó las piernas y se sentó a la turca; después sacó las piernas de debajo y se apoyó sobre un codo; después se acostó boca abajo apoyando su cara sobre mi regazo. Me contó de las más distintas maneras lo feliz que era; mientras tanto, trataba de besarme, cosa que yo soporté con considerable esfuerzo, en especial porque su boca estaba demasiado húmeda y no se contentaba solo con mis hombros o mejillas, sino que intentaba tocar también mis labios (y a mí me repugnan los besos húmedos si no estoy precisamente ciego de deseo físico).

Después me dijo también que nunca había vivido una experiencia como aquélla; yo le respondí, sin darle mayor importancia, que exageraba. Empezó a jurar y perjurar que en el amor no mentía nunca y que yo no tenía motivos para no creerla. Siguió desarrollando su idea y afirmó que ya lo sabía de antes, que se había dado cuenta ya cuando nos vimos por primera vez; que el cuerpo tiene su instinto infalible; que por supuesto le había impresionado mi inteligencia y mi vitalidad (sí, vitalidad, no sé cómo logró descubrirla), pero que además se había dado cuenta, aunque hasta ahora no había empezado a perder la timidez y por eso no me lo había podido decir, que entre nuestros cuerpos había surgido también de inmediato ese pacto secreto que el cuerpo humano no suele firmar más que una vez en la vida. «Y por eso soy feliz, ¿sabes?», se agachó para coger la botella y se sirvió otra copa. La bebió y dijo riéndose: «¡Qué puedo hacer, si tú no quieres! ¡Tengo que beber yo sola!».

A pesar de que yo daba la historia por terminada, no puedo decir que oyese las palabras de Helena con disgusto; confirmaban el éxito de mi obra y mi propia satisfacción. Y quizás solo por no saber de qué hablar y para no parecer demasiado callado, le dije que exageraba al hablar de una experiencia que solo se tenía una vez en la vida; con su marido había vivido —objeté— un gran amor, como ella misma me había confesado.

Al oír mis palabras, Helena se puso pensativa (estaba sentada en el sofá, con las piernas un poco abiertas apoyadas en el suelo, los codos apoyados en las rodillas y la copa vacía en la mano derecha) y dijo: «Sí».

Probablemente pensó que el patetismo de la experiencia de la que había disfrutado hacía un rato exigía por su parte una patética sinceridad. Repitió «Sí» y dijo que sería seguramente incorrecto y nocivo que en nombre del milagro de hoy denigrara algo que una vez existió. Volvió a beber y se puso a hablar acerca de que las experiencias más fuertes son al parecer de tal carácter que no es posible compararlas entre sí; y que para una mujer es totalmente distinto el amor a los veinte años y el amor a los treinta; que entendiese bien lo que quería decir; no solo psíquica sino también físicamente.

Y luego (un tanto ilógicamente y sin ilación) declaró que de todos modos me parezco en algo a su marido. Que no sabe de qué se trata; que mi aspecto es distinto pero que ella no se equivoca, que tiene un instinto fiel con el cual observa a las personas de un modo más profundo, *más allá* de su aspecto externo.

«Pues sí que me gustaría saber en qué me parezco yo a tu marido», dije.

Me dijo que no debía enfadarme, que había sido yo mismo quien le había preguntado por él y le había pedido que me hablase de él y que solo por eso se atrevía a contármelo. Pero si quiero saber toda la verdad, me lo tiene que decir: solo dos veces en la vida se había sentido tan atraída por alguien: por su marido y por mí. Lo que tenemos en común es una cierta vitalidad misteriosa; la alegría que emanamos; la eterna juventud, la fuerza.

Cuando intentaba explicar mi parecido con Pavel Zemanek, Helena empleaba palabras sumamente confusas, pero aun así no se podía negar que ella veía y sentía (¡y hasta experimentaba!) aquella similitud y la defendía empecinadamente. No puedo decir que aquello me hubiera ofendido o herido, pero me quedé sencillamente perplejo por la ridiculez y la enorme idiotez de tal afirmación; me acerqué a la silla en la que estaba mi ropa y comencé a vestirme lentamente.

«¿Querido, te he ofendido?», Helena percibió mi disgusto, se levantó del sofá y vino hacia mí; me empezó a acariciar la cara y me pidió que no me enfadara con ella. Me impidió vestirme. (Por algún motivo secreto le parecía que mis pantalones y mi camisa eran sus enemigos.) Intentó convencerme de que de verdad me quería, de que no utilizaba aquella palabra así porque sí; de que ya tendría oportunidad de demostrármelo; de que ya lo sabía desde el principio, desde que le pregunté por su marido, que no tenía sentido hablar de él; de que no quería que un extraño se interpusiera entre nosotros, un extraño; sí, extraño, porque su marido es para ella desde hace mucho tiempo una persona extraña: «Tontito, si hace ya tres años que no vivo con él. No nos divorciamos por la niña. Él tiene su vida, yo tengo la mía. Somos ya dos personas que no tienen nada en común. Él ya no es más que mi pasado, mi antiquísimo pasado».

—¿Eso es verdad?

—Sí, es verdad.

—No mientas de una manera tan tonta —dije.

—No miento, vivimos en la misma casa pero no vivimos como marido y mujer; hace ya muchos años que no vivimos como marido y mujer.

Me miraba el rostro mendicante de una pobre mujer enamorada.

Me volvió a asegurar varias veces seguidas que decía la verdad, que no me engañaba; que no tenía motivo para sentir celos de su marido; que su marido era puro pasado; que hoy no había sido infiel porque no tenía a quién serle infiel; y no había motivo para temer: hemos hecho el amor de una forma no solo hermosa sino también *limpia*.

De pronto comprendí, con clarividente pavor, que no tenía motivo para no creerle. Al darse cuenta se tranquilizó y me rogó varias veces que dijera en voz alta que le creía; después se sirvió una copa de vodka y quiso que brindásemos (me negué); me besó; se me puso la piel de gallina pero no fui capaz de volver la cara; me atraían sus tontos ojos azules y su cuerpo (que se movía y no paraba de dar vueltas) desnudo.

Solo que aquella desnudez la veía ahora de un modo completamente nuevo; era una desnudez *desnuda;* desnuda de aquella capacidad de excitarme que hasta ahora ocultaba todos los fallos de la edad, en los que parecía concentrarse la historia del matrimonio Zemanek y que por eso me atraían. Pero ahora, cuando Helena estaba ante mí desprovista, sin marido y sin ligazón al marido, sin matrimonio, solo como *ella misma,* su falta de belleza corporal dejó de repente de ser excitante y se convirtió también en ella misma —o sea, en mera falta de belleza.

Helena ya no tenía ni idea de cómo la veía yo, estaba cada vez más borracha y más contenta; estaba feliz de que yo me creyese sus afirmaciones sobre su amor, y no sabía cómo hacer para darle salida inmediata a su felicidad: de improviso se le ocurrió poner la radio (se puso en cuclillas delante de ella, de espaldas a mí, y estuvo un rato dándole vueltas al botón); en una de las emisoras sonó música de jazz; Helena se levantó con los ojos radiantes; empezó a imitar torpemente los movimientos del twist (yo miraba horrorizado sus pechos, que mientras tanto saltaban de un lado a otro). «¿Está bien así?», se rió. «¿Sabes que nunca he bailado estos bailes?» Se rió en voz muy alta y vino a abrazarme; me pidió que bailase con ella; se enfadó ante mi negativa; dijo que no sabía bailar esos bailes y que quería bailarlos y que se los tenía que enseñar; y que quería que yo le enseñase muchas cosas, que quería volver a ser joven conmigo. Me pidió que le dijese que aún era joven (lo hice). Se dio cuenta de que yo estaba vestido y ella estaba desnuda; empezó a reírse de eso; le pareció increíblemente fuera de lo corriente; me preguntó si el dueño de la casa tenía algún espejo para que pudiéramos vernos así. No había espejo, no había más que una librería acristalada; trató de vernos en el cristal pero la imagen era escasamente visible; se acercó después a la librería y se rió al leer los títulos de los libros en los lomos: la Biblia, *La Institución* de Calvino, las *Provinciales* de Pascal, las obras de Hus; después sacó la Biblia, se puso en una postura solemne, abrió el libro por cualquier parte y empezó a leer con voz de predicador. Me preguntó si sería un buen cura. Le dije que quedaba muy bien leyendo la Biblia pero que tenía que vestirse porque el señor Kostka estaba a punto de llegar. «¿Qué hora es?», preguntó. «Las seis y media», dije. Me cogió por la muñeca de la mano izquierda, donde llevo el reloj, y gritó: «¡Mentiroso! ¡No son más que las seis menos cuarto! ¡Quieres librarte de mí!».

Yo deseaba que ya se hubiese ido, que su cuerpo (tan desesperadamente material) se desmaterializase, que se derritiese, que se convirtiera en un arroyuelo y fluyese, o que se convirtiera en vapor y escapase por la ventana —pero el cuerpo estaba aquí, el cuerpo que no le había usurpado a nadie, en el que no había derrotado ni destruido a nadie, un cuerpo dejado de lado, abandonado por el marido, un cuerpo del que yo había querido aprovecharme y que se había aprovechado de mí y que ahora se alegraba insolentemente de eso, brincaba y hacía travesuras.

No logré acortar mi extraño sufrimiento. Eran ya las seis y media cuando se empezó a vestir. Mientras lo hacía se fijó en una marca roja, de uno de mis golpes, en su brazo; se la acarició y dijo que la tendría como recuerdo hasta que volviese a verme; rápidamente se corrigió: seguro que me vería mucho antes de que ese recuerdo desapareciera de su cuerpo; estaba frente a mí (tenía una media puesta y la otra en la mano) y quería que le prometiera que de verdad nos veríamos antes; le hice un gesto afirmativo; no le bastaba, quería que le prometiese que en ese plazo nos veríamos *muchas veces*.

Tardó mucho en vestirse. Se fue unos minutos antes de las siete.

5

Abrí la ventana porque tenía ganas de que entrase el aire y se llevase rápidamente cualquier recuerdo de aquella tarde vana, cualquier resto de olores y sensaciones. Guardé rápidamente la botella, acomodé los almohadones del sofá, y cuando me pareció que todas las huellas estaban borradas, me arrellané en el sillón, junto a la ventana, y me quedé esperando (casi rogando que llegase) a Kostka: deseaba oír su voz varonil (tenía muchas ganas de oír una voz profunda de hombre), ver su figura larga, delgada, con el pecho plano, oír su serena conversación, extravagante y sabia, deseaba que me dijera algo sobre Lucie, que a diferencia de Helena era tan dulcemente inmaterial, abstracta, tan lejos ya por completo de conflictos, tensiones y dramas, y sin embargo no sin cierta influencia sobre mi vida; se me pasó por la cabeza que a lo mejor influía sobre ella del mismo modo en que los astrólogos creen que influyen sobre la vida humana los movimientos de las estrellas; y tal como estaba, arrellanado en el sillón (bajo una ventana abierta a través de la cual expulsaba el olor de Helena), se me ocurrió que probablemente conocía la solución de mi famoso acertijo y que sabía por qué Lucie había pasado fugazmente por el escenario de aquellos dos días: solo para hacer que mi venganza se transformara en nada, para transformar en vapor todo aquello por lo cual había ido hasta allí; porque Lucie, la mujer a la que tanto amé y que se me escapó de un modo totalmente incomprensible en el último momento, es, claro está, la diosa de la huida, la diosa de la carrera vana, la diosa del vapor; y sigue teniendo mi cabeza entre sus manos.

Sexta parte
Kostka

1

Hacía ya muchos años que no nos veíamos y en realidad nos hemos visto en la vida solo unas cuantas veces. Es extraño, porque en mi imaginación me encuentro con Ludvik Jahn muy a menudo y me dirijo a él, cuando hablo solo, como a mi principal antagonista. Ya me he acostumbrado tanto a su presencia inmaterial que me quedé confundido ayer cuando me lo encontré, después de tantos años, como hombre real de carne y hueso.

Le he llamado a Ludvik mi antagonista. ¿Tengo derecho a llamarle así? Casualmente me he topado con él siempre que me encontraba en una situación sin salida y él siempre me ayudó. Pero bajo esa unión externa estuvo siempre la profundidad del desacuerdo interior. No sé si Ludvik se dio cuenta de eso en la misma medida que yo. En todo caso, daba más importancia a nuestra unión externa que a nuestra interna diferenciación. Era irreconciliable con los adversarios exteriores y tolerante con las diferencias interiores. Yo no. Yo precisamente al contrario. Con eso no quiero decir que no quiera a Ludvik. Lo amo como amamos a nuestros antagonistas.

Por primera vez me lo encontré en el 47, en alguna de las tormentosas reuniones de las que las universidades eran entonces un hervidero. Se estaba decidiendo el futuro de la nación. En todas las discusiones, los conflictos y las votaciones yo estuve de parte de la minoría comunista, contra aquellos que en la época eran mayoría en las universidades.

Muchos cristianos, católicos o evangélicos, me lo reprochaban. Consideraban una traición que me hubiera aliado con un movimiento que había adoptado como lema el ateísmo. Cuando me encuentro ahora con ellos, suponen que, al menos después de quince años, habré advertido mi error de entonces. Pero me veo obligado a decepcionarlos. Hasta el día de hoy no he variado en nada mi punto de vista.

Claro que el movimiento comunista es ateo. Pero solo los cristianos que no quieren ver la viga en el ojo propio pueden acusar de ello al propio comunismo. Digo los cristianos. Pero ¿dónde están? A mi alrededor no veo más que cristianos aparentes, que viven del mismo modo en que viven los que carecen de fe. Solo que ser cristiano significa vivir de otro modo. Significa ir por el camino de Cristo, imitar a Cristo. Significa renunciar a los intereses personales, a la abundancia y al poder y dirigirse, cara a cara, a los pobres, a los humillados y a los que sufren. ¿Es eso lo que hacen las Iglesias? Mi padre era un obrero eternamente en paro que creía humildemente en Dios. Volvía hacia Él con devoción su cara, pero la Iglesia nunca volvió la suya hacia él. Se quedó abandonado entre sus semejantes, abandonado en la Iglesia, solo con su Dios hasta su enfermedad y su muerte.

Las Iglesias no comprendieron que el movimiento obrero es el movimiento de los humillados, de los que anhelan la justicia, de los que suspiran por ella. No tenían interés en preocuparse con ellos y para ellos por el Reino de Dios en la Tierra. Se aliaron a los explotadores y así le quitaron al movimiento obrero a Dios. ¿Y ahora le reprochan que sea ateo? ¡Qué fariseísmo! ¡Sí, el movimiento socialista es ateo, pero yo veo en eso un castigo de Dios para nosotros los cristianos! Un castigo por nuestra insensibilidad hacia los pobres y los que sufren.

¿Y qué puedo hacer en esta situación? ¿Tengo que horrorizarme porque disminuye el número de miembros de la Iglesia?

¿Tengo que horrorizarme porque a los niños los educan en los colegios en las ideas antirreligiosas? ¡Qué insensatez! La verdadera religiosidad no necesita del favor del poder terrenal. La hostilidad de lo terrenal no hace más que fortalecer la fe.

¿Y debo luchar contra el socialismo porque es ateo por nuestra culpa? Lo único que puedo hacer es lamentar la trágica equivocación que alejó al socialismo de Dios. Lo único que puedo hacer es explicar esa equivocación y trabajar por que sea reparada.

Pero, además, ¿a qué viene esa intranquilidad, hermanos cristianos? Todo sucede por la voluntad de Dios y yo con frecuencia me pregunto si Dios no hace, intencionadamente, que la gente caiga en la cuenta de que el hombre no puede sentarse impunemente en su trono y que aun el más justo de los órdenes terrenos, sin su concurso, se malogra y se corrompe.

Recuerdo aquellos años en los que en nuestro país la gente creía que estaba a un paso del paraíso. Y estaban orgullosos de que fuera su paraíso propio y no necesitaran a nadie en el cielo. Y de repente se les deshizo entre las manos.

3

Por lo demás, a los comunistas les vino bien mi cristianismo antes de febrero de 1948. Les gustaba oírme explicar el contenido social del Evangelio, atacar a la podredumbre del viejo mundo de la propiedad y las guerras y demostrar el parentesco entre el cristianismo y el comunismo. Lo que les importaba era ganar para su causa a las más amplias capas y querían conquistar también a los creyentes. Pero poco después de Febrero las cosas empezaron a cambiar. Como adjunto defendí a varios estudiantes que iban a ser expulsados de la facultad por las convicciones de sus padres. Protesté contra eso y entré en conflicto con la dirección de la facultad. Y entonces empezaron a oírse voces que decían que un hombre con una orientación cristiana tan marcada no podía educar correctamente a la juventud socialista. Parecía que iba a tener que luchar por mi propia existencia. Y fue entonces cuando llegó a mis oídos que en una reunión plenaria del partido me había defendido el estudiante Ludvik Jahn. Dijo que sería puro desagradecimiento olvidar lo que yo había representado para el partido antes de febrero. Y cuando esgrimieron el argumento de mi cristianismo, dijo que sería con seguridad una fase pasajera de mi vida y que gracias a mi juventud sería capaz de superarla.

Fui entonces a verlo y le agradecí que me hubiera defendido. Le advertí que era mayor que él y que no había esperanzas de que «superase» mi fe. Empezamos a discutir sobre la existencia de Dios, la finitud y la infinitud, sobre la postura de Descartes respecto a la religión, sobre si Spinoza era materialista y otras muchas cosas. No nos pusimos de acuerdo. Al final le pregunté a Ludvik si no lamentaba haberme defendido ahora que veía que yo era incorregible. Me dijo que la fe religiosa era un asunto privado mío y que al fin y al cabo nadie tenía por qué meterse en eso.

Desde entonces ya no volvimos a vernos en la facultad. Pero, en cambio, tanto más parecidas fueron las suertes que corrimos. A los tres meses de nuestra conversación expulsaron a Jahn del partido y de la facultad. Y medio año después yo también me fui de la facultad. ¿Me echaron? ¿Me obligaron a irme? No. Lo cierto es que cada vez había más voces en mi contra y en contra de mis convicciones. Lo cierto es que algunos de mis compañeros me daban a entender que debía hacer alguna declaración pública de carácter ateo. Y es cierto que en mis clases tuve algunas escenas desagradables con alumnos comunistas agresivos que pretendían ofender a mi religión. La propuesta de mi expulsión de la facultad estaba prácticamente al caer. Pero también es cierto que entre los comunistas de la facultad seguía teniendo bastantes buenos amigos que me apreciaban por mi actitud de antes de Febrero. Solo hubiera hecho falta, seguramente, que yo mismo empezara a defenderme y ellos se hubieran puesto de mi parte. Pero no lo hice.

«Venid conmigo», les dijo Jesús a sus seguidores y ellos sin rechistar abandonaron sus redes, sus barcas, sus casas y sus familias y fueron con él. «Quienes pongan la mano sobre el arado y vuelvan la vista atrás no entrarán en el Reino de los Cielos.»

Si oímos la voz de la llamada de Cristo, debemos seguirlo incondicionalmente. Eso es bien sabido del Evangelio, pero en la época moderna todo eso suena como una leyenda. ¿De qué llamada, de qué seguimiento podemos hablar en nuestras vidas prosaicas? ¿Adónde y con quién nos íbamos a ir al abandonar nuestras redes?

Y sin embargo la voz de la llamada llega a nosotros, aun en nuestro mundo, si tenemos el oído alerta. Claro que la llamada no viene por correo, como una carta certificada. Llega enmascarada. Y no suele venir vestida con un traje seductor de color rosa. «No por el del acto que tú eliges, sino por el de aquello con lo que te topas contra tu elección, tu pensamiento y tu deseo, por ese camino has de ir, ahí es adonde yo convoco, ahí es donde has de hacer de aprendiz, por ahí fue tu maestro...», escribió Lutero.

Tenía muchas razones para sentirme apegado a mi puesto de adjunto. Era relativamente cómodo, me dejaba mucho tiempo libre para seguir estudiando y me prometía, de por vida, una cartera de profesor universitario. Y sin embargo me dio miedo precisamente el apego que sentía por mi puesto. Me dio más miedo aún porque en aquella época veía cómo obligaban a mucha gente valiosa, pedagogos y estudiantes, a abandonar la universidad. Me dio miedo mi apego a una sinecura que con su tranquila seguridad me alejaba de los destinos intranquilos de mis prójimos. Comprendí que las propuestas de que dejara la facultad eran una *llamada*. Oí que alguien me llamaba. Que alguien me ponía en guardia ante una carrera cómoda que ataría mi pensamiento, mi fe y mi conciencia.

Mi mujer, con la que tenía entonces un hijo de cinco años, insistía todo lo que podía para que yo me defendiese e hiciera lo posible por permanecer en la universidad. Pensaba en el hijo, en el futuro de la familia. Para ella no existía nada más. Cuando me fijé en su cara, ya por entonces avejentada, tuve miedo de aquella interminable preocupación, preocupación por el día venidero y por el año próximo, abrumadora preocupación por todos los días y los años futuros hasta donde se pierde la vista. Me dio miedo toda aquella carga y oí dentro de mí las palabras de Jesús: «No os preocupéis por el día de mañana, el día de mañana habrá de preocuparse de sus asuntos. Bastante tiene el día de hoy con sus padecimientos».

Mis enemigos esperaban que me hicieran sufrir las preocupaciones, mientras que yo sentía dentro de mí una inesperada despreocupación. Creían que yo iba a sentir que mi libertad estaba constreñida y yo, por el contrario, descubrí, para mí, precisamente en aquel momento, la verdadera libertad. Comprendí que el hombre no tiene nada que perder, que en todas partes está su sitio, en todas las partes adonde fue Jesús, lo cual significa: en todas partes entre la gente.

Tras el inicial asombro y la pena salí al encuentro de la maldad de mis enemigos. Acepté la injusticia que en mí cometían como una llamada cifrada.

5

Los comunistas consideran, con un espíritu totalmente religioso, que una persona que haya cometido algo de lo que el partido considera una falta puede obtener la absolución si se va durante un tiempo a trabajar con los obreros o los campesinos. Por eso, en los años posteriores a febrero, muchos intelectuales se iban durante un período más o menos largo a las minas, las fábricas, las obras o las granjas estatales, para poder volver, después de aquella limpieza misteriosa, a las oficinas, las escuelas o los secretariados.

Cuando le ofrecí a la dirección de la escuela dejar la facultad y no solicité ningún otro puesto como científico, sino que expresé mi deseo de ir a vivir entre la gente, a ser posible como especialista en alguna granja estatal, los comunistas de mi facultad, amigos o enemigos, no lo interpretaron en el sentido de mi fe, sino de la suya: como la expresión de un excepcional espíritu autocrítico. Lo valoraron positivamente y me ayudaron a conseguir un muy buen puesto en una granja estatal en Bohemia occidental, un puesto donde había un buen director y un paisaje hermoso. Como regalo de viaje me otorgaron un preciado obsequio, un expediente personal favorable.

En mi nuevo puesto de trabajo era verdaderamente feliz. Me sentía como si hubiera vuelto a nacer. La granja estatal había sido montada en una aldea abandonada, cerca de la frontera, que había sido medio repoblada desde la deportación de los alemanes al final de la guerra. Estaba rodeada de montes, en su mayoría pelados, cubiertos de pastos. En los valles, esparcidas a considerable distancia unas de otras, estaban las casas. Las frecuentes nieblas que atravesaban el paisaje se interponían entre mí y la tierra habitada como una mampara flotante, de modo que el mundo estaba como en el quinto día de la creación, cuando quizás Dios dudaba de si entregárselo al hombre.

Pero hasta la gente era más natural. Vivían de cara a la naturaleza, a los pastizales interminables, a los rebaños de vacas y ovejas. Con ellos me encontraba bien. Pronto se me ocurrieron muchas ideas para aprovechar mejor las plantas en esta región montañosa: los abonos, el modo de almacenar el heno, la investigación sobre plantas curativas, un invernadero. El director me estaba agradecido por mis ideas y yo le estaba agradecido a él por permitir que me ganara el pan con un trabajo útil.

6

Esto era en 1951. El mes de septiembre fue frío pero a mediados de octubre subió la temperatura y tuvimos un otoño precioso hasta bien entrado noviembre. Las parvas de heno se secaban en los escarpados prados y su perfume se extendía a lo lejos por el campo. Entre la hierba hacían su aparición los frágiles cuerpecillos de los cólquicos. Fue entonces cuando en los pueblos de alrededor se empezó a hablar de una joven vagabunda.

Los muchachos del pueblo más próximo fueron a recoger el heno. Se divertían riendo y gritando, cuando de repente vieron que de uno de los montones de haces salía una muchacha, despeinada, con hierbas en el pelo, una muchacha a la que ninguno de ellos había visto nunca. Miró asustada a su alrededor y se echó a correr hacia el bosque. Desapareció antes de que tuvieran tiempo de pensar en seguirla.

Una aldeana del mismo pueblo contó que una tarde, mientras estaba ordenando algo en el patio, apareció de pronto una chica de unos veinte años, vestida con un abrigo muy gastado, y le pidió con la cabeza gacha un trozo de pan. «¿Adónde vas, niña?», le preguntó la aldeana. La chica respondió que iba muy lejos. «¿Y vas a pie?» «He perdido el dinero», respondió. La aldeana no le preguntó nada más y le dio pan y leche.

Y a estos relatos se sumó un pastor de nuestra granja. Estaba en el monte y dejó junto a un tronco una rebanada de pan y un cuenco con leche. Se alejó un poco para vigilar el rebaño y cuando regresó, el pan y la leche habían desaparecido misteriosamente.

Los niños se apoderaron inmediatamente de todas aquellas noticias y las multiplicaron con su ávida fantasía. En cuanto se le perdía algo a alguien, lo consideraban una feliz confirmación de que ella existía. La vieron al atardecer bañarse en el lago que está junto al pueblo, a pesar de que estábamos a comienzos de noviembre y el agua ya estaba muy fría. En otra oportunidad se oyó al caer la tarde, a la distancia, el sonido agudo de una voz de mujer que cantaba. Los mayores supusieron que alguien había puesto la radio a todo volumen en alguna de las casas del monte, pero los niños sabían que era ella, la mujer de los bosques, que andaba por las cumbres de los montes, cantando y con el pelo suelto.

Una noche hicieron un fuego a las afueras del pueblo, le añadieron hojas de patata y cuando las brasas estuvieron cubiertas de ceniza, pusieron patatas a asar. Luego miraron hacia el bosque y una de las niñas empezó a decir que la veía, que los estaba observando desde la penumbra del bosque. Uno de los chicos cogió un terrón y lo tiró en la dirección indicada por la niña. Curiosamente no se oyó grito alguno, pero sucedió otra cosa. Todos se enfadaron con el chico en cuestión y por poco no le dieron una paliza.

Sí, así fue: la habitual crueldad infantil no se manifestó nunca en relación con la leyenda de la muchacha perdida, a pesar de que su persona estaba ligada a la comisión de pequeños robos. Desde el comienzo contó con misteriosas simpatías. ¿Era precisamente la ingenua insignificancia de esos robos lo que hacía que el corazón de la gente estuviera a su favor? ¿O su juventud? ¿O la defendía la mano de un ángel?

Comoquiera que fuese, el terrón arrojado contra ella había incrementado el amor de los niños hacia la muchacha perdida. Ese mismo día dejaron junto al fuego apagado un montoncito de patatas asadas, las cubrieron con ceniza para que no se enfriaran y clavaron allí una ramita de pino. Hasta encontraron un nombre para la muchacha. En un papel arrancado de un cuaderno escribieron con lápiz en letras grandes: *Vagabundita, esto es para ti*. Dejaron el papel junto al montón y le pusieron una piedra encima. Después se fueron y se ocultaron en los matorrales próximos, esperando avistar la arisca figura de la muchacha. El atardecer se iba convirtiendo en noche y no aparecía nadie. Al fin, los niños tuvieron que abandonar el escondite y volver a sus casas. Pero en cuanto se hizo de día, fueron a todo correr al sitio de la tarde pasada. Y había sucedido. El montoncito de patatas desapareció junto con el papel y la ramita.

La muchacha se convirtió en el hada mimada de los niños. Le dejaban un jarro de leche, pan, patatas y recados. Y nunca repetían los sitios en los que dejaban sus regalos. No le dejaban la comida en un sitio *determinado*, como se les dejaría a los mendigos. Jugaban con ella. Jugaban al tesoro oculto. Se apartaron del sitio donde le habían dejado la primera vez el montoncito de patatas y avanzaron hacia los alrededores. Dejaban sus tesoros junto a los tocones, junto a la roca grande, junto al crucero, junto al rosal silvestre. Nunca le dijeron a nadie dónde habían ocultado los regalos. No transgredieron nunca las reglas de aquel juego tenue como una tela de araña, nunca espiaron a la muchacha ni la sorprendieron. Le dejaron su invisibilidad.

7

El cuento de hadas duró poco. En una oportunidad, el director de nuestra granja fue con el alcalde a un sitio alejado a inspeccionar algunas casas que aún no estaban habitadas, en las que iban a instalar dormitorios para los obreros agrícolas que trabajaban a mucha distancia de la aldea. Por el camino los sorprendió una lluvia que pronto se transformó en aguacero. Lo único que había cerca era un bosquecillo de pinos bajos y junto a él una pequeña granja. Corrieron hacia ella, abrieron las puertas, que no estaban atrancadas más que con un pasador de madera, y entraron. La luz penetraba por las puertas abiertas y por las hendiduras del techo. Había un sitio en que el heno estaba aplastado. Se acostaron allí y se quedaron oyendo el golpeteo de las gotas contra el techo, respirando aquel perfume embriagador y charlando. De repente, al meter el brazo en la pared de heno que se levantaba a su derecha, el alcalde sintió algo duro debajo de la paja seca. Era un maletín. Un maletín viejo, feo y barato, de tela engomada. No sé cuánto tiempo debieron de quedarse los dos hombres sin saber qué hacer ante aquel misterio. Lo que es seguro es que abrieron el maletín y encontraron dentro de él cuatro vestidos de mujer, todos nuevos y bonitos. Parece que la belleza de los vestidos chocaba con la pobreza campesina del maletín y les infundió sospechas de que se tratara de un robo. Debajo de los vestidos había un par de prendas interiores de mujer y envuelto en ellas un paquete de cartas atado con una cinta azul. Eso era todo. Hasta hoy no sé nada de las cartas y ni siquiera sé si el alcalde y el director las leyeron. Lo único que sé es que por las cartas averiguaron el nombre de la destinataria: Lucie Sebetkova.

Mientras estaban aún meditando acerca del inesperado hallazgo, el alcalde descubrió entre el heno otro objeto. Una lechera descascarillada. Aquella jarra azul esmaltada acerca de cuya misteriosa desaparición llevaba catorce días hablando en la cervecería el pastor de la granja.

A partir de entonces los acontecimientos siguieron su propio curso. El alcalde se quedó escondido entre los pinos y el director bajó al pueblo a buscar al guardia. La muchacha regresó al anochecer a su perfumado dormitorio. La dejaron entrar, la dejaron cerrar la puerta, esperaron medio minuto y entraron tras ella.

8

Los dos hombres que sorprendieron a Lucie en el henil eran buenas personas. El alcalde, un antiguo aparcero, honrado padre de seis hijos. El guardia era un buenazo, basto e ingenuo, con un enorme bigote. Ninguno de los dos era capaz de matar una mosca.

Y sin embargo, cuando oí que habían cogido a Lucie, sentí en seguida una extraña angustia. Aún hoy se me encoge el corazón cuando me imagino al director y al alcalde revolviendo su maletín, sosteniendo en la mano toda la materialidad de su intimidad, los tiernos secretos de su ropa sucia, mirando aquello que está prohibido mirar.

Y la misma sensación de angustia la sigo teniendo cuando me imagino la pequeña guarida entre el heno, de la que no es posible escapar, porque dos hombrones cierran el paso hacia la única salida.

Más tarde, cuando supe más cosas sobre Lucie, comprendí con asombro que aquellas dos situaciones angustiosas me habían mostrado, ya a la primera vez, la esencia misma de su sino. Las dos situaciones eran *la imagen de la violación*.

9

Esa noche ya no durmió Lucie en el henil, sino en una cama de hierro, en una antigua tienda en la que habían montado el despacho de la policía. Al día siguiente la interrogaron en el comité nacional. Se enteraron de que trabajaba y vivía en Ostrava. Se había escapado de allí porque ya no aguantaba más. Intentaron averiguar algo más pero se toparon con un silencio tenaz.

¿Y por qué iba en esta dirección? Les dijo que sus padres vivían en Cheb. ¿Y por qué no había ido a buscarlos? Se bajó del tren antes de llegar a casa porque por el camino empezó a entrarle miedo. Su padre no había hecho más que pegarle toda la vida.

El alcalde le comunicó a Lucie que la mandarían de vuelta a Ostrava, de donde se había marchado sin un despido legal. Lucie les dijo que en la primera estación se escaparía del tren. Le gritaron, pero al cabo de un rato comprendieron que de ese modo no resolverían nada. Le preguntaron si debían mandarla entonces a su casa a Cheb. Negó desesperadamente con la cabeza. Mantuvieron un rato más el tono severo, pero al fin el alcalde sucumbió a su propia ternura. «Entonces, ¿qué es lo que quieres?» Les preguntó si no se podía quedar a trabajar allí. Se encogieron de hombros y le dijeron que preguntarían en la granja estatal.

El director tenía que hacer frente a una escasez permanente de trabajadores. Aceptó la propuesta del ayuntamiento sin dudarlo. Después me comunicó que por fin tendría a la persona que había solicitado hacía tanto tiempo para el vivero. Y ese mismo día el alcalde vino a presentarme a Lucie.

Recuerdo perfectamente aquel día. Estábamos ya en la segunda quincena de noviembre y el otoño, hasta entonces soleado, empezaba a mostrar su aspecto nublado y ventoso. Llovizaba. Estaba, con el abrigo marrón, el maletín, la cabeza gacha y los ojos ausentes, de pie junto al alcalde. El alcalde sostenía en la mano la lechera azul y hablaba en tono solemne: «Si has hecho algo malo, nosotros ya te lo hemos perdonado y confiamos en ti. Podíamos haberte mandado de vuelta a Ostrava, pero dejamos que te quedes aquí. La clase obrera necesita gente honrada en todas partes. Así que no defraudes su confianza».

Después se fue a llevar a la oficina la jarra de nuestro pastor y yo acompañé a Lucie hasta el vivero, se la presenté a dos compañeras de trabajo y le expliqué cuál sería su tarea.

10

Lucie deja en la sombra todos los demás recuerdos de aquella época. Sin embargo, a la sombra de ella, la figura del alcalde se dibujaba con bastante nitidez. Ayer, cuando estaba usted sentado frente a mí, Ludvik, no quise ofenderlo. De modo que, al menos, se lo diré ahora que está otra vez enfrente de mí tal como mejor lo conozco, como imagen y como sombra: aquel antiguo aparcero que quería construir un paraíso para sus sufridos prójimos, aquel honrado entusiasta que pronunciaba ingenuamente elevadas frases sobre el perdón, la confianza y la clase obrera, estaba mucho más cerca de mi corazón y mi pensamiento que usted, pese a que nunca manifestó ninguna especial inclinación por mi persona.

Usted dijo en una oportunidad que el socialismo ha crecido del tronco del racionalismo y el escepticismo europeos, de un tronco no religioso y antirreligioso, y que sin ellos es inimaginable. Pero ¿pretende usted, de verdad, seguir afirmando seriamente que no es posible construir una sociedad socialista sin creer en la prioridad de la materia? ¿Piensa realmente que la gente que cree en Dios no es capaz de nacionalizar las fábricas?

Estoy completamente convencido de que la línea de pensamiento que parte del mensaje de Jesús conduce a la igualdad social y al socialismo de un modo mucho más ineludible. Y cuando recuerdo a los comunistas más apasionados de la época inicial del socialismo en mi país, por ejemplo al alcalde que dejó a Lucie en mis manos, me parecen mucho más semejantes a los religiosos fervientes que a los escépticos volterianos. Aquella época revolucionaria, después de 1948, tiene poco que ver con el escepticismo y el racionalismo. Fue una época de una gran fe colectiva. Cuando un hombre estaba de acuerdo con aquella época tenía unas sensaciones parecidas a las religiosas: renunciaba a su yo, a su persona, a su vida privada, en nombre de algo más elevado, de algo que está por encima de lo personal. Las ideas marxistas eran, ciertamente, de origen totalmente terrenal, pero el significado que se les atribuía se semejaba al significado del Evangelio y de los mandamientos bíblicos. Se creó un conjunto de ideas que eran intocables, esto es, en nuestra terminología, santas.

Esa época que se está terminando, o ya se ha terminado, tenía al menos algo de los grandes movimientos religiosos. Lástima que no haya sabido ser consecuente en su introspección religiosa. Tenía gestos y sentimientos religiosos, pero en su interior seguía estando vacía, sin Dios. Yo continuaba creyendo que Dios se compadecería, que se daría a conocer, que terminaría por santificar aquella gran fe terrenal. Fue una espera infructuosa.

Al fin, aquella época traicionó su religiosidad y tuvo que pagar muy cara su herencia racionalista, una herencia que reclamaba porque no comprendía su propio sentido. Ese escepticismo racionalista lleva dos milenios intentando disolver al cristianismo. Lo intenta disolver pero no lo disuelve. Pero a la teoría comunista, a su propia creación, la disolverá en unos pocos decenios. Dentro de usted ya está destruida, Ludvik. Y usted mismo lo sabe perfectamente.

11

Cuando la gente logra trasladarse con la imaginación al reino de las fábulas, puede llegar a sentirse llena de nobleza, de compasión y de poesía. Pero, desgraciadamente, el reino de la vida cotidiana está más bien lleno de precauciones, de desconfianza y de sospechas. Así fue como se comportaron con Lucie. En cuanto salió de las fábulas infantiles y se convirtió en una muchacha normal, en una compañera de trabajo y de habitación, se transformó inmediatamente en objeto de una curiosidad en la que no faltaba la malicia con la que la gente se comporta con los ángeles caídos del cielo o las hadas expulsadas de la fábula.

De poco le valió a Lucie su discreción. Al cabo de un mes llegó a la granja, desde Ostrava, su expediente personal. Nos enteramos de ese modo de que primero había trabajado en Cheb como aprendiza en una peluquería. Debido a un delito contra la moral pasó un año en un reformatorio y de allí se fue a Ostrava. En Ostrava estaban satisfechos con su rendimiento en el trabajo. Su comportamiento en el internado era ejemplar. Antes de que se escapase, solo había tenido una falta totalmente inesperada: la sorprendieron robando flores en el cementerio.

Las informaciones eran escuetas y en lugar de descubrir el secreto de Lucie solo sirvieron para hacerlo más misterioso.

Le prometí al director que me ocuparía de Lucie. Me atraía. Trabajaba en silencio y con dedicación. Era serena en su timidez. No noté en ella nada de la extravagancia propia de una muchacha que había vivido varias semanas como una vagabunda. En varias oportunidades dijo que estaba contenta en la granja y que no tenía ganas de marcharse. Era pacífica, estaba dispuesta a ceder en cualquier discusión y de ese modo se iba ganando poco a poco el afecto de sus compañeras de trabajo. Sin embargo, en su parquedad seguía habiendo algo que recordaba un pasado doloroso y un alma lastimada. Lo que yo más deseaba era que confiase en mí y me lo contase todo, pero también era consciente de que ya había tenido que padecer demasiadas preguntas e indagaciones y de que seguramente le producían la impresión de un interrogatorio. Así que, en lugar de preguntarle, yo mismo le empecé a contar. Todos los días charlaba con ella. Le hablaba de mis planes de montar en la granja una plantación de hierbas medicinales. Le hablaba de cómo, en los viejos tiempos, la gente de la aldea se curaba con infusiones y zumos de distintas plantas. Le hablé de la pimpinela, con la que la gente curaba el cólera y la peste, le hablé de la saxífraga, que deshace las piedras de la vesícula y la vejiga. Lucie me escuchaba. Le gustaban las plantas. Pero ¡qué maravillosa simplicidad la suya! No sabía nada de ellas y no era capaz de decir el nombre de casi ninguna.

Se acercaba el invierno y Lucie no tenía nada más que sus hermosos vestidos de verano. Le ayudé a organizar su economía. La obligué a comprarse un impermeable y un suéter y más tarde algunas cosas más: botas, un pijama, medias, un abrigo.

Un día le pregunté si creía en Dios. Me contestó de un modo que me llamó la atención. Y es que no dijo ni sí ni no. Se encogió de hombros y dijo: «No sé». Le pregunté si sabía quién era Jesucristo. Dijo que sí. Pero que no sabía nada acerca de él. Su nombre estaba ligado para ella, de una manera indefinida, con la idea de la Navidad, pero no eran más que jirones de una nebulosa de dos o tres imágenes que, reunidas, no tenían sentido alguno. Lucie no había conocido hasta entonces ni la fe ni la falta de fe. En ese momento sentí un pequeño vértigo que quizás se parecía al que siente un enamorado cuando se entera de que su enamorada no ha conocido ningún otro cuerpo antes que el suyo. «¿Quieres que te hable de él?», le pregunté y ella asintió. Los pastizales y los montes ya estaban nevados. Yo le contaba. Lucie escuchaba.

12

Tuvo que soportar demasiada carga sobre sus frágiles espaldas. Hubiera necesitado a alguien que la ayudase, pero no hubo nadie que supiera. La ayuda que ofrece la religión, Lucie, es sencilla: entrégate. Entrégate tú misma y entrega la carga bajo la que te tambaleas. Es un gran alivio vivir entregado. Ya sé que no tenías a quién entregarte, porque tenías miedo de la gente. Pero aquí está Dios. Entrégatele. Te sentirás más ligera.

Entregarse significa dejar a un lado la vida pasada. Quitársela del alma. Confesarse. Dime, Lucie, ¿por qué te fuiste de Ostrava? ¿Fue por aquellas flores del cementerio?

Por eso también.

¿Y por qué cogiste las flores?

Estaba triste, por eso las ponía en un florero en su habitación del internado. También cogía flores en el campo, pero Ostrava es una ciudad negra y casi no hay nada de campo en los alrededores, no hay más que escombreras, cercas, parcelas y de vez en cuando algún bosquecillo ralo lleno de hollín. Las únicas flores bonitas que encontró Lucie estaban en el cementerio. Flores majestuosas, flores solemnes. Gladiolos, rosas y lirios. Y también crisantemos, con flores grandes de pétalos frágiles...

¿Y cómo te cogieron?

Iba con frecuencia y con agrado al cementerio. No solo por las flores que se llevaba, sino también porque era bonito y había tranquilidad y aquella tranquilidad la consolaba. Cada una de las tumbas era un jardín independiente y por eso a ella le gustaba quedarse junto a las diversas tumbas y mirar las lápidas con sus tristes inscripciones. Para que no la molestaran imitaba las costumbres de algunos de los visitantes del cementerio, sobre todo de los más ancianos, y se arrodillaba junto a las tumbas. Así fue que una vez le llamó la atención una tumba casi reciente. Hacía solo unos días que habían enterrado el féretro. La tierra de la tumba era mullida, estaba cubierta de coronas y delante, en un florero, había un hermoso ramo de rosas. Lucie se arrodilló y un sauce llorón la guarecía como si fuese un cielo familiar y susurrante. Lucie sentía un placer indescriptible. Y precisamente en ese momento se acercó a la tumba un señor mayor con su mujer. Quizás era la tumba de su hijo o de su hermano, quién sabe. Vieron arrodillada junto a la tumba a una muchacha desconocida. Se quedaron asombrados. ¿Quién era esa muchacha? Les pareció que aquella aparición ocultaba algún secreto, un secreto de familia, quizás algún pariente desconocido o una amante desconocida del muerto... Se quedaron inmóviles, temiendo interrumpirla. La miraban desde lejos. Y entonces vieron que la muchacha se levantaba, cogía el hermoso ramo de rosas que estaba en el florero y que ellos mismos habían puesto allí pocos días antes, se daba media vuelta y se marchaba. Echaron a correr tras ella. ¿Quién es usted?, le preguntaron. Ella estaba confundida, no sabía qué decir, tartamudeaba. Resultó que la muchacha desconocida no conocía de nada al muerto de ellos. Llamaron a la jardinera. Le pidieron que les enseñara su documentación. Le gritaron y le dijeron que no hay nada peor que robarle a los muertos. La jardinera atestiguó que no era el primer robo de flores en aquel cementerio. Llamaron al guardia, volvieron a presionarla y Lucie lo confesó todo.

13

«Dejad que los muertos entierren a sus muertos», dijo Jesús. Las flores de las tumbas pertenecen a los vivos. Tú no conocías a Dios, Lucie, pero lo anhelabas. En la belleza de las flores terrenas se te aparecía lo ultraterreno. No necesitabas las flores para nadie. Solo para ti misma. Para el vacío que había en tu alma. Te sorprendieron y te humillaron. ¿Y ése fue el único motivo por el que te fuiste de la ciudad negra?

Se quedó en silencio. Después negó con la cabeza.

¿Alguien te hizo daño?

Asintió.

¡Cuéntame, Lucie!

Era una habitación bastante pequeña. Junto al techo había una bombilla que no tenía lámpara y colgaba torcida del casquillo, impúdicamente desnuda. Junto a la pared había una cama, encima de ella estaba colgado un cuadro y en el cuadro había un hombre hermoso, estaba vestido con una túnica azul y arrodillado. Era el Huerto de Getsemaní, pero eso Lucie no lo sabía. Él la había llevado hasta allí y ella se resistía y gritaba. Quería violarla, le arrancaba los vestidos y ella se soltó y escapó.

¿Quién era, Lucie?

Un soldado.

¿Tú no lo querías?

No, no lo quería.

¿Pero entonces por qué fuiste con él a esa habitación donde no había más que una bombilla y una cama?

Fue aquel vacío en el alma el que la atrajo hacia él. Y en aquel vacío no encontró para ella, pobre, más que a un crío: un soldado que estaba haciendo la mili.

Pero sigo sin entenderlo, Lucie. Si estuviste dispuesta a ir a aquella habitación donde no había más que una cama, ¿por qué te le escapaste después?

Fue con ella malo y brutal como todos.

¿De qué hablas, Lucie? ¿Quiénes son todos?

Se quedó callada.

¿A quién conociste antes de aquel soldado? ¡Habla! ¡Cuéntame, Lucie!

14

Ellos eran seis y ella era la única. Seis, de los dieciséis a los veinte años. Ella tenía dieciséis. Formaban una pandilla y hablaban de la pandilla con orgullo, como si fuera una secta pagana. Aquel día hablaron de la iniciación. Trajeron varias botellas de vino malo. Ella participó en la borrachera con una entrega ciega en la que ponía todo su amor filial insatisfecho hacia el padre y la madre. Bebía cuando ellos bebían, se reía cuando ellos reían. Luego le ordenaron que se desnudara. Hasta entonces nunca lo había hecho delante de ellos. Pero cuando ella dudaba se desnudó el mismo jefe de la pandilla; comprendió que la orden no iba dirigida especialmente en su contra y obedeció con sumisión. Tenía confianza en ellos, tenía confianza hasta en su brusquedad, eran su protección y su escudo, era incapaz de imaginar que pudiera perderlos. Eran su madre, eran su padre. Bebieron, se rieron y le dieron más órdenes. Abrió las piernas. Tenía miedo, sabía lo que eso significaba, pero obedeció. Después gritó y le salió sangre. Los muchachos daban gritos, levantaban los vasos y echaban aquel horrible vino espumoso sobre la espalda del jefe de la pandilla, sobre el cuerpecito de ella y entre las piernas de ambos, gritando no sé qué palabras sobre el bautismo y la iniciación, y después el jefe se incorporó y se acercó otro de los miembros de la pandilla, fueron pasando por orden de edad, al final el más joven, que tenía dieciséis años como ella, pero para entonces Lucie ya no podía más, no podía soportar el dolor, ya tenía necesidad de descansar, ya tenía ganas de estar a solas y como aquél era el más joven se atrevió a darle un empujón. ¡Pero precisamente por ser el más joven, no quería verse humillado! ¡Él también era miembro de la pandilla, miembro de pleno derecho! Para demostrarlo le dio a Lucie una bofetada en la cara y ninguno de los de la pandilla la defendió, porque todos sabían que el menor tenía razón y que exigía lo que era suyo. A Lucie se le saltaron las lágrimas pero no tuvo valor para rebelarse y abrió las piernas por sexta vez...

¿Dónde sucedió, Lucie?

En casa de uno de los de la pandilla, sus padres estaban los dos en el turno de noche, había una cocina y una habitación, en la habitación una mesa, un sofá y una cama, sobre la puerta, en un marquito, la frase «Dios nos dé felicidad» y sobre la cama, enmarcada, una señora muy hermosa con una túnica azul sostenía a un niño junto al pecho.

¿La Virgen María?

No sabía.

¿Y qué más, Lucie, qué más pasó?

De ahí en adelante se repitió con frecuencia, en aquella casa y en otras casas, y también fuera, en el campo. Se convirtió en una costumbre de la pandilla.

¿Y te gustaba, Lucie?

No le gustaba, desde entonces se portaban con ella peor y con más arrogancia y con más brusquedad, pero no podía salir de aquello ni hacia atrás ni hacia delante, no había salida.

¿Y cómo terminó, Lucie?

Una tarde, en uno de aquellos pisos vacíos. Llegó la policía y los detuvo a todos. Los muchachos de la pandilla habían cometido algunos robos. Lucie lo ignoraba, pero se sabía que ella era de la pandilla y hasta se sabía que le daba a la pandilla todo lo que como jovencita podía darle. Fue una vergüenza en todo Cheb y en su casa la dejaron morada a golpes. A los muchachos les tocaron distintas condenas y a ella la mandaron al reformatorio. Estuvo allí un año, hasta que cumplió los diecisiete. Por nada del mundo hubiera vuelto a casa. Y así fue a parar a la ciudad negra.

15

Me sorprendió y me quedé cortado cuando anteayer Ludvik me confesó por teléfono que conocía a Lucie. Por suerte la conoció solo superficialmente. Al parecer, tuvo en Ostrava una relación superficial con una chica que vivía con ella en el internado. Cuando ayer me volvió a preguntar, se lo conté todo. Hace mucho tiempo que necesitaba quitarme ese peso de encima, pero hasta ahora no había encontrado a un hombre a quien pudiera contárselo en confianza. Ludvik está de mi parte y al mismo tiempo está suficientemente alejado de mi vida y más aún de la vida de Lucie. Por eso no temía que el secreto de Lucie estuviera en peligro.

No, lo que Lucie me confesó no se lo he contado a nadie más que ayer a Ludvik. Claro que lo de que había estado en el reformatorio y había robado flores en el cementerio lo sabía en la granja todo el mundo por el expediente personal. Se portaban con ella con bastante amabilidad pero le recordaban sistemáticamente su pasado. El director hablaba de ella como de «la pequeña ladroncilla de tumbas». Él lo decía en tono paternal, pero aquellas frases hacían que los antiguos pecados de Lucie se mantuvieran permanentemente vivos. Constantemente y sin descanso, ella era culpable. Y lo que más necesitaba era un perdón completo. Sí, Ludvik, necesitaba ser perdonada, necesitaba pasar por esa purificación misteriosa que para usted es desconocida e incomprensible.

Las personas, por sí mismas, no son capaces de perdonar, eso no es algo que entre dentro de sus posibilidades. No tienen el poder de hacer que se convierta en nada un pecado que ya ha ocurrido. Eso no lo puede hacer el hombre solo. Quitarle a un pecado su validez, deshacerlo, borrarlo del tiempo, hacer por lo tanto que algo se convierta en nada, eso es un acto misterioso y sobrenatural. Solo Dios, porque no está atado a las leyes terrenas, porque es libre, porque es capaz de hacer milagros, puede lavar un pecado, puede convertirlo en nada, puede perdonarlo. El hombre puede perdonar a otro hombre solo porque se apoya en el perdón de Dios.

Usted, Ludvik, que no cree en Dios, tampoco sabe perdonar. Sigue acordándose de aquella reunión plenaria en la que todos por unanimidad levantaron la mano contra usted y estuvieron de acuerdo en que se destruyera su vida. Usted no se lo ha perdonado. No solo a ellos como personas individuales. Eran cerca de cien y ésa ya es una cantidad que se puede convertir en un pequeño modelo de la humanidad. Usted no se lo ha perdonado nunca a la humanidad. Usted desde aquel momento no confía en ella y siente hacia ella rencor. Yo lo comprendo, pero eso no impide que tal tipo de rencor hacia la gente sea horrible y pecaminoso. Se ha convertido en su maldición. *Porque vivir en un mundo donde no se le perdona nada a nadie, donde nadie puede redimirse, es lo mismo que vivir en el infierno.* Usted vive en el infierno, Ludvik, y yo lo compadezco.

16

Todo lo que en este mundo pertenece a Dios, puede pertenecerle al diablo. Hasta los movimientos de los amantes en el amor. Para Lucie se habían convertido en la esfera de lo horroroso. Se relacionaban con los rostros de los embrutecidos críos de la pandilla y más tarde también con el rostro del soldado que la hostigaba. ¡Ay, lo veo ante mí como si lo conociera! ¡Mezcla palabras banales sobre el amor, dulces como el jarabe, con la violencia brutal del macho encerrado sin mujeres tras las alambradas del cuartel! Y Lucie de repente se da cuenta de que las palabras tiernas son solo un velo falso sobre el cuerpo lobuno de la grosería. Y todo el universo del amor se le derrumba, cae al pozo de la repugnancia.

Ahí estaba el origen de la enfermedad, por ahí tenía que empezar. Un hombre que va por la orilla del mar agitando enloquecidamente con el brazo extendido un farol puede ser un loco. Pero si es de noche y entre las olas hay una barca perdida, ese mismo hombre es un salvador. La tierra en la que vivimos es un territorio fronterizo entre el cielo y el infierno. No hay ningún comportamiento que sea en sí mismo bueno o malo. Es su sitio dentro del orden de las cosas el que lo hace bueno o lo hace malo. Ni siquiera el amor corporal, Lucie, por sí solo, es bueno o malo. Si está en consonancia con el orden que estableció Dios, si amas con fidelidad, el amar será bueno y serás feliz. Porque así lo estipuló Dios: «Abandone el hombre al padre y a la madre y se una a su esposa y sean los dos un solo cuerpo».

Yo hablaba con Lucie a diario, a diario le repetía que estaba perdonada, que no debía torturarse ella misma, que debía desatarle la camisa de fuerza a su alma, que debía entregarse humildemente al orden divino, en el cual también el amor del cuerpo tiene su sitio.

Y así fueron pasando las semanas...

Hasta que llegó un día primaveral. En las laderas empinadas florecían los manzanos, y sus copas, mecidas por una brisa suave, parecían campanas tañendo. Cerré los ojos para oír su tono aterciopelado. Y luego abrí los ojos y vi a Lucie con el delantal azul de trabajo y una azada en la mano. Miraba hacia abajo, hacia el valle, y sonreía.

Observé aquella sonrisa descifrándola con ansiedad. ¿Es posible? Hasta ahora el alma de Lucie había sido una permanente huida, una huida del pasado y del futuro. Le tenía miedo a todo. El pasado y el futuro eran para ella fosos repletos de agua. Se aferraba con angustia a la agujereada barca del presente como a una frágil tabla de salvación.

Y mira por dónde, hoy sonríe. Sin motivo. Sin más. Y aquella sonrisa me decía que miraba con confianza al futuro. Y en ese momento me sentí como un navegante que después de muchos meses arriba a la tierra que buscaba. Era feliz. Me apoyé en el tronco curvado de un manzano y volví a cerrar los ojos durante un rato. Oía la brisa y el sonar aterciopelado de las copas blancas, oía el trinar de los pájaros y aquellos trinos se convertían, ante mis ojos cerrados, en miles de luces y lámparas llevadas por manos invisibles a una gran fiesta. No veía las manos pero oía los tonos altos de las voces y me parecía que eran niños, un alegre grupo de niños... Y de pronto sentí en mi cara una mano. Y una voz: «Señor Kostka, es usted tan amable...». No abrí los ojos. No moví la mano. Seguía viendo las voces de los pájaros convertidas en un corro de luces, seguía oyendo las campanadas de los manzanos. Y la voz terminó de decir, más débilmente: «Yo le quiero».

Quizás no tenía que haber esperado más que hasta ese momento y después irme rápidamente, porque mi tarea ya estaba cumplida. Pero antes de que pudiera darme cuenta de nada se apoderó de mí una debilidad enloquecida. Estábamos completamente solos en un paisaje desierto, entre los pobres manzanos, y yo abracé a Lucie y me tendí con ella en una cama de hierba.

17

Sucedió lo que no debía haber sucedido. Cuando vi a través de la sonrisa de Lucie que su alma estaba reconciliada consigo misma, debí irme, porque ya había llegado a mi meta. Pero no me fui. Y eso fue lo malo. Seguimos viviendo juntos en la misma granja. Lucie estaba feliz, resplandecía, se parecía a la primavera que pasaba alrededor de nosotros transformándose en verano. Pero yo, en lugar de ser feliz, tenía pánico de aquella enorme primavera femenina junto a mí, a la que yo mismo había despertado y que se volvía hacia mí con todas sus flores abiertas y yo sabía que no me pertenecían, que no debían pertenecerme. Tenía en Praga a mi hijo y a mi mujer, que esperaban pacientemente mis escasas visitas a casa.

Tenía miedo de interrumpir las relaciones que había entablado con Lucie por no herirla, pero no me atrevía a proseguirlas porque sabía que no tenía derecho a hacerlo. Deseaba a Lucie, pero al mismo tiempo me daba miedo su amor, porque no sabía qué hacer con él. Me costaba un gran esfuerzo mantener la naturalidad que tenían antes nuestras conversaciones. Las dudas se interponían entre nosotros. Me parecía que mi ayuda espiritual a Lucie había sido desenmascarada. Que en realidad había deseado a Lucie desde el primer momento en que la vi. Que había actuado como un seductor oculto tras un disfraz de predicador que viene a traer consuelo. Que todas aquellas charlas sobre Jesús y Dios no habían sido más que una cobertura para los deseos físicos más terrenales. Me parecía que a partir del momento en que había dado rienda suelta a mi sexualidad, había ensuciado la limpieza de mi primitiva intención y había perdido por completo mis méritos ante Dios.

Pero nada más llegar a esta conclusión, mis reflexiones dieron media vuelta: ¡qué vanidad, me gritaba a mí mismo, qué egolatría, pretender hacer méritos, agradarle a Dios! ¿Qué significan los méritos humanos ante Él? ¡Nada, nada, nada! ¡Lucie me ama y su salud depende de mi amor! ¿Qué sucedería si la arrojase de nuevo a la desesperación, solo para estar limpio yo? ¿No me despreciaría Dios en ese preciso momento? Y si mi amor es pecado, ¿qué es más importante, la vida de Lucie o mi castidad? ¡En todo caso sería *mi* pecado y solo *yo* tendría que sobrellevarlo, solo me condenaría a mí mismo con mi pecado!

Cuando me dedicaba a estas reflexiones y a estas dudas intervinieron de repente las circunstancias externas. En la central de las granjas estatales se inventaron una serie de acusaciones políticas en contra de mi director. El director se defendió con uñas y dientes y entonces le echaron en cara, además, que se rodeaba de elementos sospechosos. Uno de esos elementos era yo: una persona que había sido expulsada de la universidad por sus ideas contrarias al régimen, por clerical. De nada valía que el director intentase demostrar una y otra vez que ni me habían expulsado de la universidad ni era clerical. Cuanto más me defendía, más demostraba su proximidad a mí y más se perjudicaba. Mi situación era casi desesperada.

¿Una injusticia, Ludvik? Sí, ésa es la palabra que con mayor frecuencia pronuncia usted cuando oye hablar de esta historia o de otras historias parecidas. Pero yo no sé lo que es la injusticia. Si no hubiera nada por encima de lo humano y si las actitudes no tuvieran otro significado que el que les atribuyen quienes las adoptan, el concepto de «injusticia» estaría justificado y yo también podría hablar de injusticia por haber sido más o menos echado de la granja estatal donde había trabajado con empeño. Quizás en ese caso hubiera sido lógico que me rebelase ante esa injusticia y defendiese furiosamente mis pequeños derechos humanos.

Pero los acontecimientos suelen tener un significado distinto al que les atribuyen sus ciegos autores; con frecuencia no son más que órdenes ocultas que vienen de lo alto y las personas que los hacen posibles no son más que mensajeros inconscientes de una voluntad superior, de la que ni siquiera sospechan.

Yo estaba seguro de que así era. Por eso acepté con alivio lo que estaba sucediendo en la granja. Veía en aquello una orden clara: deja a Lucie antes de que sea tarde. Tu deber está cumplido. Sus frutos no te pertenecen. Tu camino va por otro lado.

Así que hice lo mismo que había hecho dos años antes en la facultad de ciencias naturales. Me despedí de la llorosa y desesperada Lucie y salí a hacerle frente al aparente desastre. Yo mismo me ofrecí a dejar la granja. El director se negó a aceptarlo, pero yo sabía que lo hacía solo por cortesía y que en el fondo estaba contento.

Solo que esta vez mi partida voluntaria no emocionó a nadie. Aquí no había amigos comunistas de antes de Febrero que me allanaran el camino con buenos expedientes y consejos. Me fui de la granja como quien reconoce que no merece desempeñar en este país ningún puesto medianamente importante. Y así me convertí en obrero de la construcción.

18

Era un día de otoño de 1956. Me encontré con Ludvik, por primera vez después de cinco años, en el comedor del expreso que va de Praga a Bratislava. Yo iba a no sé qué obra que se estaba construyendo en Moravia oriental. Ludvik acababa de dejar su trabajo en las minas de Ostrava y había presentado en Praga los papeles para que le permitieran seguir estudiando. Ahora volvía a su casa en Moravia. Casi no nos reconocimos. Y después de reconocernos nos quedamos los dos sorprendidos por la suerte que habíamos corrido.

Recuerdo perfectamente con qué interés escuchó, Ludvik, lo que yo le contaba sobre mi salida de la facultad y sobre las intrigas en la granja estatal, que habían hecho que me convirtiera en albañil. Le agradezco aquel interés. Estaba furioso, hablaba de injusticia, de atropello. Y hasta se enfadó conmigo: me echó en cara que no me hubiera defendido, que me hubiera rendido. Dijo que nunca había que irse por las buenas. ¡Que nuestro enemigo se vea obligado a recurrir a los medios más bajos! ¿Por qué vamos a facilitarle el trabajo a su conciencia?

Usted minero, yo albañil. Nuestros destinos tan parecidos y sin embargo nosotros dos tan distintos. Yo perdonando, usted irreconciliable, yo pacífico, usted rebelde. ¡Qué próximos por fuera y qué distantes estábamos por dentro!

Probablemente sabía usted mucho menos que yo acerca de nuestro distanciamiento interior. Cuando me contó detalladamente por qué lo habían expulsado del partido, pensó, con ab-

251

soluta naturalidad, que yo estaba de su parte y que me irritaba tanto como a usted la beatería de los camaradas que lo castigaron por tomarse a broma lo que ellos consideraban sagrado. ¿Qué tenía de malo?, preguntó usted con sincero asombro.

Le contaré algo: en Ginebra, en la época en que estaba dominada por Calvino, vivía un muchacho, quién sabe si se parecía a usted, un muchacho inteligente, bromista, al cual le encontraron una libreta con burlas y ataques a Jesucristo y al Evangelio. ¿Qué tiene de malo?, pensó probablemente aquel muchacho tan parecido a usted. Si no había hecho nada malo, solo bromeaba. Es difícil que conociera el odio. Solo conocería el menosprecio y la indiferencia. Fue ejecutado.

Por favor, no crea que soy partidario de semejante crueldad. Lo único que quiero decir es que ningún movimiento que se plantee transformar el mundo soporta la burla ni el desprecio, porque eso es un óxido que todo lo disuelve.

Fíjese en su comportamiento posterior, Ludvik. Lo expulsaron del partido, lo echaron de la facultad, lo mandaron a la mili con los soldados peligrosos y después dos o tres años más a las minas. ¿Y usted qué hizo? Se quedó amargado hasta el fondo del alma, convencido de que habían cometido una gran injusticia con usted. Ese sentimiento de injusticia sigue hasta hoy determinando toda su postura ante la vida. ¡No lo comprendo! ¿Por qué habla de injusticia? Lo mandaron con los soldados negros, con los enemigos del comunismo. Bien. ¿Y eso fue una injusticia? ¿No fue para usted, más bien, una gran oportunidad? ¡Podía trabajar entre sus enemigos! ¿Hay alguna misión más importante? ¿No manda Jesús a sus discípulos «como a corderos entre los lobos»? «No necesitan médicos los sanos, sino los enfermos», dijo Jesús. «No he venido a llamar a los justos, sino a los pecadores...» Pero usted no deseaba ir con los pecadores y los enfermos.

Usted me dirá que mi comparación está fuera de lugar. Que Jesús mandaba a sus discípulos «entre los lobos» con su bendición mientras que a usted primero lo echaron y lo maldijeron y después lo mandaron con los enemigos como enemigo, con los lobos como lobo, con los pecadores como pecador.

¿Y es que usted niega haber sido pecador? ¿Supone usted que

no ha cometido ninguna falta en relación con el grupo al que pertenecía? ¿De dónde saca tanto orgullo? Cuando una persona se entrega a su fe, se comporta con humildad y humildemente debe aceptar el castigo, aunque sea injusto. Los humildes serán elevados. Los penitentes serán purificados. Los que son objeto de un atropello tienen la posibilidad de demostrar su fidelidad. Si usted se enemistó con el grupo al que pertenecía solo porque la carga puesta sobre sus espaldas era demasiado pesada, entonces es que su fe era débil y no fue capaz de superar la prueba a la que fue sometido.

En su pleito con el partido yo no estoy de su parte, Ludvik, porque sé que en este mundo solo puede hacer grandes cosas un grupo de personas ilimitadamente entregadas, que ponen su vida humildemente en manos de un fin superior. Usted, Ludvik, no se ha entregado sin límites. Su fe es precaria. ¡Cómo no iba a serlo si su único punto de referencia ha sido siempre usted mismo y su pobre razón!

No soy ingrato, Ludvik, yo sé lo que ha hecho usted por mí y por otras muchas personas a las que este régimen hizo algún daño. Utiliza usted sus relaciones de antes de Febrero con destacados dirigentes comunistas y su posición actual para interceder, intervenir, ayudar. Yo aprecio lo que usted hace. Y sin embargo se lo digo una vez más: ¡fíjese en lo que hay en el fondo de su alma! ¡La motivación profunda de sus buenas acciones no es el amor sino el odio! ¡Odio a los que le hicieron daño, a los que en aquella sala levantaron la mano contra usted! Su alma no conoce a Dios y por eso tampoco conoce el perdón. Usted quiere vengarse. Identifica a los que una vez le hicieron daño a usted con los que les hacen daño a otros y se venga por ellos. ¡Sí, lo que usted hace es vengarse! ¡Hasta cuando ayuda usted a la gente está lleno de odio! Puedo sentirlo. Puedo sentirlo en cada una de sus palabras. Pero ¿qué puede lograr el odio, más que el rencor como respuesta y una nueva cadena de rencores? Vive usted en el infierno, Ludvik, se lo repito, vive usted en el infierno y yo lo compadezco.

Si Ludvik oyese mi monólogo, podría pensar que soy un ingrato. Yo sé que me ayudó mucho. Aquella vez en el 56, cuando nos encontramos en el tren, se afligió mucho por lo que me había sucedido en la vida, e inmediatamente empezó a pensar cómo encontrarme un empleo en el que me sintiese a gusto y en el que pudiera hacer valer mis conocimientos. Me sorprendió aquella vez por lo rápida y efectiva que fue su actuación. Habló con un compañero en su ciudad natal. Quería que yo enseñase ciencias naturales en el instituto de enseñanza media. Era muy arriesgado. La propaganda antirreligiosa estaba entonces en pleno apogeo y era casi imposible darle un puesto de profesor de bachillerato a un creyente. Eso fue lo mismo que pensó el compañero de Ludvik y optó por otra solución. Y así fui a parar al departamento de virología del hospital de la ciudad y hace ya ocho años que cultivo aquí virus y bacterias en ratas y conejos.

Así es, si no fuera por Ludvik, yo no viviría aquí y tampoco viviría Lucie.

Unos años después de que yo dejara la granja, se casó. No podía quedarse en la granja porque su marido buscaba un puesto de trabajo en la ciudad. Estuvieron pensando adónde ir. Y ella consiguió convencer a su marido de que vinieran a vivir a esta ciudad, a la ciudad en la que yo vivía.

No he recibido en mi vida un regalo mejor, una mayor recompensa. Mi ovejita, mi palomita, la niña a la que yo había curado, a la que había alimentado con mi propia alma, volvía a mí. No quiere nada de mí. Tiene a su marido. Pero quiere estar cerca de mí. Me necesita. Necesita oírme de vez en cuando. Verme en misa los domingos. Encontrarme en la calle. Yo era feliz y sentía en aquel momento que ya no era joven, que era mayor de lo que suponía, que Lucie era probablemente la única obra que había realizado en la vida.

¿Le parece poco, Ludvik? No lo es. Es bastante y soy feliz. Soy feliz. Soy feliz...

¡Ay, cómo me engaño a mí mismo! ¡Con qué tozudez intento convencerme de que he seguido el camino acertado en mi vida! ¡Cómo me vanaglorio del poder de mi fe ante quienes no creen!

Sí, logré que Lucie creyera en Dios. Logré calmarla y curarla. La libré del asco al amor físico. Y al final me aparté de su camino. Sí, pero ¿de qué le sirvió eso a ella?

Su matrimonio no salió bien. Su marido es un bruto, le es infiel y se dice que la maltrata. Lucie nunca ha querido decírmelo. Sabe que eso me entristecería. Ante mí mantiene siempre la ficción de que su vida es feliz. Pero vivimos en una ciudad pequeña en la que nada permanece en secreto.

¡Ay, qué bien me engaño a mí mismo! Interpreté las intrigas políticas contra el director de la granja estatal como una orden cifrada de Dios para que me fuera. Pero ¿cómo distinguir la voz de Dios entre tantas voces? ¿Y si la voz que oí no fuera más que la voz de mi cobardía?

Tenía en Praga a mi mujer y a mi hijo. No me sentía apegado a ellos pero tampoco era capaz de separarme de ellos. Tenía miedo de que se produjera una situación irresoluble. Tenía miedo del amor de Lucie, no sabía qué hacer con él. Me horrorizaban las complicaciones en las que me vería metido.

Puse cara de ángel que le traía la salvación y en realidad no fui sino otro violador más. Le hice el amor una sola vez y me separé de ella. Puse cara de traerle el perdón, cuando era ella la que tenía que perdonarme. Ella estaba desesperada y lloraba cuando yo me fui y, sin embargo, al cabo de unos años vino tras de mí y se quedó a vivir aquí. Me habló. Me trató como a un amigo. Me perdonó. Por lo demás, todo está muy claro. No me ocurrió muchas veces en la vida que una mujer me amase así. Tenía su vida en mis manos. Tenía su felicidad en mi poder. Y huí. Nadie le ha hecho tanto mal como yo.

Y se me ocurre pensar si no utilizo las supuestas llamadas de Dios para librarme de mis obligaciones terrenas. Les tengo miedo a las mujeres. Me da miedo su calor. Me da miedo su presencia ininterrumpida. Me horrorizaba la idea de vivir con Lucie igual que me horroriza pensar en irme a vivir al apartamento de la maestra en la ciudad vecina.

¿Y por qué me fui, en realidad, voluntariamente, hace quince años, de la facultad? No amaba a mi mujer, que era seis años mayor que yo. Ya no soportaba ni su voz ni su cara y el perpetuo tictac del reloj familiar me resultaba insufrible. No podía vivir con ella, pero tampoco podía herirla divorciándome de ella, porque era buena y nunca me había hecho ningún daño. Así que de repente oí la voz salvadora de una llamada desde lo alto. Oí a Jesús que me llamaba para que abandonase mis redes.

¿Dios mío, es verdad? ¿Soy de verdad tan míseramente ridículo? ¡Dime que no es cierto! ¡Confírmamelo! ¡Háblame, Dios, háblame en voz más alta! ¡No puedo oírte en medio de todas estas voces confusas!

1

Cuando regresé de casa de Kostka a mi hotel, bien entrada la noche, estaba decidido a salir para Praga inmediatamente, por la mañana temprano, porque ya no tenía nada que hacer allí: mi pretendida misión en mi ciudad natal había terminado. Pero por desgracia era tal el lío que tenía en la cabeza que estuve hasta muy tarde dando vueltas en la cama (en una cama que rechinaba) sin poder dormirme; cuando por fin me quedé dormido, el sueño era muy superficial y me despertaba a cada momento; hasta la madrugada no logré conciliar un sueño profundo. Cuando me desperté, a las nueve, ya era tarde; los autobuses y los trenes de la mañana se habían ido y no había ningún medio de transporte hacia Praga hasta eso de las dos de la tarde. Cuando me di cuenta me faltó poco para hundirme en la desesperación: era como un náufrago y de repente sentía un deseo acuciante de estar en Praga, anhelaba mi trabajo, mi escritorio en casa, mis libros. Pero no había nada que hacer; tuve que apretar los dientes y bajar a desayunar al restaurante.

Entré con precaución porque temía encontrarme con Helena. Pero no estaba (seguramente andaría ya dando vueltas por la aldea más próxima, con el magnetófono al hombro, importunando a los viandantes con su micrófono y sus preguntas); en cambio, el salón del restaurante estaba lleno de gente haciendo ruido y fumando junto a sus cervezas, sus cafés y sus coñacs. ¡Ay, Dios!, me di cuenta de que tampoco aquella vez mi ciudad natal me iba a proporcionar un desayuno decente.

Salí a la calle; el cielo azul rasgado por las nubes, el bochorno que empezaba a sentirse, el polvo que se iba levantando, las calles que desembocan en una plaza ancha de la que sobresale una torre (sí, aquella que parece un soldado con su yelmo), todo aquello me impregnó de la tristeza de lo desolado. Desde lejos se oía el grito semiebrio de una prolongada canción morava (en la que me parecía que se habían quedado atrapadas la nostalgia, la estepa y las largas cabalgatas de la tropa reclutada) y en mi mente apareció Lucie, aquella historia que había ocurrido tanto tiempo atrás, que en ese momento se parecía a aquella prolongada canción y le hablaba a mi corazón, por el que habían pasado (como si atravesaran la estepa) tantas mujeres que no dejaron nada, igual que el polvo que se levanta no deja huella alguna en esta plaza ancha y llana, se asienta entre los adoquines y vuelve a elevarse y un golpe de viento lo arrastra más allá. Yo iba andando por aquellos adoquines polvorientos y sentía la pesada ligereza del vacío que yacía sobre mi vida: Lucie, la diosa del vapor, me había dejado, tiempo atrás, sin ella misma; ayer había convertido en nada mi venganza, tan perfectamente preparada, e inmediatamente después hizo que mi recuerdo de ella se transformase también en algo desesperadamente ridículo, en una especie de error grotesco, porque lo que me contó Kostka demostraba que durante todos estos años yo había estado recordando a alguien distinto, porque en realidad nunca había sabido quién era Lucie.

Yo solía decir para mis adentros, con cierta satisfacción, que Lucie era para mí algo abstracto, una leyenda y un mito, pero ahora comprendía que tras estos términos poéticos se ocultaba una realidad nada poética: que no la conocía; que no la había conocido tal como era, como era en sí misma y para sí misma. No había percibido (en mi egocentrismo juvenil) nada más que aquellos aspectos de su ser que se orientaban directamente hacia mí (hacia mi abandono, hacia mi falta de libertad, hacia mi ansia de ternura y de amabilidad); ella no había sido para mí más que una función de mi propia situación vital, todo aquello en lo que iba más allá de esa situación vital, todo aquello en lo que era ella misma, se me escapaba. Pero si no había sido para mí más que una función de mi situación, era completamente lógico que, en cuanto la situación se modificó (en cuanto se produjo otra situación, en cuanto yo envejecí y cambié), hubiera desaparecido también *mi Lucie*, porque ya no era nada más que lo que se me había escapado de ella, lo que no se refería a mí, lo que iba más allá de mí. Y por eso era completamente lógico que no la hubiera reconocido al cabo de quince años. Hacía ya mucho tiempo que era para mí (y yo no había pensado nunca en ella más que como en un «ser para mí») una persona diferente y desconocida.

Durante quince años me había seguido los pasos la noticia de mi derrota, hasta que al fin me dio alcance. Kostka (a quien yo nunca tomé en serio más que a medias) significaba más para ella, había hecho más por ella, la conocía más y la quería *mejor* (no quiero decir *más* porque mi amor había tenido la máxima fuerza): a él se lo había contado todo —a mí nada—; él la hizo feliz —yo infeliz—; él conoció su cuerpo —yo no lo conocí nunca—. Y sin embargo, para que entonces hubiera logrado aquel cuerpo que tanto ansiaba, hubiese bastado una sola cosa, completamente sencilla: que la hubiese comprendido, que hubiese sabido entenderla, que la hubiese amado no solo por aquello que en ella se dirigía a mí, sino también por lo que no se refería a mí directamente, por lo que era en sí misma y para sí. Pero yo no lo supe y le hice daño a ella y me hice daño a mí. Me invadió una ola de rabia contra mí mismo, contra la edad que entonces tenía, contra la estúpida edad lírica en la que el hombre es para sí mismo un misterio demasiado grande como para que pueda dedicarse a los misterios que están fuera de él, la edad en la que los demás (aun los más queridos) no son para él más que espejos móviles en los que ve, asombrado, sus propios sentimientos, su propia emoción, su propia valía. ¡Sí, yo he recordado durante esos quince años a Lucie solo como un espejo que conservaba mi imagen de entonces!

Me acordé de la fría habitación con una sola cama, iluminada por la farola de la calle a través del cristal sucio, me acordé de la resistencia salvaje de Lucie. Era todo como un chiste malo: yo creía que ella era virgen y ella se resistía precisamente porque no era virgen y probablemente tenía miedo de que llegase el momento en que yo supiese la verdad. O a lo mejor su resistencia tenía otra explicación (que corresponde a la interpretación que Kostka hacía de Lucie): las primeras drásticas experiencias sexuales habían hecho que para Lucie el acto amoroso fuese algo feo y le habían quitado el sentido que suele darle la mayoría de la gente; le habían quitado completamente la ternura y el sentimiento amoroso; para Lucie el cuerpo era algo feo y el amor algo incorporal; el alma le había declarado al cuerpo una guerra silenciosa y terca.

Esta explicación (tan melodramática y sin embargo tan probable) me volvía a hablar de nuevo de la desoladora desavenencia (yo mismo la conocía tan bien y en tantas variaciones) entre el alma y el cuerpo y me recordaba (porque aquí lo triste se mezclaba sistemáticamente con lo ridículo) una historia de la que me reí hace mucho tiempo; una buena amiga mía, mujer de costumbres notablemente licenciosas (de las que yo mismo me aprovechaba bastante), se puso de novia con un físico, decidida a experimentar esta vez, por fin, el *amor,* pero para poder sentirlo como amor *verdadero* (distinto de las decenas de historias sentimentales por las que había pasado) se negó a mantener relaciones sexuales con su novio hasta la noche de bodas, paseaba con él por el parque al anochecer, le apretaba la mano, lo besaba bajo la luz de las farolas y le permitía así a su alma (libre del cuerpo) elevarse hasta lo alto y caerse de vértigo. Un mes después de la boda se divorció de él, quejándose amargamente de que había defraudado sus sentimientos porque resultó ser un amante pésimo, casi impotente.

A lo lejos se seguía oyendo el grito semiebrio de una larga canción morava, mezclándose con el regusto grotesco de la historia rememorada, con el polvoriento vacío de la ciudad y con mi tristeza, a la que además se le empezaba a sumar, saliendo de mis entrañas, el hambre. Por lo demás, estaba a unos pasos de la lechería; intenté abrir la puerta pero estaba cerrada. Un ciudadano que pasaba por allí me dijo: «Qué va, todos los de la lechería están en la fiesta». «¿En la cabalgata de los reyes?» «Sí, han montado un quiosco.»

Maldije mi suerte pero no me quedó más remedio que resignarme; me puse en marcha en dirección a la canción. A la festividad folklórica que había evitado furiosamente me conducía el sonido de mis tripas.

2

Cansancio. Cansancio desde la mañana temprano. Como si hubiera estado toda la noche de juerga. Y sin embargo dormí toda la noche. Solo que mi sueño ya no es más que la leche descremada del sueño. Durante el desayuno estuve tratando de no bostezar. Al poco rato empezó a llegar gente. Amigos de Vladimir y mirones en general. Un peón de la cooperativa trajo hasta nuestra casa el caballo para Vladimir. Y entre todos ellos apareció de repente Kalasek, el responsable de cultura del Comité Nacional del Distrito. Hace ya dos años que estoy en guerra con él. Iba de traje negro, ponía cara de solemnidad y junto a él estaba una señora elegante. Una redactora de la radio de Praga. Me dijo que lo acompañase. La señora quería grabar una entrevista para un programa sobre la cabalgata de los reyes.

¡Dejadme en paz! No voy a andar haciendo el payaso. La redactora estaba encantadísima de conocerme personalmente y por supuesto que Kalasek le siguió el juego. Salió diciendo que era para mí un deber político acompañarlos. Bufón. Me hubiera resistido. Les dije que mi hijo iba a ser el rey y que quería estar presente en los preparativos. Pero Vlasta me atacó por la espalda. Dijo que los preparativos del hijo eran asunto suyo. Que me fuera y que hablara por la radio.

Así que al fin obedecí. La redactora estaba instalada en un despacho del comité nacional. Había un magnetófono y un chico joven que lo manejaba. Ella no paraba de hablar y sonreía permanentemente. Se puso el micrófono junto a la boca y le hizo la primera pregunta a Kalasek.

Kalasek tosió y empezó a hablar. La atención al arte popular es parte inseparable de la educación comunista. El comité nacional lo comprende plenamente. Por eso lo apoya también plenamente. Les desea un éxito pleno y comparte plenamente. Agradece a todos los que han participado. Los organizadores entusiasmados y los niños de los colegios entusiasmados, a los cuales plenamente.

Cansancio, cansancio. Siempre las mismas frases. Quince años oyendo siempre las mismas frases. Y oírselas ahora a Kalasek, al cual le importa un bledo el arte popular. El arte popular es para él un medio. Un medio para jactarse de un nuevo montaje. Para cumplir el plan. Para subrayar sus méritos. No movió un dedo por la cabalgata de los reyes y si por él fuera no nos daría ni un céntimo. Y sin embargo la cabalgata de los reyes se la apuntará precisamente él. Es el mandamás de la cultura provincial. Un antiguo dependiente que no distingue un violín de una guitarra.

La redactora se puso el micrófono junto a la boca. Cuál es mi opinión sobre la cabalgata de los reyes de este año. Me dieron ganas de reírme de ella. ¡Pero si la cabalgata de los reyes aún no ha empezado! Pero fue ella la que se rió de mí. Un folklorista tan experimentado como yo seguro que ya sabe cómo saldrá. Sí, ellos lo saben todo de antemano. El transcurso de lo que está por venir ya lo conocen. El futuro ya ha sucedido hace mucho y ahora ya no será para ellos más que una repetición.

Tenía ganas de decirles todo lo que pensaba. Que la cabalgata saldría peor que otros años. Que el arte popular pierde adeptos año tras año. Que se pierde también el interés que antes demostraban las instituciones. Que ya casi no vive. Que no podemos dejarnos engañar por que se oiga permanentemente en la radio una especie de música popular. Todas esas orquestas de instrumentos populares y conjuntos de coros y danzas populares son más bien ópera u opereta o música bailable, pero no son arte popular. ¡Una orquesta de instrumentos populares con director, partituras y atriles! ¡Una instrumentación casi sinfónica! ¡Qué monstruosidad! ¡Lo que usted conoce, señora periodista, las orquestas y los conjuntos, eso no es más que el pensamiento musical romántico que utiliza melodías populares! El verdadero arte popular ya no está vivo, no señora, ya no está vivo.

Tenía ganas de soltárselo todo por el micrófono, pero al final dije otra cosa. La cabalgata de los reyes estuvo preciosa. La fuerza del arte popular. Un mar de colores. Comparto plenamente. Les agradezco a todos los que han participado. Entusiasmados los organizadores y los niños de los colegios, a los cuales plenamente.

Me daba vergüenza estar hablando tal como ellos querían. ¿Soy tan cobarde? ¿O tan disciplinado? ¿O estoy tan cansado? Estaba contento de haber terminado de hablar y de poder largarme de inmediato. Tenía ganas de llegar a casa. En el patio había muchos curiosos y toda clase de ayudantes que adornaban el caballo con lazos y cintas. Yo tenía ganas de ver a Vladimir mientras se preparaba. Entré en casa, pero la puerta de la habitación donde lo estaban vistiendo estaba cerrada. Toqué con los nudillos y pregunté. Se oyó desde dentro la voz de Vlasta. Aquí no tienes nada que hacer, aquí se está vistiendo el rey. ¡Leches!, dije, ¿por qué no voy a tener nada que hacer ahí? Porque iría en contra de la tradición, me respondió la voz de Vlasta. No sé por qué iba a ir contra la tradición que el padre estuviese presente mientras se vestía el rey, pero no se lo discutí. Oí en su voz un tono de interés y eso me agradó. Me agradó que se sintiesen interesados por mi mundo. Por mi pobre y abandonado mundo.

Así que salí otra vez al patio a charlar con la gente que estaba adornando el caballo. Era un pesado caballo de tiro de la cooperativa. Paciente y tranquilo.

Después oí un ruido de voces humanas que llegaban desde la calle a través del portal cerrado. Y después llamadas y golpes. Había llegado mi momento. Estaba nervioso. Abrí el portal y me presenté ante ellos. La Cabalgata de los Reyes estaba formada delante de nuestra casa. Los caballos adornados con cintas y gallardetes. Y en los caballos, jóvenes con los coloridos trajes tradicionales. Como hace veinte años. Como hace veinte años cuando vinieron a buscarme a mí. Cuando le pidieron a mi padre que les diera a su hijo como rey.

Delante de todo, justo al lado de nuestro portal, estaban montados a caballo los dos pajes, con trajes de mujer y con los sables en la mano. Esperaban a Vladimir para acompañarlo y escoltarlo durante todo el día. Hacia ellos se acercó desde el grupo de jinetes un joven, detuvo el caballo justo delante de mí y empezó con sus versos:

¡H'ylom, h'ylom, oídme todos!
¡Padrecito querido, hemos venido a pediros
que a vuestro hijo, por rey, queráis hoy darnos!

Luego prometió que cuidarían bien del rey. Que lo llevarían a través de las tropas enemigas. Que no dejarían que cayera en manos enemigas. Que estaban preparados para luchar. *H'ylom, h'ylom.*

Miré hacia atrás. En el oscuro corredor que da al patio de nuestra casa ya estaba montada sobre el caballo adornado una figura vestida con traje de mujer, la blusa fruncida y cintas de colores que le cubrían la cara. El rey. Vladimir. De pronto me olvidé de mi cansancio y de mi mal humor y me sentí bien. El viejo rey envía al rey joven a recorrer el mundo. Me di la vuelta y fui hacia él. Me acerqué al caballo y me puse de puntillas para que mi boca estuviese lo más cerca posible de su cara oculta. ¡Vlada, feliz viaje!, le susurré. No respondió. No se movió. Y Vlasta me dijo con una sonrisa: No te puede contestar. No puede hablar ni una sola palabra hasta la noche.

3

Tardé apenas un cuarto de hora en llegar a la aldea (en la época de mi juventud estaba separada de la ciudad por una franja de campo, pero ahora formaban ya casi un todo); el canto, que ya había oído en la ciudad, se oía ahora con toda fuerza, y es que sonaba por los altavoces que había en las paredes de las casas o en los postes de la luz (¡idiota de mí, permanentemente engañado: no hacía más que un rato que me había entristecido por la nostalgia y la supuesta ebriedad de aquella voz y ahora resultaba que no era más que una voz reproducida gracias a un amplificador que estaba en el comité nacional y a dos discos gastados!); poco antes de la entrada al pueblo habían construido un arco triunfal con una gran pancarta de papel en la que estaba escrito con grandes letras rojas BIENVENIDOS; en esta zona los grupos de gente eran más nutridos, por lo general iban vestidos con trajes de calle, pero entre ellos había, de vez en cuando, alguna persona mayor con el traje tradicional: las botas altas, los pantalones de lino blanco y la camisa bordada. En aquel punto la carretera se ensanchaba formando la plaza del pueblo: entre la carretera y la línea de casas se extendía ahora una ancha franja de césped con algunos árboles entre los cuales habían construido (para la fiesta de hoy) unos cuantos quioscos en los que vendían cerveza, limonada, cacahuetes, chocolate, roscas, salchichas con mostaza y obleas; en uno de los quioscos tenía su sede la lechería municipal: aquí ofrecían leche, quesos, mantequilla, yogur y nata agria; no vendían bebidas alcohólicas en ningún quiosco pero me daba la impresión de que la mayoría de la gente estaba borracha; se amontonaban junto a los quioscos, se interrumpían el paso, se quedaban pasmados; de vez en cuando, un brazo se elevaba con gesto ebrio, alguien empezaba a cantar, pero no eran más que intentos fallidos, dos o tres notas de una canción que se ahogaban en seguida en el ruido de la plaza, a su vez dominado por el disco de los altavoces. Toda la plaza estaba plagada (pese a que era temprano y la cabalgata aún no había empezado) de vasos de cerveza de papel encerado y bandejitas de cartón con manchas de mostaza.

El quiosco de la leche y el yogur hedía a abstinencia y no atraía a la gente; conseguí que me sirvieran un vaso de leche y un panecillo, sin hacer cola, elegí un sitio un poco menos poblado para que nadie me empujara y sorbí un poco de leche. En ese momento se oyó un griterío en la otra punta de la plaza: la cabalgata de los reyes entraba en la plaza del pueblo.

Los sombreros negros con plumas de gallo, las amplias mangas fruncidas de las camisas blancas, los chalecos azules con sus adornos de lana roja, las tiras de papel de colores que ondeaban en los cuerpos de los caballos, llenaron el ámbito de la plaza; y en seguida se oyeron otros sonidos junto al murmullo de la gente y las canciones de los altavoces: los relinchos de los caballos y las llamadas de los jinetes:

H'ylom, h'ylom, oíd todos,
los de arriba y los de abajo, los de aquí y los de lejos,
lo que ha sucedido hoy, domingo de Pascua de Pentecostés.
Si es muy pobre nuestro rey, es muy honrado también,
mil bueyes le han robado
de un corral deshabitado...

Se formó una imagen confusa para el ojo y el oído, en la que todo se mezclaba: el folklore de los altavoces con el folklore a caballo; el colorido de los trajes y los caballos con los grises y marrones de las mal cortadas indumentarias civiles del público; la forzada espontaneidad de los jinetes con la forzada preocupación de los organizadores que corrían con sus brazaletes rojos entre los caballos y entre el público, intentando mantener dentro de los límites de un cierto orden el caos que se había producido, lo cual no era nada fácil, no solo por la indisciplina del público (por suerte no demasiado numeroso), sino en particular porque el tráfico en la carretera no había sido interrumpido; los hombres con brazalete rojo se ponían en los dos extremos del grupo de jinetes, haciéndoles señas a los coches para que redujesen la velocidad; así que por entre los caballos intentaban pasar coches, camiones y hasta ensordecedoras motocicletas, con lo cual los caballos se ponían intranquilos y los jinetes inseguros.

A decir verdad, hice lo posible por evitar mi participación en este (o en cualquier otro) festejo folklórico, porque me temía algo muy distinto a lo que ahora estaba viendo: contaba con el mal gusto, con que se mezclara, sin ningún estilo, el verdadero arte popular con la cursilería, contaba con discursos inaugurales de estúpidos oradores, sí, contaba con lo peor, con la exageración y la falsedad, pero no contaba con lo que, desde el comienzo, estaba dejando una marca implacable en todo este festejo, no contaba con esta triste y casi conmovedora *penuria;* estaba presente en todo: en los escasos quioscos, en el público escaso pero completamente indisciplinado y disperso, en la pugna entre el tráfico diario corriente y la ceremonia anacrónica, en los caballos que se espantaban, en los altavoces vociferantes que con maquinal inercia lanzaban al aire dos canciones populares siempre iguales, de modo que (junto con el estruendo de las motocicletas) hacían inaudibles los versos que los jóvenes jinetes recitaban con las venas del cuello hinchadas. Tiré el vaso en el que había bebido la leche y la cabalgata de los reyes, que ya se había presentado suficientemente en la plaza del pueblo, inició su recorrido por la aldea, que duraría varias horas. Yo conocía bien todo aquello, como que hace ya tiempo, el último año antes del fin de la guerra, había ido vestido de paje (con un atuendo de gala de mujer y con el sable en la mano) acompañando a Jaroslav, que hacía aquel año de rey. No tenía ganas de enternecerme con aquellos recuerdos, pero (como si la penuria de la ceremonia me dejase desarmado) tampoco tenía intención de rechazar por la fuerza la imagen que me brindaba; fui siguiendo lentamente al grupo de jinetes que ahora se habían extendido a lo ancho; en el medio de la carretera se apiñaban tres jinetes: en el medio el rey y a cada lado un paje con su sable y vestido de mujer. Alrededor de ellos, un tanto más alejados, unos cuantos jinetes del séquito personal del rey, los llamados *ministros*. El resto del pelotón se había dividido en dos alas separadas que iban a los dos lados de la carretera; aquí también estaban perfectamente repartidas las funciones de los jinetes: estaban los *portaestandartes* (con un estandarte cuya asta llevaban metida en la bota, de modo que la tela roja bordada flameaba junto a la grupa del caballo), estaban los *heraldos* (que recitaban delante de cada casa las noticias sobre un rey pobre pero honrado al que le habían *robado* tres mil bueyes de un corral *deshabitado)* y finalmente los *recaudadores* (que no hacían más que pedir regalos: «¡Para el rey, mamaíta, para el rey!», y extendían el cesto de los regalos).

4

Gracias, Ludvik, solo hace ocho días que te conozco y te amo como nunca amé a nadie, te amo y te creo, no pienso en nada y te creo, porque aunque la razón me engañase, el sentimiento me engañase, el alma me engañase, el cuerpo no miente, el cuerpo es más honesto que el alma y mi cuerpo sabe que nunca ha vivido algo como lo de ayer, sensualidad, ternura, crueldad, placer, golpes, mi cuerpo nunca se había imaginado algo así, nuestros cuerpos se hicieron ayer un juramento, y ahora que nuestras cabezas vayan obedientes junto a nuestros cuerpos, solo hace ocho días que te conozco, Ludvik, y te doy las gracias, Ludvik.

También te doy las gracias por haber llegado en el último momento, por haberme salvado. Hoy ha sido un día hermoso desde la mañana temprano, el cielo azul, yo también estaba azul por dentro, por la mañana todo me salía bien, después fuimos a grabar la cabalgata a la casa de los padres, cuando van a pedir al rey, y de repente se me acercó, me asusté, no esperaba que llegase tan temprano desde Bratislava y tampoco esperaba que fuese tan cruel, imagínate, Ludvik, ¡el muy grosero se vino con ella!

Y yo idiota creyendo hasta el último momento que mi matrimonio todavía no estaba completamente perdido, que aún se podía salvar, yo idiota, por culpa de ese matrimonio fracasado casi te hubiera sacrificado a ti y te hubiera dejado sin este encuentro aquí, yo idiota de nuevo casi me dejo embriagar por su dulce voz cuando me dijo que pasaría a verme al volver de Bratislava, y que tenía mucho que hablar conmigo, que quería hablarme con toda sinceridad, y se viene con ella, con esa mocosa, con esa cría, una chica de veintidós años, trece años más joven que yo, qué humillante es perder solo porque se ha nacido antes, le dan a uno ganas de aullar de impotencia, pero no pude aullar, tuve que sonreír y darle gentilmente la mano, gracias por haberme dado fuerzas, Ludvik.

Cuando ella se alejó me dijo que ahora teníamos la posibilidad de hablar sinceramente los tres, que eso sería lo más honesto, honestidad, honestidad, conozco bien su honestidad, hace ya dos años que anda buscando el divorcio pero sabe que a mí sola, cara a cara, no es capaz de sacarme nada, confía en que en presencia de esa niñata me dé vergüenza, en que no me atreva a jugar el ignominioso papel de la esposa tenaz, en que me hunda, en que me eche a llorar y me rinda por mi propia voluntad. Lo odio, viene a clavarme el cuchillo por la espalda justo cuando estoy trabajando, cuando estoy haciendo un reportaje, cuando necesito estar tranquila, por lo menos debería respetar mi trabajo, debería valorarlo un poco, y así siempre, desde hace muchos años, siempre postergada, siempre derrotada, siempre humillada, pero ahora se despertó mi rebeldía, sentía que detrás de mí estabas tú y tu amor, todavía te sentía dentro de mí y encima de mí, y esos hermosos jinetes vestidos de colores a mi alrededor, gritando entusiasmados, como si estuvieran diciendo que tú existes, que existe la vida, que existe el futuro, y yo sentí dentro de mí un orgullo que ya casi había perdido, me inundó ese orgullo como una riada, logré sonreírme alegremente y le dije: No creo que para eso haga falta que vaya con vosotros a Praga, no quiero importunaros, y tengo aquí el coche de la radio, y en cuanto a ese acuerdo que tanto te interesa, eso se puede resolver muy rápido, te puedo presentar al hombre con el que quiero vivir, seguro que nos entenderemos todos perfectamente.

Es posible que lo que hice sea una locura, pero si lo hice, hecho está, valió la pena ese instante de dulce arrogancia, valió la pena, él se puso inmediatamente mucho más amable, seguro que estaba contento pero tenía miedo de que no lo hubiera dicho en serio, me lo hizo repetir otra vez, le di tu nombre completo, Ludvik Jahn, Ludvik Jahn, y al final le dije explícitamente, no tengas miedo, te doy mi palabra, ya no pondré ni el menor obstáculo a nuestro divorcio, no temas, no te quiero ni aunque tú me quisieras. Él me contestó que esperaba que siguiéramos siendo buenos amigos, yo me sonreí y le dije que no me cabía la menor duda.

5

Hace muchos años, cuando yo tocaba todavía el clarinete en la orquesta, nos rompíamos la cabeza tratando de averiguar lo que significaba la cabalgata de los reyes. Al parecer, cuando el rey húngaro Matías huía derrotado de Bohemia a Hungría, tuvo que ocultarse en la región morava de sus perseguidores checos con su caballería y mantenerse mendigando. Se decía que la cabalgata de los reyes recordaba este acontecimiento histórico del siglo XV, pero fue suficiente con indagar un poco en los viejos manuscritos para comprobar que la costumbre es muy anterior a la desventura del soberano húngaro. ¿De dónde salió, pues, y qué significa? ¿Es posible que provenga de las épocas paganas y rememore las ceremonias en las que los muchachos pasaban a la categoría de hombres? ¿Y por qué van el rey y sus pajes vestidos de mujer? ¿Recuerda la historia de algún séquito militar (el de Matías u otro muy anterior) que hizo a su caudillo atravesar disfrazado una región enemiga, o es una reminiscencia de la antigua creencia pagana de que el disfraz protege de los malos espíritus? ¿Y por qué no puede hablar el rey durante todo el tiempo ni una sola palabra? ¿Y por qué se llama cabalgata de los reyes, si no hay más que un solo rey? ¿Qué significa todo esto? Quién sabe. Hay muchas hipótesis pero ninguna fundada. La cabalgata de los reyes es una ceremonia misteriosa; nadie sabe lo que de verdad significa, lo que quiere decir, pero igual que los jeroglíficos egipcios son más bellos para quienes no los saben leer (y solo los perciben como dibujos fantásticos), es posible que la cabalgata de los reyes sea tan hermosa porque el contenido de su mensaje se perdió hace mucho y precisamente por eso destacan aún más los gestos, los colores, las palabras que llaman la atención sobre sí mismas y sobre su propio aspecto y su propia forma.

Y de ese modo la inicial desconfianza con la que observaba el confuso comienzo de la cabalgata de los reyes desapareció, para mi asombro, y de repente me encontré totalmente concentrado en el multicolor escuadrón que avanzaba lentamente de casa en casa; además los altavoces, que hasta hacía un rato lanzaban al aire la voz penetrante de la cantante, se habían callado ahora y solo se oía (si me olvido del intermitente ruido de los vehículos, que hace ya tiempo que me he acostumbrado a separar de mis impresiones acústicas) la particular música del recitado.

Me dieron ganas de quedarme allí, de cerrar los ojos y no hacer más que oír; me daba cuenta de que precisamente en este lugar, en medio de una aldea morava, estaba oyendo *versos*, versos en el sentido original de la palabra, de un modo en el que nunca podré oírlos en la radio, en la televisión o en el teatro, versos como una llamada rítmica ceremonial, como una forma a mitad de camino entre el habla y el canto, versos que se hacían atractivamente sugestivos por el patetismo de la propia métrica, del mismo modo que debían seducir cuando sonaban en el escenario de los antiguos anfiteatros. Era una música hermosa y *polifónica:* los heraldos decían sus versos de una forma monocorde, pero cada uno de ellos en un tono distinto, de modo que las voces se unían inintencionadamente en un acorde; además los muchachos no recitaban a un tiempo, cada uno empezaba su pregón en un momento distinto, cada uno junto a una casa distinta, de modo que las voces sonaban desde diversos lados en un momento distinto y recordaban así un canon polifónico; una voz ya había terminado, la otra estaba por la mitad y en ese momento, en otra altura tonal, iniciaba su llamada otra voz.

La cabalgata de los reyes recorrió durante largo rato la calle principal (permanentemente espantada por los automóviles que pasaban a su lado) y luego se dividió al llegar a una esquina: el ala derecha siguió hacia delante, la izquierda dobló por una calle estrecha; nada más doblar había una casita pequeña de color amarillo, con una cerca de madera y un jardincillo repleto de flores de colores. El heraldo se lanzó a hacer las más caprichosas improvisaciones: junto a esta casa hay un precioso *surtidor* —recitaba— y el hijo de la dueña de la casa es un *camelador;* en efecto, delante de la casa había un surtidor pintado de verde y una mujer gorda de unos cuarenta años, seguramente satisfecha por el título adjudicado a su hijo, se sonrió y le dio a uno de los jinetes (al recaudador), que gritaba «¡Para el rey, mamaíta, para el rey!», un billete. El recaudador lo metió en un cesto que llevaba sujeto a la montura y en seguida llegó otro heraldo a decirle a la señora que era *joven y bella*, pero que aún mejor era su *aguardiente*, mientras imitaba con las palmas de las manos la forma de un cuenco que se llevaba a la boca. Todos se echaron a reír y la señora, satisfecha, se metió corriendo en la casa; debía de tener el aguardiente de ciruelas preparado de antemano porque al cabo de un momento regresó con una botella pequeña y un vasito que iba llenando para darles de beber a los jinetes.

Mientras el ejército del rey bebía y bromeaba, el rey con sus dos pajes se mantenía alejado, inmóvil y serio, tal como corresponde seguramente a los reyes, que han de ocultarse tras su seriedad y permanecer solitarios y distantes en medio de los ruidosos ejércitos. Los caballos de los dos pajes estaban a ambos lados del caballo del rey, de modo que las botas de los tres jinetes se tocaban (los caballos llevaban en el pecho un corazón de pan de miel lleno de ornamentos hechos con espejuelos y azúcar de colores, en la frente llevaban rosas de papel y las crines entrelazadas con cintas de papel de colores). Los tres llevaban vestidos de mujer; faldas amplias, mangas fruncidas almidonadas y sombreros llenos de ornamentos; pero el rey, en lugar de sombrero, llevaba una reluciente diadema de plata, de la cual colgaban tres cintas largas y anchas, a los lados azules, la del medio roja, que le cubrían completamente la cara y le daban un aspecto misterioso y patético.

Me quedé extasiado mirando a ese trío inmóvil; es cierto que hace veinte años había montado a caballo ataviado exactamente igual que ellos, pero como en aquella oportunidad veía la cabalgata *desde dentro*, en realidad no veía nada. Es precisamente ahora cuando en verdad la veo y no puedo quitarle los ojos de encima: el rey cabalga (a un par de metros de mí) erguido y parece una estatua custodiada, encubierta por una bandera; y quién sabe, se me ocurrió de repente, quién sabe si no es un rey, quién sabe si es una reina, quién sabe si es la reina

Lucie, que se me ha aparecido con su verdadero aspecto, porque su aspecto *verdadero* es precisamente su aspecto oculto.

Y en ese momento se me ocurrió que Kostka, cuya personalidad era a un tiempo tenazmente reflexiva y fantasiosa, era un excéntrico y que, por lo tanto, lo que había contado era posiblemente cierto pero no era seguro; claro que conocía a Lucie y quizás sabía mucho sobre ella, pero lo esencial no lo sabía: al soldado que intentó poseerla en la casa prestada por un minero, Lucie lo amaba de verdad; difícilmente podía yo tomar en serio que Lucie robara flores para satisfacer sus vagos deseos religiosos, porque sabía que las robaba para mí; y si le había ocultado eso a Kostka, junto con nuestro tierno medio año de amor, entonces es que también en su relación con él había conservado un secreto inescrutable, entonces él tampoco la conocía; y en ese caso tampoco es seguro que haya venido a vivir a esta ciudad por su causa; es posible que hubiera venido a parar aquí por casualidad, pero también es perfectamente posible que hubiera venido por mi causa. ¡Porque sabía que yo había vivido aquí! Me dio la sensación de que la información sobre aquella primera violación era cierta, pero ya tenía más dudas sobre la precisión de los detalles concretos: la historia parecía por momentos claramente teñida por la mirada sanguinolenta de un hombre excitado por el pecado y otras veces la teñía un azul tan azulado que solo podía ser producto de un hombre que mira con frecuencia al cielo; estaba claro, en el relato de Kostka se unían la verdad y la poesía y no era más que otra nueva leyenda (quizás más próxima a la verdad, quizás más bella, quizás más profunda) que ocultaba ahora la leyenda anterior.

Miraba al rey encubierto y veía a Lucie atravesando (desconocida e incognoscible) solemne (y burlona) mi vida. Después (impulsado por una especie de fuerza externa) retiré mi mirada a un lado, de modo que fui a caer directamente a los ojos de un hombre que llevaba evidentemente un rato mirándome y sonriendo. Me dijo: «¿Qué tal?», y, horror, se acercó a mí. «Hola», le dije. Me extendió la mano; se la estreché. Después se dio vuelta y llamó a una chica en la que hasta ese momento no me había fijado: «¿Qué haces ahí parada? Ven, te voy a presentar a alguien».

La muchacha (delgada pero guapa, con pelo y ojos oscuros) se acercó a mí y dijo: «Brozova». Me dio la mano y yo le dije: «Jahn. Encantado». «Hace un montón de años que no te veo», dijo él con amistosa jovialidad; era Zemanek.

6

Cansancio. Cansancio. No podía librarme de él. La cabalgata se había ido con el rey hacia la plaza y yo iba lentamente tras ella. Respiraba profundamente para superar el cansancio. Me detenía a hablar con los vecinos que salían de sus casas a fisgonear. De repente sentí que yo también soy ya un viejo vecino asentado. Que ya no pienso en ningún viaje, en ningún tipo de aventuras. Que estoy irremisiblemente atado a las dos o tres calles en las que vivo.

Cuando llegué a la plaza, la cabalgata ya se ponía lentamente en marcha por la larga calle principal. Mi intención era ir andando despacio tras ella, pero en ese momento vi a Ludvik. Estaba de pie en la franja de césped junto a la carretera, mirando pensativo a los jóvenes jinetes. ¡Condenado Ludvik! ¡Que se vaya al diablo! Hasta ahora él me rehuía a mí, hoy lo rehuiré yo a él. Me di media vuelta y fui hacia un banco que hay en la plaza bajo el manzano. Me sentaré aquí y me dedicaré a escuchar cómo suena desde lejos el pregón de los jinetes.

Y así me quedé sentado, escuchando y mirando. La cabalgata de los reyes se iba alejando lentamente. Se apretujaba miserablemente a los dos lados de la carretera por la que seguían pasando los coches y las motocicletas. La seguía un grupito de personas. Un grupo lastimeramente reducido. Cada año hay menos gente en la cabalgata de los reyes. Pero en cambio este año está Ludvik. ¿Qué andará buscando? Que te lleve el diablo, Ludvik. Ya es tarde. Ya es tarde para todo. Has venido como un signo de mal agüero. Un negro augurio. Precisamente cuando mi Vladimir es el rey.

Volví la mirada. En la plaza no quedaba más que un par de personas junto a los quioscos y junto a la puerta de la cervecería. Casi todos estaban borrachos. Los borrachos son los más fieles partidarios de los festejos folklóricos. Los últimos partidarios. Por lo menos, tienen de vez en cuando un motivo importante para beber.

Después se sentó junto a mí en el banco el viejo Pechacek. Esto ya no es como en los viejos tiempos, dijo. Yo asentí. No, ya no. ¡Qué hermosas deben de haber sido estas cabalgatas hace muchos decenios o muchos siglos! Seguramente no tenían tantos colorines como ahora. Hoy tienen algo de cursi y algo de baile de disfraces. ¡Corazones de pan de miel en el pecho de los caballos! ¡Toneladas de cintas de papel compradas en el comercio! Antes los trajes también eran de colores, pero más sencillos. Los caballos no tenían más adorno que un pañuelo rojo atado sobre el pecho. Y la máscara del rey no estaba hecha de cintas de colores sino de un simple velo. Pero en cambio llevaba una rosa en la boca. Para que no pudiera hablar.

Sí, abuelo, hace siglos era mejor. No había que ir reclutando laboriosamente a los jovencitos para que accediesen amablemente a participar en la cabalgata. No había que perder un montón de días en reuniones para decidir quién iba a organizar la cabalgata y a quién le correspondería la recaudación. La cabalgata de los reyes surgía de la vida de la aldea como de una fuente. Y se lanzaba a los pueblos de los alrededores a recolectar dinero para su rey enmascarado. Algunas veces se encontraba en otra aldea con otra cabalgata de los reyes y empezaba la batalla. Las dos partes defendían furiosamente a su rey. Con frecuencia relucían los cuchillos y los sables y corría la sangre. Cuando la cabalgata capturaba a un rey de otro lugar, se bebía entonces hasta caer al suelo, a cuenta del padre del prisionero.

Claro que tiene razón, abuelo. Cuando yo fui rey, durante la ocupación, aún entonces era diferente a lo que es hoy. Y después de la guerra, todavía seguía valiendo la pena. Pensábamos que íbamos a hacer un mundo nuevo. Y que la gente iba a volver a vivir como antes con sus tradiciones populares. Que la cabalgata de los reyes iba a volver a surgir de la profundidad de sus vidas. Queríamos ayudar a que surgiese. Organizábamos festejos populares con todo nuestro empeño. Pero las fuentes no se pueden organizar. Las fuentes surgen o no surgen. Y ya lo ve, abuelo, no hacemos más que exprimirlo todo, nuestras canciones, la cabalgata de los reyes, todo. Ya no son más que las últimas gotas, las últimas gotitas.

Ay, Dios. La cabalgata de los reyes ya no se veía. Seguramente habría doblado por alguna callejuela lateral. Pero se oía su pregón. El pregón era hermoso. Cerré los ojos y me imaginé por un momento que vivía en otra época. En otro siglo. Hace mucho tiempo. Y después abrí los ojos y me dije que es bueno que Vladimir sea rey. Es rey de un reino que está casi muerto pero es el más grandioso. De un reino al que permaneceré fiel hasta su fin.

Me levanté del banco. Alguien me saludó. Era el viejo Koutecky. Hacía mucho que no lo veía. Andaba con dificultades, apoyado en un bastón. Nunca lo quise, pero de repente me dio lástima su vejez. «¿Adónde va?», le pregunté. Me dijo que todos los domingos salía a dar un paseo para moverse un poco. «¿Qué le pareció la cabalgata?», le pregunté. Hizo un gesto de enfado con la mano. «Ni siquiera la he visto.» «¿Por qué?», le pregunté. Volvió a hacer otro gesto de enfado y en ese momento caí en la cuenta del porqué. Entre los espectadores estaba Ludvik. Koutecky no quería toparse con él, igual que yo.

«No me extraña», le dije. «Yo tengo a mi hijo en la cabalgata pero tampoco tengo ganas de ir detrás de ellos.» «¿Está ahí su hijo? ¿Vlada?» «Sí», dije, «es el rey.» Koutecky dijo: «Qué curioso». «¿Qué es lo que hay de curioso?», le pregunté. «Es muy curioso», dijo Koutecky y se le iluminaron los ojos. «¿Por qué?», volví a preguntar. «Porque Vlada está con Milos», dijo Koutecky. Yo no sabía a qué Milos se refería. Me explicó que era su nieto, el hijo de su hija. «Eso no puede ser», dije, «si acabo de verlo, ¡no hace más que un rato que lo vi cuando salían de casa a caballo!» «Yo también lo vi. Milos lo trajo de su casa en moto», dijo Koutecky. «Eso no puede ser», dije, pero en seguida pregunté: «¿Adónde fueron?». «Ay, si usted no sabe nada, yo no se lo voy a decir», dijo Koutecky y se despidió de mí.

7

No había contado en absoluto con encontrarme con Zemanek (Helena me había asegurado que vendría a la tarde a buscarla) y fue muy desagradable topármelo aquí. Pero la cosa ya no tenía remedio, estaba delante de mí, siempre igual: el pelo rubio lo tenía igual de rubio, aunque ya no se lo peinaba hacia atrás en largos rizos, sino que lo llevaba corto y peinado, según la moda, sobre la frente; seguía manteniendo el cuerpo erguido como siempre y el cuello estirado hacia atrás con la misma rigidez; estaba igual de alegre y jovial, indestructible, dotado del favor de los ángeles y de una muchacha joven cuya belleza me trajo inmediatamente el recuerdo de la lamentable imperfección del cuerpo con el que yo había pasado la tarde anterior.

Con la esperanza de que nuestro encuentro fuese lo más breve posible, traté de responder a las habituales preguntas triviales que me hacía con las habituales respuestas triviales: volvió a decir que hacía años que no nos veíamos y se extrañó de que después de tanto tiempo nos volviésemos a encontrar precisamente aquí, «en esta aldea que es el fin del mundo»; yo le dije que había nacido aquí; me dijo que le perdonara, que en ese caso seguro que el mundo no tiene fin; la señorita Brozova se rió; yo no reaccioné y le dije que no me llamaba la atención verlo aquí porque, si no recordaba mal, siempre había sido un entusiasta del folklore; la señorita Brozova volvió a reírse y dijo que el motivo de su presencia no era la cabalgata de los reyes; le pregunté si la cabalgata de los reyes le gustaba; me dijo que no le resultaba interesante; le pregunté por qué; se encogió de hombros y Zemanek dijo: «Querido Ludvik, los tiempos han cambiado».

Mientras tanto, la cabalgata de los reyes había llegado a la siguiente casa y dos de los jinetes luchaban con sus caballos, que habían empezado a corcovear intranquilos. Uno de los jinetes le gritaba al otro, lo acusaba de no dominar al caballo y sus gritos de «idiota» e «imbécil» se mezclaban de una forma un tanto ridícula con la ceremonia ritual. La señorita Brozova dijo: «¡Sería precioso que se les espantasen!». Zemanek rió el chiste alegremente, pero los jinetes lograron tranquilizar en seguida a los caballos y el *h'ylom, h'ylom* volvió a oírse sereno y majestuoso por la aldea.

Íbamos andando despacio por una callejuela bordeada de jardincillos llenos de flores mientras yo buscaba en vano alguna excusa natural que no forzase la situación y me permitiera despedirme de Zemanek; no me quedaba más remedio que seguir andando humildemente junto a su bella acompañante y continuar con el lento intercambio de frases habituales: me enteré de que en Bratislava, donde mis acompañantes habían estado hasta la madrugada, hacía un tiempo muy bueno, igual que aquí; me enteré de que habían venido en el coche de Zemanek y de que nada más salir de Bratislava habían tenido que cambiar las bujías; y también me enteré de que la señorita Brozova era alumna de Zemanek. Ya sabía, porque me lo había dicho Helena, que Zemanek daba clases de marxismo-leninismo en la universidad, pero no obstante le pregunté qué era lo que enseñaba. Me respondió que *filosofía* (el modo en que se refirió a su especialidad me pareció característico; hace solo algunos años hubiera dicho que *marxismo*, pero en los últimos tiempos esta asignatura había perdido hasta tal punto toda popularidad, sobre todo entre los jóvenes, que Zemanek, para quien la cuestión de la popularidad ha sido siempre la cuestión principal, ocultaba recatadamente el marxismo tras un concepto más general). Me quedé sorprendido y dije que recordaba perfectamente que Zemanek había estudiado biología; también este comentario tenía su parte de malicia, ya que hacía referencia a la habitual falta de preparación de los profesores universitarios de marxismo que no habían basado su carrera en el esfuerzo científico sino, frecuentemente, solo en su actividad como propagandistas. En ese momento intervino en la discusión la señorita Brozova, afirmando que los profesores de marxismo tienen un folleto del partido en lugar de cerebro, pero que Pavel era completamente distinto. Las afirmaciones de la señorita le vinieron a Zemanek como anillo al dedo; hizo un amago de protesta, con lo cual demostró su sencillez y, al mismo tiempo, incitó a la señorita a que siguiera elogiándolo. Y así me enteré de que Zemanek era uno de los profesores más populares de la facultad, que los alumnos lo adoraban precisamente por los mismos motivos por los que les disgustaba la conducta de la dirección de la escuela: porque decía siempre lo que pensaba, tenía coraje y defendía siempre a la juventud. Zemanek hizo otro amago de protesta, con lo cual me enteré por la señorita de una serie de detalles sobre los distintos conflictos que había tenido Zemanek en los últimos años: que incluso casi habían querido echarlo porque en sus clases no se atenía a los programas anticuados y rígidos y quería que los jóvenes conociesen todo lo que sucedía en la filosofía moderna (según parece, lo acusaron por eso de pretender introducir «la ideología del enemigo»); que había salvado a un alumno al que querían expulsar de la escuela por una chiquillada (una discusión con un policía) que el rector (enemigo de Zemanek) calificaba de infracción *política;* que más tarde los alumnos habían organizado una votación para elegir al profesor más popular de la escuela y había ganado él. Zemanek ya no protestaba por aquella riada de elogios y yo dije (con un sentido irónico pero, por desgracia, difícilmente comprensible) que entendía perfectamente a la señorita Brozova porque, si no recordaba mal, cuando yo estudiaba, Zemanek también era muy popular. La señorita Brozova confirmó mis palabras con gran entusiasmo: no se extrañaba, porque Pavel habla maravillosamente y es capaz de destrozar a cualquiera que le haga frente en un debate. «Ése no es el problema», rió Zemanek, «lo malo es que mientras que yo los destrozo en el debate, ellos me pueden destrozar de otra forma y con medios mucho más efectivos que un simple debate.»

Un cierto deje de autocomplacencia en aquella última frase me recordaba al Zemanek que yo había conocido; pero me aterró el *contenido* de aquellas palabras: era evidente que Zemanek había abandonado radicalmente sus antiguas ideas y posiciones y que si yo hoy conviviese con él, tendría que estar de su parte, por las buenas o por las malas. Y precisamente eso era lo horroroso, eso era precisamente lo que yo no estaba preparado para asumir, con lo que no contaba, pese a que un cambio de postura como aquél no era, por supuesto, nada milagroso, al contrario, muchos, muchísimos habían pasado por eso y poco a poco tendría que pasar por aquello toda la sociedad. Pero en el caso de Zemanek yo no había contado con ese cambio; se me había quedado petrificado en la memoria tal como lo había visto la última vez y ahora le negaba furiosamente el derecho a ser distinto de como yo lo había conocido.

Hay gente que afirma amar a la humanidad, otros les responden acertadamente que solo se puede amar en singular, es decir, a personas concretas; yo estoy de acuerdo con eso y añado que lo que vale para el amor vale también para el odio. El hombre, ese ser ansioso de equilibrio, compensa el peso del mal que cae sobre sus hombros con el peso de su odio. Pero intentad orientar el odio hacia la mera abstracción de los principios, hacia la injusticia, el fanatismo, la crueldad, o, si habéis llegado a la conclusión de que lo odiable es el propio principio de humanidad, ¡tratad de odiar a la humanidad! Este tipo de odio es demasiado sobrehumano y por eso el hombre, para aliviar su furia (consciente de la limitación de sus fuerzas), termina por orientarlo siempre hacia un individuo.

Eso fue lo que me aterró. De pronto se me ocurrió que ahora Zemanek podía ampararse en cualquier momento en su transformación (que, por lo demás, se empeñaba en demostrarme con sospechosa premura) y pedirme en su nombre que lo perdonase. Eso me parecía horroroso. ¿Qué le digo? ¿Qué le respondo? ¿Cómo le explico que no puedo reconciliarme con él? ¿Cómo le explico que perdería repentinamente mi equilibrio interno? ¿Cómo le explico que el fiel de mi balanza interior saldría volando hacia arriba? ¿Cómo le explico que con el odio hacia él compenso el peso del mal que cayó sobre mi juventud? ¿Cómo le explico que precisamente en él veo realizado todo el mal de mi vida? ¿Cómo le explico que *necesito* odiarlo?

8

Los cuerpos de los caballos llenaban la calle estrecha. Veía al rey a una distancia de escasos metros. Estaba montado en su caballo un poco más allá que los demás. A ambos lados había otros dos caballos con otros dos muchachos, sus pajes. Yo estaba confundido. Tenía la espalda ligeramente arqueada, como suele tenerla Vladimir. Estaba montado tranquilamente, como sin interés. ¿Será él? Quizás. Pero igual puede ser algún otro.

Logré acercarme más. Tengo que reconocerlo. ¡Tengo grabada en mi memoria su forma de andar, cada uno de sus gestos! ¡Yo lo quiero, y el amor tiene su propio instinto! Ahora estaba justo a su lado. Podría llamarlo. Sería tan sencillo. Pero sería inútil. El rey no puede hablar.

La cabalgata avanzó hacia la casa siguiente. ¡Ahora lo reconoceré! El paso del caballo lo obligará a hacer algún movimiento que lo ponga en evidencia. Efectivamente, el rey se incorporó en el momento en que el caballo se echó a andar, pero este gesto no puso en evidencia al que estaba tras el velo. Las chillonas cintas que tapaban su cara eran desesperadamente impenetrables.

9

La cabalgata de los reyes dejó atrás unas cuantas casas más, nosotros, junto con los demás curiosos, la seguimos y nuestra conversación se orientó hacia otros temas: la señorita Brozova pasó de hablar de Zemanek a hablar de sí misma y nos contó lo mucho que le gustaba hacer autostop. Hablaba de ello con tal énfasis (un tanto afectado) que en seguida me di cuenta de que estaba haciendo un *manifiesto generacional*. La sumisión a la mentalidad generacional (ese orgullo de la manada) siempre me ha

83

sido antipática. Cuando la señorita Brozova se puso a exponer sus opiniones (las había oído al menos cincuenta veces) acerca de que la humanidad se divide entre los que recogen a los autostopistas (gente aventurera, humana) y los que no los recogen (gente inhumana que tiene miedo de la vida), yo le dije, en tono de broma, que era una «dogmática del autostop». Me contestó con vehemencia que no era ni dogmática, ni revisionista, ni sectaria ni desviacionista, que todas esas palabras las habíamos inventado nosotros, que nos pertenecían a nosotros y que *a ellos* no les decían nada.

—Sí —dijo Zemanek—, son distintos. Por suerte son distintos. También su léxico es por suerte distinto. No les interesan nuestros éxitos ni nuestras culpas. No me creerías si te dijese que durante los exámenes de ingreso en la universidad los jóvenes ya no saben lo que fueron los procesos de Moscú y Stalin no es para ellos más que un nombre. Imagínate que la mayoría de ellos ni siquiera sabía que en Praga había habido procesos políticos hace diez años.

—Es precisamente eso lo que me parece espantoso —dije.

—Es cierto que eso no habla muy bien de su formación cultural. Pero es para ellos una liberación. No dejan que nuestro mundo penetre en su conciencia. Lo han rechazado por completo.

—Una ceguera ha reemplazado a otra.

—Yo no diría eso. A mí me impresionan. Me gustan precisamente porque son totalmente distintos. Aman sus cuerpos. Nosotros no les prestábamos atención. Les gusta viajar. Nosotros nos quedábamos anclados en un sitio. Aman la aventura. Nosotros nos hemos pasado la vida en reuniones. Les gusta el jazz. Nosotros tratábamos de imitar malamente el folklore. Se dedican a sí mismos. Nosotros queríamos salvar al mundo. En realidad, con nuestro mesianismo hemos estado a punto de destruir el mundo. A lo mejor ellos con su egoísmo lo salvan.

¿Cómo es posible? ¡El rey! ¡Una figura erguida montada a caballo y vestida de colores vivos! ¡Cuántas veces lo he visto y cuántas veces me lo imaginé! ¡La imagen que me es más familiar! Y ahora se ha convertido en realidad y toda la familiaridad ha desaparecido. No es más que una larva de colores y yo no sé lo que hay dentro de ella. Pero ¿qué hay en este mundo que me sea familiar si mi rey no me lo es?

Mi hijo. La persona que me es más próxima. Estoy frente a él y no sé si es él o no. ¿Qué es lo que sé si no sé ni esto? ¿Qué seguridades tengo en este mundo si ni siquiera esto lo tengo seguro?

11

Mientras Zemanek se dedicaba a hacer el panegírico de la joven generación, yo miraba a la señorita Brozova y comprobaba con tristeza que era una chica guapa y simpática y sentía lástima y envidia de que no me perteneciese. Ella iba andando junto a Zemanek, lo cogía a cada rato de la mano, se dirigía a él en plan íntimo y yo me daba cuenta (me doy cuenta de eso cada año con mayor frecuencia) de que desde la época de Lucie no ha habido ninguna muchacha a la que haya querido y a la que haya apreciado. La vida se reía de mí al enviarme un recordatorio de mi fracaso precisamente bajo la forma de una amante de este hombre al cual el día anterior había derrotado equivocadamente en una batalla sexual grotesca.

Cuanto más me gustaba la señorita Brozova, más me daba cuenta de que compartía la opinión de sus coetáneos, para quienes yo y los de mi edad somos una masa única e indiferenciada, todos deformados por igual por el mismo argot incomprensible, con el mismo tipo de pensamiento superpolitizado, con las mismas angustias, con las mismas extrañas experiencias de quién sabe qué época negra y lejana.

En ese momento comprendí que la semejanza entre Zemanek y yo no consiste en que Zemanek haya modificado sus opiniones y se haya acercado así a mí, sino que se trata de una semejanza más profunda que afecta a *toda* nuestra vida: la mirada de la señorita Brozova y de los de su generación nos vuelve semejantes aun allí donde hemos estado furiosamente uno contra otro. Sentí de pronto que si me obligaran a contar delante de la señorita Brozova la historia de mi expulsión del partido, le parecería demasiado lejana y demasiado *literaria* (¡sí, claro, una historia contada tantas veces en tantas novelas malas!) y que en esa historia seríamos igualmente desagradables Zemanek y yo, mi modo de pensar y el suyo, mi postura y la suya (ambas igualmente torcidas y monstruosas). Sentí que sobre nuestra disputa, que para mí seguía siendo actual y viva, se cerraban las aguas apaciguadoras del tiempo que, como se sabe, es capaz de borrar las diferencias entre épocas enteras y más aún entre dos pobres individuos. Pero yo me defendía con uñas y dientes, me negaba a aceptar la propuesta de reconciliación que me hacía el propio tiempo; yo no vivo en la eternidad, estoy anclado en los apenas treinta y siete años de mi vida y no quiero desprenderme de ellos (como se desprendió Zemanek supeditándose tan rápido a la mentalidad de los más jóvenes), no, no quiero despojarme de mi destino, no quiero desprenderme de mis treinta y siete años, aunque representen una fracción de tiempo tan absolutamente insignificante y huidiza que ya se va olvidando, que ya se ha olvidado.

Y si Zemanek se acerca confidencialmente a mí y me empieza a hablar de lo que ha pasado y a pedir la reconciliación, yo rechazaré esa reconciliación; sí, rechazaré esa reconciliación aunque me intente convencer la señorita Brozova, todos sus compañeros de generación y hasta el mismo tiempo.

Cansancio. De repente me dieron ganas de mandarlo todo al diablo. Marcharme y dejar de preocuparme por todo. Ya no quiero estar en este mundo de cosas materiales que no comprendo y que me engañan. Pero existe otro mundo distinto. Un mundo en el que estoy como en casa, un mundo que conozco. Allí hay un camino, un rosal silvestre, un desertor, un músico ambulante y mi mamá.

Pero al fin logré sobreponerme. Tengo que hacerlo. Tengo que llevar hasta el fin mi lucha con el mundo de las cosas materiales. Tengo que penetrar hasta el fondo de todos los errores y engaños.

¿Debería preguntarle a alguien? ¿A los jinetes de la cabalgata? ¿He de dejar que todos se rían de mí? Me acordé de la mañana de hoy. Cuando vestían al rey. Y de pronto supe adónde tenía que ir.

13

Si es muy pobre nuestro rey, es muy honrado también, continuaban pregonando los jinetes un par de casas más allá y nosotros los seguimos. Las ancas ricamente adornadas de los caballos, ancas azules, rosadas, verdes y lilas, y Zemanek de pronto señaló en aquella dirección y me dijo: «Ahí está Helena». Miré hacia donde me indicaba pero no veía más que los cuerpos de colores de los caballos. Zemanek me volvió a indicar otra vez: «Allí». La vi parcialmente oculta tras un caballo y en ese momento me di cuenta de que me estaba poniendo colorado: el modo en que Zemanek me la había señalado (no dijo «mi mujer» sino «Helena») significaba que sabía que yo la conocía.

Helena estaba junto al borde de la acera con el micrófono extendido en la mano; del micrófono salía un cable que iba hasta un magnetófono que colgaba del hombro de un joven con cazadora de cuero y vaqueros, que llevaba puestos unos auriculares. Nos detuvimos a escasa distancia de ellos. Zemanek dijo (de improviso y como si tal cosa) que Helena era una tía estupenda, que no solo seguía teniendo muy buen aspecto sino que además era una persona muy capaz y no le extrañaba que me llevara bien con ella.

Yo sentía que me ardían las mejillas: Zemanek no había hecho su comentario con agresividad, al contrario, lo dijo en un tono muy amable y tampoco cabía la menor duda respecto a la mirada sonriente y significativa de la señorita Brozova, que parecía como si a toda costa quisiese darme a entender que estaba al tanto y deseaba manifestarme su simpatía o incluso su complicidad.

Mientras tanto, Zemanek seguía haciendo comentarios sobre su mujer, tratando de demostrarme (con rodeos y alusiones) que lo sabía todo pero que no veía nada malo en ello, porque en lo que se refería a la intimidad de Helena era totalmente liberal; para añadir a sus palabras un tono de despreocupación señaló al joven que llevaba el magnetófono y dijo que aquel chico (que parecía un enorme escarabajo con los audífonos en las orejas) estaba peligrosamente enamorado de Helena desde hacía dos años y que yo debería vigilarlo. La señorita Brozova se rió y preguntó qué edad tenía hace dos años. Zemanek dijo que diecisiete y que era una edad suficiente para enamorarse. Y luego añadió en broma que claro que a Helena no le gustan los chiquillos, que es una señora decente, pero que estos muchachos cuanto menos éxito tienen más peligrosos son, y que éste seguro que es peleón. La señorita Brozova (siguiendo con los chistes intrascendentes) afirmó que no creía que el muchacho me pudiese.

—Quién sabe —dijo Zemanek sonriendo.

—No te olvides de que he trabajado en las minas. Desde entonces tengo buenos músculos —traté de aportar yo también algo intrascendente, sin percatarme de que este comentario traspasaba el carácter jocoso de la conversación.

—¿Usted trabajó en las minas? —preguntó la señorita Brozova.

—Estos chicos de veinte años —Zemanek seguía obstinadamente con su tema—, cuando están en pandilla son realmente peligrosos y no tienen ningún problema en machacar a alguien que les caiga pesado.

—¿Cuánto tiempo? —preguntó la señorita Brozova.

—Cinco años —dije.

—¿Y hace cuánto?

—Hasta hace nueve años.

—Entonces ya hace mucho que los músculos se le han vuelto a deshinchar —dijo, porque quería aportar rápidamente un chistecito de cosecha propia a la amistosa conversación. Pero yo en ese momento pensaba de verdad en mis músculos y en que no se me han debilitado lo más mínimo y en que, por el contrario, estoy en muy buena forma y en que al hombre de pelo rubio con el que estaba hablando le podía partir la cara en cualquiera de las formas imaginables, y, lo más importante y lo más triste: en que no tenía más que los mencionados músculos si quería devolverle la vieja deuda.

Volví a imaginarme que Zemanek se dirigía a mí sonriente y jovial y me pedía que olvidásemos todo lo que había ocurrido entre nosotros y me quedé atónito: la petición de perdón de Zemanek contaba no solo con el apoyo de la transformación de sus opiniones, no solo con el del tiempo, no solo con el de la señorita Brozova y sus coetáneos, sino también con el de Helena (¡sí, ahora estaban todos con él y contra mí!), porque Zemanek al perdonarme el adulterio me sobornaba para que yo también lo perdonase.

Al ver (en mi imaginación) su cara de chantajista, seguro de la fuerza de sus aliados, sentí tales ganas de pegarle que vi de verdad cómo le pegaba. Alrededor de nosotros daban vueltas gritando los jinetes, el sol tenía un hermoso color dorado, la señorita Brozova decía no sé qué cosa y yo tenía ante mis ojos furiosos la sangre que corría por la cara de él.

Sí, todo sucedía en mi imaginación; pero ¿qué haré en la realidad cuando me pida que lo perdone?

Advertí con horror que no haría nada.

Mientras tanto llegamos a donde estaban Helena y su técnico, que en ese preciso momento se quitaba los auriculares de las orejas. «¿Ya os conocéis?», preguntó Helena con cara de asombro.

—Nos conocemos desde hace mucho tiempo —dijo Zemanek.

—¿Cómo es eso?

—Nos conocemos de cuando éramos estudiantes, estudiamos en la misma facultad —dijo Zemanek y me dio la impresión de que aquél era uno de los últimos puentes por los que me conducía hasta el sitio ignominioso (semejante a un patíbulo) en el que me pediría que lo perdonase.

—Por Dios, vaya coincidencias —dijo Helena.

—Así es el mundo —dijo el técnico de sonido para dar a entender que él también existía.

—A vosotros dos no os he presentado —se percató Helena y me dijo—: Éste es Jindra.

Le di la mano a Jindra y Zemanek le dijo a Helena:

—La señorita Brozova y yo habíamos pensado en que vinieras con nosotros, pero comprendo perfectamente que no te apetecerá, que preferirás volver con Ludvik...

—¿Usted va a venir con nosotros? —me preguntó entonces el muchacho de los vaqueros, y ciertamente no me pareció que la pregunta fuese muy amistosa.

—¿Has venido en coche? —me preguntó Zemanek.

—No tengo coche —respondí.

—Entonces vas con ellos —dijo.

—¡Mire que yo voy a ciento treinta! ¡A ver si va a pasar miedo! —dijo el muchacho de los vaqueros.

—¡Jindra! —le reprendió Helena.

—Podrías venir con nosotros —dijo Zemanek—, pero creo que preferirás a una amiga nueva antes que a un viejo amigo.

Como de pasada me llamó *amigo* y yo sentí que la ignominiosa reconciliación estaba ya a un paso; además Zemanek se quedó un instante en silencio como si estuviese dudando y me pareció que estaba a punto de pedirme que hablásemos un momento los dos solos (agaché la cabeza como si la estuviese poniendo bajo el hacha del verdugo), pero me equivoqué: Zemanek miró al reloj y dijo: «Ya no nos queda mucho tiempo, porque queremos estar en Praga antes de las cinco. Bueno, hay que despedirse. Adiós, Helena», le dio la mano a Helena, después se despidió de mí y del técnico de sonido y a los dos nos dio la mano. La señorita Brozova también nos dio a todos la mano, cogió a Zemanek del brazo y se fueron.

Se fueron. Yo no podía quitarles los ojos de encima: Zemanek iba muy derecho, con la cabeza rubia (triunfalmente) erguida y la morena se deslizaba a su lado; desde atrás también era hermosa, tenía un andar ligero, me gustaba; me gustaba hasta producirme dolor, porque su belleza que se alejaba era hacia mí gélidamente indiferente, igual de indiferente que había sido hacia mí todo mi pasado, con el cual había concertado una cita aquí en mi ciudad natal para vengarme de él, pero que había pasado por mi lado indiferente, como si no me conociese.

Me estaba ahogando de humillación y de vergüenza. No deseaba nada más que desaparecer, quedarme solo y borrar toda aquella historia, toda aquella estúpida broma, borrar a Helena y a Zemanek, borrar el día de anteayer, el de ayer y el de hoy, borrarlos, borrarlos sin que quedara ni huella. «¿No se enfadará usted si le digo a la camarada redactora un par de cosas a solas?», le pregunté al técnico de sonido.

Me fui con Helena a un lado; ella quería explicarme algo, me decía algo sobre Zemanek y su amiga, se disculpaba de un modo confuso por haber tenido que contárselo todo; pero en aquel momento no me interesaba nada; mi único deseo era estar fuera de aquí, fuera de aquí y de toda esta historia; ponerle punto final. Sabía que no tenía derecho a seguir engañando a Helena; ella no me había hecho ningún daño y yo había actuado con ella de una forma infame, porque la había convertido en una simple cosa, en una piedra que había querido (y no había sabido) lanzar contra otra persona. Me estaba ahogando por el ridículo fracaso de mi venganza y estaba dispuesto a poner fin a todo, al menos ahora, ciertamente tarde, pero antes de que fuera más que tarde. Sin embargo, no podía explicarle nada; no solo porque la verdad podía herirla, sino también porque era poco probable que la comprendiese. Por eso no me quedó más que repetirle varias veces que era la última vez que nos veíamos, que ya no volveríamos a encontrarnos, que no la quería y que tenía que comprenderlo.

Pero aquello fue mucho peor de lo que yo había supuesto: Helena se puso pálida, se echó a temblar, no quiso creerme, no quiso dejarme ir; tuve que pasar por un pequeño martirio antes de poder librarme por fin de ella y marcharme.

14

Por todas partes había caballos y estandartes, y yo me quedé inmóvil y estuve inmóvil durante mucho tiempo, y después se me acercó Jindra y me cogió de la mano, me la apretó y me preguntó qué le pasa, y yo dejé mi mano en la suya y le dije nada, Jindra, no me pasa nada, qué me iba a pasar, y tenía una especie de voz ajena, aguda, y seguí diciendo, con una extraña premura, qué más tenemos que grabar, ya tenemos los pregones, tenemos dos entrevistas, ahora tengo que hacer el comentario, hablaba de cosas en las que no podía pensar y él seguía en silencio a mi lado y me aplastaba calladamente la mano.

Antes nunca me había tocado, siempre fue muy tímido, pero todos sabían que estaba enamorado de mí, y ahora estaba a mi lado y me aplastaba la mano, y yo balbuceaba sobre nuestro programa y no pensaba en eso, pensaba en Ludvik y también, se me pasó por la cabeza, en el aspecto que yo tenía ahora, mientras Jindra me miraba, en si no estaría horrible, tan excitada, pero no creo, no he llorado, solo estoy excitada, nada más...

¿Sabes qué, Jindra?, déjame un rato, voy a ir a escribir el comentario y lo grabamos en seguida, siguió agarrado a mí durante un rato, preguntándome con ternura, qué le pasa, Helena, qué le pasa, pero yo me solté de su lado y me fui al comité nacional, donde nos habían dejado un despacho, llegué hasta allí, por fin estaba sola, una habitación vacía, me dejé caer en la silla y apoyé la cabeza sobre la mesa y me quedé un rato así. La cabeza me dolía horriblemente. Abrí la cartera para ver si tenía algún analgésico, pero no sé para qué la abrí, porque ya sabía que yo nunca llevo analgésicos, pero después me acordé de que Jindra suele tener toda clase de medicamentos, en el perchero estaba colgado su delantal de trabajo, metí la mano en el bolsillo y efectivamente tenía una especie de tubo, sí, es algo para los dolores de cabeza, de dientes, para el lumbago y la inflamación del trigémino, no creo que sirva para los dolores del alma, pero al menos le servirá a mi cabeza.

Fui hasta el grifo que estaba en un rincón de la habitación de al lado, eché un poco de agua en un vaso y tomé dos tabletas. Dos es bastante, supongo que me aliviará, claro que la aspirina no me servirá para los dolores del alma, a menos que me tome todo el frasco, porque la aspirina en grandes cantidades es un veneno y el tubo de Jindra está casi lleno, a lo mejor es suficiente.

Pero no era más que una ocurrencia, una simple idea; solo que la idea volvía una y otra vez, me obligaba a pensar en cuál era el motivo que tenía para vivir, en qué sentido tenía que siguiese viviendo, pero en realidad no era cierto, en realidad no pensaba en nada de eso, no pensaba en casi nada en aquel momento, solo me imaginaba que ya no vivía y sentía de repente una sensación dulce, tan curiosamente dulce que de pronto me dieron ganas de reír y seguramente empecé a reír.

Me puse otra tableta en la lengua, no estaba en absoluto decidida a envenenarme, lo único que hacía era sostener el tubo en la mano y decirme a mí misma *tengo en la mano mi muerte* y estaba encantada con la sencillez de aquello, me sentía como si me fuese acercando paso a paso a un precipicio profundo, no para dar el salto, supongo, sino solo para mirar desde allí. Eché más agua en el vaso, me tomé otra tableta y volví a nuestra habitación, la ventana estaba abierta y se seguía oyendo a lo lejos *h'ylom, h'ylom,* pero aquel sonido se mezclaba con el ruido de los coches, los salvajes camiones, las salvajes motocicletas, las motocicletas que ensordecen todo lo que hay de hermoso en el mundo, todo aquello en lo que creía y por lo que vivía, aquel barullo era insoportable e insoportable era la debilidad impotente de las vocecitas que pregonaban, así que cerré la ventana y volví a sentir aquel prolongado y persistente dolor en el alma.

En toda su vida Pavel no me hizo tanto daño como tú, Ludvik, como tú en un solo minuto, a Pavel se lo perdono, lo comprendo, su fuego arde rápido, tiene que buscar nuevo alimento y nuevos espectadores y nuevo público, me hizo daño, pero a pesar de ese dolor fresco, lo veo sin odio y de un modo completamente maternal, es un fanfarrón, un comediante, me río de todos los años que ha estado intentando escapar de mi regazo, ay, vete, Pavel, vete, te comprendo, pero a ti, Ludvik, no te comprendo, tú has venido enmascarado, viniste a salvarme y una vez salvada a destruirme, a ti, solo a ti te maldigo, te maldigo y al mismo tiempo te ruego que vengas, que vengas y te compadezcas.

Dios mío, a lo mejor no es más que una horrible confusión, a lo mejor Pavel te dijo algo mientras estabais los dos solos, yo qué sé, te lo pregunté, te rogué que me explicases por qué ya no me amabas, no te quería dejar ir, cuatro veces te detuve, pero tú no estabas dispuesto a oír nada, lo único que decías es que todo había terminado, que había terminado, que había terminado definitivamente, terminado irremisiblemente, bien, terminado, al final te dije que sí y tenía una voz de soprano, como si hablase otra persona, una chiquilla que aún no ha llegado a la pubertad, con esa voz aguda te dije *te deseo buen viaje,* eso sí que es de risa, no tengo ni idea de por qué te deseé buen viaje, pero me venía una y otra vez a la punta de la lengua, te deseo buen viaje, así que te deseo buen viaje...

A lo mejor no sabes cuánto te amo, seguro que no sabes cuánto te amo, a lo mejor piensas que soy una señora de esas que andan a la busca de una aventura, y no adivinas que eres mi destino, mi vida, todo... A lo mejor me encuentras aquí, cubierta con una sábana blanca, y entonces comprendes que has matado a lo mejor que tenías en la vida... o a lo mejor llegas, Dios mío, y yo aún estoy viva y aún me puedes salvar y te pones de rodillas ante mí y te echas a llorar y yo te acaricio la mano, el pelo y te perdono, te lo perdono todo.

15

No había otra posibilidad, tenía que interrumpir aquella historia ruin, aquella broma estúpida que no se contentaba consigo misma sino que se multiplicaba monstruosamente dando lugar a más y más bromas estúpidas, deseaba borrar todo aquel día que se había producido por error, solo porque a la mañana me levanté tarde y ya no me pude marchar, pero también deseaba borrar todo lo que me había conducido a aquel día, toda la tonta conquista de Helena, que estaba igualmente basada en el error.

Iba con prisa, como si sintiera tras de mí los pasos de Helena persiguiéndome y se me ocurrió pensar: aunque fuese posible y lograra borrar estos días inútiles de mi vida, ¿para qué me iba a servir, si *toda* la historia de mi vida comenzó con un error, con la estúpida broma de la postal, con aquella casualidad, con aquel error? Y sentí con horror que las cosas que surgen por error son tan reales como las cosas que surgen acertada y necesariamente.

¡Cómo me gustaría revocar la historia de mi vida! Pero ¿de dónde iba a sacar el poder para revocarla, si los errores sobre la base de los cuales había surgido no eran solo errores *míos*? *¿Quién* fue el que se equivocó cuando la estúpida broma de mi postal fue tomada en serio? ¿Quién se equivocó cuando el padre de Alexej (por lo demás hoy ya hace tiempo rehabilitado, pero no por eso menos muerto) fue encarcelado? Aquellos errores fueron tan corrientes y tan extendidos que no fueron en absoluto una excepción o un «fallo» dentro del orden de cosas, sino que, por el contrario, eran ellos los que conformaban el orden de cosas. ¿Quién fue entonces el que se equivocó? ¿La propia historia? ¿La divina, la razonable? ¿Y por qué iba a tratarse de *errores* suyos? Así es como los percibe mi razón humana, pero si es que la historia tiene alguna razón, ¿por qué iba a ser una razón que necesitara de la comprensión humana? ¿Qué pasa si es que la historia bromea? Y entonces me di cuenta de mi impotencia para revocar mi propia broma, cuando yo mismo, con toda mi vida, formaba parte de una broma de mucho mayor alcance (para mí inaprehensible) y absolutamente irrevocable.

En la plaza (que ya estaba en silencio porque la cabalgata de los reyes recorría el otro extremo del pueblo) vi una pizarra grande que anunciaba con letras rojas que hoy a las cuatro de la tarde daría un concierto en el jardín del café-restaurante el conjunto folklórico. Junto a la pizarra estaba la puerta del restaurante, y como todavía me faltaban casi dos horas hasta la salida del autobús y era la hora del almuerzo, entré.

16

Tenía tantas ganas de acercarme un poquito más a aquel precipicio, tenía ganas de asomarme a la barandilla y verlo desde allí, como si aquella visión me fuese a traer el consuelo y la reconciliación, como si allí abajo, al menos allí abajo, ya que no en otro sitio, como si allí abajo, en el fondo del precipicio, nos pudiéramos encontrar y estar juntos, sin malentendidos, sin gente malvada, sin envejecer, sin tristeza y para siempre... Volví de nuevo a la otra habitación, hasta ahora había tomado cuatro tabletas, eso no es nada, todavía estoy muy lejos del precipicio, todavía no llego ni a la barandilla. Eché las tabletas restantes sobre la palma de mi mano. Después oí que alguien abría la puerta del pasillo, me asusté y me metí las tabletas en la boca y me las tragué a toda prisa, era demasiado para tragármelo todo de una vez, sentí que me oprimían dolorosamente al pasar por el esófago, a pesar de que hacía lo posible por tragar agua al mismo tiempo.

Era Jindra, me preguntó qué tal me iba el trabajo y yo de repente me sentí completamente cambiada, la confusión desapareció, ya no tenía aquel tono agudo extraño, estaba lúcida y decidida. Por favor, Jindra, qué estupendo que hayas venido, necesito que me hagas un favor. Se puso colorado y me dijo que haría cualquier cosa que yo le pidiese y que estaba contento de que ya me sintiese bien. Sí, ya me siento bien, solo tienes que esperar un momentito a que escriba algo, y me senté y tomé una hoja de papel y me puse a escribir. Ludvik, querido, te amaba con toda el alma y con todo el cuerpo y ni mi alma ni mi cuerpo tienen ahora motivos para vivir. Me despido de ti, te amo, adiós, Helena. Ni siquiera releí lo que había escrito, Jindra estaba sentado frente a mí, me miraba y no veía lo que yo estaba escribiendo, doblé rápidamente el papel con la intención de meterlo en un sobre, pero no había sobres por ningún lado, ¿por favor, Jindra, no tienes un sobre?

Jindra abrió tranquilamente el armario que estaba junto a la mesa y empezó a revolverlo todo, en otra ocasión le hubiera reprochado el que anduviese fisgoneando cosas ajenas, pero esta vez lo único que quería era un sobre rápido, rápido, me lo dio, llevaba el membrete del comité nacional de la localidad, metí dentro la carta, lo cerré y escribí en el sobre Ludvik Jahn, Jindra, te acuerdas de aquel hombre que estuvo hoy con nosotros junto con mi marido y aquella señorita, sí, uno moreno, yo ahora no puedo salir y necesitaría que lo buscases y le dieses esto.

Volvió a cogerme de la mano, pobre, qué habrá pensado, cómo se habrá explicado mi excitación, ni en sueños se ha podido imaginar de qué se trataba, lo único que notaba era que a mí me estaba pasando algo malo, me volvió a coger de la mano y de pronto aquello me pareció terriblemente lastimoso y él se inclinó hacia mí y me abrazó y apretó su boca contra la mía, yo quise resistirme pero él me agarraba con mucha fuerza y a mí se me ocurrió que era el último hombre al que besaba en mi vida, que era mi último beso, y de pronto fue como si me enloqueciera y yo también lo abracé y entreabrí la boca y sentí su lengua en mi lengua y sus brazos en mi cuerpo y sentí en ese momento una sensación de vértigo porque ahora era completamente libre y ya nada tenía importancia, porque todos me han abandonado y mi mundo se ha derrumbado y por eso soy completamente libre y puedo hacer lo que quiera, soy libre como aquella chica a la que echamos de la empresa, no hay nada que me separe de ella, mi mundo está roto y ya nunca volveré a recomponerlo, ya no tengo por qué ser fiel ni a quién serle fiel, de pronto soy completamente libre como aquella técnica, como aquella putita que estaba cada noche en una cama distinta, si siguiera viviendo también estaría cada noche en una cama distinta, sentía la lengua de Jindra dentro de la boca, soy libre, sabía que podía hacerle el amor, tenía ganas de hacerle el amor, hacerle el amor en cualquier parte, en la mesa o en el piso de madera, en seguida y rápido y pronto, hacer el amor por última vez, hacer el amor antes del final, pero Jindra ya se incorporó, sonreía con orgullo, y dijo que ya se iba y que se daría prisa por volver.

17

Un local pequeño con cinco o seis mesas, lleno de humo denso y repleto de gente, por el medio del cual iba lanzado el camarero llevando con el brazo estirado una bandeja grande con una montaña de platos en los cuales pude distinguir filetes empanados con ensaladilla (probablemente la única comida del domingo), abriéndose camino sin contemplaciones hasta llegar al pasillo. Fui tras él y comprobé que al final del pasillo había una puerta abierta que daba al jardín, en el cual también se comía. En la parte de atrás, bajo un tilo, había una mesa libre; allí me senté.

Desde lejos, cruzando los techos de la aldea, llegaba el conmovedor *h'ylom, h'ylom*, llegaba desde tanta distancia que aquí, en el jardín del restaurante, rodeado por las paredes de las casas, sonaba casi irreal. Y esa aparente irrealidad me sugirió la idea de que todo lo que me rodeaba no pertenecía en absoluto al presente sino al pasado, un pasado de hacía quince o veinte años, que el *h'ylom, h'ylom* era el pasado, que Lucie era el pasado, Zemanek era el pasado y que Helena no era más que una piedra que yo había querido lanzar contra ese pasado; todos estos tres últimos días no habían sido más que un juego de sombras.

¿Qué? ¿Solo estos tres días? Me parece que toda mi vida ha estado llena de sombras y que el presente probablemente ha ocupado dentro de ella un sitio bastante poco digno. Me imagino una pasarela móvil avanzando (es el tiempo) y sobre ella un hombre (soy yo) que va en sentido contrario a aquel en que se mueve la pasarela; sin embargo, la pasarela avanza a mayor velocidad que yo y por eso me va alejando lentamente del objetivo hacia el cual corro; este objetivo (¡un extraño objeto situado *atrás!*) es un pasado de procesos políticos, un pasado de salas en las que se alzan las manos, un pasado de soldados negros y de Lucie, un pasado por el que estoy hechizado, que trato de descifrar, de desanudar, de desenredar y que me impide vivir como debe vivir un ser humano, con la frente hacia delante.

Y hay una ligazón principal con la cual querría unirme a este pasado que me hipnotiza, y esa ligazón es la venganza, solo que la venganza, como he podido comprobar precisamente en estos días, es igual de vana que toda mi carrera hacia atrás. Sí, fue entonces, cuando Zemanek se puso a leer en el aula de la facultad el *Reportaje al pie de la horca,* cuando debí ir junto a él y darle una bofetada, fue entonces. La postergación transforma la venganza en algo engañoso, en una religión personal, en un mito que cada vez está más alejado de sus participantes, que permanecen iguales a sí mismos en el mito de la venganza a pesar de que en la realidad (la pasarela se mueve constantemente) hace ya mucho tiempo que son personas distintas: hoy se encuentra otro Jahn con otro Zemanek y la bofetada que le quedó a deber es irresucitable, irreconstruible, está definitivamente perdida.

Me puse a cortar sobre el plato el gran trozo de filete empanado y volvió a llegar hasta mis oídos el *h'ylom, h'ylom,* que se elevaba débil y melancólico por sobre los techos de la aldea; me imaginé al rey embozado y su cabalgata y me oprimió el corazón la incomprensibilidad de los gestos humanos:

Hace ya muchos siglos que en las aldeas moravas los muchachos salen a la calle con un extraño mensaje, cuyas letras, escritas en un idioma desconocido, reproducen con enternecedora fidelidad pero sin entender su significado. Seguro que algunas gentes de hace mucho tiempo quisieron decir con eso algo importante y reviven hoy en sus descendientes como oradores sordomudos, le hablan al público con gestos hermosos pero incomprensibles. Su mensaje nunca será descifrado, no solo porque no existe la clave, sino también porque la gente no tiene la paciencia necesaria para prestarle atención en una época en la que se ha acumulado tal cantidad de mensajes antiguos y nuevos que es imposible percibir sus textos, que se interfieren mutuamente. Ya hoy la historia no es más que la estrecha hebra de lo recordado sobre el océano de lo olvidado, pero el tiempo sigue su marcha y llegará la época en que los años tengan muchas cifras, y la memoria del individuo, que habrá permanecido igual en su extensión, no será capaz de abarcarlas; por eso irán desapareciendo de ella siglos y milenios enteros, siglos de cuadros y música, siglos de descubrimientos, batallas, libros, y eso será grave, porque el hombre perderá la conciencia de sí mismo y su historia, inconceptualizable, incontenible, se encogerá en unas cuantas abreviaturas carentes de sentido. Miles de sordomudas cabalgatas de los reyes saldrán al encuentro de esas gentes lejanas con mensajes quejosos e incomprensibles y nadie tendrá tiempo de prestarles oído.

Estaba sentado en un rincón del jardín del restaurante con el plato vacío, me había comido el filete sin saber cómo y me daba cuenta de que (¡ya ahora, ya hoy!) formaba parte de este inevitable e inmenso olvido. Vino el camarero, cogió el plato, sacudió la servilleta quitando de mi mesa algunas migas y se fue rápidamente hacia otra mesa. Experimenté una sensación de lástima por este día, no solo porque hubiera sido inútil, sino porque ni siquiera esa inutilidad habría de permanecer, porque se olvidaría junto con esta mosca que zumba alrededor de mi cabeza, y con el polvo dorado que deja caer sobre el mantel el tilo en flor, y con este servicio lento y malo tan característico del estado actual de la sociedad en la que vivo, que incluso esta sociedad desaparecerá y aun mucho antes desaparecerán sus errores y equivocaciones que me hicieron padecer y me consumieron y que traté en vano de corregir, castigar y reparar, en vano, porque lo ocurrido, ocurrido está y es irreparable.

Sí, de repente lo vi así: la mayoría de la gente se engaña mediante una doble creencia errónea: cree en el *eterno recuerdo* (de la gente, de las cosas, de los actos, de las naciones) y en la *posibilidad de reparación* (de los actos, de los errores, de los pecados, de las injusticias). Ambas creencias son falsas. La realidad es precisamente al contrario: todo será olvidado y nada será reparado. El papel de la reparación (de la venganza y del perdón) lo lleva a cabo el olvido. Nadie reparará las injusticias que se cometieron, pero todas las injusticias serán olvidadas.

Volví a mirar atentamente a mi alrededor, porque sabía que sería olvidado el tilo, la gente junto a la mesa, el camarero (cansado después de las prisas del mediodía) y esta cervecería que (aunque poco amable desde la calle) aparecía desde el jardín acogedoramente cubierta de vid. Estaba mirando hacia la puerta abierta del pasillo, por la que en ese preciso momento desaparecía el camarero (el cansado animador de este rincón ya despoblado y silencioso) y por la cual surgió un muchacho de chaqueta de cuero y vaqueros; penetró en el jardín y miró a su alrededor; me vio y se dirigió hacia mí; tardé algunos instantes en darme cuenta de que era el técnico de sonido de Helena.

Me angustian las situaciones en las que la mujer amante y no amada amenaza con regresar, de modo que cuando el muchacho me entregó el sobre («Esto se lo manda la señora Zemankova»), lo que más me interesaba era postergar de alguna manera la lectura de la carta. Le dije que se sentara a mi mesa; me obedeció (apoyó un codo en la mesa mirando satisfecho con la frente arrugada al tilo iluminado por el sol) y yo coloqué el sobre en la mesa delante de mí y le pregunté: «¿Tomamos algo?». Se encogió de hombros; propuse un vodka pero lo rechazó porque, según dijo, tenía que conducir; la ley prohíbe que los conductores beban; sin embargo, añadió que si yo tenía ganas de beber, él se contentaría con mirarme. Ganas no tenía ninguna, pero en la mesa, delante de mí, había un sobre que no deseaba abrir y cualquier tipo de actividad era bienvenido. Opté por pedirle al camarero, que pasó por allí, que me trajese un vodka.

—¿Qué es lo que quiere Helena, no lo sabe? —le pregunté.

—¿Cómo lo iba a saber? Lea la carta —me respondió.

—¿Es algo urgente? —pregunté.

—¿Cree que me lo tuve que aprender de memoria por si me asaltaban por el camino? —dijo.

Cogí el sobre con dos dedos (era un sobre oficial con el membrete impreso del *Comité nacional local;* después volví a dejarlo en el mantel delante de mí y, sin saber qué decir, dije: «Qué lástima que no beba».

«También se trata de la seguridad de *usted*», dijo. Comprendí la alusión y que no había sido pronunciada en vano, sino que el muchacho quería aprovechar su presencia junto a mi mesa para aclarar cómo iba a ser el viaje de regreso y cuáles eran sus esperanzas de quedarse solo con Helena. Era bastante simpático; en su cara (pequeña, pálida y pecosa, con una nariz pequeña y respingona) se veía todo lo que sucedía en su interior; es posible que aquella cara fuese tan transparente porque era una cara irreparablemente infantil (he dicho irreparablemente porque era un aspecto infantil debido a unos rasgos anormalmente delicados, de esos que con la edad no se vuelven nada más viriles, de modo que una cara anciana se convierte en una avejentada cara de niño). Ese aspecto infantil difícilmente le puede gustar a un muchacho de veinte años, y entonces no le queda más remedio que aparentar (tal como tiempo atrás aparentaba —¡oh, interminable juego de sombras!— el chiquillo-comandante): por medio del vestido (la cazadora de cuero le hacía resaltar los hombros, le quedaba bien y estaba bien cosida) y del comportamiento (el muchacho actuaba con suficiencia, con algo de brusquedad y a veces acentuaba una especie de desganada indiferencia). En este aparentar, por desgracia, se veía siempre traicionado por sí mismo: se ponía colorado, no dominaba suficientemente la voz, que empezaba a fallarle ligeramente al menor enfado (esto ya lo había percibido yo durante nuestro primer encuentro) y ni siquiera dominaba bien sus ojos y su gesticulación (pretendía hacerme notar su indiferencia respecto a que yo fuese o no con ellos a Praga, pero ahora mismo, cuando le anuncié que me quedaba allí, los ojos le brillaron de un modo imposible de ocultar).

Cuando el camarero nos trajo al cabo de un rato, por error, dos vodkas en lugar de uno, el muchacho le dijo que no se lo llevase, que se lo bebería. «No lo voy a dejar a usted que beba solo», sentenció y levantó la copa: «¡A su salud!». «¡A la suya!», dije y brindamos.

Nos pusimos a hablar y me enteré de que el muchacho contaba con salir dentro de dos horas, porque Helena quería elaborar allí mismo el material grabado y, posiblemente, grabar su propio comentario para que se pudiera emitir mañana mismo. Le pregunté qué tal trabajaba con Helena. Volvió a ponerse un poco colorado y respondió que Helena conocía bien el oficio pero que era demasiado dura con sus compañeros de trabajo, porque estaba dispuesta a trabajar fuera de hora en cualquier momento, sin tener en cuenta que puede haber gente que tenga prisa por llegar a casa. Le pregunté si él también suele tener prisa por llegar a casa. Dijo que no; que a él personalmente le gusta mucho el trabajo. Y luego, aprovechando que yo mismo le había preguntado por Helena, me hizo él, como de pasada y sin darle importancia, una pregunta: «¿Y de dónde conoce usted a Helena?». Se lo dije y él siguió indagando: «Helena es estupenda, ¿verdad?».

Cuando hablaba de Helena ponía una cara particularmente satisfecha, y yo se la atribuí también a su intención de aparentar, porque era evidente que su adoración por Helena era sobradamente conocida por todo el mundo y él tenía que evitar la fama de amante no correspondido, una fama, como es sabido, ignominiosa. Por eso, a pesar de que no me tomaba del todo en serio la satisfacción del muchacho, al menos ahora contribuía a que la carta que estaba ante mí me pesase un poco menos, así que por fin la levanté del mantel y la abrí: «Mi cuerpo y mi alma... no tienen motivos para vivir... Me despido...».

Vi al otro extremo del jardín al camarero y grité: «¡La cuenta!».

El camarero asintió con la cabeza pero no dejó que lo apartasen de su trayectoria y volvió a desaparecer en el pasillo.

«Venga, no podemos esperar», le dije al muchacho. Me levanté y crucé rápidamente el jardín; el muchacho me siguió. Atravesamos el pasillo y el salón hasta llegar a la puerta del restaurante, de modo que el camarero tuvo que correr, por las buenas o por las malas, tras de nosotros.

—Un filete, una sopa, dos vodkas —le dicté.

—¿Qué pasa? —preguntó el muchacho con voz insegura.

Le pagué al camarero y le pedí al muchacho que me condujera rápidamente a donde estaba Helena. Nos pusimos a andar con paso rápido.

—¿Qué ha pasado? —preguntó.

—¿A qué distancia está? —pregunté yo.

Señaló con la mano hacia delante y yo pasé del paso a la carrera; al rato estábamos junto al comité nacional. Era un edificio de una sola planta, pintado de blanco, con un portón y dos ventanas. Entramos; nos encontramos con una oficina desapacible: bajo la ventana había dos mesas adosadas; en una de ellas estaba el magnetófono, un bloc de papel y una cartera de mujer (sí, la de Helena); junto a las dos mesas había dos sillas y en un rincón de la habitación un perchero de metal. Colgaban de él dos impermeables: uno de mujer y uno de hombre.

—Aquí es —dijo el muchacho.

—¿Aquí fue donde le dio la carta?

—Sí.

Solo que en aquel momento la oficina estaba desesperadamente vacía; la llamé: «¡Helena!» y me asusté del sonido inseguro y angustiado de mi propia voz. No se oía nada. Volví a llamarla: «¡Helena!», y el muchacho preguntó:

—¿Habrá hecho alguna tontería?

—Eso parece —dije.

—¿Se lo escribió en esa carta?

—Sí —dije—. ¿No tenían ninguna otra habitación?

—No —dijo.

—¿Y qué hay del hotel?

—Lo dejamos por la mañana temprano.

—Entonces tiene que estar aquí —dije y oí ahora, en cambio, la voz del muchacho quebrándose y llamando angustiada:

—¡Helena!

Abrí la puerta que daba a la habitación contigua; era otra oficina más: una mesa, una papelera, tres sillas, un armario y un perchero (el perchero era igual al de la oficina anterior: una barra de metal sostenida por tres patas y que se abría arriba en tres ramas metálicas: y como del perchero no colgaba ropa ninguna, adquiría un aspecto de abandono y humanidad; su desnudez metálica y los ridículos brazuelos estirados me producían una sensación de angustia); sobre el escritorio había una ventana, pero, por lo demás, no había más que paredes; no había puerta alguna que condujese a otro sitio; las dos oficinas eran, evidentemente, las dos únicas habitaciones de la casa.

Volvimos a la primera habitación; cogí de la mesa el bloc de papel y lo hojeé, no había más que notas difícilmente legibles que se referían (a juzgar por algunas palabras que fui capaz de descifrar) a la descripción de la cabalgata de los reyes; ningún mensaje, ningunas palabras más de despedida. Abrí la cartera: había un pañuelo, un monedero, un lápiz de labios, maquillaje, dos cigarrillos medio vacíos, un mechero; ningún frasco de medicamentos, ninguna botellita de veneno vacía. Me puse a pensar frenéticamente en lo que podía haber hecho Helena y la idea que aparecía con mayor insistencia era la del veneno; pero en ese caso debía haber algún frasco vacío. Me acerqué al perchero y metí la mano en los bolsillos del impermeable de mujer: estaban vacíos.

«¿No estará en el desván?», dijo de repente el muchacho con impaciencia, porque mi búsqueda en la habitación, a pesar de que no había durado más de un par de segundos, le pareció, probablemente, sin sentido. Salimos corriendo al pasillo y nos encontramos allí con dos puertas: una de ellas estaba acristalada en el tercio superior y a través de ella se veía con imprecisión el patio; abrimos la otra, más próxima, tras la cual apareció una escalera de piedra, oscura y cubierta de una capa de polvo y hollín. Corrimos hacia arriba; en el techo no había más que un tragaluz (con el cristal sucio) a través del cual no se filtraba más que una luz opaca y grisácea. Alrededor de nosotros se adivinaban montones de cosas en desuso (cajas, maquinaria de jardinería, azadas, rastrillos, picos, pero también montones de fascículos y viejas sillas rotas); tropezábamos al andar.

Tenía ganas de llamarla «¡Helena!», pero el miedo me lo impedía; tenía miedo del silencio que se produciría después. El muchacho tampoco la llamaba. Revolvimos los trastos y comprobamos si había algo en los rincones oscuros; sentí que los dos estábamos nerviosos. Y lo que más nos horrorizaba era nuestro propio silencio, con el cual reconocíamos que ya no esperábamos respuesta de Helena, que ya no buscábamos más que su cuerpo, colgado o tumbado.

Pero no encontramos nada y regresamos a la oficina. Volví a revisar todo el mobiliario, mesas, sillas, el perchero que sostenía en su brazo extendido su impermeable, y luego en la otra habitación de nuevo: la mesa, las sillas y otra vez el perchero, con los brazuelos levantados, desesperadamente vacíos. El muchacho volvió a llamarla (a la buena de Dios) ¡Helena!, y yo (a la buena de Dios) abrí el armario, de modo que quedaron a la vista los estantes llenos de legajos, útiles de oficina, cintas adhesivas y reglas.

«¡Aquí tiene que haber algo más! ¡El retrete! ¡O un sótano!», dije y volvimos a salir al pasillo; el muchacho abrió la puerta del patio. El patio era pequeño; en un rincón había una jaula con conejos; más allá del patio había un jardín cubierto de hierba espesa sin segar, de la que surgían los troncos de los árboles frutales (en un lejano rincón de la mente logré aún darme cuenta de que el jardín era hermoso; de que entre el verde de las ramas colgaban trozos de cielo azul, de que los troncos de los árboles eran rugosos y curvados y de que entre ellos brillaban unos cuantos girasoles); al final del jardín vi, a la idílica sombra de un manzano, la caseta de madera de un retrete campesino. Corrí hacia él.

La tablilla giratoria, clavada con un gran clavo al estrecho marco (para poder cerrar la puerta, al ponerla en posición horizontal), estaba en posición vertical. Metí los dedos por la ranura que había entre la puerta y el marco y comprobé con una pequeña presión que el retrete estaba cerrado desde dentro; lo único que aquello podía significar era que Helena estaba dentro. Dije en voz baja: «¡Helena, Helena!». No se oyó nada; únicamente el manzano, agitado por un viento suave, frotaba sus ramas contra la pared de madera de la caseta.

Sabía que el silencio desde dentro de la caseta cerrada significaba lo peor, pero también sabía que no se podía hacer otra cosa que arrancar la puerta y que era precisamente yo quien tenía que hacerlo. Metí de nuevo los dedos entre la puerta y el marco y tiré con todas mis fuerzas. La puerta (que no estaba cerrada con un gancho sino, como ocurre con frecuencia en el campo, con un simple cordel) no opuso resistencia y se abrió de par en par. Frente a mí, sobre un asiento de madera, en medio del hedor de la letrina, estaba sentada Helena. Estaba pálida pero viva. Me miró con ojos de espanto y trató de bajarse la falda arremangada, sin que ni el mayor de los esfuerzos lograse hacerla llegar hasta más allá de la mitad del muslo; Helena se aferraba el borde de la falda con ambas manos, apretando una pierna contra la otra. «¡Por Dios, lárguese!», gritó angustiada.

«¿Qué le pasa?», le grité yo. «¿Qué ha tomado?» «¡Lárguese! ¡Déjeme en paz!», gritaba.

A mi espalda apareció el muchacho y Helena gritó: «¡Jindra, vete, vete!». Se incorporó y extendió el brazo para cerrar la puerta, pero yo me interpuse entre la puerta y ella, de modo que tuvo que volver a sentarse, tambaleándose, en el agujero redondo de la letrina.

En ese mismo instante volvió a incorporarse y se lanzó sobre mí con una fuerza desesperada (verdaderamente *desesperada*, porque no eran más que los últimos restitos de fuerza que le habían quedado tras una gran extenuación). Se aferraba con ambas manos a las solapas de mi chaqueta y me empujaba hacia fuera; fuimos a parar al exterior, frente al umbral del retrete. «¡Eres un animal, un animal, un animal!», gritaba (si es que se puede llamar gritar al sonido furioso de una voz debilitada) y me zarandeaba; de repente me soltó bruscamente y huyó por el césped en dirección al patio. Quiso huir, pero no pudo: había abandonado la letrina en medio de la confusión, sin que le diese tiempo a arreglarse, de manera que las bragas (aquellas que ya conocía del día anterior, elásticas, que cumplen al mismo tiempo la función de faja) se le habían quedado enrolladas a la altura de las rodillas y le impedían andar (se había bajado la falda, pero las medias de seda estaban sueltas, y se veía la parte superior, más oscura, junto con las ligas que las sostenían); dio algunos pasitos cortos o saltitos (llevaba zapatos de tacón muy altos), avanzó apenas tres metros y cayó (cayó sobre la hierba soleada bajo la rama de un árbol junto a un girasol alto y chillón); la cogí del brazo con la intención de levantarla; se soltó y cuando volví a inclinarme empezó a dar puñetazos como loca a su alrededor, de modo que tuve que soportar unos cuantos golpes, cogerla con toda mi fuerza, atraerla hacia mí, levantarla y apretarla entre mis brazos como si fueran una camisa de fuerza. «Animal, animal, animal, animal», chillaba furiosa, golpeándome en la espalda con su mano libre; cuando le dije (con el tono más tranquilo posible): «Helena, calma», me escupió en la cara.

No la solté y le dije: «No la suelto hasta que no me diga lo que tomó».

«¡Váyase, váyase, váyase!», repetía furiosa, pero de pronto se calmó, dejó de resistirse y me dijo: «Suéltame», lo dijo con una voz tan distinta (suave y cansada) que aflojé mi abrazo y la miré; vi con horror que su cara se arrugaba por un enorme esfuerzo, que sus mandíbulas estaban apretadas en un espasmo, que sus ojos dejaban de mirar y que su cuerpo se encogía levemente y se inclinaba.

«¿Qué le pasa?», dije y ella sin hablar se dio media vuelta y volvió hacia el retrete; se fue andando de un modo que nunca olvidaré: sus piernas atadas daban pasos lentos y breves, pasos con una velocidad irregular; eran solo tres o cuatro metros y, sin embargo, durante ese breve trayecto se detuvo varias veces y en ese momento se vio (por la leve inclinación de su cuerpo) que estaba luchando duramente contra sus propias vísceras enloquecidas; por fin llegó hasta el retrete, cogió la puerta (que se había quedado abierta de par en par) y la cerró tras de sí.

Me quedé parado en el sitio donde la había levantado del suelo; y cuando oí una respiración fuerte y quejosa que provenía del retrete, me alejé aún un poco más. Y hasta ese momento no me di cuenta de que a mi lado estaba también el muchacho. «Quédese aquí», le dije. «Tengo que conseguir un médico.»

Entré en la oficina; nada más atravesar la puerta, vi el teléfono; estaba sobre el escritorio. Pero la guía no estaba por ningún lado; cogí el tirador del cajón central del escritorio, pero estaba cerrado, igual que todos los cajones al costado de la mesa; también estaba cerrada la otra mesa. Fui a la otra habitación; allí el escritorio solo tenía un cajón; estaba abierto, pero no había nada más que unas cuantas fotografías y un cuchillo de abrir sobres. No sabía qué hacer y se apoderó de mí (ahora que sabía que Helena estaba viva y no parecía correr peligro de muerte) el cansancio; me quedé un momento en la habitación mirando como un idiota el perchero (el delgado perchero de metal que levantaba las manos hacia arriba como si se estuviese rindiendo); luego (más bien por no saber qué hacer) abrí el armario; sobre un montón de legajos vi la guía de teléfonos verdiazul; fui con ella hasta el teléfono y busqué el número del hospital. Ya había marcado el número y estaba oyendo el tono de llamada cuando entró corriendo en la habitación el muchacho.

«¡No llame a nadie! ¡No hace falta!», dijo.

Yo no entendía.

Me quitó el auricular de la mano y lo colgó. «No hace falta, se lo digo yo.»

Le pedí que me explicase lo que pasaba.

«¡No es ninguna intoxicación!», dijo y fue hacia el perchero; metió la mano en el bolsillo del impermeable de hombre y sacó un tubo; lo abrió y le dio vuelta; estaba vacío.

—¿Esto es lo que ha tomado? —pregunté.

Asintió.

—¿Cómo lo sabe?

—Me lo dijo ella.

—¿Es suyo el tubo?

Asintió. Se lo cogí de la mano; eran analgésicos.

—¿Y usted cree que semejante cantidad de analgésicos no hace daño? —le grité.

—No eran analgésicos —dijo.

—¿Y entonces qué era? —grité.

—Laxante —respondió.

Le grité que no me tomara el pelo, que tenía que saber lo que había ocurrido y que no tenía ganas de aguantar sus impertinencias. Le ordené que me respondiera inmediatamente.

Al oírme gritar se puso a gritarme él también: «¡Ya le he dicho que eran pastillas laxantes! ¡No sé por qué tiene que saber todo el mundo que tengo problemas intestinales!». Y comprendí que lo que me había parecido un chiste malo era verdad.

Lo miré, miré su carita colorada, su nariz chata (pequeña, pero suficientemente grande como para que en ella cupiera una cantidad suficiente de pecas), y en seguida vi con claridad el sentido de todo aquello: el tubo de analgésicos debía ocultar la ridiculez de su enfermedad igual que los vaqueros y la aparatosa cazadora ocultaban la ridiculez de su cara infantil; sentía vergüenza de sí mismo y cargaba trabajosamente con la cruz de su adolescencia; en ese momento sentí cariño por él; con su vergüenza (esa nobleza de la adolescencia) le salvó a Helena la vida y a mí el poder dormir tranquilo en los años venideros. Yo miraba sus orejas levantadas con aturdido agradecimiento. Sí, le había salvado la vida a Helena, pero a costa de una humillación enormemente penosa; eso lo sabía y sabía también que era una humillación gratuita, una humillación sin sentido y sin la menor sombra de justificación; sabía que nuevamente algo irreparable se sumaba a la cadena de lo irreparable; me sentí culpable y me entró una apremiante (aunque difusa) necesidad de correr a donde ella estaba, correr rápidamente, levantarla de esa humillación, denigrarme y humillarme yo ante ella, asumir toda la culpa y toda la responsabilidad de aquella historia absurdamente cruel.

«¿Qué me mira?», me espetó el muchacho. No le respondí y salí al pasillo pasando junto a él; me dirigí a la puerta que daba al patio.

«¿Adónde va?», me cogió por detrás del hombro de la chaqueta y trató de atraerme hacia él; nos miramos a los ojos durante un segundo; le cogí la mano por la muñeca y la separé de mi hombro. Me rodeó y se interpuso en mi camino. Avancé hacia él con la intención de empujarlo. En ese momento tomó impulso y me golpeó con el puño en el pecho.

El golpe fue muy débil, pero el muchacho saltó hacia atrás y volvió a colocarse frente a mí en una ingenua postura de boxeador; en su expresión se mezclaba el temor con la osadía irreflexiva.

«¡No tiene nada que hacer junto a ella!», me gritó. Me quedé parado. Pensé que a lo mejor el muchacho tenía razón: que seguramente ya no podía reparar de ningún modo lo irreparable. Y el muchacho, cuando vio que me quedaba parado y no me defendía, siguió gritando: «¡Usted le da asco! ¡Se caga en usted! ¡Me lo dijo a mí! ¡Se caga en usted!».

La tensión nerviosa lo deja a uno indefenso no solo ante el llanto, sino también ante la risa; el significado literal de las últimas palabras del muchacho hizo que se me estremecieran las comisuras de la boca. Aquello lo puso furioso; esta vez me dio en los labios y el segundo puñetazo lo detuve a duras penas. Volvió a retroceder y se puso los puños delante de la cara, como los boxeadores, de modo que detrás de ellos no se veían más que sus sobresalientes orejas rosadas.

Le dije: «Dejemos esto. Ya me voy».

Mientras me alejaba, él seguía gritando: «¡Cobarde! ¡Cobarde! ¡Tú has tenido la culpa! ¡Ya me las pagarás! ¡Cabrón! ¡Cabrón!».

Salí a la calle. Estaba vacía, como suelen estar las calles después de una fiesta; no había más que un viento leve que levantaba el polvo y lo arrastraba por la tierra plana, desierta como mi cabeza, mi cabeza vacía, semiaturdida, en la que durante un largo rato no apareció ni una sola idea...

Fue más tarde cuando me di cuenta, de pronto, de que tenía en la mano el tubo vacío de los analgésicos; lo miré: estaba terriblemente manoseado: debía de hacer mucho tiempo que servía como disfraz permanente a las pastillas laxantes del muchacho.

Al cabo de otro largo rato aquel tubo trajo a mi imaginación otros tubos, los dos tubos de somníferos de Alexej; y entonces se me ocurrió que el muchacho no le había salvado la vida a Helena: aunque en el tubo hubiera habido, de verdad, analgésicos, difícilmente le hubieran podido producir a Helena algo más que una descomposición estomacal, más aún estando el muchacho y yo a muy escasa distancia; la desesperación de Helena había ajustado sus cuentas con la vida a una distancia perfectamente prudencial del umbral de la muerte.

311

18

Estaba en la cocina junto al horno. De espaldas a mí. Como si no pasara nada. «¿Vladimir?», me respondió sin darse vuelta: «¡Tú mismo lo has visto! No sé por qué preguntas». «Mientes», dije: «Vladimir salió hoy por la mañana en moto con el nieto de Koutecky. He venido a decirte que lo sé. Sé por qué os vino de perlas la idiota de la redactora esa. Sé por qué no debía estar yo presente mientras se vestía el rey. Sé por qué el rey respetaba la prohibición de hablar aun antes de incorporarse a la cabalgata. Lo habéis preparado todo estupendamente».

La seguridad con la que yo hablaba la dejó confundida. Pero pronto recuperó su presencia de ánimo y pretendió ponerse a salvo atacando. Fue un ataque extraño. Extraño aunque solo fuera porque los adversarios no estaban cara a cara. Estaba de espaldas a mí, con la cara vuelta hacia la sopa de fideos que hervía. No levantaba la voz. Hablaba en un tono casi indiferente. Como si lo que me estaba diciendo fuera algo sabido desde hace mucho tiempo, que solo tenía que repetir ahora en voz alta, inútilmente, por culpa de mi incapacidad para comprender. Ya que quería oírlo, lo iba a oír. Vladimir, desde el principio, se negó a hacer de rey. Y Vlasta no se extrañaba. Antes los muchachos organizaban la cabalgata de los reyes ellos mismos. Ahora la organizan treinta y seis entidades y hasta el comité provincial del partido tiene que reunirse. Ya no hay nada que la gente pueda hacer por propia voluntad. Todo está dirigido desde arriba. Antes los muchachos elegían al rey ellos mismos. Esta vez les recomendaron desde arriba a Vladimir, para quedar bien con su padre, y todos tuvieron que obedecer. A Vladimir le daba vergüenza ser un enchufado. A los enchufados nadie los quiere.

«¿Quieres decir que Vladimir se avergüenza de mí?» «No quiere parecer un enchufado», repitió Vlasta. «¿Por eso hace amistad con la familia Koutecky? ¿Con esos retrasados? ¿Con esos idiotas burgueses?», pregunté. «Sí. Por eso», asintió Vlasta: «Milos no puede estudiar por ser nieto de su abuelo. Solo porque el abuelo tuvo una empresa constructora. Vladimir tiene todas las puertas abiertas. Solo porque su padre eres tú. A Vladimir eso le da vergüenza. ¿No eres capaz de comprenderlo?».

Por primera vez en la vida sentí ira hacia ella. Me habían engañado. Habían estado observando fríamente durante todo ese tiempo cómo disfrutaba. Cómo me ponía sentimental, cómo me excitaba. Me engañaban tranquilamente y me observaban tranquilamente. «¿Era necesario engañarme de ese modo?»

Vlasta removió los fideos y dijo que yo soy una persona muy difícil. Que vivo en mi mundo. Que soy un soñador. No quieren meterse con mis ideales, pero Vladimir es distinto. No comprende lo de mis canciones y nuestros gritos. No le divierten. Le aburren. Tengo que hacerme a la idea. Vladimir es una persona moderna. Sale al padre de ella. Que siempre tuvo sentido del progreso. Fue el primer campesino del pueblo que tuvo un tractor antes de la guerra. Luego se lo quitaron todo. Pero desde que sus tierras pertenecen a la cooperativa, ya no rinden lo que antes.

«No me interesan vuestras tierras. Quiero saber adónde fue Vladimir. Fue a las carreras de motos a Brno. Confiésalo.»

Estaba de espaldas a mí, revolvía los fideos y seguía en sus trece. Vladimir sale a su abuelo. Tiene su misma barbilla y sus mismos ojos. Y a Vladimir no le divierte la cabalgata de los reyes. Sí, ya que lo quiero oír, fue a las carreras. Fue a ver las carreras. ¿Por qué no? Le interesan más las motos que las yeguas con lacitos. ¿Qué hay de malo? Vladimir es una persona moderna.

Motos, guitarras, motos, guitarras. Un mundo estúpido y ajeno. Pregunté: «¿Podrías decirme lo que es una persona moderna?».

Estaba de espaldas a mí, removía los fideos y me respondió que casi ni siquiera podían decorar en plan moderno nuestra casa. ¡El escándalo que había armado yo por una lámpara de pie moderna! Tampoco quería una lámpara de techo moderna. Y todo el mundo sabe que la lámpara de pie moderna es preciosa. En todas las casas compran lámparas de ésas.

«Cállate», le dije. Pero no había manera de detenerla. Estaba lanzada. Vuelta de espaldas a mí. Una espalda pequeña, malvada, delgada. Eso era quizás lo que más furioso me ponía. Esa espalda. Una espalda que no tiene ojos. Una espalda que se siente estúpidamente segura de sí misma. Una espalda con la que no es posible entenderse. Quería que se callara. Que se volviera hacia mí. Pero sentía tal rechazo hacia ella que no quería tocarla. Haré otra cosa para que se dé vuelta. Abrí la alacena y saqué un plato. Lo dejé caer al suelo. De repente se calló. Pero no se dio vuelta. Otro plato y otros platos. Seguía de espaldas a mí. Encogida. Vi en sus espaldas que tenía miedo. Sí, tenía miedo pero era obstinada y no quería rendirse. Dejó de revolver y se quedó apretando inmóvil la cuchara de madera. Se aferraba a ella como si fuera su refugio. Yo la odiaba y ella a mí. No se movía y yo no le quitaba los ojos de encima, aunque seguía tirando de la alacena al suelo más y más piezas de la vajilla. La odiaba y odiaba en aquel momento toda su cocina. Una moderna cocina de serie, con una alacena moderna, con platos modernos y vasos modernos.

No me sentía furioso. Miraba con tranquilidad, con tristeza, casi cansado, al piso lleno de trozos de platos, de ollas y cacerolas desparramadas. Tiraba mi hogar al suelo. El hogar que amaba y en el que me refugiaba. El hogar en el que sentía el tierno gobierno de mi pobre muchachita. El hogar que yo había poblado de fábulas, de canciones y de bondadosos duendes. Mira, en estas tres sillas solíamos sentarnos durante nuestros almuerzos. Ay, esos amables almuerzos durante los cuales era consolado y embaucado el tonto y confiado sostén de la familia. Cogí las sillas una tras otra y les arranqué las patas. Las dejé en el suelo junto a las ollas y a los vasos rotos. Puse patas arriba la mesa de la cocina. Vlasta seguía de pie junto al horno, igualmente inmóvil y vuelta de espaldas a mí.

Salí de la cocina y me fui a mi habitación. En la habitación había un globo de cristal rosado en el techo, una lámpara de pie y un horrendo sofá-cama moderno. Sobre el armonio estaba, en un estuche negro, mi violín. Lo cogí. Teníamos que tocar a las cuatro en el jardín del restaurante. Pero es la una. ¿Adónde voy a ir?

Oí un sollozo que venía de la cocina. Vlasta lloraba. Era un sollozo lastimero y yo sentí en algún sitio, en lo más profundo, una dolorosa lástima. ¿Por qué no se había echado a llorar diez minutos antes? Podía haber dejado que me venciese el antiguo autoengaño y hubiera vuelto a ver en ella a la pobre muchachita. Pero ya era tarde.

Salí de casa. Por sobre los techos de la aldea llegaba el pregón de la cabalgata de los reyes. Tenemos un rey honrado pero pobre. ¿Adónde iré? La calle le pertenece a la cabalgata de los reyes, el hogar a Vlasta, las cervecerías a los borrachos. ¿Dónde está mi sitio? Soy un rey viejo, abandonado, exiliado. Un rey honrado y mísero, sin heredero. El último rey.

Por suerte, más allá de la aldea está el campo. El camino. Y a diez minutos el río Morava. Me tumbé a la orilla. Me puse el estuche del violín bajo la cabeza. Me quedé así tumbado durante mucho tiempo. Una hora, puede que dos. Y me puse a pensar en que había llegado al final. Así de pronto e inesperadamente. Ya está aquí. No era capaz de imaginarme la continuación. Siempre había vivido simultáneamente en dos mundos. Había creído en su mutua armonía. Era un engaño. Ahora había sido expulsado de uno de esos mundos. Del mundo real. Solo me quedaba el imaginario. Pero no puedo vivir solo en el mundo imaginario. Aunque allí me esperen. Aunque me llame el desertor y tenga para mí un caballo libre y un pañuelo rojo para cubrirme la cara. ¡Oh, ahora lo comprendía! ¡Ahora entendía por qué me prohibía quitarme el pañuelo y quería contármelo todo él mismo! ¡Hasta ahora no había entendido por qué el rey tiene que tener la cara tapada! ¡No es para que no lo vean, sino para que no vea él!

Era incapaz de imaginar que pudiera levantarme y marcharme. Era incapaz de imaginar un solo paso. Me esperan a las cuatro. Pero no tendré fuerza para levantarme e ir hasta allí. Éste es el único sitio donde me siento bien. Aquí junto al río. Aquí corre el agua, lentamente y desde siempre. Corre lentamente y yo me quedaré tumbado lentamente y durante mucho tiempo.

Y luego alguien me habló. Era Ludvik. Yo esperaba un nuevo golpe. Pero ya no tenía miedo. Ya nada podía sorprenderme.

Se sentó a mi lado y me preguntó por la actuación de la tarde. «¿Quieres ir?», le pregunté. «Sí», dijo. «¿Y por eso has venido?», le pregunté. «No», dijo, «no he venido por eso. Pero las cosas suelen acabar de una manera distinta a la que nosotros imaginamos.» «Sí», dije, «muy distinta.» «Llevo ya una hora dando vueltas por el campo. No me imaginé que te encontraría aquí.» «Yo tampoco.» «Quiero pedirte algo», dijo después, sin mirarme a los ojos. Igual que Vlasta. No me miraba a los ojos. Pero en su caso no me importaba. En su caso me producía satisfacción que no me mirara a los ojos. Me pareció que había algo que le daba vergüenza. Y esa vergüenza era para mí cálida y curativa. «Quiero pedirte algo», dijo. «Que me dejes tocar hoy con vosotros.»

19

Faltaban varias horas para la salida del próximo autobús, así que, empujado por mi desasosiego interior, me puse a andar por las callejuelas hacia fuera de la aldea, hacia los campos, tratando de quitarme de la cabeza cualquier pensamiento sobre el transcurso del día. No fue fácil: sentía que me ardía el labio herido por el pequeño puño del muchacho y volvía a aparecer una y otra vez el perfil de la imagen de Lucie, que me recordaba que cada vez que había intentado desquitarme de algún agravio sufrido me había encontrado al fin conmigo mismo como agraviador. Traté de alejar estos pensamientos, porque todo lo que me repetían sin parar era algo que ahora ya sabía perfectamente; intenté mantener la mente en blanco para que solo entrase en ella el lejano (y ya casi inaudible) pregón de los jinetes, que me transportaba a algún sitio que estaba fuera de mí y de mi lamentable historia y me hacía sentir así un gran alivio.

Fui rodeando la aldea por los senderos que atraviesan los campos, hasta llegar a las orillas del Morava, y seguí andando río arriba; en la orilla opuesta había unas cuantas ocas, a la distancia un bosque en la llanura y, por lo demás, campo y solo campo. Y luego vi que a alguna distancia de mí, en la dirección que yo seguía, había una persona tumbada en la orilla cubierta de hierba. Al acercarme lo reconocí: estaba acostado boca arriba, mirando al cielo, con el estuche del violín bajo la cabeza (todo lo que nos rodeaba eran sembrados, llanos y extensos, siempre iguales desde hace siglos, pero claveteados en estos sitios por las torres metálicas que conducen los pesados cables de alta tensión). No había nada más sencillo que esquivarlo, porque miraba extasiado al cielo y no me veía. Me acerqué a él y le hablé. Alzó los ojos hacia mí y me pareció que aquellos ojos eran temerosos y ariscos y me di cuenta (por primera vez al cabo de muchos años lo veía ahora de cerca) de que de la espesa cabellera, que aumentaba su ya elevada estatura en un par de centímetros más, no le había quedado más que una mata rala y que en la coronilla no tenía más que unos pocos mechones tristes que cubrían la piel desnuda; aquellos pelos caídos me recordaron los muchos años que había pasado sin verlo y de repente sentí lástima de aquella época, de los muchos años sin vernos, de los muchos años esquivándolo (desde lejos, casi inaudible, llegaba el pregón de los jinetes), y sentí de pronto hacia él un amor urgente y culpable. Yacía en el suelo debajo del sitio donde me encontraba yo, se apoyaba en un codo para incorporarse un poco, era grande y torpe y el estuche del violín era negro y diminuto como el ataúd de un chiquillo. Yo sabía que su orquesta (hace tiempo fue también *mi* orquesta) iba a tocar hoy por la tarde en la aldea y le pedí que me dejaran tocar con ellos.

Formulé la petición antes de que hubiera tenido tiempo de pensármela del todo (como si las palabras hubieran llegado antes que el pensamiento), de modo que la formulé precipitadamente pero, sin embargo, de total acuerdo con mi corazón; y es que en ese momento estaba repleto de amor hacia este mundo al que había abandonado por completo años atrás, hacia un mundo lejano y pretérito, en el que los jinetes recorren la aldea con un rey enmascarado, en el que se visten camisas blancas fruncidas y se cantan canciones, un mundo que se confunde con la imagen de mi ciudad natal y con la imagen de mi madre (de mi madre birlada) y de mi infancia; a lo largo del día, ese amor había ido creciendo en silencio dentro de mí y en aquel momento estalló de un modo casi lloroso; amaba a ese mundo pretérito y al mismo tiempo le rogaba que me diera cobijo y me salvase.

Pero ¿con qué derecho? ¿No había esquivado anteayer mismo a Jaroslav solo porque su aspecto me recordaba la antipática música del folklore? ¿No me había acercado esta misma mañana con desagrado a los festejos folklóricos? ¿Qué es lo que había hecho que se abrieran de repente las viejas barreras que durante quince años me habían impedido recordar con agrado mi juventud vivida en la orquesta folklórica, regresar emocionado a la ciudad natal? ¿Se debía a que unas horas antes Zemanek se había reído de la cabalgata de los reyes? ¿Había hecho *él* que sintiera antipatía hacia las canciones populares y *él* me las había vuelto ahora a purificar? ¿En verdad no soy más que el otro extremo de la aguja de una brújula cuya punta es él? ¿Es de verdad mi dependencia de él tan humillante? No, no ha sido solo la burla de Zemanek lo que hizo que de pronto pudiera volver a amar a este mundo; podía amarlo porque ya por la mañana (inesperadamente) lo había visto en su pobreza; en su pobreza y sobre todo en su *abandono;* había sido abandonado por la ceremonia y la publicidad, abandonado por la propaganda política, abandonado por las utopías sociales, abandonado por el batallón de funcionarios culturales, abandonado por el afectado entusiasmo de mis coetáneos, abandonado (también) por Zemanek; aquel abandono lo purificaba; era un abandono recriminatorio, que lo purificaba, ay, como a alguien que ya está en las últimas; aquel abandono lo hacía relucir con una especie de irresistible *belleza final;* aquel abandono me lo devolvía.

La actuación de la orquesta debía llevarse a cabo en el mismo jardín del restaurante en el que no hacía tanto tiempo había almorzado y leído la carta de Helena; cuando llegamos Jaroslav y yo ya había un par de personas mayores sentadas (esperando pacientemente el comienzo de la sesión) y un número aproximadamente igual de borrachos se tambaleaba de mesa en mesa; atrás, alrededor de un corpulento tilo, había varias sillas, en el tronco del tilo se apoyaba el contrabajo, envuelto en su sudario gris, junto a él estaba el címbalo, con su tapa abierta, y a su lado estaba sentado un hombre vestido con una camisa blanca fruncida, golpeando suavemente con los palillos sus cuerdas; los demás miembros de la orquesta estaban sentados más allá y Jaroslav fue a presentármelos: el segundo violinista es médico y trabaja en el hospital local; el hombre de gafas que toca el contrabajo es inspector de extensión cultural en el comité nacional del distrito; el clarinetista (tendrá la amabilidad de prestarme el clarinete y nos alternaremos) es maestro; el percusionista que se encarga del címbalo trabaja en el departamento de planificación en una fábrica; a excepción del cimbalista, yo no conocía a ninguno de ellos, la composición de la orquesta era totalmente nueva. Después de que Jaroslav me presentara ceremoniosamente como músico veterano, uno de los fundadores de la orquesta y, por lo tanto, clarinetista honorífico, nos sentamos en las sillitas alrededor del tilo y empezamos a tocar.

Hacía mucho tiempo que no había tocado un clarinete, pero conocía muy bien la canción por la cual empezamos, así que pronto me deshice de la timidez inicial, en particular después de que mis compañeros de orquesta me elogiaran al terminar la canción y se negaran a creer que estuviese tocando por primera vez después de tanto tiempo; luego el camarero (el mismo al cual le había pagado el almuerzo algunas horas antes con una prisa desesperada) colocó bajo las ramas del tilo una mesa y sobre ella puso para nosotros seis vasos y una damajuana de vino revestida de mimbre; empezamos a beber pausadamente. Después de varias canciones le hice una seña al maestro; tomó el clarinete y volvió a insistir en que yo lo hacía estupendamente; el elogio me encantó, me apoyé en el tronco del tilo y me inundó un sentimiento de alegre camaradería y me sentí agradecido de que hubiera venido a socorrerme al final de un día amargo. Y entonces volvió a surgir ante mis ojos Lucie y pensé que era la primera vez que comprendía por qué razón se me había aparecido en la barbería y al día siguiente en el relato de Kostka, que era al mismo tiempo legendario y verídico: quizás quería contarme que su destino (el destino de una muchacha violada) era similar al mío; que nosotros dos nos habíamos desencontrado, no nos habíamos entendido, pero las historias de nuestras vidas eran semejantes, estaban emparentadas, se correspondían, porque ambas eran historias de devastación; igual que habían devastado a Lucie mediante el amor físico y habían privado así a su vida del valor más elemental, a mi vida le habían robado también los valores sobre los que pretendía basarse, que eran en su origen inocentes; sí, inocentes. El amor físico, por muy devastado que haya quedado en la vida de Lucie, es sin duda inocente, igual que las canciones de mi región, igual que la orquesta folklórica, igual que mi hogar, por el que sentía repulsión, era inocente, igual que Fucik, cuyo retrato no podía ni ver, era inocente con respecto a mí, igual que la palabra camarada, aunque tenía para mí un sonido amenazador, era tan inocente como la palabra tú y la palabra futuro y muchas otras palabras. La culpa estaba en otra parte y era tan grande que su sombra caía hasta muy lejos sobre el mundo de las cosas (y de las palabras) inocentes y lo devastaba. Vivíamos, Lucie y yo, en un mundo devastado; y por eso no éramos capaces de sentir lástima por las cosas devastadas, nos apartábamos de ellas y les hacíamos daño así a ellas y a nosotros mismos. Lucie, a la que tanto amé, a la que tan mal amé, ¿esto es lo que me has venido a decir después de tantos años? ¿Has venido a interceder por el mundo devastado?

Terminó la canción y el maestro me pasó el clarinete; dijo que hoy ya no iba a tocar, que yo tocaba mejor que él y que merecía tocar lo más posible, porque quién sabía cuándo volvería. Percibí la mirada de Jaroslav y dije que me gustaría volver a ver a la orquesta lo más pronto posible. Jaroslav preguntó si lo decía en serio. Asentí y empezamos a tocar. Hacía ya tiempo que Jaroslav se había puesto de pie, tenía la cabeza inclinada, llevaba el violín, contra todas las reglas, apoyado en el pecho y andaba mientras tocaba; también el segundo violín y yo nos levantábamos a cada rato, sobre todo cuando queríamos que el ímpetu de la improvisación tuviera el espacio más amplio posible. Y precisamente en los momentos en que nos entregábamos a las aventuras improvisadoras, que requieren fantasía, precisión y una gran comprensión mutua, Jaroslav se convertía en el alma de todos nosotros y yo me quedaba admirado al ver qué gran músico era aquel enorme hombrón que formaba parte también (él más que nadie) de los valores devastados de mi vida; me lo quitaron y yo (para mi mal y mi vergüenza) dejé que me lo quitaran, a pesar de que era quizás mi compañero más fiel, más sincero, más inocente.

Mientras tanto había ido cambiando el público reunido en el jardín: a las pocas mesas semiocupadas que al comienzo seguían nuestra actuación con cordial interés se había sumado un numeroso grupo de muchachos y chicas que ocuparon las mesas restantes, pedían (en voz muy alta) que les sirvieran cerveza o vino, y pronto (a medida que iba subiendo lentamente el nivel de alcohol) empezaron a manifestar su apremiante necesidad de ser vistos, de ser oídos, de ser reconocidos. De modo que el ambiente del jardín cambiaba rápidamente, se hacía más ruidoso y nervioso (los muchachos se tambaleaban entre las mesas, se gritaban unos a otros y les gritaban a las chicas) hasta el punto de que me sorprendí a mí mismo dejando de concentrarme en la música, mirando con excesiva frecuencia a las mesas del jardín y observando con evidente odio las caras de los mozos. Al ver aquellas cabezas melenudas, escupiendo alrededor de sí, ostentosa y teatralmente, saliva y palabras, volví a sentir mi antiguo rencor hacia la edad de la inmadurez y me pareció que no veía a mi alrededor más que actores, cuyos rostros estaban cubiertos por máscaras que debían representar la estúpida virilidad, una grosera suficiencia; y no encontraba justificación alguna en que quizás bajo la máscara hubiese otro rostro (más humano) porque lo que me parecía pavoroso era precisamente que las caras que estaban bajo las máscaras estuvieran furiosamente entregadas a la inhumanidad y a la grosería de las máscaras.

Jaroslav debía de tener la misma sensación que yo, porque de repente dejó de tocar el violín y dijo que no tenía ganas de seguir tocando ante este público. Propuso que nos fuésemos; que diésemos un rodeo a través del campo hacia la ciudad, tal como hacíamos antes, mucho antes; hace un día estupendo, dentro de un rato empezará a oscurecer, la noche será cálida, brillarán las estrellas, nos detendremos en algún lugar del campo, junto a un rosal silvestre, y tocaremos para nosotros solos, por puro placer, como tocábamos antes; ahora estamos acostumbrados (estúpidamente acostumbrados) a tocar en actuaciones organizadas y Jaroslav ya estaba harto de eso.

Al principio todos asintieron casi con entusiasmo, porque seguramente ellos también sentían que su amor por la música necesitaba expresarse en un ambiente más íntimo, pero luego el contrabajista (el inspector de extensión cultural) objetó que según lo acordado teníamos que tocar aquí hasta las nueve, que contaban con eso tanto los camaradas de la administración provincial como el director del restaurante, que estaba planificado así, que teníamos que cumplir lo que habíamos prometido, que si no alteraríamos la organización de la fiesta y que podíamos ir a tocar al campo en otra ocasión.

En ese momento encendieron en el jardín las bombillas, que colgaban de largos cables que iban de árbol a árbol; todavía no era de noche, apenas había comenzado a extenderse la penumbra, y por eso las bombillas no irradiaban luz a su alrededor, sino que colgaban del espacio grisáceo como grandes lágrimas inmóviles, lágrimas blanquecinas que no pueden secarse y no deben caer; había en ello una especie de repentina e incomprensible tristeza a la que no era posible resistirse. Jaroslav volvió a repetir (esta vez casi como un ruego) que no quería seguir allí, que querría ir al campo, hasta llegar al rosal silvestre y tocar solo por placer, pero luego hizo con la mano un gesto de desdén, apoyó el violín en el hombro y empezó a tocar.

Esta vez ya no dejamos que el público nos distrajera y tocamos aún mucho más concentrados que al comienzo; cuanto más indiferente y tosco era el ambiente en el jardín del restaurante, cuanto más nos rodeaba con su ruidoso desinterés haciendo de nosotros una isla abandonada, cuanto más angustiados estábamos, más nos orientábamos hacia nosotros mismos y tocábamos casi más para nosotros que para los demás, de modo que logramos olvidarnos de todos los que nos rodeaban y hacer de la música una especie de aro, dentro del cual estábamos en medio de los ruidosos borrachos como si estuviéramos en una esfera de cristal sumergida en la profundidad de las frías aguas.

«Si las montañas fueran de papel, si el agua, tinta fuera, si cada estrella fuera un escritor, y aunque el ancho mundo entero lo escribiera, ni aun así se podría escribir mi testamento de amor», cantaba Jaroslav sin quitarse el violín de debajo de la barbilla, y yo me sentía feliz dentro de aquellas canciones (dentro de la esfera de cristal de aquellas canciones), en las que la tristeza no es un juego, la risa no es falsa, el amor no es ridículo y el odio no es tímido, donde la gente ama con el cuerpo y el alma (sí, Lucie, ¡con el cuerpo y el alma a un tiempo!), donde cuando la gente está alegre baila, cuando está desesperada se tira al Danubio, donde el amor sigue siendo amor y el dolor, dolor, y los valores aún no están devastados; y me pareció que dentro de aquellas canciones estaba *en casa*, que había partido de ellas, que su mundo era mi estigma original, mi hogar, al que había defraudado, pero que por eso mismo era *más aún* mi hogar (porque la voz más lastimosa es la del hogar al que hemos defraudado), pero en seguida me di cuenta también de que aquel hogar no era de este mundo (¿y qué hogar es, si no es de este mundo?), de que lo que cantábamos y tocábamos era solo un recuerdo, una reminiscencia, la conservación de la imagen de algo que ya no existe, y sentí cómo la tierra firme de aquel hogar se hundía bajo mis pies, cómo caía, cómo sostenía el clarinete junto a la boca y me hundía en la profundidad de los años, en la profundidad de los siglos, en una profundidad inconmensurable (donde el amor es amor y el dolor, dolor), y me dije con sorpresa que mi único hogar era precisamente aquel hundimiento, aquella inquisitiva y anhelante caída, y seguí así entregado a ella, experimentando un dulce vértigo.

Luego miré a Jaroslav para comprobar si permanecía aislado en mi exaltación y me di cuenta (su cara estaba iluminada por una lámpara que colgaba de una rama del tilo, encima de nosotros) de que estaba muy pálido; me fijé en que había dejado de cantar mientras tocaba, en que tenía los labios apretados; en que sus ojos temerosos se habían vuelto aún más asustados; en que en la melodía que estaba tocando se oían tonos falsos y la mano con la que sostenía el arco se le caía. Y de repente dejó de tocar y se sentó en la silla; me arrodillé a su lado. «¿Qué te pasa?», le pregunté; el sudor le corría por la frente y se sostenía con la mano el brazo izquierdo a la altura del hombro. «Me duele muchísimo», dijo. Los demás no se daban cuenta de que Jaroslav se sentía mal y permanecían en su trance musical sin el primer violín y sin el clarinete, cuyo silencio había sido aprovechado por el cimbalista para que resaltase su instrumento, acompañado ahora solo por el segundo violín y el contrabajo. Me acerqué al segundo violinista (recordaba que Jaroslav me había dicho que era médico cuando me lo presentó) y lo llamé. Ahora solo tocaban el címbalo y el contrabajo, mientras el segundo violinista cogía la muñeca de la mano izquierda de Jaroslav y la sostenía durante mucho, muchísimo tiempo; luego le levantó los párpados y le observó los ojos; luego tocó su frente sudorosa. «¿El corazón?», pregunté. «El brazo y el corazón», dijo Jaroslav, que estaba de color verde. El contrabajista también advirtió ahora la situación, apoyó el contrabajo en el tilo y vino hacia nosotros, de modo que ahora solo sonaba el címbalo, porque el cimbalista no sospechaba nada y estaba feliz de poder hacer un solo. «Voy a llamar al hospital», dijo el contrabajista. Me acerqué a él. «¿Qué tiene?» «El pulso es casi imperceptible. Sudor helado. Debe de ser un infarto.» «Hostia», dije. «No tengas miedo. Saldrá de ésta», me consoló y salió a toda prisa hacia el edificio del restaurante. Se abrió camino entre un montón de gente bastante borracha, que ni siquiera se había dado cuenta de que nuestra orquesta había dejado de tocar, porque estaban todos muy ocupados consigo mismos, con sus cervezas, sus chorradas y sus insultos, que en el otro extremo de la cervecería habían desembocado en una pelea.

Ahora ya se había callado también el címbalo y todos rodearon a Jaroslav, que me miró a mí y dijo que la culpa era de que nos hubiéramos quedado allí, que él no quería quedarse, que quería salir al campo, sobre todo porque había venido yo, sobre todo porque yo había vuelto, y que en el campo hubiéramos podido tocar estupendamente. «No hables», le dije, «necesitas reposo absoluto», y me puse a pensar que probablemente se salvaría del infarto, como había pronosticado el contrabajista, pero que después de esto su vida sería completamente distinta, una vida sin una entrega apasionada, sin tocar furiosamente en la orquesta, el segundo tiempo, el tiempo posterior a la derrota, y me invadió la sensación de que el destino con frecuencia termina antes de la muerte y de que el destino de Jaroslav había llegado a su fin. Oprimido por una enorme sensación de lástima le acaricié su coronilla rala, los tristes cabellos largos que cubrían la calvicie, y advertí con temor que el viaje a mi ciudad natal, con el cual había pretendido herir a Zemanek, terminaba sosteniendo yo en mis brazos a mi compañero herido (sí, en ese momento me veía a mí mismo sosteniéndolo en mis brazos, sosteniéndolo y llevándolo, grande y pesado, como si llevara mi propia y confusa culpa, me veía llevándolo en medio de una multitud y llorando mientras lo llevaba).

Nos quedamos alrededor de él unos diez minutos, luego reapareció el segundo violinista, nos hizo una seña, nosotros ayudamos a Jaroslav a levantarse y, sosteniéndolo por las axilas, lo condujimos a través de una masa ruidosa de adolescentes borrachos hasta la calle, donde esperaba con las luces encendidas una ambulancia.

Se terminó de escribir el 5 de diciembre de 1965